青鳥

청홍 1

초판 1쇄 찍은 날 ᅵ 2011년 9월 26일
초판 3쇄 펴낸 날 ᅵ 2012년 2월 8일

지은이 ᅵ 정은숙
펴낸이 ᅵ 서경석

편집장 ᅵ 권태완
편집 ᅵ 이수민

펴낸곳 ᅵ 도서출판 청어람
등록번호 ᅵ 제1081-1-89호
등록일자 ᅵ 1999. 5. 31
어람번호 ᅵ 제5-0290호

주소 ᅵ 경기도 부천시 원미구 심곡2동 163-2 서경B/D 3F (우) 420-822
전화 ᅵ 032-656-4452 팩스 ᅵ 032-656-4453
http://www.chungeoram.com
E-mail ᅵ chungeoram@chungeoram.com

ISBN 978-89-251-2630-2 04810
ISBN 978-89-251-2629-6 (SET)

Chungeoram romance novel

정은숙 장편 소설

1 · 청홍

青

紅

청어람

…目次…

제1장

青紅

창천 26년. 창천국을 세운 개조(開祖) 창천제가 갑작스런 와병으로 쓰러진 뒤 황국의 실권은 그의 아내인 가 황후와 태자 천웅에게 넘어갔다. 그러나 외척의 득세와 잔인무도한 태자 천웅의 실정으로 인해 제국은 점차 도탄일로를 걷게 되니 그 영향은 황도 화하(華河) 인근의 작은 도시 서성(序城)에도 미쳤다.

✳

서성의 9월이 한층 짙어진 가을 향에 물들었다. 성하(盛夏)의 더위는 어느새 물러가고 밤낮으로 시원해진 바람이 서성을 가득 매운 주민들의 검어진 낯빛을 원래의 모습으로 돌렸다.

서성은 이맘쯤이 좋았다. 대륙의 한복판에 있는 창천국, 그 창천에서도 역시 한복판인 황도 화하 근처라 사시사철 온유하고 날씨의 변덕도 그리 크지 않은데, 그중에서도 서성의 가을은 화하에 소문이 날 정도로 특히 화려했다. 서성의 한복판을 가로지르는 대로를 따라 가득 심어놓은 단풍나무들이 불이라도 붙은 것처럼 일제히 붉게 물들었고, 성읍 전체에 붉은 비단을 깔아놓은 것처럼 보이는 진경에 일부러 화하의 귀족들이 서성으로 단풍놀이를 나오기도 했다.

그 서성을 물들인 알록달록한 단풍나무와 키 큰 은행나무들을 따라 마을 북쪽으로 올라가면 아담한 사합원(四合院) 주택이 하나 있다. 정문으로 들어가면 입구 바로 앞에 액이 들어오는 것을 막기 위해 도깨비 얼굴을 새겨놓은 가리개벽을 세워놨는데, 사합원 주택이 늘 그러하듯 그 뒤로 돌아 들어가면 정면에는 손님을 접대하는 응접실이 있고 마당의 좌우 양측으로는 집의 주인과 조부모가 거하는 정침(正寢)이 있다. 응접실을 지나 중문을 통과하면 그 뒤로 자그마한 정원이 나오며, 저택과 마찬가지로 자그마한 정원 한쪽에는 아담한 연못도 하나 있어 정원에 정취를 더하고 있었다.

연못 주변은 평소와 달리 약간 북적거리고 있었다. 연못가에 심은 버드나무 그늘 아래엔 술상이 놓여 있고, 등받이가 없는 걸상을 둘러놓았다. 모처럼 벌어질 주연을 위해 상탁엔 튀기거나 볶은 요리 대신 담백한 채소로만 안주를 꾸미고, 삶은 고기를 놓아 향미를 더했다. 아울러 상탁 한가운데는 뚜껑을 덮어놨는데도 국향이 물씬 흘러나오는 국화주 주전자가 자리를 차지하고 앉아 술상에 청신한 기운을 더하고 있었다.

이 집의 주인인 서성의 세사(稅使)* 송인주의 며느리인 휘련은 몇 번이고 부엌을 오가며 안주와 술을 나르고 있었다. 거창한 진연은 아니었기에 세 번째 쟁반이 도착하자 상차림은 모두 끝났다. 마지막 쟁반을 상탁에 내려놓고 적당한 곳에 접시들을 배치한 휘련은 진찬의 색깔과 향이 서로 조화를 이루고 있는지를 주의 깊게 가늠했다.

하지만 그녀는 사실 걱정할 필요가 없었다. 시아버지 송인주는 그다지 까다로운 사람이 아니었다. 단 한 사람을 제외하고는 모두에게 너그러운 편. 아니, 거의 무덤덤한 편. 아내를 잃은 뒤로 만사에 흥미를 잃어버린 그는 늘 그렇듯 술상이 알찬지, 술맛이 좋은지에 대해 그리 관심이 없을 것이다. 그의 영혼은 물 위를 떠도는 기름방울처럼, 이 세상에 존재하고 있기는 하지만 뿌리는 내리지 못한 채로 땅 위에서 한 자쯤 떨어진 허공에서 방황하고 있었다.

"언니, 이 꽃병을 상 가운데에 놓는 게 좋을까요. 아니면 오른쪽에 놓는 게 좋을까요?"

문득 들려온 목소리에 휘련은 고개를 돌렸다. 그녀의 시누이

---

*세사(稅使):세금 징수인

율비가 색 고운 국화꽃이 한 아름 꽂혀 있는 화병을 들고서 고민스런 얼굴로 상탁 주변을 돌고 있었다.

송율비와 송율민.

율비의 오라버니인 율민은 휘련의 남편으로, 말하자면 율비는 그녀에게 시누이가 된다. 보통 때라면 율비가 약점(藥店)*에서 근무하는 오라비를 돕고 있을 시간이었지만, 오랜만에 가족 연회를 준비하기 위해 양해를 구하고 일찍 돌아왔다.

율비는 올해로 열여섯이 된다. 하지만 그 나이답지 않게 아직도 그녀의 얼굴은 애티를 벗지 못했다. 아직도 아이처럼 젖살이 남아 있는 볼에는 화장을 하지 않았는데도 도화장(桃花妝)을 한 것처럼 살짝 홍조가 돌고 있고, 피부는 백분을 바른 것처럼 희다. 커다란 눈망울은 그 빛이 새까맣고 촉촉해서 들여다보고 있노라면 곧바로 빨려 들어가 버릴 것만 같다.

보기만 해도 꼭 안아주고 싶을 정도로 귀여운 얼굴이건만, 지금 소녀의 얼굴을 가득 채우고 있는 건 수심과 걱정이었다. 그것이 곧 이 자리에 나타날 아버지 송인주에 대한 두려움과 기대 때문이라는 것을 휘련은 잘 알고 있었다.

"꽃송이가 큰 대국이니, 상 한가운데에 국화주와 함께 놓으면 어울리지 않을까요?"

안쓰러운 마음에 휘련이 빙긋 웃으며 대답하자 율비가 '과연!'이라는 표정을 지으며 화병을 답싹 들어 술 주전자 옆에 놓

---

*약점(藥店):약방

는다. 참으로 귀도 얇은 아가씨. 하지만 그래서 더 귀엽지 않은가.

"아버지가 이 꽃을 보고 마음에 들어하실까요?"

사실 소매 끝을 자근자근 물며 불안한 얼굴로 중얼거리는 율비에게 필요한 것은 대답이 아니었다. 물음이 아니라 자신에게 거는 불안한 주문이었다. 아버지 송인주가 한 번이라도 자신의 배려를 눈치채 줬으면 하는, 조금이라도 그녀를 마음 써줬으면 하는.

'저렇게 노력해 봤자 어차피 아버님은 신경도 쓰지 않으실 텐데⋯⋯.'

송인주의 슬하로는 아들 율민과 딸 율비가 전부였다. 금슬이 좋았던 아내가 딸인 율비를 낳다 죽은 뒤로, 아비인 송인주는 딸에 대한 애정을 아내와 함께 무덤에 묻어버렸다. 청렴결백하고 공정한 인물로 소문난 그였지만, 송인주는 딸에게만은 도통 좋은 아비가 될 수 없었다.

완벽해 보이는 사람에게도 모난 구석이 한 군데쯤 있는 법. 송인주에게는 그 모난 구석이 바로 율비였다. 못난 사람은 아니었기에 눈에 띄게 율비를 학대하고 차별하지는 않았지만, 송인주는 딸에게서 관심을 거둬 버림으로써 자신의 깊은 구멍을 메웠다. 율비에게는 결코 좋은 아비라 할 수 없는 그였건만, 오직 딸인 그녀만 그 사실을 모른 채 아비의 눈에 들기 위해 애면글면 애를 쓰고 있었다.

어찌하면 아버지가 이렇게 소담한 꽃을 키워내고 화병에 꽂아놓은 자신을 칭찬해 줄까를 고민하던 율비는 휘련의 조언대로 상 한복판에 화병을 놓고도 뭔가 성에 안 차는지, 계속해서 조심스럽게 이리저리 꽃송이의 위치를 바꾸고 잎을 다듬었다. 다듬어진 꽃송이의 자태가 마음에 들었는지, 율비는 비로소 탁탁 손을 털고는 만족한 미소를 지으며 버드나무 그늘 아래로 가셨다. 겉으론 평온해 보여도, 과연 아버지가 그녀의 솜씨를 보고 만족할지 그렇지 않을지를 걱정하는 마음이 입구 쪽에 눈을 떼지 못하는 시선에 그대로 깃들어 있었다. 휘련은 그 모습이 몹시도 안타까웠다.

때맞춰 송인주가 후원 입구 쪽에 나타났다. 키가 후리후리하지만 몸이 마른 편이어서 조금은 성말라 보이는 인상의 사내. 딱딱한 그의 표정을 보자마자 당장 옆에 선 율비의 몸이 흠칫 긴장하는 게 느껴졌다.

칭찬받고 싶은 마음, 하지만 또 아무런 반응이 돌아오지 않으면 어쩌나 하는 불안. 드러내지 않으려 애써 참고 있지만, 안 그래도 동그란 눈을 더욱 크게 뜬 채 떨고 있는 것을 느낀 휘련이 딱한 마음에 얼른 송인주에게 다가섰다.

"오셨어요, 아버님. 올해는 초가을까지 햇볕이 제법 뜨겁더니 오늘은 바람이 딱 맞춰서 시원하군요. 요 며칠 이리저리 돌아다니느라 힘드셨지요? 어서 이쪽 나무 그늘에 앉으세요."

휘련이 상냥하게 말하자 송인주는 별다른 말 없이 그녀가 가리키는 상탁 쪽으로 향했다. 아버지가 다가오자 율비는 걱정스러운 마음을 감추며, 긴장한 몸짓으로 상탁의 가장 상단에 놓여 있는 둥그런 걸상을 빼냈다. 이 자리에 앉으라는 몸짓, 그곳은 그녀가 신경 써서 꽂은 화병이 가장 가까이서 보이는 자리다. 휘련은 그만 실소를 터뜨리고 말았다.

그러나 율비의 정성에도 불구하고 아버지는 그녀가 꺼낸 걸상을 무시하고 가장 가까운 자리에 털썩 소리 내어 앉았다. 관심이 없는 게다. 율비가 항상 그를 신경 쓰고 눈치를 보고 있다는 것도, 그의 눈에 들고 싶어서 늘 마음을 졸이고 있다는 것도 아비인 송인주는 애초에 모르는 것이다.

'아버님, 아가씨가 저렇게 애달아하는데 조금만 신경을 써주시지……'

보고 있는 쪽이 오히려 안타까울 지경이라, 휘련은 걱정스런 눈길로 율비를 바라봤다.

'우는 건가?'

얼핏 율비의 커다란 눈에 눈물이 그렁그렁 맺힌 것을 본 것만 같다. 그러나 다시 한 번 들여다보니 마치 환상인 양 율비는 본래의 말간 얼굴로 돌아와 생긋 웃고 있다. 아무리 봐도 억지웃음임이 분명한, 그래서 더욱 아파 보이는 미소를 지으며 율비는 조심스럽게 아버지 쪽으로 안주 접시와 식기를 옮겨 놓고 있었다. 아버지의 심기를 상하게 할까 봐 최대한 그의 몸에는 닿지 않으려 노력하면서.

어찌 아비란 사람이 저리 무심한 걸까.

휘련은 화가 났다. 송인주는 율비가 그러거나 말거나 상탁 쪽은 돌아보지도 않은 채 구름 한 점 없이 맑게 갠 하늘을 바라보며 가만히 한숨을 내쉬고 있었다. 그러면서 연신 정원 입구 쪽을 바라보는데 이제 보니 일부러 율비의 정성을 모른 체하려는 것이 아니라, 애초에 뭔가 딴 데 정신이 팔려 있는 것 같다. 그제야 휘련은 송인주의 태도가 평소와 다르다는 것을 알아챘다.

"아버님, 무슨 걱정이라도 있으신가요?"

"아니다. 걱정은 무슨……. 신경 쓰지 말거라."

하지만 말과 달리 그의 얼굴은 여전히 묵직한 무게로 가라앉아 있었다. 그제야 아비의 상태를 깨달은 율비가 망설이는 얼굴이 됐다. 이럴 때 위로의 말이라도 건네면 아버지에게 조금은 힘이 되지 않을까? 아비에게 도움이 되고 싶은 마음에 율비는 작은 입을 열까 말까 달싹거렸다.

하지만 위로의 말을 건네봤자 또 아비에게 거절당하지 않을까? 그 특유의 무표정한 얼굴로 차갑게 외면해 버리는 건 아닐까? 싶어 율비는 망설이기만 할 뿐 입을 열 수 없었다.

모진 말을 쏟아내는 건 아니지만, 아버지 송인주는 항상 율비에게는 얼음 같은 방벽을 치고 일절 반응을 하지 않았고, 그렇게 그녀를 방임하고 상처 입혔다. 내쳐진 자식일수록 사랑을 구걸하며 자꾸 매달리게 되는 법이다. 율비는 상처를 입을까 두려우면서도 또다시 헛된 기대를 걸 수밖에 없었다.

그런데 율비가 마침내 작정을 하고 조심스럽게 막 입을 열려는데, 하필 때맞춰 그녀의 오라비인 율민이 정원 입구에 나타났다. 그와 함께 은근히 그가 오기를 기다리고 있던 휘련의 얼굴이 해를 맞은 해바라기 꽃처럼 환하게 피어났다.

"어머, 어찌 이리 일찍 오셨어요? 아직 약점을 닫을 시각이 아니잖아요?"

율민은 학문보다는 의술에 관심이 있어서 관례를 올린 뒤로 곧바로 유명한 의원의 제자가 돼 의학을 공부하고 있었다. 의학은 보통 과거에 낙방한 자들이나 공부하는 것이었다. 아버지는 명민한 율민이 과거를 포기하고 의술의 길을 걷는 것을 반대했지만 워낙 율민의 실력이 출중한 바람에 스승보다 그에게 진료를 청하는 사람이 더 많아지자 결국 말리기를 포기했다.

서성 시내의 커다란 약점에서 의원으로 일하고 있는 그를 찾는 이가 꽤 많으니, 아직 해가 지지 않은 이 시각엔 의당 율민이 그곳에 있어야 할 터였다. 하지만 율민은 뜻하지 않은 시각에 나타난 그에게 온몸으로 기쁨을 표하는 휘련에게 살짝 고개만 끄덕여 보일 뿐, 반가운 기색을 하지 않았다.

뭔가 이상하다. 예민한 율비는 율민이나 아버지가 평소와 다르다는 것을 금방 눈치챘다.

은애하는 부부였다. 어려서부터 소꿉친구로 자라다 마침내 휘련과 혼인한 게 올해 봄, 한창 신혼의 달콤함에 젖어 남들 모르게 한 번씩 정겨운 눈빛으로 바라보며 은애하는 마음을 드러냈던 율민이었는데, 지금 그에겐 그를 내리누르고 있는 무거운 수심 외에는 다른 생각이 들어찰 여지가 없는 듯 보인다.

'뭔가 이상해……'

율민이 나타나자마자 벌떡 일어나 그에게 다가간 아버지는 곧 오라비를 이끌고 안채로 사라졌다. 율민처럼 주변의 기대를 모으는 수재는 아니었지만, 율비 역시 그 못지않게 총명했다. 다만 아비 때문에 짓눌리고 주눅 들어 자신이 영민하다는 것을 전혀 자각하지 못하고 있을 뿐.

그녀가 남달리 영민하지 않더라도 아버지와 오라비의 모습이 평소와 다르다는 것은 누구든 알아챌 수 있는 사실. 율비는 무슨 일인지 몰라 불안해하는 휘련의 손을 잡고 연못가를 부질없이 거닐었다. 두 사람이 사라진 지 얼마나 됐을까, 율민이 안채 쪽에서 다시 나타났다. 그러더니 곧 휘련만 불러 안채로 데리고 사라졌다.

도대체 무슨 일일까.

'차라리 따라가 볼까?'

하지만 그랬다가 공연히 아버지 눈에 뜨이기라도 하면 호통만 들을 것이다.

그러나 망설임도 잠시, 결국 호기심이 두려움을 이기고 말았다. 슬금슬금. 한동안 안채의 눈치를 살피던 율비가 머뭇거리며 주변을 둘러보더니 이윽고 조심스럽게 안채 쪽으로 걸음을 옮겼다. 안 된다는 걸 알지만 도대체 율민과 아버지에게 무슨 일이 생긴 건지 궁금해서 참을 수가 없었다. 다른 이도 아니고 그녀가 사랑해 마지않는 가족에게 무슨 일이 생겨서는 안 되지 않는가.

그런데 중문을 넘어 율민 부부의 방으로 접근하던 그녀의 눈앞에서 갑자기 벌컥 문이 열렸다. 무슨 말을 들었는지 들어갈 때는 멀쩡하던 휘련이 시커메진 안색으로 나타나서는 율비를 보자마자 울음을 터뜨렸다.

"아가씨······. 으흐흑!"

"언니, 왜 그래요. 도대체 무슨 일이어요? 집안에 뭐 안 좋은 일이라도 생긴 건가요?"

"아가씨······. 으흐흑, 어떡하면 좋아요?"

요즘 성내의 분위기가 불온하다는 말을 들은 기억이 얼핏 머리를 스쳤다. 창천제의 병환 이후로 실권을 잡은 가 황후와 태자 천웅의 가렴주구가 심하여 세금도 잘 걷히지 않는다고 했다. 세금이 잘 걷히지 않으면 그를 걷는 세사에게 책임을 묻는 경우가 많았고, 심한 경우엔 거두지 못한 세금을 세사에게 물리기도 했다. 혹시 아버지 송인주에게 그런 최악의 사태가 일어난 게 아닐까?

"언니, 혹시 아버님이 책임을 져야 할 일이 생긴 건가요?"

"흐······ 흐흐흑!"

대답은 백지장 같은 낯빛으로 부들부들 떨며 통곡만 하는 휘련 대신, 그녀 뒤로 나타난 오라비 율민이 해줬다. 율민이 몸부림을 치며 흐느끼고 있는 휘련은 내버려 두고 율비를 응접실로 데리고 들어가더니 자못 무덤덤한 목소리로 툭 내뱉은 것이다.

"자르기로 했다."

"네? 그게 무슨 소리예요? 자르다니, 도대체 뭘 자른다는 말이에요?"

율비의 물음에 그녀의 하나밖에 없는 오라비이자 송씨 가문의 4대 독자인 율민은 대답없이 연못 쪽으로 고개를 돌렸다. 율비가 귀염성있는 얼굴이라면 오라비 율민 쪽은 우아하게 생겼다. 길고 갸름한 얼굴하며, 유난히 흰 얼굴에 석류처럼 붉은 입술. 남자임에도 불구하고 일급 기녀가 울고 갈 정도로 아름다운 자태에, 한 문인이 율민의 얼굴이 연꽃과 같다고 칭찬한 적이 있었다. 그러자 함께 자리한 이가

"송 공(公)의 얼굴이 연꽃과 같은 게 아니라 연꽃이 송 공의 얼굴을 닮은 거요."

라고 되받아쳤고, 이 이야기는 아직도 서성에 전설처럼 회자되고 있었다.

그러나 이렇게 아름다운 율민은 우아한 외모와 달리 사실은 아버지를 닮아 지나칠 정도로 정직하고, 바보스러울 정도로 고지식했으며 또한 굉장히 직설적인 사람이었다. 아무래도 진실을 털어놓는 게 낫겠다고 생각했는지, 자세를 바로 해 율비 쪽으로 몸을 돌린 율민이 입을 열었다.

"곽무수가 준 백 일의 말미가 다 됐다. 더 이상은 피할 수도,

그렇다고 당해낼 방법도 없구나. 그래서 조만간 그를 따라 도자소(刀子所)에 가서…… 자르기로 하였다."

"곽무수라면 악명 높은 고리대금업자 아닌가요? 그자가 오라버니의 머리카락을 원한답니까? 이상하네요. 여인의 머리카락을 잘라 팔기도 한다는 말은 들었는데, 요즘은 남자의 머리카락도 사가나요?"

"후우……."

순진한 물음에 율민이 잠시 천장을 올려다보고 한숨을 지었다. 그 모습을 본 율비는 자르려는 것이 머리카락이 아니라는 것을 직감했다. 뭔가 그보다 더 중요한 것……. 그게 뭔지는 몰라도 율민이 아니면 자를 수 없는 것을 곽무수가 원하고 있는 것인 게다. 그게 뭘까? 팔, 다리? 하지만 그런 게 무슨 돈이 된다고?

"설마…… 오라버님?"

번쩍 떠오른 예감에 율비는 공포에 질려 되물었다. 율민이 고개를 끄덕이더니 말을 이었다.

"자르는 것이 머리카락이 아니다. 바로 내 음경이란다."

율비의 머릿속은 잠깐 하얗게 비었다. 음경이라는 용어가 무엇을 가리키는 건지 의학적으로는 잘 알고 있었지만, 직접 본 적은 한 번도 없었기에 그것이 도대체 뭔지를 유추하는 데 시간이 걸린 탓이다. 율비가 잠시 동안 마른 침을 꼴깍 삼키다 마침내 갈라진 목소리로 속삭였다.

"그, 그건…… 그러니까, 오라버니가 고, 고자가 된단 말인가
요?"

"그것도 적확한 표현이긴 하다만, 함부로 그런 말을 입 밖에
내었다간 황궁에 몸담고 있는 3천 환관이 매우 성을 낼 듯싶구
나. 기왕이면 환관이나 정신(淨身)한 몸이라 불러다오."

"어째서……? 어째서 오라버니가 환관이 돼야 한다는 거예
요? 오라버니가 곽무수 같은 사채업자에게 돈을 빌릴 일도 없잖
아요. 그런데 어째서 곽무수가 그런 일을 강요하는 겁니까?"

말하자면 사연이 길다. 율비가 모르는 사이, 아니, 심지어 율
민도 모르는 사이 불길한 징조는 그들이 모르는 곳에서 자라나
고 있었다. 아버지가 조금이라도 융통성이 있는 사람이었다면
좋았을 것을. 하지만 율민 역시 아버지 못지않게 꽉 막힌 사람
이니 그런 아버지를 탓할 수도 없었다. 똑같은 일을 율민이 당
했다면 그 역시 아버지처럼 행동했을지도 모르니 말이다.

"아버님께서 곽무수에게 큰 빚을 졌다."

"그 말은 곽무수에게 사채를 빌어다 썼다는 뜻입니까? 하지
만 아버님이 어째서……?"

"나라에서 이번에 황성의 개축 공사를 이유로 새로운 세목을
신설했다. 서성에도 명을 내려 기한까지 세금을 거두라 했지만,
아버님은 안 그래도 허덕이고 있는 사람들에게 도저히 세금을
징수할 수 없었어. 그래서 곽무수에게 사채를 끌어다 대신 그
세금을 냈다."

창천제가 쓰러진 것이 바로 3년여 전. 그는 그 뒤로 건강을 되찾지 못했고, 창천제가 병과 씨름하는 사이 실권은 황후 가씨와 그 아들인 태자 천웅에게로 넘어왔다.

창천제는 원래 평민 출신이었다. 대륙을 지배하던 영나라를 뒤엎고 나라를 세운 개조인지라 평민의 실정을 누구보다 잘 알았고, 그렇기에 황제가 됐다고 해서 분에 넘치는 사치를 부리지도 않았다. 자신은 물론이고 황실에도 그와 같은 생활을 강요했던 그가 쓰러지자, 그동안 창천제 서슬에 숨죽이고 살았던 가 황후와 태자 천웅이 본색을 드러냈다.

모자가 나란히 허영에 가득 차 온갖 사치를 일삼고 대규모 토목공사를 일으키니 자연스레 민생은 도탄에 빠졌다. 안 그래도 개국 초기라 모든 것이 불안정한데, 그런 마당에 웃전부터 사치를 일삼으니 순식간에 관료들의 기강이 무너졌다. 부패한 도성 관리들은 전횡을 일삼고 지방 관리들은 토색질에 여념이 없으니 이 서성 현 역시 예외가 아니었다.

가뜩이나 나라에서 갖은 세목을 새로 만들어내는데다, 관리들은 한술 더 떠서 원래 나라에서 정한 세금보다 훨씬 많은 세금을 할당하고 세사로 하여금 강제로 이를 거두게 했다. 다른 세사들은 백골징포(白骨徵布)*까지 동원해 가며 할당된 몫을 채웠지만 아들인 율민 이상으로 고지식하고 원칙에 충실한 송인 주는 도저히 그럴 수가 없었다.

---

*백골징포(白骨徵布):죽은 사람을 산 사람으로 등록해 군포를 받아가는 일

"결국 가난한 백성들 대신 사비를 털어 할당된 세금을 채우신 것이다. 그러다 급기야는 고리대금업자인 곽무수에게까지 돈을 빌렸고 결국 빚이 점점 불어나 감당할 수 없는 처지까지 이른 게야."

"그럼……!"

"그래. 곽무수는 더 이상 아버님에게 빚을 갚을 능력이 없다고 판단했다. 그래서 나더러 환관이 되어 그 빚을 대신 갚으라 한 것이다."

아버지 송인주가 곽무수에게 진 빚은 막대한 것이었다. 하급 관료인 아버지가 평생 일을 해도 갚을 수 없을 게 당연하며, 그건 오라버니 율민이 그 빚을 떠안는다 해도 마찬가지였다. 율민이 아무리 뛰어난 의원이라 해도 의원 노릇으로는 모을 수 있는 재산에 한계가 있다. 그래서 결국 곽무수가 생각해 낸 방법이 바로 환관이 되는 것이었다.

신분이 낮은 자들이 천금의 재산을 모을 수 있는 방법으로 환관만 한 것이 없었다. 환관은 신분의 고하를 가리지 않고 '자르기만 하면' 누구나 될 수 있었다. 게다가 주인의 비위를 잘 맞추고 그 주인의 사랑을 받으면 자연스럽게 그 밑으로 사람이 모여들고 돈이 모여들었으며, 심지어는 권력까지 굴러 들어왔다. 창천국에 의해 멸망당한 영나라가 그러했는데, 영나라 말기에 어린 황제가 연달아 등극하고 그들을 키워낸 환관들이 권력을 쥐면서 영나라에 망조가 깃들었다.

황실이란 본디 정보다는 예법에 구속되는 곳이다. 황후도, 후궁도 예법에 따라 아이를 낳아만 놓을 뿐 직접 아이를 기르지 않으니, 자연스럽게 어린 황족들은 친모나 친부보다는 입안의 혀처럼 굴며 자신들을 길러준 환관들에게 더욱 정을 느꼈다. 그런 나이 어린 황제가 황위에 오르고 나니, 믿고 따를 것은 오직 아버지 같고 어머니 같은 환관들뿐이었다. 자연스럽게 전권이 환관의 손에 들어가고, 황제 대신 그 어린 황제를 길러낸 환관들이 그를 조종하고 조신들을 압박했다. 영나라는 그런 환관들의 전횡 속에 나라가 병들어가다 결국 멸망당하고 말았다.

　그러나 비록 그 말로가 좋지 않기는 했지만, 거꾸로 말하자면 이는 돈 없고 연줄 없는 자가 출세를 하려면 환관이 되는 것이 최고라는 반증이었다. 후궁들의 총애를 받는 환관은 그 후궁이 황제의 눈에 들면 그 역시 출세를 하게 된다. 율민처럼 잘생긴 사내라면 입궁하는 즉시 힘있는 비빈들이 너도나도 데려가려 다툴 것이 뻔하니, 입궁만 한다면 출세는 따놓은 당상이다. 가만히 앉아서 율민과 그 아비가 찔끔찔끔 돈을 갚기를 기다리는 것보다는 이쪽이 훨씬 더 희망적이었고, 그런 연유로 곽무수가 율민에게 환관이 되라 강요하게 된 것이다.

　"사실 곽무수가 환관이 되라고 강요한 것이 꽤 오래됐단다. 그가 준 말미가 백 일이었다. 그 백 일 동안 어떻게든 돈을 갚기 위해 사방팔방 뛰어다녔는데 결국은 실패로 돌아가고 말았구나. 일이 이리 됐으니 더 이상 피할 도리가 없다. 내 몸으로라도 곽공에게 진 빚을 갚아야지."

"하지만 오라버니, 그건 안 됩니다!"

율민이 누군가. 그는 아들이 귀한 송 씨 집안의 4대 독자였다. 아니, 그 이전에 율비에게 있어 누구와도 바꿀 수 없는 자상한 오라비요, 스승이었다.

"환관이 되다니요, 4대 독자인 오라버니가 환관이 되면 우리 집안의 대는 누가 잇습니까? 게다가 휘련 언니는요? 휘련 언니를 내버려 두고 입궁을 하는 건 결국 이혼을 하시겠단 거예요?"

"어쩌겠느냐. 이것도 다 휘련이와 나의 팔자인 것 같다. 두 사람의 인연이 여기까지 뿐인 게야. 나 때문에 련아를 불행하게 할 수는 없으니, 내가 도자소에 가는 대로 련아와 이연(離緣)할 것이다. 처갓집에 돌아가 나 말고 더 좋은 남편감을 찾으라고 해야지."

휘련이 얼마나 율민에게 집착하고 있는지 그는 잘 모른다. 그와 헤어지면 휘련은 죽음을 택할 거라는 것을 율비는 잘 알고 있었다.

"나 역시 그녀를 은애한다. 절대로 놓치고 싶지 않을 정도로 사랑해. 하지만 내가 결단을 내리지 않으면 련아는 물론이고 너와 온 가족이 모두 빚에 몰려 종으로 팔려갈 것이다. 그리되도록 내버려 둘 수는 없지 않느냐."

율민의 말에 율비는 더 이상 뭐라 대답하지 못하고 입을 다물고 말았다. 휘련을 생각하라며 말리고도 싶지만 그런들 무슨 소용이 있을까. 빚을 갚지 못하면 율민의 말대로 휘련에게까지 피해가 갈 것이다. 율민과 아버지가 못 구한 돈을 율비가 마련할 방법도 없으니, 아무리 생각해 봐도 지금 이 상황에선 율민의 말대로 곽무수의 말을 따르는 것 말고는 아무런 해결책이 없었다.

"조만간 곽 공이 사람을 보내기로 했다. 실력있는 도자장(刀子匠)에게 일을 맡기기로 했다니, 시술을 하다 죽지는 않을 게다. 그러니 너도 걱정하지 말고, 아버님을 잘 보살펴 드리거라."

"오라버니……!"

말을 마치고 일어나 나가는 율민의 표정은 이미 마음을 굳힌 듯 초연하기만 했다. 한 번 결정을 내리면 천둥 벼락이 떨어져도 움직이지 않는 성정이니, 그의 마음을 돌리기란 이미 그른 일일 게다. 율비는 걸어가는 모습조차 물 위를 스르르 미끄러져 가는 한 마리 백조처럼 고고하기만 한 오라비의 뒷모습을 바라보다 이윽고 제자리에 주저앉고 말았다.

어찌해야 할까. 사방이 암흑에 가려 빠져나갈 길이라고는 보이지를 않는다. 이럴 때 저에게 무슨 뛰어난 재주라도 있어 앞길을 턱턱 헤치고 나갈 수 있으면 좋으련만.

율비는 점점 짙어지는 절망에 어느새 저 못지않게 어두워진 하늘을 올려다보았다. 우릉우릉, 어디선가 천둥 번개가 몰아오기 시작했다.

"련 언니⋯⋯."

다음날 아침. 밤새 한잠도 자지 못한 율비는 올케의 상태가
어떤지 알아보기 위해 율민 부부가 쓰고 있는 상방(上房)으로 향
했다. 율민은 아침에 아버지와 함께 출타했고, 집 안에는 율비
와 올케인 휘련만 남아 있었다. 작은 앞마당을 사이에 두고 율
비의 방과 마주 보고 있는 상방 앞에 서니 그 안에서 문득 작은
흐느낌 소리가 들렸다. 율비는 다가가던 걸음을 멈춰 세우고 안
쪽의 동정에 귀를 기울였다.

휘련과 율비는 여느 시누, 올케와 다르게 사이가 무척 좋았
다. 율민과 휘련은 어렸을 때부터 이웃에 살며 소꿉친구로 지냈
기에 휘련은 가끔 율민을 따라 율비의 집에 와서 그녀와 놀아주
곤 했다. 난산으로 태어난 탓에 어릴 적 몸이 약해 늘상 누워만
있던 율비를 데리고 가끔씩 저자를 구경시켜 주기도 했고, 재밌
는 이야기로 그녀의 우울한 마음을 달래주기도 했다. 씩씩하고
야무진 휘련은 내성적인 율비에게 언니이자 엄마이기도 했기에
율비는 마침내 오랫동안 오라비를 짝사랑하던 휘련과 율민이
혼인했을 때는 그녀 이상으로 좋아하고 그들을 축복해 줬더랬
다.

그런데 지금 그런 그녀가 울고 있다. 언제나 밝고 씩씩해서
평생 가도 눈물 따위는 흘릴 것 같지 않았던 휘련이.

율비의 목에 저절로 통증이 밀려 올라왔다. 세상이 두 쪽 나
는 한이 있어도 이 두 사람만은 불행해져선 안 됐다. 언제까지

나 서로를 위하면서 예쁘게 살아주기를, 그럴 수만 있다면 영혼이라도 팔 수 있을 것만 같다.

불현듯 문 안쪽이 조용해졌다. 율비는 묘하게 불안한 기분이 들어 여닫이 문짝에 귀를 바짝 들이대고 문 안의 동정을 살폈다. 사박사박. 뭔가가 끌리는 소리. 뭔가를 옮기고 있는 걸까? 지지직, 지직. 쿵. 의자를 옮기는 것 같다. 어딘가 됐다. 그리고…… 한동안의 정적. 이상할 정도로 조용하다. 그것이 더 불안하다.

갑자기 미칠 듯한 불안이 치밀어 올라 율비는 벌컥 문을 열어젖혔다. 그 순간 율비의 눈에 방 안 한복판, 대들보에 매달려 버둥거리고 있는 휘련의 모습이 들어왔다.

"새언니!"

율비가 고함을 지르며 방 안으로 뛰어들었다. 휘련의 목에 걸린 것은 어디서 구했을지 모를 길고 하얀 무명천, 그것이 마치 구렁이처럼 그녀의 목에 감겨 있었다. 그 끝에 매달려 대롱거리고 있는 휘련의 모습은 마치 바람에 흔들리는 헝겊인형처럼 보였다. 율비는 앞뒤 생각할 것 없이 휘련을 향해 달려갔고 그녀의 종아리를 붙들며 있는 힘을 다해 위로 밀어 올렸다.

평소의 조용조용, 내성적인 율비라면 감히 이런 일을 할 생각도 못했을 것이다. 그러나 휘련의 목숨이 촌각에 달린 지금은 겁을 내고 있을 겨를이 없었다. 율비는 그녀를 차내려고 발버둥을 치는 휘련을 밀어 올리며 고함을 질렀다.

"누구 없어요? 도와주세요! 오라버니, 아버님! 휘련 언니가 죽어간단 말이에요! 오라버니!"

그러나 둘 다 출타 중인데다가 집 안엔 부리는 하인도 없으니 올 사람이 있을 리 없었다. 놓으라며 울부짖는 휘련의 비명 말고는 다른 사람의 목소리는 전혀 들리지 않았다.

"놔요, 아가씨! 제발 죽게 내버려 두세요!"

"안 돼요! 어찌 오라버니를 두고 죽으려 하세요! 하늘에서 받은 명을 제 마음대로 버리려 합니까!"

"그이와 헤어지면 어차피 죽은 목숨이에요. 살아도 산 게 아니란 말이에요!"

반쯤 목이 졸린 목소리로 외치던 휘련이 율비의 머리를 대차게 걷어찼다. 어찌나 세게 찼는지 그녀의 다리를 붙잡고 있던 율비가 그대로 나가떨어져 엉덩방아를 찧고 말았다. 그러나 휘련의 목숨이 경각에 달린 상황에 율비는 고통마저 잊고 말았다. 그대로 벌떡 일어난 율비가 휘련의 발을 붙잡더니 제 어깨에 걸쳐 올렸다. 휘련의 발을 각각 양어깨로 받치더니, 그녀가 걷어차든 벗어나려 버둥거리든 아랑곳하지 않고 필사적으로 휘련을 떠받았다.

"놓으란 말이에요! 제발, 아가씨!"

죽으려고 결심한 사람의 힘이 오죽할 것인가. 또다시 율비에게 종아리를 붙잡혀 옴짝달싹못하게 되자 휘련은 아예 뭍 위로 올라온 물고기처럼 온몸을 펄떡거리며 몸부림을 치기 시작했다. 이 정도 기운이 있으면 살려고 애쓰지 못할 건 뭐란 말인가.
힘이 달려 온몸에 식은땀이 솟아나는 와중에도 율비의 머릿속
에 그런 생각이 떠올랐다. 바로 그때, 기적처럼 휘련의 몸이 바
닥으로 풀썩 떨어져 내렸다. 율비의 손에서 벗어나려 심하게 몸
부림을 치는 바람에 대들보에 걸어놓은 무명 끈이 견디지 못하
고 끊어져 버린 것이었다.

"련 언니!"

기절해 축 늘어진 휘련을 향해 율비가 달려들었다. 맥박을 짚
어보고 눈을 뒤집어 본즉, 기맥이 심하게 날뛰고 있긴 하나 박
동이 분명하고, 동공도 제 모양을 띠고 있다. 즉, 죽지는 않았다
는 뜻이다.

"휴우……."

율비가 비로소 안도의 한숨을 쉬며 뒤로 물러나 앉자, 휘련이
눈을 떴다. 떨어진 충격 때문에 잠깐 기절해 있다가 정신을 차
린 것이다. 비실비실 일어나다 저 못지않게 탈진해 간신히 벽에
기대 앉아 있는 율비를 발견한 휘련이 기운 빠진 목소리로 중얼
거렸다.

"왜 그러셨어요. 왜…… 왜 나를 살리셨어요. 차라리 죽게 내
버려 두지요."

"왜 그런 말을 하세요, 련 언니. 함부로 목숨을 버리다니요!
오라버니가 뭐라고……! 오라버니와 헤어진다고 죽을 생각까지
해요! 그러라고 어머니가 낳아준 게 아니잖아요. 나는…… 나는

보고 싶어도 볼 수 있는 어머니도 없는데. 언니는 그런 어머니를 두고 어떻게 죽으려고 해요!"

"흐흐흑. 그럼 저더러 어찌하란 말이에요. 난 그이 없이는 살 수 없어요. 죽은 것보다 못하단 말이에요. 으흐흐흑."

"련 언니……."

뭐라 함부로 위로를 할 수 있을까. 지금 휘련에게 위로를 해봤자 그것은 뜨거운 화로에 물을 붓는 것과 같을 것이다. 붓는 것과 동시에 쏟아부은 자국도 없이 순식간에 사라져 버릴 뿐 아무런 도움도 되지 않는 것이다. 율비는 그만 목이 메어와 휘련을 끌어안고 왈칵 울음을 터뜨리고 말았다.

어찌할까. 길이 보이지 않는다. 무슨 일이 있어도 지켜주고 싶은 두 사람이건만 율비가 지금 할 수 있는 일은 아무것도 없었다. 그 사실이 서글프고, 휘련과 율민을 비롯해 온 가족에게 닥친 불행이 슬퍼서 율비는 목을 놓아 울었다. 그러느라 어느새 율민과 아버지 송인주가 돌아와 활짝 열려진 방문을 통해 그들의 모습을 발견하고 경악하는 것조차 몰랐다.

"련아."

슬픔 가득한 목소리에 율비의 무릎에 얼굴을 파묻고 있던 휘련이 번쩍 고개를 들었다. 율민이다. 잠시 동안 헤어지는 것도 아쉬워서 늘 애달아하게 만드는 그녀의 남편. 옥같이 고운 얼굴로 휘련을 들여다보던 그가 이내 뚝뚝 눈물을 흘리기 시작했다.

"여보……. 여보. 울지 말아요, 나 때문에 울지 말아요. 으흐흑……!"

율민 때문에 목숨까지 버리려 해놓고도, 정작 그 율민이 눈물을 흘리자 휘련은 가슴이 찢어진다. 어찌할 바를 몰라 입술을 짓씹고 소매를 자근자근 깨물다 마침내는 가슴을 치며 통곡을 터뜨려 버린다.

어찌 이런 그를 떠날 수 있을까. 어찌 제 목숨 버려 사랑하는 남편에게 평생 남을 대못을 박을 수 있을까. 이럴 수도 없고, 저럴 수도 없다.

율민이 율비 대신 휘련을 끌어안았다. 그리고 대성통곡을 하는 그녀를 안고 하염없이 눈물을 흘리며 그 등을 어루만지기 시작했다. 한동안 한 발자국 떨어진 자리에 서서 두 사람의 모습을 바라보던 율비가 결국 눈물로 얼룩진 볼을 싸안고 방에서 물러났다.

마당에 서서 열린 문 너머로 이 안타까운 모습을 보고 있던 아버지는 어느새 자리를 뜬 건지 보이지 않는다. 혹시나 상심이 심하신 건 아닐까. 율비는 잠시간 뜰에 심어놓은 벚나무 아래서 서성이다 결국 아버지의 방으로 향했다. 이러나저러나 사랑을 갈구하게 되는 것은 자식 쪽이다. 위로해 달라 부탁받은 것도 아니건만, 율비는 행여나 예쁘게 보아주실까 하는 마음에 아비가 머무는 안채로 향했다. 그런데 막 안쪽으로 닫힌 내실의 문을 밀어 열려던 율비의 귀에 아버지 송인주의 흐느낌 섞인 목소리가 들려왔다.

"어째서…… 어째서 하필 너인 거냐. 우리 집안의 대들보인 너를……. 네가 아니라 차라리 율비를 보낼 수 있다면…… 그러면 좋을 것을!"

"……!"

피할 새도 없이 귓구멍에 꽂힌 그 말에 다가가던 발걸음이 얼음에 붙들린 것처럼 딱 굳어버렸다. 팔다리도, 목구멍도, 심지어 심장도 모조리 빙설에 감싸인 것 같다.

차마 듣고 싶지 않았던 말. 알고는 있었다. 차라리 오라비 대신 저가 대신할 수 있다면 얼마나 좋을까 하고 그녀 자신도 생각하고 있었다. 그러나 그렇게 안타까워할지언정 아버지의 입에서만은 그 말을 듣고 싶지 않았다.

없느니만 못한 모진 부정(父情). 한쪽에게만 쏠려 버린 애정은 그리도 독한 것.

'제가 그렇게 아무짝에도 쓸모없는 존재인가요? 아버님……. 저는 영원히 아버님에게 있으나 마나 한 자식인가요?'

새삼스러울 것도 없었다. 아버지의 눈으로, 그녀를 바라보는 차디찬 표정으로 구구절절 율비에게 읊어주고 있었다. 어머니 대신 율비가 죽었어야 했다고. 처음부터 그녀는 필요하지 않았다고, 정기처럼 온몸에 두르고 있는 보이지 않는 입자들이 그렇게 외치며 살아온 세월 내내 율비를 밀어내고 있었다. 이제 대신 죽어줘야 하는 대상이 어머니에서 오라비로 바뀌었을 뿐, 아비에게 있어 율비는 늘 언제 버려도 좋을 잉여의 존재일 뿐이었다.

한마디 말도 못해보고 아버지의 방문 앞에서 물러난 율비가 제 방에 돌아와 쓰러지듯 침상에 누웠다. 한참을 멍하니 천장만 바라보던 그녀의 눈에서 이윽고 쓰린 눈물이 흘러내리기 시작했다.

가슴 한복판에 시커먼 구덩이가 생긴 것 같다. 모든 희망을 집어삼키고 율비 자신마저 삼켜 버릴 것처럼 차디찬 암혈. 하지만 절망 속에서도 더욱더 아픈 것은 그럼에도 불구하고 난생처음으로 본 아버지의 눈물이 자신의 고통보다 더 안타깝다는 것이다.

구제불능. 바보 천치.

닦아낼 생각도 않은 채 퐁퐁 눈물을 쏟아내던 율비가 나지막하게 중얼거렸다. 하지만 어쩌랴. 무시당하고 외면당해도 율비가 먼저 다가설 수밖에 없었다. 정말로 그녀가 율민을 대신할 수 있다면, 차라리 마음이 편할 것 같다. 이대로 그녀만 멀쩡히 살아남는다 해도 그쪽이 오히려 지옥일 것이다.

팔을 달라면 팔을 주고 다리를 달라면 다리를 잘라줄 것을. 그렇게 해서 오라버니를 살리고, 그로 휘련을 살리고 아버지의 마음도 편안해질 수 있다면 얼마든지 그리할 텐데, 안타깝게도 율비에게는 남들만큼 멀쩡한 팔과 다리는 있었지만 율민에게 달린 그것은 없었다. 잘라야 할 것이 애초에 없으니 아무리 마음이 간절해도 그를 대신할 수는 없는 것이다.

'가만, 그것이…… 없어?'

별안간 이상한 생각이 떠올랐다.

없다, 그것이 없다. 잘라서 없어지나 애초에 없는 거나, 없는 거는 마찬가지다. 그렇다면……?

율비가 침상 위에서 벌떡 일어났다. 꺼져가던 눈망울에 초롱초롱한 생기가 별처럼 서렸다.

환관. 있어야 할 양물이 잘린 존재. 사내 아닌 사내. 아니, 굳이 말하자면 남자도 여자도 아닌 존재다. 그렇다면 여자가 사내 역할을 못할 건 뭔가. 양물이 잘린 환관은 수염이 나지 않는데다가 그 목소리며 몸가짐이 여자처럼 변한다고 했다. 그러니 여자가 환관 노릇을 해도 그를 구별하기는 쉽지 않을 것이다.

그렇다. 분명히 그렇다. 율비가 율민을 대신할 수 있다. 그녀가, 아무짝에도 쓸모없다 무시당하고 구박받았던 자신이 훌륭하게 율민을 대신할 수 있는 것이다.

갑작스런 희망에 머리 한구석이 태양이 뜬 것처럼 환하게 밝아졌다. 그러나 그도 잠시,

'하지만 그럼 내 인생은……?'

연이은 고민이 어둠 바람처럼 불어와 희망의 불꽃을 꺼뜨렸다. 환관이 된다고 치자. 무사히 입궁해서 주위의 이목을 속이며 살아갈 수 있다고 치자. 하지만 그리되면 율비는 가족과 헤어져 평생을 사방에 적들이 우글거리는 황궁에서 살아야 한다.

일생 동안 혼인도 하지 못한 채, 그야말로 남자도 여자도 아닌 몸이 되어 자신의 인생을 희생해야 된다는 뜻이다.

잠깐 밝은 빛에 감싸였던 심중이 다시 먹빛 암흑에 감싸였다. 차라리 그런 생각을 떠올리지 않았다면 좋았을 것을. 몰랐다면 모를까, 이미 발견한 또 다른 운명은 자꾸만 그녀에게 선택을 강요하고 있었다.

환관이 되느냐, 마느냐.

그녀가 희생하느냐, 마느냐.

율비는 한동안 달빛이 스며들어 오는 만월창을 바라보며 멍하니 앉아 있었다. 달빛이 마치 어머니의 손길처럼 부드럽게 그녀를 감싸고 있다. 어머니……. 얼굴도 본 적 없는 어머니. 그녀가 하늘에서 이런 자신을 내려다보고 있다면 조금은 자신을 불쌍하게 여겨주실까? 혼인은커녕 오라비를 대신해 일생을 환관으로 보내야 될지도 모르는 그녀의 처지를.

서러움이 밀려와 율비는 침상 위에 엎드려 울음을 터뜨렸다.

그 뒤로 며칠 동안 율비는 산만했다. 오라비는 약점에 양해를 구한 뒤 휘련을 데리고 그녀의 친정에 갔고, 아버지는 늘 그랬던 것처럼 늦은 시각 도둑그림자처럼 집 안에 슬며시 들어왔다가, 아침이 되면 온다 간다 말 한마디 없이 나가 버렸다. 어쩌면 이제껏 잡히지 않았던 구원의 실마리를 찾아 헛되이 쏘다니고 있을지도 모른다.

'어찌해야 할까……'

오라비가 없는 약점에 남은 율비는 하루 종일 딴생각에 빠져 있느라 실수를 연발했다. 정신이 딴 데 빠져 엉뚱한 약재를 탕관에 집어넣지를 않나, 말린 약초들을 작두로 썰다 손을 베이지를 않나, 계속해서 잘못을 범하니 결국 보다 못한 의원이 일찌감치 들어가 쉬라며 율비를 내보냈다.

집으로 돌아와서도 뒷마당을 왔다 갔다 하며 고민에 빠져 있던 율비가 나중에는 지친 나머지 후원에 파놓은 연못가에 앉아 깊은 생각에 잠겼다. 연못에 기르던 금붕어들은 모자란 세금을 내느라 죄다 팔아버려 이젠 개구리밥과 연잎 밖에 떠 있지 않았지만, 소금쟁이의 잰 발놀림에 조용히 동심원을 띄우고 있는 연못물을 바라보노라니 조금씩 마음이 가라앉았다.

연못물에 비친 율비의 작은 얼굴은 핏기를 잃어 허옇기만 했다. 오빠 율민처럼 아름답지는 않지만 귀염성있는 얼굴. 거기다 두 뺨에는 항상 발그레 홍조가 돌아서 율비의 집에 드나드는 아버지의 지인들은 그녀만 보면 막 떨어지기 직전의 복숭아 같다고 놀리곤 했었다. 입 밖에 내어 말하지 않았지만 사실은 그들이 저마다 율비가 좀 더 자라면 며느리로 삼으리라 내심 점찍고 있다는 것을 정작 본인만 모르고 있었다. 아름답기로는 오빠인 율민이 그녀보다 더하니 율비는 제 얼굴이 초라한 줄로만 알고 가끔씩 찾아오는 오라비의 친구들이 사실은 율민이 아니라 그녀를 보러 오고 있다는 것을 전혀 알지 못했다.

'일생을 환관으로 살아야 한다는 것도 그렇지만, 환관은 또 무슨 수로 되나? 그 많은 사람들의 이목을 어떻게 속인단 말이야? 게다가 환관이라 하면 많은 사내들과 함께 먹고 자고 살아야 하는 것인데, 한동안이라면 몰라도 평생을 속일 수 있을까?'

수심 가득한 얼굴로 연못물을 들여다보고 있는 율비의 머릿속을 맴돌고 있는 것은 그러한 걱정들이었다.

사춘기가 되기 전의 어린 나이에 환관이 된 자는 나이가 들어도 그 용모가 여자처럼 곱고 목소리 또한 가늘다고 했다. 그러니 율비가 남장을 한다 해도 옷을 벗기지 않는 이상 그녀가 여자라는 것을 알아챌 일은 없는 것이다. 그러나 그건 어디까지나 이론일 뿐, 실제로는 감히 실행하기 어려운 엄청난 일이다. 게다가 만약 들키기라도 하면 죽는 것은 율비뿐만이 아니다. 그녀는 물론이고 일가족 모두 궁중의 법도를 어긴 죄로 죽음을 당할 것이다.

갑작스레 밀려온 엄청난 두려움에 율비는 압도당했다. 잘될 리가 없다. 아니, 잘되어선 안 된다.

……하지만 그러면 율민은?

불현듯 율비가 벌떡 일어났다. 마치 화풀이라도 하는 것처럼 작은 돌멩이를 연못에 집어던지자 곧 잔잔한 수면 한가운데 일그러진 파문이 생겨났다.

이런다고 뭐가 해결되랴. 율비는 곧바로 죄책감에 사로잡혀 양 손바닥에 작은 얼굴을 묻어버렸다.

도대체 어찌하란 말인가. 갈 수도 없고 안 갈 수도 없다. 들통나면 자신뿐만 아니라 오라비와 아비까지 죽을 수 있는 대죄, 그러나 가지 않으면 그들의 가족은 휘련의 말마따나 살아도 죽은 것처럼 살아가게 될 것이다.

남은 평생을 '율민이 아니라 너를 보낼 수만 있었다면'이라는 아버지의 차가운 시선을 받고 살아갈 자신이 율비에게는 없다. 아니, 굳이 아버지 때문이 아니라 그녀 스스로 죄책감을 못 이기고 자멸해 버릴 것이다. 그러느니 차라리 자신이 나서는 게 나았다. 그녀가 뭔가 할 수 있는 게 있다면, 적어도 아무 쓸모없는 존재가 아니라는 것을 증명할 수 있다면, 어쩌면 그것만으로도 율비는 행복할 수 있을지도 모른다.

'나만 할 수 있는 일이라……'

문득 그 말이 묘하게 가슴을 흔들었다. 지금까지는 그런 것이 전혀 없지 않았던가. 비록 지금은 건강해지긴 했지만 오랜 시간 그녀는 아비에게나 오라비에게나 민폐였다. 그런데 그런 그녀가 할 수 있는 일이 있다니, 그녀가 아니면 할 수 없는 일이라니.

마음 한켠에 뭉클한 감정이 치솟아올랐다. 뜨겁고도 짜릿한, 한편으로는 시큰한 덩어리가 심장 한구석에서 타오르기 시작하더니 꺼지지 않고 바지직 소리를 내며 점점 몸피를 키우기 시작했다. 한동안 수면을 들여다보던 율비가 갑자기 연못 속으로 풍덩 손을 담갔다. 그러다 손아귀로 물을 움켜쥐며 춘풍에 미지근해진 연못물을 퍼 올렸다. 따뜻한 물은 이내 율비의 손가락 사이로 빠져나가 남은 것 없이 사라졌지만, 물에 젖은 율비의 손에는 면건으로 닦아내지 않고는 쉽게 마르지 않을 습기가 남았다.

율비가 사라져도, 그녀가 채워놓은 습기가 온 가족을 촉촉하게 적셔줄 수 있다면. 그렇다면 그녀도 어미의 생명을 뺏으면서 태어난 보람이 있다 할 것이다. 아니, 어쩌면 어미가 생명을 준 것도 오늘을 위해서일지도 모른다.

율비는 손목까지 젖어 미끈거리는 자신의 팔을 바라보며 작게 미소 지었다.

✻

황도 화하의 서쪽, 서화문을 나가면 번화한 성읍의 지척에 있는 마을이라고는 믿을 수 없을 정도로 한산하다 못해 을씨년스러운 거리가 나온다. 좁은 길을 따라 집들이 몇 채 모여 있는데 대부분 비어 있거나, 귀신이 나올 것처럼 낡고 허물어진 오막살이들이 돌림병에 걸려 죽은 시체처럼 주욱 늘어서 있다. 그리고 그 길의 끝에는 지금까지 지나쳐 온 가옥들과 비슷한 정도로 낡고 허름한 오두막이 있다.

비록 같은 동리라고 하기 민망할 정도로 멀리 떨어져 있어서, 왜 이렇게 외진 곳에 집을 지어놨을까 하는 의문이 들긴 하지만 서화문 밖에 찢어진 종이상자처럼 남루하게 널브러져 있는 민가들보다는 그나마 번듯했다. 하지만 이 오두막이 사실은 혹시나 그 안에서 터져 나오는 사내들의 처참한 비명 소리를 듣지 못하게 하기 위해 이리도 구석진 곳에 자리하고 있다는 것을 아는 율비의 눈에는 건물의 모습이 번듯하기는커녕 귀기라도 흐르는 것처럼 보였다. 어쩌면 복을 비는 의미에서 정문 입구에 붙여놓은 기쁠 희(喜) 자 붉은 글씨도 이곳에서 흘린 사내들의 피로 써넣은 게 아닐까?

'쓸데없는 걱정. 그럴 리가 없잖아.'

당연히 그럴 리는 없다. 제정신이 박혀 있다면 안 그래도 마을 사람들에게 '고자 생산소'라며 안 좋은 시선을 받고 있는 마당에 그런 미친 짓은 하지 않을 게다.

율비는 매듭을 잘못 묶어 자꾸만 눈 위까지 흘러내리는 유건(儒巾)을 치켜올리며 산울타리 너머로 오두막을 흘끗흘끗 넘보았다. 이곳이 바로 환관을 만들어내는 장소인 도자소(刀子所)였다. 원래는 장인들이 칼을 만들어내는 곳이었지만, 어쩌다 보니 그 날카로운 칼로 사내들의 양물을 잘라내는 역할까지 하게 된 곳.

오라비 대신 환관이 되겠다는 결심을 하긴 했지만 율비는 정작 환관이 되기 위해선 무엇을 어떻게 해야 하는지 아는 게 하나도 없었다. 심지어 환관이 궁에서 일하는 직업이라는 것만 알고 있을 뿐, 구체적으로 뭘 하는지조차 몰랐다. 굳이 상상을 하자면 궁의 심부름꾼 정도라고 할까?

그래서 궁리 끝에 일단 탐색이라도 해보자 싶어 수소문을 해 이곳을 찾아온 것이었다. 의심을 사지 않기 위해 일부러 남장까지 하고서 말이다.

판자로 대충 벽을 엮은 오두막은 엉성하긴 해도 규모는 꽤 컸다. 민가 두 채가 들어가기에 충분한 넓이에 마당 역시 큰데, 특이하게도 지붕이 다른 건물들보다 훨씬 높았다. 하지만 정작 오두막의 문은 굳게 닫혀 있어서 그 안에서 무엇을 하고 있는지는 통 보이지 않았다.

"여보, 거기 당신. 무슨 일로 예 온 거요?"

뒤에서 들려온 목소리에 율비가 펄쩍 뛰어올랐다. 펄떡거리는 심장을 애써 누르며 뒤를 돌아보니 입 주변에 둥그렇게 탑삭나룻을 기른 장한이 서 있는 게 보였다. 치켜 올라간 눈에 인상이 사나운데다가 한쪽 손에는 보기에도 서슬 퍼런 낫까지 들었다.

집 안에서만 자란 탓에 남자에게는 통 면역이 없는 율비였다. 안 그래도 갑자기 다가온 사내에게 겁을 먹을 판에 무시무시한 무기까지 들었으니 이건 이미 자신과 같은 사람이 아니라 그냥 '흉기' 그 자체였다.

저 낫으로 양물을 덜컹 잘라 버리는 걸까? 저 낫에 지금껏 무수한 사내들의 피가 묻었겠지?

밑도 끝도 없는 상상이 한꺼번에 밀려오며 율비의 얼굴에 죽음의 빛깔을 드리웠다. 당장에라도 도망치고 싶은 심정에 그녀의 다리가 달달 떨렸다. 생각만이 아니라 당장 실행에 옮기기 위해 한쪽 다리가 제멋대로 한걸음 옆으로 디뎌지기까지 했다.

그러나 오라비의 것을 입고 나왔기에 한참은 큰 저고리와 바지, 그리고 당장 벗겨질 정도로 커 보이는 전화(氈靴)를 걸친 그녀의 모습을 머리부터 발끝까지 훑어본 장한은 예상과 달리 안쓰러운 표정과 함께 한숨을 폭 내쉬었다. 그러더니 알 만하다는 것처럼 고개를 좌우로 저으며 물었다.

"환관이 되려고 온 게냐?"

"네…… 네?"

율비의 얼굴에 드리워진 공포를 사내는 다른 쪽으로 해석했다. 그와 같은 두려움을 온몸에 가득 묻힌 채 도자소로 끌려오던 사내들을 숱하게 보았으니 말이다.

"자세히 보니 얼굴도 그렇고 키도 그렇고 아직 어린 것 같구나. 열셋쯤 됐느냐?"

사실은 열여섯이었지만, 진짜 나이를 말했다간 남자치고는 작은 체구 때문에 의심을 살 것 같아 율비는 얼른 고개를 끄덕였다.

"어쩌다 그 어린 나이에 자궁(自宮)*을 하겠다고 결심을 한 거냐? 집이 가난한 거냐? 그래서 환관이 돼서 돈을 벌려고?"

---

*자궁(自宮):스스로 원해서 거세함

"아버님께서 큰 빚을 지셨습니다. 그래서 빚을 갚기 위해……."

그런 사정으로 환관이 되려는 자 역시 한둘이 아니었다. 장한은 혀를 차더니 계속해서 말을 이었다.

"네 사정은 딱하다만 환관이라는 게 그리 녹록한 일이 아니다. 멀쩡한 살을, 그것도 사내의 급소 중의 급소인 양물을 잘라야 하는 일이야. 거의 죽음에 준하는 고통을 겪어야 하는 일이란 말이다. 게다가 한 번 자르고 나면 아무리 후회를 해도 다시는 되돌릴 수 없어. 이리 들어와 보거라. 이 도자소에서 무슨 일이 일어나고 있는지, 환관이 된다는 게 어떤 건지 먼저 알아보거라. 그러고 나서 결정을 내려도 늦지 않는다."

말을 마친 장한이 먼저 울타리 안으로 들어가며 따라오라고 손짓을 했기에, 율비도 결국 머뭇거리며 그의 뒤를 따라 어두컴컴한 도자소 건물 안으로 들어갔다.

떨어지기 일보 직전인 여닫이문을 밀고 들어가니 퀴퀴한 냄새가 코끝에 밀려들어 왔다. 도자소 안은 꽤 넓었다. 얼기설기 엮은 벽을 따라 긴 막대기가 걸려 있고 거기에 잡다한 연장 상자들이 매달려 있었다. 사다리며 자질구레한 물건들이 여기저기 널브러져 있어 전체적으로 지저분하긴 했지만, 천장이 보통 건물보다 높아서 건물이 낡은 것에 비하면 오히려 쾌적하게 느껴질 정도였다. 게다가 사이가 벌어진 오두막 판자 틈새로 햇빛이 새어 들어와 도자소 안을 부드럽게 감싸고 있어서, 얼핏 보면 이 추레한 모습들이 고향집인 양 따뜻하게 보이기까지 했다.

하지만 그런 모든 광경을 주욱 눈으로 훑던 율비의 시선이 도자소 한가운데 놓인 침상처럼 생긴 네모진 석단을 보자 급격히 흔들렸다. 석단 위에 날카로운 인상의 중년 사내가 앉아 날이 살짝 휜 날카로운 단도를 석석 숫돌에 갈고 있는 게 보였기 때문이다. 그것이 바로 양물을 자르는 칼이라는 것을, 율비는 중년 사내가 단도를 들어 사랑스러운 눈으로 지그시 들여다보는 것을 보고 직감했다.

"이 녀석은 누구냐? 꼴을 보아하니 환관 지망자인가?"

사내가 율비를 눈치채고 돌아보며 물었다. 인상도 그렇지만 목소리도 탁하고 높아 영 듣기에 불쾌했다. 율비를 보자마자 씩 웃으며 입맛을 다시는 것 역시.

"아직은 아닙니다, 도자장 어른. 결정을 내리지 못했기에 제가 도자소를 돌아보고 나서 판단하라고 했습니다."

이 사내가 바로 도자소의 최고 칼잡이인 도자장이었다. 말하자면 양물을 자르는 시술을 하고, 피술자를 책임지는 도자소의 최고 책임자다.

"흥, 그래 봤자 환관이 될 결심까지 하고 찾아온 녀석이 달리 다른 결정을 내릴 수 있겠느냐? 괜히 시간만 허비할 뿐이지."

불쾌한 목소리로 이죽거리던 도자장이 석단에서 일어나더니 율비의 얼굴을 이모조모 훑어보기 시작했다. 그러더니 턱끝을 잡으며 중얼거렸다.

"얼굴이 예쁘장하니 환관이 되면 귀여움 좀 받겠구나. 글은 좀 아느냐?"

"하, 한서를 읽을 정도는 됩니다."

긴장한 나머지 자꾸 말을 더듬게 된다. 목소리도 떨리고.

"옳거니. 영민하기까지 하면 금상첨화지. 어린데다가 예쁘장하고 재치까지 있으면 입궁을 하자마자 후궁전에서 너도나도 데려가려고 경쟁을 한단다. 그런 곳으로 가면 평생 힘든 일은 안 하고 편하게 놀고먹을 수 있지. 어떠냐? 환관이 그리 좋은 것이란다. 이참에 확 잘라보지 않으련?"

"도자장 어른, 이 아이는 아직 어립니다. 조금 더 생각할 시간을 주십시오. 게다가 제가 아까 물어보니 집안이 워낙 가난해서 보증을 서줄 사람도 없다 합디다. 도자장께선 보증인 없이는 절대 시술을 안 하시지 않습니까."

"뭐야? 보증인도 없어? 보통은 채권자가 보증을 서주기 마련인데 넌 어째 그것도 없느냐? 에잇, 됐다! 보증인을 구하기 전까지는 절대 시술은 안 해주니 그리 알거라!"

한순간에 태도를 바꾼 도자장이 석단에 앉아 원래 하던 일을 하기 시작했다. 사랑스럽기 그지없다는 얼굴로 다시 칼을 갈기 시작한 것이다. 장한이 그 모습을 보고 쯧쯧 혀를 차더니 율비를 데리고 석단 너머 구석진 곳으로 향했다. 오두막의 뒤쪽으로도 출구가 있었는데 그 근처에 지하로 내려가는 계단이 있었다. 그녀를 데리고 그리로 향하는 장한에게 율비는 조심스럽게 물었다.

"저…… 어르신, 보증인이라는 게 뭡니까?"

율비는 그런 말을 한 적도 없는데 장한이 그를 들먹이며 시술을 재촉하는 도자장을 말렸다. 도대체 왜 시술에 보증인이 필요한 걸까?

"도자소에서 시술을 하는 데 드는 비용이 얼마인지 아느냐?"

"……얼마인데 그러십니까? 많이 비싼가요?"

"자그마치 은자 여섯 냥이다. 웬만한 초가집 한 채 값이야. 너한테 그만한 돈이 있느냐?"

"히익! 그, 그렇게 돈이 많이 드나요?"

"아무나 할 수 없는 일이라 그리 비싼 거란다. 게다가 시술에 드는 돈뿐만이 아니라, 일을 마친 뒤 백 일 동안 먹이고 재워주고 치료해 주는 비용까지 합친 것이야. 시술을 한다고 바로 벌떡 일어나 다닐 수 있는 게 아니다. 백 일 동안은 죽은 듯이 누워 있어야 비로소 상처가 아물고 걸어다닐 수 있게 되는데, 이기간이 끝나야 비로소 왕부에 들어가 환관 실습을 하다 정식으로 황궁에 입궁할 수 있지. 치료 기간 동안에 드는 돈까지 합쳐 은자 여섯 냥을 받는데 애초에 그런 돈이 있다면 왜 양물까지 자르겠느냐. 그래서 다들 돈을 내는 대신, 환관이 돼서 돈을 벌어 갚겠다고 각서를 쓰고 그를 보증할 사람을 세우지. 일이 잘못되면 보증인에게라도 돈을 받아야 하기 때문에 보증인이 없으면 절대로 시술을 해주지 않아. 하물며 우리 도자장처럼 돈밖에 모르는 작자는 시술만 해주면 몇 배로 쳐서 갚겠다고 아무리 애걸을 해도 절대로 해주지 않는다."

도자장의 말을 들으며 지하로 내려가자 곧 이채로운 광경이 눈에 들어왔다. 작은 등불이 두어 개 벽에 걸려 있을 뿐 토굴처럼 어두침침한 가운데, 복도를 따라 작은 나무문이 달린 방이 양쪽으로 두개씩 늘어서 있었다.

"시술을 받은 자가 머무는 방이다. 누에처럼 누워서 먹고 자기만 한다고 해서 잠실(蠶室)이라고 하지. 양경(陽莖)을 잘라낸 자는 감기에라도 걸렸다간 바로 죽기 때문에 백 일 동안 절대 바람을 쐬면 안 된다. 심지어 시술을 받고 3일 동안은 물 한 모금 먹지 못하기 때문에 그 기간이 치료 기간 중 제일 고통스럽지. 이리 와보거라. 마침 얼마 전에 시술을 받은 사람이 이 방에 누워 있단다. 원래는 보여주면 안 되지만 특별히 보게 해주마."

문짝 밑에는 음식을 넣어주는 작은 구멍이 나 있었다. 구멍을 막아놓은 덮개를 살짝 밀어 올리고 엎드려 그 안을 살펴보니 율비의 눈과 같은 높이에, 토굴 한구석 지푸라기 위에 이쪽으로 등을 돌리고 누워 있는 사내가 보였다. 끙끙, 거의 들리지 않을 정도로 낮게 신음을 흘리며 구부정하게 등을 숙이고 있는데, 굳이 가까이 가지 않아도 안쪽으로 둥글게 굽은 등에 너무나도 짙은 고통이 서려 있어서 율비는 저절로 몸서리가 쳐졌다. 말로만 들을 때는 몰랐는데, 정말로 양경을 잘리고 누워 있는 환자를 보자 마치 자신이 칼로 생살을 째인 것처럼 생생한 아픔이 느껴졌다.

"뿐만이 아니야. 저리 힘들게 환관이 된다 해도 환관 생활은 양물을 잘라내는 고통 이상으로 힘들고 비참하단다. 운이 없어 상전의 귀여움을 받지 못하면 평생 개돼지 취급을 받으며 노역에 시달려야 해. 그런 일을 네가……."

빠르게 중얼거리던 장한이 언뜻 옆구리가 허전한 기분에 옆을 돌아봤다. 율비는 지하로 들어오던 계단 밑에 웅크린 채 웩 웩 먹은 것을 게워내고 있었다. 원체 비위가 약한 그녀였는데, 말로만 듣던 것과 직접 눈으로 보는 것은 달라서 눈앞에서 목격한 현장에 결국 충격을 받고 만 것이다.

"쯧쯧, 그것 봐라. 이렇게 담이 약해서 어떻게 환관 노릇을 하려고 하느냐. 포기하거라. 뒤늦게 후회하느니 지금이라도 올바른 결정을 내리는 게 낫다."

사내는 인상과 달리 무척 친절했다. 다리가 풀려 휘청거리는 율비를 일으켜 세운 그가, 어깨를 붙들어주며 그녀를 계단 위로 인도했다. 장한 역시 가난한 어린 시절을 보낸 것도 있는데다가, 그는 인상과 달리 매우 선량한 사람이었다. 돈 때문에 시술을 받았다 지독한 고통에 몸부림을 치거나 시술을 후회하는 사람들을 많이 봤기에, 장한은 보기에 따라 경멸할 수밖에 없는 환관 지망자들이나 환관들을 마음속 깊이 동정하고 있었다.

"저건 뭔가요?"

비틀거리며 다 죽어가는 낯색으로 장한에게 끌려 나오던 율비가 문득 물었다. 들어올 때는 몰랐는데 지금 보니 천장을 가로지른 대들보에 항아리 같은 것들이 과실수에 달린 열매처럼 주렁주렁 매달려 있었다. 새삼 그것이 불현듯 눈에 들어온 까닭에, 정신없는 와중에도 율비는 물었다.

"저 항아리들 말이냐? 저건 보물[寶]이다."

"보물이라고요? 시술을 하고 받은 은자를 저 항아리에 보관하고 있나 보지요?"

"쯧쯧. 진짜 보물이 아니다. 여기서 잘린 사내들의 양경을 항아리에 담고 이름을 적어 저렇게 올려놓은 것이다."

"네에? 아휴, 징그러워라. 양지 바른 곳에 고이 묻어줄 일이지, 그걸 왜 보관을 합니까?"

"그것은 네가 모르는 소리다. 성현들 말씀에 신체발부 수지부모라는 말이 있잖느냐. 부모님께 받은 신체 일부를 잘라냈으니, 죽어서 무덤에 묻힐 때라도 같이 묻히고 싶어서 저렇게 썩지 않게 방부 처리를 해서 보관해 놓는 것이야. 죽을 때라도 온전한 사내로 묻히고 싶어서, 자른 양경을 다시 몸에 꿰매 붙인 다음에 땅에 묻는 거란다."

"아…… 불쌍하기도 해라."

생각해 보니 참으로 안된 사람들이다. 좋아서 자기 살을 자르려는 사람이 어디 있는가. 어쩔 수 없는 궁지에 몰려 제 살을 자르고 평생을 후회와 수치에 묻혀 사는 것이 바로 환관. 율비는 저가 되려는 것이 그 환관이란 것도 잊은 채 자기도 모르게 눈물을 글썽거렸다.

"그것도 그거지만 사실 제일 중요한 이유는 따로 있다. 다름이 아니라 험보(驗寶)라고 해서 상급 환관으로 올라갈 적에 자른 양물을 보여주는 과정이 있기 때문이야. 선대 왕조에 물건을 자르지 않고 들어온 가짜 환관들이 황후나 비빈과 통정을 하는 일이 일어나지 않았느냐. 그 때문에 반드시 자른 양경을 보관해 놨다가 험보 때에 그걸 보여서 진짜 환관이라는 것을 증명하도록 했단다. 고승(高勝)이라고 해서 기왕이면 높은 신분까지 오르게 해달라는 의미로 저렇게 높은 곳에 매달아놓은 것이지."

말을 마친 장한이 바늘 같은 수염 끝을 문지르며 중얼거렸다. 기왕 알려주는 것, 아주 제대로 가르쳐 줘야 율비가 포기를 하고 물러날 것이다 싶어 장한은 인내심을 갖고 설명을 계속했다.

"원래는 저 보물은 잘린 사람의 소유란다. 그래서 치료를 마친 뒤에는 저걸 들려서 보내줘야 하는데, 잘 모르고 온 사람들은 말해주지 않으면 양물을 보관해야 하는 것도, 나중에 험보가 있다는 것도 몰라. 그러다 뒤늦게야 그 사실을 알고 보물을 찾으러 오지. 우리 도자장은 일부러 보물을 보관해야 하는 걸 말하지 않았다가, 나중에 환관들이 그걸 찾으러 오면 아주 비싼 값에 보물을 판단다. 달리 도리가 없으니 환관들은 울며 겨자 먹기로 돈을 낼 수밖에 없지."

"어머나, 아주 못된 사람……!"

경악성을 터뜨리려던 율비가 얼른 입을 다물었다. 저도 모르

게 여자 말투가 튀어나왔던 것이다. 하지만 이야기에 빠진 장한
은 다행히 눈치를 채지 못하고 계속해서 말을 이었다.

"저기 저 대들보 가장 끝에 매달아놓은 항아리가 보이느냐?
저 보물을 남기고 간 소환(小宦)*은 높은 자리에 오르기는커녕
험보를 하기도 전에 웃전에게 매를 맞아 죽고 말았단다. 주인도
없는 보물이니 아마 도자장이 저건 특히 더 비싼 값에 팔 거다.
환관이란 그런 것이다. 심지어 걸음걸이가 이상하다는 이유로,
보기 싫게 웃었다는 이유만으로 웃전에게 매를 맞아 죽는 일이
비일비재한 곳이 바로 황궁이야. 황족이나 후궁들에게 환관은
기르는 고양이만도 못한 존재다. 뿐이냐, 네가 입궁하면 모셔야
할 선배 환관들이 층층시하로 널……"

장한의 설득이 계속됐지만 정작 율비의 귀엔 그 모든 말이 한
자도 들어오지 않았다. 주인도 없는 보물. 그 말을 들은 순간 번
개 같은 착상이 그녀의 머리를 꿰뚫었던 것이다.

'저걸 훔치자!'

너무나 기가 막힌 발상에 율비의 몸이 저절로 떨렸다. 오라비
대신 환관이 되려고 해도 거세를 하러 이 도자소에 오면 결국
여자임이 들통 날 것이다. 하지만 이미 자른 양물을 가지고 있
다면?

'다른 도자소에서 자궁하고 왔다 하면, 보물까지 갖고 왔는데
들킬 게 뭐야. 게다가 주인까지 없는 보물이라니 얼굴도 모르는

---

*소환(小宦):어린 환관

원주인에게 폐를 끼칠 일도 없잖아!'

금상첨화, 곶감 죽 먹고 엿 목판에 엎어지기다.

할 수 있다. 탈출이 불가능할 것 같았던 무저갱에 한줄기 빛
이 보였다. 여기다. 이 길로 나가면 다시 빛을 볼 수 있을지도
모른다!

"……죄송합니다, 어르신."

갑자기 율비가 얼굴빛을 똑바로 하며 꾸벅 인사를 했다. 그
말을 율비가 자궁하기를 포기했다는 뜻으로 생각한 장한이 비
로소 기쁜 표정을 했다.

"그래, 잘 생각했다. 아직 어린 나이니 찾아보면 분명 헤쳐 나
갈 방법이 있을 게야. 그러다 정 도리가 없거든 그때 가서 다시
찾아오거라."

'그게 아니에요, 어르신. 그 헤쳐 나갈 방법을 이곳에서 찾았
단 말입니다. 전 보물을 훔치러 다시 올 거예요.'

친절하게 대해준 장한을 배신한 것 같아 미안하지만 어쩔 수
없다. 율비는 마음을 독하게 먹었다.

그날 밤, 안 그래도 귀신이 나올 것처럼 오싹한 도자소 근처
를 얼씬거리는 작은 그림자가 있었다. 산울타리 너머에 몸을 숨
기고 도자소 안의 동정을 엿보고 있는 수상한 그림자의 주인은
바로 율비였다. 쇠뿔도 단김에 빼라고, 그날로 비장한 각오와
준비를 마치고 결행을 하러 온 것이다.

날은 마침 보름에 가까웠다. 충분히 살이 오른 달이 온 사방을 대낮을 방불케 할 정도로 환하게 비추고 있으니, 간 크게 도둑질을 하기엔 적당한 날이 아니다. 하지만 오라버니가 도자소에 끌려갈 날이 며칠 남지 않은 율비에게는 여유가 없었다. 일생일대의 모험, 오라비를 도우러 약점에 나간 것 말고는 집 밖을 나가본 적이 별로 없는 율비에게는 그 첫 모험이 지나칠 정도로 무모했지만 지금은 겁만 먹고 있을 때가 아니었다. 마침내 도자소의 불이 꺼지고 일과를 마친 도자장과 그 도제들이 뒤꼍에 붙은 안채 건물로 들어가자 율비가 그를 지켜보다 조심스럽게 몸을 숨긴 산울타리 밑에서 기어나왔다. 그러나 겁에 질린 나머지 다리가 와들와들 떨리고 힘이 풀리니, 누가 시키지도 않았는데 두 다리가 저절로 왔다 갔다 개다리 춤을 추었다.

"으으으으. 침착하자, 침착. 침착……!"

오락가락 움직이는 양 허벅지를 필사적으로 움켜쥔 율비가 주문처럼 스스로를 향해 침착하라는 말을 몇 번이나 속삭였다.

가만히 도자소를 돌아 안채 건물을 들여다보니 곧바로 잠자리에 들었는지, 곧 안채에 밝힌 불빛도 꺼졌다. 그러고도 율비는 모두 깊은 잠에 빠질 때까지 한참을 기다렸다.

사방은 고요했다. 원체 사람이 별로 살지를 않는데다가, 불길하다 여겨 순라꾼도 돌지 않는 탓에 더욱 인적이 없었다. 무서워선지, 재수없어선지 심지어 주변에 밤부엉이 한 마리도 없어 사위가 쥐죽은 듯 고요했다. 혼자 도자소 건물 그늘에 쪼그리고 앉은 율비는 별안간 몰려오는 무서움에 등짝이 오싹해졌다.

세상 사내들이 오라비와 아비만 빼고는 다 불한당인 줄 알던 시절, 집 밖은 야차들이 득시글거리는 곳이라 믿던 시절엔 감히 자신이 이런 으스스한 밤에 야행을 할 줄은 상상도 못했다. 그것도 다른 것도 아니고 사내의 잘린 양물을 훔치러 오게 될 줄이야.

갑자기 어이없는 기분이 들어 무서움이 저만큼 달아나 버렸다. 율비는 잡생각을 걷어내고 조심스럽게 그늘만 골라 기어가기 시작했다.

삐그덕. 조심스럽게 문을 밀어 열자 먼지가 섞인 퀴퀴한 냄새가 코끝에 밀려왔다. 아무도 없는 것 같다. 율비는 잠시 시간을 두었다가 곧 메고 온 등짐 안에서 미리 준비해 온 유등(油燈)을 꺼냈다. 불빛이 새어나가지 않게 말간 등피 위로 천을 씌운 다음 율비는 곧 대들보 밑으로 다가갔다. 이렇게 해도 어차피 불빛은 새어나가겠지만 어둠 속에서 움직일 수는 없으니 어쩔 수 없었다. 될수록 빠르게 일을 처리하는 수밖에.

낮에 왔을 때 눈여겨 봐둔 사다리가 대들보 근처의 벽에 기대어 세워져 있었다. 대나무로 만든 것이라 가벼웠기에 율비는 손쉽게 사다리를 대들보에 걸친 다음 그 위로 기어올라 갔다.

엉금엉금, 거의 거북이 같은 속도였지만 그래도 올라가긴 올라갔다. 몇 번이고 발이 미끄러져서 그때마다 사다리에 착 달라붙기를 반복했고, 하느님, 오라버님, 아버님을 번갈아가며 찾기는 했지만 그래도 율비는 포기하지 않았고 눈물을 찔끔찔끔 흘리면서도 조금씩 위로 올라갔다. 그러다 마침내 대들보 위로 쑥 몸을 일으켜 걸터앉았을 때는 어느새 이 낯선 상황이 익숙해져 신세 한탄 대신 '나도 할 수 있잖아?'라며 자랑스러운 마음이 들 정도였다.

유등을 가까이 비춰보니, 보물 항아리 겉면에 낮에 장한이 가르쳐 준 죽은 소환의 이름이 생년월일, 태어난 고향과 함께 누런 종이쪽지에 적혀 있는 게 보였다. 율비는 조심스럽게 그 종이쪽지부터 찢은 뒤 항아리를 동여맨 새끼줄을 풀어 제 허리에 묶었다.

이제 이 도자소를 빠져나가기만 하면 된다. 율비는 어느 정도 긴장이 풀려 대들보 위에서 몸을 돌렸다. 그런데 바로 그때였다. 도자소 밖에서 발자국 소리가 들렸다.

유등 불빛을 봤을까? 오두막 틈으로 새어나간 그 빛을 보고 온 걸까? 율비는 화닥닥 놀라 얼른 유등 불빛을 꺼려 등피 안에 손을 집어넣었다. 아뿔싸! 그러나 급한 손길에 채인 유등은 그대로 한 길 높이의 대들보 아래로 떨어지고 말았다.

'헉!'

퍽석 소리를 내며 유등이 흙바닥에 부딪쳐 깨졌다. 그와 동시에 율비는 대들보 위에 바짝 엎드렸다. 도자소 밖에서 들려오던 발자국 소리가 설핏 멈춰 섰다. 유등이 깨지는 소리를 들은 걸까? 그나마 불행 중 다행인 것은 유등이 깨지며 바닥에 기름이 흘러나오긴 했지만, 유등이 떨어지기 직전 율비가 심지를 비벼 끈 덕분에 기름에 불이 붙지는 않았다는 것이다.

율비는 숨조차 멈춘 채 가마솥 안의 누룽지처럼 대들보에 찰싹 달라붙었다. 그리고 도자소의 여닫이문이 느리게 안쪽으로 열리는 것을 지켜봤다.

'히익! 왜 하필……!'

그나마 율비에게 친절했던 장한이었으면 다행이었을 것이다. 열린 문 뒤로 나타난 것은 그 돈만 알고 심보 고약하다는 도자장이었다. 달빛에 드러난 그의 얼굴을 본 율비는 그만 절망한 나머지 질끈 눈을 감고 말았다.

"무슨 소리가 난 것 같은데……? 에잇, 쉬! 이건 또 뭐야?"

안으로 들어온 도자장이 뭔가를 걷어차고는 욕설을 퍼부었다. 그런데 율비가 실눈을 뜨고 잠시 내려다보노라니 뭔가 이상했다. 도자장의 걸음걸이가 몹시 비틀거리고 있었던 것이다.

'취했구나!'

고꾸라질 정도는 아니었지만 분명히 사물을 잘 알아보지 못할 정도로 취해 있었다. 쉴 새 없이 이리저리 부딪치며 욕지거리를 내뱉는 것을 보니 아마도 불빛을 알아채고 들어온 것은 아닌 것 같았다. 저 정도면 그녀의 존재를 눈치채지 못하고 나갈 수도 있지 않을까? 율비는 반딧불처럼 반짝이기 시작한 작은 기대에 조바심을 냈다.

그런데 바로 그때, 도자장이 갑자기 악! 소리를 내며 펄쩍 뛰었다. 하필 율비가 떨어뜨린 유등의 잔해를 밟아버린 것이다.

'어떡해! 으아악!'

화들짝 놀란 나머지 율비는 엎드린 자리에서 벌떡 일어났다. 펄쩍펄쩍 뛰는 도자장을 붙잡아 얼른 나가라고 등을 떠밀기라도 할 것처럼 일어나 팔을 휘두르던 율비가 그만 그 순간 중심을 잃고 대들보 아래로 기우뚱 몸이 기울고 말았다.

"씨부럴. 어느 놈이 이딴 걸 떨어뜨려 놓은 거야?"

다행히 도자장은 유등 조각을 밟은 바람에 술에서 약간 깨긴 했지만 머리를 들어 대들보 위를 올려다보진 않았다. 발에 박힌 유리 조각을 빼느라 정신이 없을 뿐이다. 그 덕분에 도자장은 바로 머리 위 대들보에 율비가 대롱대롱 매달려 있는 것을 발견하지 못했다.

끄으윽. 할 수만 있다면 정말로 울고 싶다. 울 수 있는 상황이라면 말이다. 지금 율비의 모습은 마치 대들보에 매달린 보물 항아리 같았다. 그러니까 두 팔로 대들보를 붙들고, 두 다리를 허우적허우적 허공중에 휘젓고 있다는 뜻이다. 약상자보다 무거운 것을 들어본 적이 없는지라, 제 몸무게를 이기지 못한 율비의 팔에선 빠르게 힘이 빠졌다. 결국 안간힘을 쓰던 율비는 더 이상 견디지 못하고 그대로 아래로 떨어지고 말았다.

"끄아악!"

바로 도자장의 머리 위로.

*

"바람이 좋다, 자하야. 달도 가득 차 술안주거리로 한입에 털어놓기 딱 좋으니, 유도화(柳桃花)로 화전을 부치고 부자(附子)로 술을 담가 먹으면 봄날에 잘 어울리지 않겠느냐?"

껄껄 웃으며 술병을 흔드는 모습에 객점 마당에 나와 있던 취객들이 뜨악한 표정을 지었다. 유도화는 그 꽃과 뿌리 전체에 독이 있고, 부자 역시 독성이 있으니 그로 안주를 하고 술을 담가 먹었다간 당장 저승사자와 겸상을 하기 딱 좋다. 그런데 많이 취한 것 같지도 않은데, 멀끔한 얼굴로 말도 안 되는 헛소리를 하고 있는 저자는 도대체 누굴까? 가만, 자세히 들여다보니 굉장히 잘생겼다. 키도 군계일학처럼 좌중에서도 단연 눈에 띄일 정도로 크고.

어디서든 미남은 적과 미희를 동시에 끌어들이기 마련이다. 마당에 한두 개 내어놓은 술상에 앉아 봄바람을 즐기며 술을 마시던 사내들의 눈이 조금씩 세모꼴로 올라갔고, 괜히 한번 시비를 붙여보고픈 본능에 엉덩이를 들썩거리기 시작했다.

"시간이 너무 늦었습니다, 무결님. 이만 환궁하셔야 합니다."

"황궁 안이나 밖이나 똑같은 감옥인 것을, 뭐하러 더 좁은 감옥으로 들어가느냐? 됐다. 같은 감옥이면 난 이 황미주에 계육찜이 있는 탁 트인 감옥을 택하련다."

그리 말하며 아예 병째로 벌컥벌컥 술을 들이마시는 무결이라 불린 사내나, 그 앞에 난감한 얼굴로 서 있는 수하 쪽이나 마치 일부러 족집게로 골라내 온 것처럼 잘생겼다. 단지 술병을 기울이는 무결이란 사내 쪽의 얼굴이 좀 더 부드러운 윤곽선을 그리고 있고, 체격이 좀 더 준장(峻壯)*하며, 깃털 한 개 정도의 차이로 더 잘생겼을 뿐이다. 수하로 보이는 쪽도 미남자이긴 했지만, 융통성이 없어 보이는 고지식함이 온몸에 배어 있어 그 얼굴에서 매력을 깎아내고 있었다. 굳이 평하자면 객점이라는 이 호기로운 공간에 어울리는 쪽은 무결이라 불린 그 상전 쪽이다.

"좋구나. 늘 마시는 술이지만 달과 함께 마시니 술친구로는 최고로다. **잔 들어 밝은 달 맞이하니 그림자 이루어 세 사람 되었네. 자하 너까지 있으니 오늘은 넷이구나. 오랜만에 술벗이 늘어서 그런가, 술맛이 더욱 좋다. 카아~!"

입가에 번진 술을 닦으며 낄낄 웃는 이 남자가 창천국의 제2황자이며, 일국의 번왕이라는 사실을 도저히 믿을 수 없다. 비록 비단옷이긴 하지만 공복을 입은 것이 아닌지라 옷만 봐서는 알아보기도 힘들었거니와, 더더군다나 황족다운 품위하고는 거리가 멀

---

*준장(峻壯):높고 우람함
**이백의 시 월하독작(月下獨酌)

어 높은 신분이라고는 상상하기 어려웠다. 뭣보다 일국의 황족쯤 되는 사람이 이 시각에 황궁을 벗어나 허름한 객점에서 술을 마실리가 없으니, 당연히 객점 마당에서 술잔을 기울이던 자들은 그가 허랑방탕한 귀족의 자제쯤 되는 걸로 알고 쯧쯧 혀를 찰 뿐이었다.

"전하, 이만 황궁으로 드심이……. 가 황후나 천웅 태자가 또 무슨 트집을 잡을지 걱정이 됩니다."

자하가 삼경을 넘은 뒤로 거의 백 번쯤 주워 올린 말을 또 한 번 반복했을 때였다. 문득 무결이 앉은 술상 앞, 등받이가 없는 걸상에 낯선 사내가 걸터앉았다.

"오랜만에 뵙습니다, 건왕 전하."

황궁 밖에서 그를 알아보는 사람은 드물거니와 알아봐도 전하라고 부르며 아는 체하는 사람은 더더욱 없다. 오늘 죽을지, 내일 죽을지 모르는 허울뿐인 번왕은 황족이라기보다는 전염병균에 가깝다. 가까이 했다간 함께 죽는 것이다.

"누군지 모르겠소. 나를 아오?"

짐짓 느긋하게 웃으며 능치는 무결의 말에 건너편에 앉은 사내가 깊이 눌러쓴 모자챙을 살짝 들어 올리며 얼굴을 보였다.

"그래도 모르겠소. 상당히 평범하게 생겼군, 그래."

사내의 얼굴이 살짝 일그러졌다.

"풍 귀비 마마의 일속이라고 하면 아시겠습니까, 전하."

사내가 짐짓 의미심장한 말투로 속삭였지만, 그것은 이미 무결도 짐작하고 있던 바였다. 황궁 바깥에서 그를 아는 체할 사람이라고 해봐야 풍씨 일가밖에 없으니 말이다.

"양어머님께서 돌아가신 지 이미 오래인데 아직도 나를 한 가족으로 쳐주는 사람이 있다니, 기쁘기 짝이 없구려."

무결이 사람 좋은 웃음을 지으며 술을 권했다. 이쪽도 저쪽도 적대하지 않는다. 물처럼 술처럼, 그렇게 사람들 사이로 흘러간다. 그게 무결이 살아남는 방법이다.

"무슨 그런 섭섭한 말씀을. 전하께서 열 살 되시던 해에 풍 귀비 마마의 양자가 되신 이후로, 전하는 언제나 저희의 일족이셨습니다. 풍 귀비 마마가 돌아가셨다고 하지만, 이미 맺어진 인연을 어찌 모른 체하겠습니까."

"하긴 그 때문에 내가 아직 살아 있긴 하지. 언제나 고맙게 생각하고 있다오."

농담이 아니라 진심이었다. 사실 지금 무결은 쥐도 새도 모르게 살해당하지 않는 것이 이상할 정도였으니, 고맙다 치사하는 무결의 말투는 가벼웠으나 그 속에 들은 뼈는 나무둥치만큼 굵었다.

황제가 자식을 늦게 본 까닭에 장성한 황자는 천웅과 무결 둘뿐이었는데 그중 창천의 적통 계승자는 적장자인 천웅이었다. 아무도 천웅의 계승에 이의를 제기할 수 없는 상황이었지만, 황제가 쓰러진 뒤 실권을 잡은 황태자 천웅과 가 황후가 가장 먼저 한 일은 봉토를 받아 번국에 나가 있던 무결을 인질로 삼은 것이었다. 혼인을 빌미로 황도 화하에 그를 불러들인 뒤 그대로 인질로 삼은 것이다.

본디 황실의 역사란 피의 역사다. 멀쩡하게 장성해 황위가 바뀌는 것을 지켜본 황자가 드물 정도니, 대부분은 같은 황자들이나 황태자의 견제를 받아 성년 전에 제거당하는 것이 보통이었다. 무결 역시 그런 운명을 밟을 뻔했지만, 그나마 그의 배후에 대귀족인 풍 귀비 일족이 있기 때문에 무사할 수 있었다.

안 그래도 개국한 지 얼마 안 된 나라인지라 모든 것이 기반을 잡지 못한 상태인데, 그 와중에 나라를 세운 창천제가 쓰러지자 중신들 역시 혼란에 빠졌다. 그런 마당에 조정 권신들에게 큰 영향력을 미치고 있는 풍씨 일가를 적으로 돌렸다가는 황실의 존망마저 어려워진다. 그런 까닭에 가 황후와 태자 천웅이 무결을 눈엣가시로 여겼지만 당장 그를 제거하지는 못하고 있었다.

"왔으니 술 한잔 들고 가오. 이 집 주인장이 술 담그는 솜씨가 그만이라. 이 황미주는 술을 담그고 천 일이 지나야만 뚜껑을 따는데 3년 묵은 술맛이 깊고도 그윽한 것이 아주 일품이라오."

"전하, 어찌 이리 세월을 죽이고만 계십니까. 전하의 보령 올해로 스물다섯입니다. 큰일을 도모해야 할 나이가 아닙니까. 전하를 아들 삼으셨던 풍 귀비 마마께서 전하가 이리 허송세월하는 모습을 구천에서 보고 계시다면 슬퍼 통곡하실 겁니다."

"그대가 잘못 알았소. 내 나이가 사실은 스물여섯이라오. 아참, 생일이 보름은 남았으니 아직 스물다섯이라고 해야 하나?"

"전하!"

"세월을 죽이는 것이 뭐 그리 나쁘다 그러오. 언젠가는 나도 세월에 당할 것, 그전에 세월을 미리 죽여놓으면 내가 오래오래 살 것 아니오. 하하하."

객쩍은 농담에 사내의 인상이 굳었다. 무결이 화하에 끌려온 이후로 세상에 뜻을 잃고 술에 절어 산다는 소문은 익히 들었다. 번국에 돌아갈 길도 없는데다가 수족이 잘려 황태자와 가황후의 감시받는 신세가 됐으니, 그로 미친 듯이 술만 퍼마시며 부유하듯 인생을 허비하고 있다는 것이다. 황태자가 무결을 죽이지 않는 것은 사실은 풍씨 일족이 두려워서가 아니라, 무결이 굳이 죽일 필요도 없는 폐인이 됐기 때문이라고, 세인들은 그리 떠들었다. 정말로 그런 것일까? 일말의 기대를 갖고 찾아왔건만, 아니 땐 굴뚝에 연기 안 난다고 사실은 이미 그 굴뚝에는 불이 피워진 적도 없었던 게 아닐까?

"그대가 뭘 바라고 왔는지 모르겠지만 나는 바람에 떠도는 낙엽처럼 이 세상을 의미없이 구르다 가겠다고 마음먹었소. 낙엽 속에 묻혀 있으면 적어도 누군가에게 채이고 찔리는 신세는 면하겠지. 술이나 드시오. *술잔 속에 바람을 읊조리고 달을 희롱하면 만장의 홍진에서 떠날 수 있다 하지 않았소? 술이 인생을

---

*채근담(菜根譚)

구원해 주리라. 하하하!"

"전하!"

"술이나 더 가져오너라. 아니다, 병이 아니라 술독을 가져오거라. 고작 술 한 병으로는 이 썩은 오장육부를 달래기가 부족하구나!"

너털웃음을 터뜨린 무결이 품 안에서 전낭(錢囊)을 꺼내더니 은전을 꺼내 사방에 뿌렸다. 아뿔싸. 당장 꼴사납다는 표정으로 무결을 쳐다보던 객점 안 무리들이 벌떡 일어나더니 아귀처럼 달려들어 여기저기 흩어진 은전을 줍느라 난리법석을 떨기 시작했다.

이 무슨 볼썽사나운 짓일까. 돈으로 허세를 부리는 것은 일국의 황자가 할 짓이 아니다. 얼굴이 벌게진 사내가 자리를 털고 일어나려 했지만 그마저도 여의치 않았다. 체면이고 뭐고 집어던진 무리들이 혹시나 사내의 몸에도 어딘가 은전이 떨어져 있지 않을까, 달려들어 마구 뒤지기 시작했던 것이다.

"무슨 짓들이냐, 놔라!"

다행히 사내는 혼자 오지는 않았다. 객점 입구에서 기다리고 있던 종자들이 그의 비명을 듣고 달려와 각다귀처럼 달려드는 취객들을 떼어냈고, 그들이 좌중을 헤집어놓은 덕분에 굶주린 짐승처럼 은전을 찾아 바닥을 기고 주먹질까지 하던 무리들이 사방으로 흩어졌다.

"휴우. 이게 무슨 행악인고. 죽다 살았다!"

간신히 취한들 사이를 빠져나와 객점 밖으로 나온 사내가 투덜댔다. 무결과 접촉을 하기는커녕 패악만 당할 뻔했다. 풍씨 권문의 수장은 언젠가 무결이 천웅의 세상을 뒤엎고 창천에 평화를 가져올 수 있는 인재라 믿고 있지만, 그가 보기에 무결은 영 글렀다.

나오는 대로 있는 말 없는 말 투덜거리며 찢어진 옷을 추스르던 사내는 그러다 문득 깨달았다. 취객들의 소동 와중에 무결이 사라지고 보이지 않았던 것이다.

'혹시 취객들에게 몸을 상한 건가? 누군가에게 밟혀 떡이 돼 있는 게 아니야?'

그에게 실망하긴 했지만 그래도 황족의 안위를 모른 체할 수는 없었다. 사내가 종자들에게 무결을 찾으라고 지시를 내리려는데 그때 그의 눈에 객점을 빠져나오는 한 무리의 수상한 거한들이 들어왔다. 수상하다고밖에 할 수 없는 것은, 분명 객점에서 나왔는데 술기운이라고는 전혀 보이지 않는데다가 하나같이 패검을 허리에 차고 있는 것이 분명 검객 같은데, 검객치고는 또 굉장히 불쾌한 분위기를 풍기고 있기 때문이었다. 무뢰배는 아니고, 그렇다고 귀인을 모시고 다니는 수하들로 보이지도 않고.

'설마⋯⋯?'

선뜩 떠오른 예감에 사내가 흠칫 놀라고 있을 때 그를 발견한 거한들이 위협적인 분위기를 날리며 다가왔다.

"아까 건왕과 합석한 자 맞지? 건왕과 무슨 이야기를 나눴나?"

무결의 신분까지 알고 있다. 역시나.

"오랜만에 뵈어서 안부 인사나 좀 했소. 그런데 전하가 주사(酒邪)가 좀 심합디다. 인사나 한 번 하려 한 것뿐인데 하마터면 봉변을 당할 뻔했소."

대충 둘러댔지만 전혀 믿는 눈치가 아니다. 하긴 그래도 안 믿을 것이다. 저들은 분명 천웅이나 가 황후의 명을 받고 무결을 감시하고 있을 터, 그렇다면 사내의 신분 역시 알고 있을 것이다.

"건왕과 자주 어울리지 않는 게 좋을 거요. 자칫하다간 삼족이 멸해지는 재앙을 맛보게 될 테니."

심상치 않은 목소리로 을러댄 괴한들이 이윽고 길 끝으로 사라졌다. 보름이라 환한 달빛에 그들의 모습이 굽어진 모퉁이를 돌아 사라지는 것까지 모두 보였다. 그 모습을 끝까지 지켜본 사내가 반대쪽으로 몸을 돌리려다 얼핏 중얼거렸다.

"혹시 전하께서 일부러 소동을 일으키신 건가? 감시역들을 떼어내려고?"

떼어낸 것은 사실 천웅이 보낸 감시자들뿐만이 아니었다. 소동 와중에 고지식하다 못해 재미없기까지 한 수하 자하까지 떼어낸 무결은, 그 시각 술병 아가리를 움켜쥐고 흥얼흥얼 노래까지 부르며 호젓한 골목길을 홀홀히 걸어가고 있었다.

"가을이구나. 만추(晚秋)로다, 만추야. 좋구나~"

저절로 시구가 떠올라, 무결은 엉터리 가락을 엉터리 절구에 붙여 흥얼거리며 병나발을 불었다. 지금쯤 저 융통성이라고는 고양이 수염 끝만큼도 없는 자하가 그를 찾기 위해 우왕좌왕 헤매고 있을 것이다. 얼마나 당황하고 있을지 알고 있었지만 한편으로는 자하마저 떼어낸 지금의 자유가 실로 오랜만이어서 무결은 굳이 그를 찾아 자신이 무사하다는 것을 알리고 싶지가 않아졌다.

"뭐, 어차피 감시역들이 내 목을 날리지 못한다는 거야 녀석도 잘 알고 있고."

그렇다. 서화문 안쪽. 도성을 벗어나는 인적없는 길을 호위도 없이 걸어가면서도 천웅이 보낸 살수를 걱정하지 않는 것은 비단 풍씨 가문의 비호에 기대서가 아니다. 자하 역시 제 임무를 소홀히 하는 것이 두려울 뿐, 무결이 암살자들에게 당하는 것을 저어하는 것이 아니었다. 오히려 두려운 것은 무결이 암살자들에게 당하는 것이 아니라, 암살자를 만나 그들을 모조리 해치워 버리는 것이다.

세상을 떠도는 폐인으로 취급받기로 자처한 무결에게 조금이라도 특출한 능력이 있다는 것은 가 황후의 주의를 끌고, 한편으로 천웅의 질투를 사는 위험 요소일 뿐이다. 죽음의 위기가 두려운 것이 아니라, 어쩔 수 없이 능력을 드러내야 하는 상황이 닥치는 것이 무서운 것이다.

그러나 그 감시역들도 멋지게 떼어내 버렸으니 오늘은 더 이상 두려울 것이 없다. 화하에 붙잡힌 이래로 거의 처음으로 맛보는 감미로운 고독이다. 무결은 모처럼의 자유를 만끽하며 어슬렁어슬렁 서화문 쪽을 향해 걸어갔다.

서화문으로 향하는 길엔 나무가 우거진 언덕 하나가 가로막고 있다. 그 언덕으로 올라서니 언덕 아래 펼쳐진 들판 너머로 2층 층루로 지어진 서화문이 보였다. 이미 자정이 넘은 탓인지 서화문에 사람의 그림자라고는 보이지를 않는다. 어쩌면 수비병이 없는 게 아닐까 하고 의심이 들 정도로.

"이대로 화하를 빠져나가 볼까나?"

아무도 지키지 않는 것처럼 보여도 서화문도 도성의 문 중 하나라 문 안팎으로 병사들이 지키고 있다. 그리고 통행패를 지니고 있지 않은 사람은 아무도 성 밖으로 나가지 못한다. 당연하게도 황궁 밖이라면 몰라도 도성 밖 출입은 금지돼 있는 무결은 통행패를 갖고 있지 않았다.

"관두자. 성문을 빠져나가면 또 뭐 할꼬. 아무리 도망을 쳐도 새장 안에서 더 큰 새장으로 빠져나가는 것일 뿐이지."

수비병들을 죽이고 성문을 빠져나갈 수도 있다. 하지만 그러면 뭐한단 말인가. 무결은 혈혈단신이지만, 그에 비해 무결이 빠져나가야 할 길에는 천웅에게 장악된 수만, 수십만의 군사들이 깔려 있다. 도망을 치고 또 치다 결국은 잡혀 죽임을 당할 뿐이다.

풍씨 가문과 손을 잡는 방법도 있지만 무결은 그에 대해 꽤 냉정한 판단을 내리고 있었다. 풍씨 가문은 신료들을 조종하고 금력과 권세를 이용해 그의 죽음을 어느 정도 유보시켜 줄 수는 있지만 군사적으로 무결을 도와줄 정도는 아니었다. 더군다나 이미 풍씨 일가는 천웅과 가 황후가 물샐 틈 없이 감시를 하고 있지 않은가. 아마도 거사를 일으켜 보기도 전에 모조리 잡혀 들어갈 것이다.

"그렇다면 새장을 깨려고 노력하느니, 차라리 그 새장을 내 것으로 만드는 수밖에."

불현듯 무결이 중얼거렸다. 언덕 아래를 내려다보느라 약간 그늘이 진 그의 얼굴에 선뜩 칼날처럼 날카로운 빛이 번쩍였다. 아무도 그런 빛이 그에게 나타날 거라 생각하지 못했던, 그런 예기가 잠시 머물렀다가 곧 흔적도 없이 사라졌다. 무결의 입가 는 또다시 흔연히 풀어졌고 그는 곧 몸을 돌려 흥얼흥얼 노래를 부르며 언덕길을 내려왔다.

그때였다. 방금 내려온 언덕길 쪽에서 다급한 발소리가 들렸 다. 타다닥, 타다닥, 체구가 자그마한 녀석이 죽어라 달리는 듯 한 기척. 한 사람이 아니다. 그 뒤로 묵중한 걸음이 쫓아오는 기 색이 들리는 것을 보니 분명 하나는 쫓는 자고, 앞서 달려오는 녀석은 쫓기는 자다.

등을 돌린 채로, 그를 향해 선불 맞은 사슴처럼 뛰어오는 자 들이 적이 아니라는 것을 판단한 무결이 짐짓 본능적으로 취했던 방어 자세를 풀며 몸을 늘어뜨렸다. 그리고 그 직후, 그를 향해 전력질주를 해오던 몸집 작은 녀석이 정통으로 무결의 등짝과 부딪쳤다.

"아이쿠!"

"꺄악!"

두 사람의 비명이 동시에 울려 퍼졌고 서로 부딪친 반대 방향으로 나자빠졌다.

꺄악? 꺄악이라? 쫓기던 것이 여자였던가?

모르는 척하려 했지만 불한당에게 쫓기는 게 여자라면 이야기가 또 다르다. 마침 운 좋게도 그를 감시하는 자들도 없지 않은가. 부딪치는 바람에 한 무릎을 꿇고 주저앉아 있던 무결이 빙긋 웃으며 몸을 일으켰다. 그리고 저만치 나가떨어져, 몸을 가누려 애쓰고 있는 상대를 돌아보았다.

달빛 아래, 곱디고운 선을 가진 여인이 구겨진 옷깃을 펼치며 일어나고 있었다. 둥그런 아미, 별 같은 눈동자. 날아갈 듯 반투명한 피백(披帛)*이 마치 달빛 아래 하강한 선녀의 날개처럼 보인다.

아아, 이렇게 아름다운 미녀를 구할 수 있다면 모처럼의 자유를 희생하는 것도 아깝지 않다. 무결은 여인의 미모에 감탄한 나머지 자기도 모르게 입을 벌렸다.

'어라?'

---

*피백(披帛):어깨와 팔에 걸쳐 두르는 장식용 천

갑작스레 눈앞에서 아름다운 여인의 모습이 꿈처럼 사라졌다. 엉금엉금, 일어나려 애쓰고 있는 상대는 달빛 아래서도 도무지 곱게 봐줄 수 없는 낡은 옷차림, 그마저도 남복이다. 사내치고는 예쁜 얼굴, 아담한 키. 하지만 아무리 눈을 비비고 다시봐도 분명히 사내다. 나이는 한 열서넛쯤 됐을까?

"죄, 죄송합니다, 공자님. 미처 앞을 보지 못했어요."

어쩔 줄 몰라 납작 엎드리며 두 번, 세 번 머리를 숙이는 꼬마를 무결은 잠시 어리둥절 쳐다봤다. 분명 여자라고 생각했다. 가냘픈 목소리도 그렇거니와 고운 몸매며 얼굴도 천생 여자였는데…….

'술김에 헛것을 본 건가?'

속이려 마신 술에 자신도 속았나 보다. 무결은 허허, 헛웃음을 짓다가 이윽고 꼬마에게 손을 내밀었다.

"일어나거라. 달밤에 무슨 줄달음을 그리 치느냐."

'히익!'

갑작스레 자신을 향해 내밀어진 손에 율비는 화들짝 놀라 엉덩방아를 찧으며 주저앉았다. 남자를 가까이 해본 적이 별로 없는지라 도와주려 내민 손에 지레 겁부터 먹어버린 것이다.

"나를 무서워하는 게냐? 이거야 원, 도와주려 내민 손이 무색하구나."

무결이 껄껄 웃으며 손을 거두자 비로소 율비는 정신을 차리고 그를 쳐다봤다.

사내다. 그것도 잘생긴 사내.

잘생기기는 오라비인 율민도 잘생겼지만 이 남자는 또 다르다. 오라비는 그냥 오라비인데, 이 남자는 뭐랄까, 진짜 남자 같다는 느낌이랄까? 낮에 만난 도자소의 도제도, 지금 그녀를 쫓아오고 있는 도자장도 분명 같은 남자인데 이상하게도 이 사람에게선 사내의 내음이 유난히 짙게 느껴진다.

'아차, 도자장!'

자신이 지금 쫓기고 있는 처지라는 걸 깜빡 잊었다. 율비는 당장 허리춤에 묶인 보물 항아리가 무사한지부터 살폈다.

"이 쥐새끼 같은 놈! 도망칠 수 있을 줄 알았냐!"

마침 때맞춰 거의 한 길 정도 뒤처져 쫓아오고 있던 도자장이 그 자리에 도착했다. 그러나 귀공자풍의 남자가 율비 앞에 서 있는 걸 발견한 도자장은 당장 그녀에게 덤비지는 못하고 일단 멈춰 서서 씩씩거리며 눈치부터 보았다.

한 손에는 율비의 허벅다리만 한 몽둥이를 든 채 험상궂은 눈으로 율비와 무결을 번갈아 노려보고 있는 도자장은 척 보기에도 인상이 험악하다. 굳이 말하자면 처음 본 상대인데도 그쪽보다는 예쁘장한 율비의 편을 들어주고 싶어질 정도다.

"저자에게 쫓기고 있는 거냐?"

무결이 슬쩍 묻자 율비가 겁먹은 얼굴로 고개를 끄덕였다. 그러더니 뭔가 망설이는 얼굴로 흘깃 무결을 돌아본다.

'사내 녀석이지만 귀엽군. 내게 도움을 청하려는 거냐?'

무결은 허리춤에 패도를 차고 있었다. 검을 쓸 줄 아는 상대일지 모르니 아마도 도와달라 매달리고 싶은 생각이 드는 게 당연하리라.

하지만 무결은 순순히 율비를 구해주고 싶은 생각이 없었다. 여자라면 몰라도 괜히 말썽에 휘말려 가면서까지 사내를 구해주고 싶지는 않다. 모처럼 얻은 자유를 허비하고 싶지도 않거니와, 감시자들을 이리로 불러들이는 것도 귀찮았다.

"뉘신지 모르지만 상관 말고 가슈! 난 그쪽 말고 저 꼬맹이한테 볼일이 있단 말이오!"

"아, 그러시오? 그럼 알겠소. 볼일 보시구려."

간단하게 대답한 무결이 돌아서자 율비가 흠칫, 당황하는 게 느껴졌다.

'아마도 당연히 도와줄 줄 알았겠지. 자, 어찌할 거냐. 바짓가랑이에 매달리며 살려달라고 애걸할 테냐?'

무결이 조금은 심술궂은 미소를 띠며 율비 쪽을 슬쩍 돌아보니, 율비는 거의 울 듯한 얼굴이었다. 당장에라도 살려달라고 붙들려는 것처럼 무결을 향해 팔을 뻗다가 문득 장난기 가득한 그의 표정을 보더니 억지로 팔을 접는다. 그러더니 잠깐 동안 망설이다가 조그맣게 속삭이는데 그것은 뜻밖에 무결의 예상을 깨는 것이었다.

"저…… 칼을 좀 빌려주시면 안 되겠습니까?"

"칼은 뭐하게? 설마 그걸로 싸우려고? 아서라. 네 가는 팔목으로는 휘두르기는커녕 들지도 못하겠구나."

"하지만 애꿎은 사람을 끌어들여 민폐를 끼칠 순 없어요. 저 때문에 괜히 다치시기라도 하면……. 칼만 빌려주시면 어떻게든 해보겠습니다. 한 번만 도와주시면 평생의 은혜로 알 테니, 부디 칼을 빌려주세요, 대협."

'호오?'

무조건 울며불며 살려달라 애걸할 줄 알았는데 뜻밖이다. 무결은 재미있다는 생각이 들었다.

"아, 상관 말고 가라니까! 칼이든 뭐든 가지고 꺼지라고!"

안 되겠다 싶었는지 도자장이 소리를 질렀지만 무결은 순순히 패검을 끌러 율비에게 던져 줬다.

"옜다. 어디 한번 써보려무나. 하지만 칼이란 건 함부로 휘둘렀다간 상대가 아니라 자신이 다치는 거란다. 내 보기엔 저 사내가 아니라, 네가 든 칼에 다칠 것 같구나."

아니나 다를까, 무결이 던지듯 건넨 검을 받은 율비가 당장 묵중한 칼 무게를 견디지 못하고 휘청거렸다. 칼을 뺄 줄도 몰라 어쩔 줄을 몰라 하다가 간신히 칼집을 발로 붙잡고 검자루를 빼냈는데, 거의 칼을 뺐다기보다는 나오기 싫다는 것을 억지로 끌어낸 형국이었다.

"품!"

무결이 웃음을 터뜨렸지만 율비는 진지했다. 거의 자기 키의 3분지 2는 될 듯한 검을 들고 머리 위로 치켜든 율비가 그 순간 그만 무게를 못 이기고 그대로 뒤로 자빠지고 말았다.

"앗! 아다다닷!"

재빨리 일어나 다시 검을 들어보려 하지만 아무리 봐도 검을 드는 게 아니라, 검에 끌려다니는 것 같다. 저런 힘으로 혼자 어떻게 해보겠다고 검을 빌려달라 하다니, 무결은 자못 안쓰러운 마음까지 들었다.

"이런 돼먹지 못한 꼬맹이를 봤나. 칼 좀 들면 너 같은 꼬맹이가 날 이길 수 있을 거라 생각했냐?"

그래도 칼을 든 상대는 조심해야 하는지라 잠시간 머뭇거리던 도자장이 그 꼴을 보고는 용기를 얻어 몽둥이를 붕붕 휘두르며 달려들었다. 율비가 얼결에 막는답시고 검을 머리 위로 가로 세웠지만 속도가 미처 따라가지 못했고, 검을 채 머리 위로 들기도 전에 도자장이 휘두른 몽둥이가 쏟아져 들어왔다. 그러나 그때.

딱!

검과 몽둥이가 격돌하는 소음이 달빛 번진 대기 속을 갈랐다. 분명이 제 머리가 깨질 거라 생각했는데, 아무런 격통도 느껴지지 않았다. 대신 느껴지는 것은 몽둥이를 받아낸 충격에 찌르르 떨리는 검신과 저린 팔목. 그리고 제 팔을 끌어당기는 단단한 힘. 눈을 뜬 율비는 무결이 검을 든 그녀의 팔을 잡아당겨 도자장이 내려친 몽둥이를 막았다는 것을 깨달았다.

"한 가지만 물어보지."

무결이 끼어들자 도자장은 발칵 짜증을 냈다. 안 끼어들 것처럼 굴더니 이제 와서 무슨 수작이란 말인가?

"뭐요! 협객 흉내라도 낼 참이우? 분명히 말하지만 악당은 이 꼬맹이 쪽이란 말이오! 똥인지 된장인지 알고나 덤비쇼!"

"그냥 가려고 했는데 아무래도 그게 궁금해서 말이야. 왜 이 꼬마를 쫓는 건가? 이 꼬마가 뭘 훔치기라도 했나?"

"바로 그거요! 보물이요, 보물! 이 쥐새끼 같은 꼬맹이가 내 보물을 훔쳐 갔단 말이오!"

"보물? 보물이라니?"

결국 좀도둑에 불과한 거라면 도와줄 생각이 없다. 하지만 이어서 나온 도자장의 대답은 무결을 어이없다 못해 허탈하게 만들었다.

"내 보물! 환관 놈이 잘라놓고 간 음경 말이오! 족히 은자 50냥은 받을 수 있는 것인데, 저놈이 훔쳐 갔소! 어제 순진한 얼굴로 찾아와서는 환관이 되고 싶다느니, 어쩌니 거짓말을 해대더니 알고 보니 그게 다 내 보물을 훔쳐 가려 한 수작이었다, 이 말이오!"

일반인이라면 무슨 말인지 알아듣지 못했겠지만 그래도 황족이며 일국의 변왕인 무결은 단박에 그 말이 무엇을 뜻하는지 알아챘다. 황궁의 환관들이 자신의 보물이라며, 잘린 음경이 든 항아리를 애지중지 간직하는 것을 종종 봤으니 말이다. 그러니까 이 야밤의 활극이 황금도, 보석도 아닌 사내의 '거시기' 때문이란 말인가.

'재수 옴 붙었군.'

무결은 황족치고는 편견이 없는 사람이었지만 지금만큼은 그렇게 생각하지 않을 수 없었다. 침이라도 한 번 뱉고 얼른 칼을 뺏어 자리를 뜨는 게 상책. 그런데 무결이 검을 거두려는 그때 율비가 바락 고함을 질렀다.

"아닙니다! 제 것입니다! 제 몸에서 잘라 보관한 것이에요!"

궁지에 몰린 율비는 더 이상 바깥에 나가는 것도 두려워하던 겁 많은 소녀가 아니었다. 도둑질까지 감행한 마당에 이 모든 모험을 수포로 돌릴 수는 없는 일이다. 율비의 작은 머리가 이 제껏 굴려본 적 없는 속도로 정신없이 돌아가기 시작했고, 작심을 하기도 전에 본능적으로 말이 튀어나갔다.

"저 나쁜 도자장이 제 보물을 가져가야 한다는 것을 일부러 말하지 않았어요! 뒤늦게 제가 찾아가 돌려달라고 했더니 높은 값을 요구하며 주지 않으려 하기에, 어쩔 수 없이 가지고 도망을 친 겁니다!"

더 이상 물러날 데도 없다. 어디서 난 담력인지 율비는 참기름이라도 바른 것처럼 술술 거짓말을 토해냈다.

"뭐야? 거짓말 하지 마라! 이 보물의 주인은 이미 죽었단 말이야!"

사실인가? 무결이 의심스러운 얼굴로 율비를 돌아봤다. 어쩌다 보니 재판관 역할을 맡게 돼버린 것을 무결은 의식하지 못했다. 어느새 돌아서려던 결심을 잊고 이 사건에 깊게 발을 들이 밀었다는 것도.

"거짓말은 그쪽이 하고 있잖아요! 원래 보물의 주인이 죽으면 가족들에게 보물을 돌려줘야 합니다. 그런데 어떻게 죽은 사람의 보물을 도자장이 갖고 있단 말입니까!"

그 말에야 도자장이 그만 말문이 막히고 말았다. 사실은 율비의 말대로 가족들이 보물을 돌려달라며 찾아왔었는데 도자장은 보관을 잘못해 썩었다면서, 염소의 양물을 잘라 형체도 없이 썩혀놓은 것을 내주고 진짜는 자신이 감춰뒀던 것이다.

"에, 에잇! 시끄럽다! 잔말 말고 내 보물이나 내놔!"

찔리는 데가 있음에, 결국 할 말을 잃은 도자장이 무조건 몽둥이를 휘둘러 대기 시작했다. 우격다짐, 이대로 율비를 죽지 않을 정도로만 두들겨 팬 다음 보물을 뺏어 돌아가려는 것이다. 그런데 율비의 머리를 노리고 휘두른 몽둥이가 갑자기 무게감을 잃고 휘청거렸다. 헐렁해진 무게에 몽둥이를 들여다 본 도자장은 곧 그것이 자루만 남고 윗부분이 깨끗이 잘려 날아갔다는 것을 깨달았다.

"끼어들지 않고 그냥 가려고 했는데, 마음이 바뀌었다."

어느새 무결이 검 자루를 뺏어 들고 있었다. 장난스럽게 검을 공중에 대고 붕붕 휘두르는데 마치 검이 아니라 제 몸의 일부를 휘두르는 것처럼 지극히 자연스럽다.

고수다! 그것도 보기 드문……!

검을 만들고 있고, 휘두르는 데도 어느 정도 일가견이 있는 도자장은 그 사실을 직감했고 그와 동시에 두려움과 울분이 한꺼번에 치밀어 올랐다.

"뭐요! 아까는 그냥 간다고 하지 않았소!"

"그러려고 했지. 그런데 말이야, 얼굴만 보고 판단하면 안 되겠지만 아무래도 네놈보다는 이 꼬마의 면상이 마음에 들어."

"뭐, 뭔 헛소리요!"

"내가 그냥 갔다간 네놈이 이 귀여운 얼굴을 사정없이 뭉개놓을 것이 아니냐. 그건 너무 아까워. 하지만 네놈 얼굴이야 뭉개지든 찢어지든, 가을 산에 낙엽 하나 더한 것뿐이니 어느 누가 아쉬워하겠느냐. 그냥 네가 희생을 하거라."

말도 안 되는 논리에 도자장이 욕설을 내뱉었지만 무결은 아랑곳하지 않았다. 장난처럼 돌리던 검날을 멈춘 무결이 정색을 하고 검신을 바로 세웠다.

"기왕 시작한 것이니, 확실하게 도와주겠다."

끝장이라 생각한 도자장이 저도 모르게 질끈 눈을 감았다. 하지만 이대로 당하기는 너무 억울하지 않은가. 도자장은 감았던 눈을 부릅뜨며 악에 받혀 소리를 질렀다.

"제기랄! 나도 이판사판이다!"

어쩌면 이 멀끔한 귀공자는 그냥 멋으로 검을 찬 위인일지도 모른다. 어차피 귀족 사내가 검공을 깊게 연마했을 리도 없으니 승산이 없는 것도 아니라며 억지로 용기를 북돋운 도자장이 우격다짐으로 무결을 향해 달려들었다. 자빠뜨리기만 하면 일단은 기선 제압이라고 판단한 것이다. 그러나 도자장이 양팔을 방망이처럼 붕붕 휘두르며 달려들었을 때, 이미 무결은 그 자리에 없었다.

펄럭. 허공에서 들려온 소리에 율비와 도자장의 머리가 저절로 하늘로 향했다. 무결이 거기에 떠 있었다. 한순간 무결의 등 뒤에 보이지 않는 날개가 달린 것이 아닐까 하는 생각이 두 사람의 머리에 동시에 떠올랐을 때 무결의 검이 달빛을 갈랐다.

쏴아악―!

검이 빛을 자를 수 있다는 것을 율비는 처음 알았다. 검을 든 자가 그렇게 아름답게 너울너울 춤을 출 수 있다는 것도.

무결은 마치 달빛을 밟고 하늘을 나는 것처럼 보였다. 달빛을 반사한 검이 둥글게 휘돌아가며 눈부신 검륜을 만들어냈고, 펄럭이는 옷자락은 빛나는 만월의 달과 어우러져 마치 그를 달에서 내려온 선인처럼 보이게 만들었다.

눈부신 만월. 흐드러진 꽃잎처럼 펼쳐지는 검무. 깃털처럼 날아다니는 사람의 무게.

율비의 눈이 보름달처럼 커다래지고, 입은 그보다 더 커다랗게 벌어질 무렵, 마침내 무결이 퍼르륵, 장포 자락을 날리며 흙바닥에 내려섰다. 그리고 그때는 도자장이 틀어 올린 상투 머리를 잘려 봉두난발이 되고, 바지 끈 역시 베어져 바지춤이 발목까지 내려간 볼썽사나운 모습이 돼 자빠진 뒤였다. 어느 모로 보나 원래 자를 것은 목과 허리춤이었고, 무결이 한참을 봐준 것이라는 것을 알 수 있었다. 더불어 무결이 도자장 따위와는 상대가 안 되는 고수란 것도.

'하아……! 저게 진짜 검이란 거구나!'

검이나 무예에 대해선 거의 무지한 율비였지만 그런 그녀도 무결의 무공이 고강하다는 것만은 알 수 있었다.

"가거라. 나는 사람을 해하는 것을 그리 좋아하지 않는다."

"내, 내가 가만있을 것 같소! 저 꼬마 놈이나 댁이나 모다 관아에다 고발할 거요!"

"그러든지."

무결은 어깨를 으쓱했다. 그의 신분도 모르는 도자장이 무슨 수로 무결을 고발할 것인가. 오다가다 마주친 객인 것을. 행여나 저 꼬맹이가 고발당할 수는 있겠지만 그거야 꼬마의 운에 맡길 일이다. 이미 오늘 이 자리에서 무결이 율비를 도와준 것부터 상당한 무리를 한 것, 이다음의 일까지 굳이 나서 도와줄 생각은 없었다. 그 이전에 무결도 제 코가 석 자였으니 이쯤에서 적당히 발을 빼는 게 낫다.

"두, 두, 두고 보자! 너 이 꼬맹이! 내가 네놈을 가만 놔둘 줄 아느냐! 반드시 찾아내서 보물을 되찾고야 말 테다!"

고래고래 고함을 지른 도자장이 자꾸만 흘러내리는 바지춤을 붙잡고 어기적거리며 언덕 너머로 사라졌다. 억울한 나머지 그렇게 협박을 하긴 했지만 사실은 저도 찔리는 구석이 있는지라 그 말대로 실행할 배짱은 없었다. 관아에 이를 알렸다간 자칫 유족들을 속이고 진짜 보물을 숨겨놓은 것이 들통 날 것이며, 그 밖에 그가 저지른 크고 작은 비리들까지 굴비 두름처럼 줄줄이 끌려 나올 것이니, 차라리 아니 건드림만 못했다.

'그래서 죽어라 쫓아온 건데, 아이고, 아까워 미치겠네. 내 돈! 내 보물!'

피눈물을 흘리며 제 소굴인 도자소로 도망치는 도자장 뒤로 달빛은 징그러울 정도로 환하게 쏟아졌다.

"……감사합니다, 대협."

가냘픈 목소리에 무결이 뒤를 돌아보니 율비가 절뚝거리며 일어나 허리를 숙이고 있는 게 보였다. 아무리 봐도 남자 같지 않은 고운 얼굴, 작은 체구며 가느다란 목소리는 있어야 할 것을 잘라 버린 탓일까. 환관들은 보통 여성스럽기 마련이지만 어려서 거세를 하면 특히나 여자에 가까운 몸으로 변한다고, 그를 모시는 수석 태감인 왕진에게서 들었다.

'아깝다. 사내 녀석만 아니면 완전히 내 취향인데.'

쯧쯧 혀를 차던 무결이 물었다.

"황궁의 환관이냐?"

"그, 그건……."

율비는 쉽게 대답하지 못했다. 네, 라고 대답하면 좋겠지만 꼬치꼬치 캐묻고 들면 황궁에 들어가 본 적 없는 율비는 궁지에 몰리게 될 것이다. 어디라고 하지? 아……!

"화, 황궁은 아니고 왕부의 환관입니다."

도자장의 제자가 말하기를 입궁하기 전에 왕부에서 환관의 실무를 배운다 하였다. 그를 생각해 낸 율비가 재빨리 둘러댔다.

"그보다 대협의 존함은 무엇입니까? 나중에라도 이 은혜는 꼭 갚겠습니다."

"됐다. 오다가다 만난 인연이다. 굳이 은혜랍시고 돌려줄 필요 없다."

"하오나 오라……."

아차, 실수할 뻔했다. 율비는 재빨리 말을 고쳤다.

"형, 형님이 말하길 은혜를 갚지 못하면 그만큼 원(怨)으로 돌아온다 했습니다. 모쪼록 은혜를 한 번 더 베푼다 생각하고 가르쳐 주세요."

"인연이 있다면 길을 돌아서라도 다시 만나겠지. 그때까지 네마음이 변치 않는다면 두 배로 갚아주려무나. 나는 본디 이자놀이를 좋아하는 사람이라 그 정도 이문은 봐야겠다."

두근. 달빛 아래 씩 웃는 무결의 모습에 별안간 율비의 가슴이 요동을 쳤다.

'어라라…… 이건 뭐지?'

그럴 만한 상황도 아니건만, 사내를 그리 많이 접하지 못한 율비가 보기에도 무결은 남자다웠다. 그건 오라비 율민과는 또 다른 매력이라, 세상 남자들을 다 두 발 달린 늑대라고만 생각해 온 율비의 마음마저 두려움과는 다른 이유로 사정없이 흔들어 버리고 말았다.

'나 좀 봐. 내가 지금 이러고 있을 때야? 지금 오라버니와 가족의 미래가 내 손에 달려 있는데!'

불현듯 정신을 차린 율비가 어느새 어둠 속으로 천천히 사라지고 있는 무결의 등을 향해 정신없이 절을 했다.

"고맙습니다, 대협! 언젠가는 이 보답을 꼭 할게요! 제 목숨을 걸고서라도 꼭 은혜를 갚겠습니다. 정말이에요!"

이때만 해도 율비는 머지않아 그녀의 약속을 진짜로 지키게 될 날이 온다는 것을 몰랐다. 운명은 보이지 않는 곳에서 쉴 새 없이 바늘을 놀려 복잡한 그물코를 짜고, 인간들이 거기 걸리기를 숨죽여 기다리는 법이다.

"전하, 도대체 어디 계셨던 겁니까? 습격이라도 당한 줄 알고 얼마나 걱정했는지 아십니까?"

활짝 피어난 금목서 향기가 밤안개처럼 깔린 길을 어슬렁어슬렁 걸어가니 얼마 가지 않아 자하가 당황한 얼굴로 달려오는 게 보였다. 필시 그를 찾아 헤매다 검격이 오가는 기를 읽고 이리로 달려왔으리라.

"습격은 무슨……. 네가 있는데 감히 누가 나를 다치게 할 수 있다는 거냐. 그냥 길을 잃어 이리저리 거닐고 있는데 패싸움에 휘말려 든 것뿐이다. 술 취한 부랑아들이 저희들끼리 치고받기에, 난 재빨리 몸을 빼서 도망 나왔지."

짐짓 부러 못난 제 모습을 강조하는 그의 눈빛은 이미 감시의 눈길이 자하를 따라왔음을 넌지시 이르고 있었다. 다 떨궈냈다고 생각했는데 도대체 어느새 따라붙었단 말인가. 자하는 사람의 기척이 느껴지지 않는 어둠 속을 흘끗 노려보고 얼른 무결과 입을 맞췄다.

"취한들이 또 몰려올까 두렵습니다. 이제 그만 환궁하옵소서."

"그럴까나. 음……. 하지만 그냥 가기엔 달빛이 너무 아깝지 않느냐. 자하야, 딱 한 잔만, 한 잔만 더하고 가자꾸나."

"전하!"

"어허, 무결님이라 부르라니까. 이번엔 자리를 옮기자꾸나. 새로 생긴 청해루의 모태주 맛이 그리 좋다더구나. 딱 한 잔만, 아니, 한 병만 마시고 일어나마. 아니, 딱 한 항아리만……!"

이미 사방에 몰려든 간자(間者)들의 눈이 실랑이를 계속하는 두 사람을 어둠 속에서 지켜보고 있었지만, 무결은 모르는 척 자하를 청루 거리로 이끌었다. 고지식한 자하에게 억지로 서툰 연기를 하게 하느니 제가 나서는 게 낫다. 거짓이라는 걸 알면서도 어느새 말려들어 정말 그가 술독에 빠질까 걱정이 돼 질색팔색을 하는 자하를 끌고 무결은 기루로 들어갔고 그날 밤 기어코 모태주 두 항아리를 비우고 말았다.

"지금은 황궁 문을 열 수 없습니다. 파루가 치면 다시 오십시오."

"감히! 이분을 뭐로 보고 그따위 망발을 하느냐! 일개 수비병이 황족의 출입을 막다니!"

벼락같이 솟은 황궁. 9천 9백 9십 9칸의 방이 있고 수많은 기화요초가 열리는 정원이 수십 개 있으며 그 안에 거하는 사람의 수만 해도 수만 명인 곳이다. 황성 자미궁(紫微宮)은 이미 황제가 거하는 거주 공간이라기보다는 하나의 도시와 같았다. 그 황궁 곳곳에 지네의 발처럼 수많은 문이 있지만 그 문은 그리 쉽게 열리고 닫히는 것이 아니다.

황궁은 이경삼점(二更三點)*이면 28번의 징을 쳐서 황궁 내성과 외성의 문을 닫고, 새벽인 오경삼점(五更三點)**에는 33번의 북을 쳐서 문을 여는데, 그 사이의 시간은 통행이 금지되니 원칙적으로는 문을 열 수 없다. 그러나 무결이 누군가. 황궁이 제 집인 황족이 아닌가. 무결을 허수아비 황족 나부랭이라 무시하는 것이 아닌 이상, 감히 행할 수 없는 무례이다. 그도 아니면 다른 이유가 있거나.

"나를 들이지 말라는 명이 있었던 거냐?"

무결이 흘리듯 묻자 수문병이 뜨끔한 표정으로 목을 움츠렸다. 무결과 천웅, 둘 중 누구의 손에 목이 날아갈까 두려워진 걸 게다. 무결은 문득 웃음이 났다. 오만방자하여 궁중에 두려

---

*이경삼점(二更三點):밤 10시경
**오경삼점(五更三點):새벽 4시경

운 것이 없는 천웅이건만, 그래도 동생의 아내와 통정하는 것이 후안무치한 일이라는 것은 알고 있나 보다. 짐승에게도 체면이란 것이 있다니 신기한 일이다. 무결은 피식 웃음을 터뜨렸다.

"그럼 이렇게 하자꾸나. 나는 이대로 내 궁인 영궁에 들지 않고 빈 누각에 들겠다. 게서 늘 하던 대로 파루가 칠 때까지 계속 술을 마실 거야. 파루가 치고 난 후에야 내가 어디로 들든, 어디서 나타나든 아무도 신경 쓰지 않을 테니 너는 그냥 나를 들여보내 주고 못 본 척하면 된다."

"하지만……."

"나는 내 아내가 어디서 잠을 자는지 별로 관심이 없다. 내 잠자리가 아무리 차가워도 아내를 부를 생각도 없어. 이리 약속하면 되겠느냐?"

그 말에 궁문을 지키고 있던 수비병들이 서로의 얼굴을 마주 보다 결국 못 이기는 척 고개를 끄덕이고 문을 열고야 말았다. 열지 않을 수도 없었던 것이 무결의 뒤에 서 있던 자하가 당장에라도 뺄 것처럼 칼자루를 덜그럭거리고 있었으니, 황족을 모욕한 죄로 그 자리에서 목이 달아나지 않으려면 열 수밖에 없기도 했다. 아무리 이름뿐인 번왕이라고 해도 황족은 황족. 그들의 목숨을 손쉽게 빼앗을 수 있는 존재이니 말이다.

"좋구나. 기루가 좋아도 뭐니 뭐니 해도 황궁 귀신들과 먹는 술맛이 최고지. 자하야, 어주방(御酒房) 소환들을 닦달해 3년 묵은 소흥주를 가져오라고 해라. 오늘 세 항아리를 비우지 않으면 뜨는 해를 맞지 않을 테다."

"전하. 소흥주는 황제만 마실 수 있는 어주(御酒)입니다."

자하가 융통성없이 만류하고, 무결이 비틀거리는 몸으로 자하에게 잔소리를 퍼부으며 황궁 안쪽으로 뻗은 길로 천천히 사라져 가는 모습을 수비병들은 어이없는 얼굴로 쳐다보았다.

"건왕 전하가 분명 전말을 알고 있는 게지요?"

"그런 듯하이. 제 입으로 아내한테는 관심이 없다지 않아. 분명 태자 전하와 제 마누라가 배를 맞추고 있는 걸 아는 게지. 솔직히 이 궁에서 그 사실을 모르는 사람이 어디 있나?"

고개를 도리도리 젓다 한숨을 흑 내뱉는 것은 수비병 중 좀더 나이가 많은 쪽. 안됐다는 얼굴로 무결이 사라진 방향을 바라보는 양이 그가 한심하면서도 한편으로는 불쌍한가 보다.

"알면서도 저러는 건 밸이 없는 거유, 아니면 현명한 거유? 쯧쯧, 한때는 소문난 준재였다더만, 세월이 사람을 망쳤나 보우."

"그보다는 술이 사람을 망친 게지. 내 궁에 들어온 이후로 건왕 전하가 술에 취하지 않은 날을 본 적이 없는 것 같네. 하긴 왜 안 그렇겠나. 일국의 번왕이던 사람이 황궁에 붙잡혀 수비병들에게까지 괄시당하는 신세가 되지 않았나. 나라도 폐인이 될 수밖에 없을 걸세."

"혹시 건왕비가 바람이 난 게 그 술 때문 아니우? 들리는 말로는 건왕 전하가 술 때문에 그…… 설 것도 안 선다고, 그래서 건왕비가 태자 전하와 바람이 난 거라고 그러던데?"

"쉿! 이 사람아! 낮말은 새가 듣고 밤말은 쥐가 듣네! 그런 말을 함부로 나불거렸다간 목이 세 개라도 남아나질 않아!"

"아, 없는 데선 나라님 욕도 한다는데 뭐 어떠우? 아, 맞다. 사실은 술 때문이 아니고 여자한테 아예 관심이 없다는 말도 있습디다?"

"뭐야? 그건 또 무슨 소리야?"

"건왕 전하가 통 여자를 가까이 하는 꼴을 못 봤잖수. 황궁을 나갈 때도 그 손자하인지 뭔지 하는 호위무사만 동행하는데다가, 술을 마실 때도 기녀는 안 부르고 꼭 둘만 마신답디다. 그러니 소문이 안 날 리가 있나. 정말 둘이 그렇고 그런 사이 아니우?"

"에이, 그래도 일국의 군왕인데……. 설마 그럴 리가 있나."

"아, 형님 입으로 폐인이 안 된 게 이상하다 했잖수. 누가 알아요, 사실은 그 이상한 취미 때문에 황실 망신시키기 전에 잡아다 가둬놓은 걸지도. 황후 마마가 혼인을 주선하기 전까지는 건왕 전하가 스물이 넘도록 혼인도 안 하고 있었잖수. 사지 멀쩡한 사내가, 게다가 황족이 그 나이가 되도록 혼인을 안 할 이유가 뭐가 있겠수?"

사실 무결이 스물이 넘을 때까지 혼인을 못 한 것은 그가 든든한 처가를 갖는 것을 원하지 않는 가 황후와 태자 천웅이 방해를 낳기 때문이다.

무결은 본디 황족으로서는 늦은 나이인 열일곱에 정혼을 하기로 돼 있었다. 그러나 혼인 직전 창천제가 쓰러지고 가 황후와 천웅이 정권을 장악하면서 무결의 혼인부터 깨버렸다. 혼인을 위해 잠시 황성으로 올라왔던 무결은 그대로 수도에 붙잡혔고, 가 황후는 무결을 감시하기 위해 원래의 정혼녀 대신 그녀의 친척인 가화린을 무결과 억지로 혼인시켰다.

가화린은 대단한 미인이었지만 그래 봤자 무결에게는 감시자일 뿐이었다. 혼인 뒤로도 무결은 화린을 내버려 두고 밖으로 돌았고, 그녀는 그녀대로 다른 남자와 염문을 뿌리는 사태까지 이르렀다. 그것도 사가의 인연으로 치면 아주버님이 되는 천웅과 말이다.

하지만 세인들의 입은 여럿이 모일수록 점점 진실에서 멀어지는 법, 그런 사실들은 몇 년의 세월 동안 곡해되고 희석되어 이제는 엉뚱한 오해까지 낳고 있었다.

"아, 게다가 봐요. 방금 전도 제 입으로 자기는 마누라가 어디서 자든 관심이 없다, 심지어 잠자리에 부를 생각도 없다, 그러지 않아요. 그게 사내로서 할 말이우? 화린 마마가 천하제일미라는 것은 온 천하가 다 아는 사실 아니오. 오죽하면 태자 전하가 제 동생 마누라를 탐할 정도일까. 그런 마누라한테 관심이 없다는 것은 고자이거나 아니면 아예 본인 말대로 여자한테 관심이 없는 게 아니냐, 이 말이오."

"그, 그런가?"

말을 들으면 들을수록 앞뒤가 딱딱 맞아 떨어지니 처음엔 무결을 옹호하던 장년배 쪽도 점점 귀가 얇아졌다. 오고 가는 쑥덕공론 속에서 황궁의 새벽은 밝아오거니, 같은 하늘을 이고 있는 그 황궁. 태자가 머무는 자인궁에서는 질탕한 정사가 계속되고 있었다.

"흐, 흐음, 아……!"

긴밤, 몇 번이고 흘러나왔던 남녀의 색정적인 신음 소리가 지치지도 않고 다시 시작됐다. 저녁 식전부터 시작된 방사가 몇 번이나 이어지니, 방문 앞에 나란히 시위하고 선 환관들이 얼굴을 붉히는 것도 모자라 심지어 두 남녀의 몸 상태를 걱정할 지경까지 이르렀다.

"으, 흐억!"

요란한 고함 소리와 함께 마침내 천웅이 커다란 덩치를 털썩 눕혔다. 그 밑에 깔린 화린이 몸을 바르작거리는 게 느껴졌지만 오만하고 자기밖에 모르는 천웅은 비킬 생각도 하지 않은 채 화린의 젖가슴이 그의 가슴팍을 간질이는 감각을 즐겼다.

"답…… 답합니다, 전하."

천웅의 어깨를 치며 밀어내려 해도 그가 꼼짝도 하지 않자, 화린이 돌연 손톱을 세우더니 발딱 일어난 그의 젖꼭지를 세게 비틀어 버렸다. 컥! 천웅이 비명을 지르며 몸을 비틀자 화린은 그 틈을 타 재빨리 그의 밑에서 빠져나왔다.

"이 건방진 것, 태자의 몸에 손을 대고도 살 성싶으냐!"

천웅이 험상궂게 외쳤지만 화린은 개의치 않았다. 늘씬한 허리를 세우고 앉더니 새까만 머리를 쓸어 올리며 고혹적인 표정으로 속삭이는 것이었다.

"흥, 그럼 죽이시렵니까? 어디, 어제 그 계집처럼 손발을 묶어 연못에 던져 보시던가요. 할 수 있으면 해보시지요."

오발선빈(烏髮蟬鬢), 주순호치(朱脣皓齒). 밤물결처럼 곱슬거리는 새까만 머리는 보고 있노라면 빨려들 것 같다. 어여쁜 입술하며 초승달 같은 아미, 거기에 버드나무처럼 날씬한 허리와 그에 비해 풍만한 가슴. 지나칠 정도로 요염한 그녀의 모습은 실로 한숨이 나올 정도로 아름다웠다.

화를 내려 했던 천웅조차 일순 말을 멈추고 쳐다볼 수밖에 없을 정도, 화린은 그럴 줄 알았다는 듯 생긋 웃더니 누워 있는 그의 몸을 냉큼 타고 앉았다. 제정신을 가진 남자라면 절대 거역할 수 없을 정도로 절대적인 미모에, 평범한 여자였다면 당장 찢어 죽였을 것이 당연한 화린의 행동에도 천웅은 감히 그녀를 벌할 수 없었다. 그리고 화린 역시 그 사실을 잘 알고 있었다.

자빠진 천웅 위로 올라탄 화린이 은밀한 부위를 그의 옥경에 대고 문지르자 천웅의 입에서 곧 기분 좋은 신음성이 흘러나왔다.

"흐으…… 흐으. 이 기막힌 기교를 무결 그놈은 즐길 수 없다이거지. 흐흐, 두 눈 멀쩡히 뜨고서 아내를 뺏겨야 하다니 불쌍한 놈이로고."

"기분 나쁘게 그 사람 이야기는 왜 꺼내는 겁니까?"

"화린, 그대는 죄책감도 없나? 아무리 뭐라 해도 그대의 남편이 아닌가."

"흥, 껍데기뿐인 남편도 남편이랍니까. 혼인은 그와 했지만 운우지락(雲雨之樂)은 당신과 나누고 있잖아요. 그러니 내 남편은 뭐라 해도 당신이지요."

"흐흐, 당신 말이 맞아, 화린. 나 역시 이미 혼인한 몸이지만 내 아내는 따분한 태자비가 아니라 화린, 그대뿐이다. 흐……흐윽!"

어느새 아랫도리 쪽으로 내려간 화린이 천웅의 양물을 입에 머금었고 능란한 혀 놀림에 천웅의 허리가 한껏 휘고 또 한 번 뜨거운 불꽃이 피어오르기 시작했다.

이미 각자의 짝이 있거늘, 그 반려를 버려두고 서로의 몸을 탐하는 두 사람이었다. 특히나 두 눈을 질끈 감고 화린에게 몸을 맡긴 채 몸부림 치고 있는 천웅의 모습은 이미 욕망밖에 남지 않은 짐승과 같다. 요부의 손아래 온전히 휘어 잡힌 것도 모른 채, 저가 그녀를 지배하고 천하를 지배하고 있는 줄 알고 있다.

양물에서 입을 뗀 화린이 하얗게 웃으며 다시 그의 몸 위로 올라왔다. 옥경을 머금은 채 천천히 내려앉는 그녀의 눈이 순간 싸늘하게 빛났지만, 욕망에 두 눈이 어두워진 천웅은 아무것도 볼 수가 없었다.

눈이 있으되 앞을 볼 수 없는 짐승. 지금 천웅의 모습은 그와 같았다.

✳

한편 비슷한 시각, 율비는 무엇을 하고 있었을 것인가. 무결을 보낸 율비는 혹시나 도자장이 되돌아올까 무서워 부리나케 도망부터 쳤다. 그래서 도착한 곳은 바로 곽무수, 그녀의 아버지에게 돈을 빌려준 장본인이자 오라비 율민에게 환관이 되라 강요한 사채업자의 집이었다.

"네놈은 누구냐?"

곽무수가 운영하는 유곽 안, 율비는 험상궂은 사내들과 반라의 여자들이 방방마다 가득 차 야릇한 신음성을 울리고 있는 방들 중 한 곳에서 그를 만날 수 있었다. 난생처음 보는 꼬맹이가 나타나 저를 보자고 했다는 말에 당장 엉덩이부터 걷어차 쫓아내라고 했던 터였다. 그러나 쫓겨난 율비가 엉덩이를 문지르며 다시 나타나서는 송율민을 대신해서 왔으니 한 번 만나보기라도 해달라는 말을 듣고는 결국 호기심을 못 이기고 그녀를 불러들였다.

"저, 저는 송율목이라 합니다. 곽 공께서 환관이 되라 강요…… 아니, 권하고 계신 송율민의 동생입니다."

곽무수는 얼핏 보기엔 사람 좋게 생겼다. 풍채도 좋고 인상도 좋아 주루에서 호기롭게 술을 내겠다며 큰소리도 곧잘 치는, 그런 호인으로 보이지만 그런 그가 눈이 튀어나올 정도로 높은 이자로 돈을 빌려주고, 갚지 못하는 자는 팔다리를 잘라서라도 기어코 돈을 받아내는 악당이라는 것을 율비는 잘 알고 있었다.

그런 생각을 떠올리니 뱃속이 오그라드는 기분이다. 저 웃는 얼굴로 당장 자신을 끌어내 팔을 자르라고 하는 게 아닐까? 상상만 해도 토기가 몰려와서 다리가 후들거렸다. 이런 짓을 왜 시작했단 말인가. 뒤늦게 후회가 밀려온다. 애초에 그녀처럼 소심하고 평범한 여자가 이런 대담한 음모를 성공시킬 수 있을 리 없지 않은가.

그런데 율비가 막 현기증을 일으키며 주저앉으려는 찰나, 불현듯 들려온 곽무수의 목소리가 그녀의 의식을 깨웠다.

"송율민의 동생이라면 계집으로 알고 있는데? 꽤 예쁘장하다고 들어서 차라리 그 계집을 팔라 했더니 아비가 그건 또 죽어도 안 된다고 했지. 그런데 그 송율민에게 나 모르는 동생이 또 있었단 말이야?"

갑자기 율비는 멍해졌다. 마치 망치로 한 대 얻어맞은 듯 얼떨떨해지더니, 곧이어서 울 것 같은 기분이 밀려왔다.

'아버님……!'

사랑받지 못한다고 생각했다. 그래서 단 한 번이라도 아버지에게 인정받고 싶어 오라비 대신 나섰다. 하지만 그럴 필요가 없었단 말인가……. 아비는 사실은 율비가 생각한 것보다 그녀를 아꼈단 말인가.

"난 그런 소문은 금시초문이다. 도대체 지금 나를 상대로 무슨 수작을 벌이고 있는 게야?"

그때 들려온 목소리에 율비는 정신을 차렸다. 오라비 대신 나설 필요가 없는 게 아니다. 아비가 보여준 애정에 보답하기 위해서라도 그녀가 나서서 가족을 구해야 한다. 율비는 약해지려는 마음을 바짝 다잡았다. 흘러내리려는 콧물을 쿵, 들이마신 율비가 그래 봤자 전혀 남자답게 보이지는 않았지만 할 수 있는 한 의연하게 어깨를 펴며 대꾸했다.

"모르는 게 당연할 겁니다. 저는 사실 송씨 일가의 떳떳한 자식이 아닙니다."

"뭐라고? 그건 또 무슨 해괴한 소리야?"

"송씨 어르신께서 상처하신 이후로 쭉 혼자 지내신 것으로 알고들 있지만 사실은 그렇지 않습니다. 저희 집안에선 공인된 비밀입니다만, 송씨 어르신은 서성 저자 한복판에서 객점(客店)을 운영하시던 제 어머님과 긴한 연을 맺고 있습니다. 마님이 먼저 가시고 몇 년 뒤에 외로움을 이기지 못하고 제 어머님을 취한 것이지요. 저는 말하자면 송씨 어르신의 혼외 자식인 셈입니다."

조심스럽게 말문을 열었던 율비가 조금씩 자신감을 갖기 시작했다. 사실 율비의 말은 거의 진실에 가까운 것이었다. 혼인만 하지 않았을 뿐이지, 아버지가 어머니가 가신 몇 년 뒤에 쓸쓸함을 가누지 못한 나머지 객점 주인 전씨와 관계를 맺게 된 것도 사실이고 그 사이에 율목이란 이름의 아들을 낳은 것도 사실이었다. 단지 다른 점이 있다면 그 아들이 겨우 열 살밖에 되지 않았다는 것이다.

"그러고 보니 그 양반이 그 과부랑 그렇고 그런 사이라는 말은 어디서 듣긴 들었습니다요. 한 십몇 년 전인가 한동안 그이가 별 이유도 없이 객점에 드나들기를 자주 하더니, 전씨가 어느 날인가 아비 없는 아들을 낳았다고 저잣거리에 한바탕 소문이 돌지 않았습니까?"

옆에 선 수하의 설명에 그제야 곽무수의 얼굴에 납득하는 빛이 떠올랐다. 전씨의 추문을 들은 적이 있긴 했지만 워낙 오래전 일이었는지라 곽무수는 그게 몇 해 전 일이며 그 아들이 지금은 몇 살인지 정확히 몰랐다. 게다가 그 당사자인 전씨의 아들은 몸이 약해 서성과 멀리 떨어진 그녀의 친정에 맡겨져 있었고, 전씨 역시 오래전에 서성을 떠나 버렸으니 그 내력을 확인할 길도 없었다. 송인주가 비밀리에 두 모자의 생활비를 보내주고 있었지만, 모자와 송인주 사이의 관계를 아는 자는 율비의 가족 말고는 아무도 없었다.

거짓이 통하는 것 같자 율비는 점점 더 용기를 냈다. 생각대로 일이 풀려감에 살짝 신이 나기까지 하는데, 모르는 새에 율비의 간은 거의 두 배는 커져 있었다. 어디, 하는 김에 끝까지 가보자. 율비의 거짓말은 더욱 대담해졌다.

"떳떳치 않은 가족인지라 숨겨두시긴 했지만 어르신은 물론이고 율민 형님 역시 그동안 저와 어머님을 잘 보살펴 주셨습니다. 그래서 이번에 어르신과 형님이 어려운 일을 당하셨다는 소식을 듣고 받은 은혜를 갚을 기회라 여겨 제가 이렇게 나서게 된 겁니다."

"나서다니 뭘? 네놈에게 만 냥 빚을 갚을 돈이 있단 말이냐?"

만 냥! 그렇게 엄청난 빚을 졌단 말인가.

생각지도 않은 액수에 자신감에 차 있던 율비의 다리가 휘청, 꺾였다.

"그, 그, 그, 그렇게 많았습니까?"

"이런 철없는 놈을 봤나. 빚이 얼만지도 모르고 나섰단 말이냐?"

곽무수가 당장 수상하다는 눈초리로 눈을 부라리자 그제야 율비는 풀어지는 다리를 애써 가눴다.

지금 여기서 무너지면 안 된다. 만 냥 빚이면 일가의 목숨은 물론이요, 휘련이며 그녀의 친정 식구들까지 위협할 수 있는 막대한 금액. 율비는 최대한 당당하게 보이기를 기대하면서 목소리를 애써 쥐어짰다.

"가, 갚겠습……!"

그러나 바람과 달리 터져 나온 일성은 쩍 갈라진 목소리였다.

"허흠, 어흠. 콜록! 가, 갚겠습니다. 지금은 없지만 앞으로 제가 벌어 갚겠습니다."

"네놈이 무슨 수로? 보아하니 커봤자 힘깨나 쓰기는 그른 것 같은데, 어디 종놈으로 팔지도 못하겠다."

"제가 율민 형님 대신 환관이 되겠습니다. 아니…… 사실은 이미 되었습니다."

라고 하며 율비가 그때까지 용케 깨지지 않고 허리에 매달려 있던 항아리를 끌러 곽무수에게 내밀었다.

"이게 무어냐? 어……?"

항아리 뚜껑은 쉽게 열리지 않도록 새끼줄로 칭칭 묶여 있었는데, 칼로 그것을 끊고 그 안에 들은 것을 확인한 곽무수가 툭 하니 욕지거리를 내뱉었다. 역시나 여간내기가 아니다. 율비는 단지 곽무수가 그 안을 들여다보는 것만으로도 욕지기가 치밀어 올라 '우웨엑' 헛구역질을 했는데, 그는 혀만 한 번 세게 찼을 뿐 도로 뚜껑을 닫고는 율비를 향해 눈을 부라리며 물었다.

"네 것이냐?"

"네, 네. 그, 그렇…… 우웩!"

결국 못 참고 말았다. 율비는 방 한구석에 놓인 사방탁자로 달려갔고, 일금 백 냥은 넘는 값비싼 백자 도자기에 얼굴을 처박고 토사물을 쏟아내고 말았다.

"아니, 이런 미친놈이 있나. 가만있다 왜 구토는 하고 지랄이야, 지랄이!"

"내버려 둬. 그러니까 네놈이 이미 송율민을 대신해 자궁을 했단 말이냐?"

"그, 그렇습…… 우욱!"

밀려오는 구역질을 필사적으로 막은 율비가 간신히 준비한 말을 꺼냈다.

"우, 우연히 아버님께 집안에 빚이 있다는 것을…… 율민 형님이 환관이 되라고 강요받고 있다는 것을 들어 알게 됐습니다. 그게 넉 달 쯤 전이었지요. 그래서 며칠 고민을 하다가 지금이 아니면 은혜를 갚을 수 없다는 생각에 결국 도자장을 찾아가…… 거세를…… 거세를 해버렸습니다. 우읍!"

"허어!"

"후우, 후우. 자궁을 한 뒤에 몸이 회복되기를 기다리고 있다가 지금에야 나타난 것입니다. 곽 대인도 사나이가 아닙니까. 소인은 태어나서 지금까지 그 댁에 누만 끼쳤습니다. 이번 기회에 율민 형님을 대신할 수 있다면 제 어머님이나 제가 그동안 형님과 그 가족 분들의 심경을 어지럽힌 것을 모두 보상할 수 있을 것 같습니다. 대인, 부디 제가 대신 가게 해주십시오."

율비의 거짓말은 제법 앞뒤가 들어맞았다. 율민에게 협박을 한 시기나 백 일 동안 치유를 하고 나타난 기간이 들어맞는데다가, 뭣보다 '보물'을 증거로 들이미니 곽무수도 그만 감쪽같이 그 거짓에 넘어오고 말았다. 오히려 그와 같은 일을 형 대신 하겠다고 나선 용감한 동생의 모습에 함께 자리한 건달패 몇몇의 얼굴에도 동정과 감탄의 빛이 떠올랐다.

사내의 중심을 잘라야 하는 것이다. 아무리 은혜가 깊다고 해도 함부로 단행할 수 있는 일이 아니다.

하지만 돈을 뜯어내는 것 말고는 아무 데도 관심이 없는 악당 곽무수에겐 그런 인정이 애초에 없었다. 율비가 이미 양물을 잘랐든 그렇지 않든, 또 그 사연이 얼마나 기박하든 곽무수는 그런 것은 아랑곳하지 않고 율민의 그것까지 잘라 버릴 수 있는 위인이었다.

그런데 그런 그가 오밀조밀한 율비의 얼굴을 요모조모 뜯어보더니 불현듯 비릿한 웃음을 배어 물었다.

"송율민 같은 귀공자형은 아니지만 네놈도 꽤 곱상한 얼굴이니 눈에 띌 가능성이 있긴 하겠다. 아니, 네놈의 나이가 더 어리니 오히려 유리할지도 몰라. 궁중에서는 어린 나이에 거세한 환관일수록 인기가 있거든. 돈만 갚을 수 있다면 학이든 오리 새끼든 상관없지."

잠깐 동안 곰곰 머리를 굴리던 곽무수가 곧 결단을 내렸다.

"좋다. 네놈이 송율민 대신 가거라."

"정말입니까? 감사합니다! 감사합니다, 대인!"

"기왕 이리된 거, 내 네놈이 빚을 갚을 수 있도록 확실하게 밀어주마. 어이, 화하 도성 내에 있는 왕부 중에 가장 끗발이 있는 게 역시 강왕부지?"

"그야 당연합지요. 황위를 위협할 정도로 강맹한 세를 가진 번왕이라 태자와 황후도 함부로 무시하지 못하는 곳 아닙니까요. 게다가 왕부도 황궁 못지않게 규모가 커서 일하는 환관만 수백이라 들었습니다요."

"들었느냐? 내가 그 강왕부에 네놈을 밀어넣어 주마. 강왕부에서 견습한 환관이라 하면 황궁에 입궁할 적에도 좋은 자리로 들어갈 확률이 높지. 그럼 출세할 확률도 높아지고."

이리저리 상상을 해본 곽무수가 껄껄 웃더니 자리를 털며 벌떡 일어났다.

"강왕부의 차지환관(次知宦官)*이라면 도박판에서 몇 번 보아 안면이 있다. 내게 신세진 적도 몇 번 있으니 왕부로 들임에 어려움이 없을 것이야. 좋다. 망설일 것 없이 당장 가자!"

"저, 그전에 어딜 좀 들렀다 가면 안 되겠습니까?"

"뭐냐? 이제 와서 못 가겠다고 버티려는 건 아니겠지?"

"그게 아니고요, 아버님께나마 마지막으로 인사를 드리고 싶습니다. 이제 황궁에 들어가면 언제 얼굴을 볼 수 있을지 모르잖아요. 부디 허락해 주십시오."

아무리 인정머리없는 곽무수였지만 그런 부탁까지 거절하기는 어려웠다. 결국 율비는 곽무수와 건달패 몇을 대동하고 서성거리 귀퉁이에 있는 자신의 집으로 향했다.

집 안은 을씨년스러울 정도로 조용했다. 오라비 율민과 휘련은 아직 처가에서 돌아오지 않은 듯했고, 아버지의 방은 불이

---

*차지환관(次知宦官):각 궁방의 사무를 맡은 환관

켜져 있기는 했지만 사람이 들지 않은 것처럼 조용했다. 어쩌면 그녀가 없어진 것도 모른 채 아버지는 혼자 자기만의 고민에 빠져 있을지도 모른다.

곽무수를 대문 밖에 세워놓고 집 안으로 들어간 율비는 아버지의 방 문 앞에서 그를 불렀다.

"아버님."

대답이 없다. 딸의 목소리를 알련만 대답할 생각이 없는 것일까, 아니면 대답할 기운조차 없는 것일까. 재차 율비가 나지막하게 부르자 비로소 마지못한 것처럼 문이 안쪽으로 열리고 그 안에서 아버지가 허옇게 뜬 몰골로 나타났다.

"무슨 일이냐."

퉁명스런 말투에 왈칵 눈물이 솟구쳤다. 이렇게 쌀쌀맞은 아비라도 궁에 들어가면 보고 싶어질 것이다. 가족이니까. 아비 역시 그녀를 사랑하지 않으면서도 가족이기에 보호하려고 애썼으니까.

"작별 인사를 드리려고 왔어요, 아버님."

"뭐라? 작별? 집을 두고 어디로 가겠다는 말이냐?"

잠시 황망해하던 송인주가 곧이어 씁쓸한 표정으로 말을 이었다.

"그렇군. 내가 생각이 짧았다. 아무 힘도 없는 네가 이 집에 남아 있어봤자 무슨 소용이 있겠느냐. 못 볼 꼴만 볼 뿐이지. 진작 친척 집에라도 보낼 것을, 내가 미처 생각을 못했구나."

"그게 아닙니다, 아버님……. 저 지금 떠나요. 오라버니 대신 제가 황궁으로 들어가기로 했어요. 그래서 마지막으로 인사를 올리러 온 거여요."

"뭐라고?"

목소리가 떨렸지만 율비는 다행히 마지막까지 침착함을 잃지 않았다. 동그란 눈에 고인 눈물을, 살짝 웃으며 도로 들여보내기까지 했다. 그러나 무덤덤하게 보내줄 줄 알았던 아버지 쪽은 오히려 크게 당황했다.

"그게 무슨 소리냐! 네가 왜 율민이를 대신해! 너…… 너? 그러고 보니 그 복색이 다 무엇이냐?"

그제야 율비가 남장을 하고 있다는 것을 알아챈 송인주가 눈을 크게 떴다. 어지간히 딸에게 관심이 없는 그인지라, 마지막이 돼서야 그 모든 것이 눈에 들어왔다. 그동안 혼자 고민하고 시름하느라 딸아이 얼굴을 도통 보지 못했다는 것을, 심지어 마지막이라 인사하는 율비가 언제 적부터 이렇게 고와졌는지도 모르고 있었다는 것을, 송인주는 그제야 깨달았다.

"오라버니 대신 제가 남장을 하고 환관이 되기로 결심했습니다. 다행히 하늘이 도와주시어 곽무수가 속아 넘어가 줬어요. 지금 그를 따라 강왕부로 가야 해요. 아마…… 다시 돌아오지는 못할 것 같네요."

참으려 애썼는데 목소리가 와들와들 떨린다. 못난 꼴 보이지 않고, 출세해서 아비보다, 오라비보다 더 부자가 돼서 돌아오겠노라 큰소리도 탕탕 치고 나오려 했는데 뜻대로 되지를 않는다. 언제나 이렇다. 마음 약한 율비. 눈물 많은 송율비. 애초에 냉정함이란 것과 거리가 머니 그냥 생긴 대로 사는 게 좋을 것 같다. 율비는 그냥 나오는 대로 뚝뚝 눈물을 흘리기 시작했다.

"무슨 말도 안 되는 소리냐. 여자인 네가 어떻게 환관이 돼!"

"자세하게 사정을 털어놓을 시간이 없어요. 죄송합니다, 아버님. 불초 소녀를 용서해 주세요."

"율비야!"

"집안의 대들보인 율민 오라버니 대신 별 쓸모도 없는 제가 입궁하는 것이 아버님을 위해서나 휘련 언니를 위해서나 좋을 거예요. 제가 입궁한 뒤로는 곽무수가 아버님이나 오라버니를 괴롭히지 않을 테니 부디 마음 편하게 계셔주세요. 아버님. 그동안 못난 저 때문에 심려가 많으셨지요. 제가 앞으로 다 갚겠어요. 반드시 환관으로 출세해서 곽무수에게 진 빚을 다 갚을게요."

"설마……? 혹시 며칠 전 내가 한 말을 들은 게냐?"

율민과 율비에게 피를 통해 전해준 선천적인 예민함이 송인주에게 일의 전말을 깨닫게 해주었고 그와 함께 뒤늦은 후회가 그를 때렸다. 못난 아비였지만 그라고 양심이 없는 게 아니었다. 그저 아들을 사지로 몰아넣어야 하는 제 무능함이 혐오스러워 내뱉은 말이지, 정말로 율비가 대신 가기를 원한 것은 아니었다.

"가지 마라! 가지 마라, 율비야! 내가 잘못했다. 너를 희생시키려고 꺼낸 말이 아니야!"

송인주가 무너졌다. 그가 허우적거리며 율비를 붙잡더니 그녀 앞에 무릎을 꿇고 애원을 했다.

"압니다, 아버님. 아버님을 원망하지 않아요. 저 스스로 결정한 일인걸요. 아버님, 스스로를 자책하지 마세요. 흐흑!"

"율비야……!"

"오히려 전 기뻐요. 이걸로 아버님께 의미있는 딸이 될 수 있는걸요. 제게도 할 수 있는 일이 있다니 얼마나 다행이에요."

율비는 미처 모르고 한 말이지만 아무렇지 않은 척 내뱉는 말이 오히려 한마디 한마디 비수가 되고 가시가 돼 송인주를 찔렀다. 모두 그가 던진 돌이었다. 그것들이 모조리 돌아와 그를 때리는 것이다. 우매한 아비는 그의 무지와 무심함이 얼마나 딸을 상처 입히고 있었는지를 뒤늦게야 깨달았다.

"……오라버님께는 부디 말하지 말아주세요. 오라버니가 이 사실을 알면 어찌 나올지 모르니 잘 둘러대 주시기를……. 그냥 제가 집에 있는 것을 불편해하기에 먼 친척 집에 맡겨놓았다고만 말해주세요. 그리고 당분간 가족들의 얼굴을 보고 싶지 않다고, 찾지 말아달라고 전해주세요. 오라버니는 고지식한 분이니, 아마 제가 오시라 청하기 전까지는 저를 찾지 않으실 겁니다. 부디 강녕하세요, 아버님. 아버님께 효성을 다하지 못해서 죄송합니다. 이걸로 평생의 효도를 다했다고 생각해 주세요."

"율비야! 율비야!"

애절한 목소리가 그녀의 발목을 붙잡았지만 율비는 몸을 돌려 버렸다. 오랜 고민으로 쇠약해진 아비가 그녀를 쫓아오다 문턱에 걸려 넘어져 뒹구는 것을 보았지만, 율비는 그대로 걸음을 멈추지 않고 대문 밖으로 뛰쳐나왔다. 머뭇거렸다간 더욱 더 떠나기 어려울 것이다. 자세히는 못 들었지만 송인주가 가지 못하게 붙잡으려 한다는 것을 분위기로 안 곽무수 일행이 자못 안쓰러운 눈으로 그녀를 바라보자, 율비는 눈가를 벅벅 문지르며 말했다.

"기다리게 해서 죄송해요. 인사는 드렸으니 이제 출발해도 될 것 같습니다."

"쯧쯧. 첩의 자식이라 해도 안타깝긴 안타까운가 보구나. 저리 울부짖는 걸 보니, 너를 많이 아끼긴 아꼈나 보다."

짐짓 위로해 주는 곽무수의 말에 율비가 문득 물었다.

"정말 그렇게 보이세요?"

"그럼, 당연하지. 널 아끼지 않았다면 저리 애처롭게 붙잡겠느냐."

그거면 됐다. 율비는 뿌듯해졌다. 더할 나위 없이 기뻐졌다. 이제는 아무 후회 없이 떠날 수 있다. 율비는 눈물을 밀어 올리며 활짝 웃었다.

"가요. 저는 이제 준비가 다 됐습니다. 이제 어떤 일이든 당해 낼 수 있습니다."

✳

　강왕부는 황도 화하의 동쪽에 있었다. 화하 북쪽의 한 구획을 다 차지하고 있는 황성으로부터 여러 갈래의 대로가 뻗어 나와 있는데, 그중 동쪽 대로 끝에 강왕의 왕궁이 마치 황성과 맞서는 것처럼 당당한 기세로 서 있었다. 만여 칸에 달하는 황궁 정도는 아니지만 황도에 있는 왕부 중에서는 가장 규모가 컸고, 오히려 엄숙하고 장대한 황궁에 비해 자랑이라도 하려는 것처럼 채색 등롱을 처마 끝에 매달고 휘황찬란한 불빛을 밝히며 화려한 위용을 자랑하는 강왕부의 모습에 화하의 백성들은 강왕의 세가 황궁에 버금감을 가늠했다.

　정문만 해도 한미한 사족의 딸인 율비가 처음 보는 거대한 것이었으니, 곽무수를 따라 그리로 들어가는 율비는 저도 모르게 끝없이 치솟은 문루의 위용을 넋을 잃고 올려다보다 그만 모가지가 뒤로 꺾이고 말았다.

　"정신 차려라, 이놈아. 그렇게 촌뜨기처럼 굴었다간 강왕부 환관들에게 얕잡히기 딱 좋다."

　곽무수가 한마디 을러대자 율비가 단박에 겁을 먹고 머뭇거리며 그의 뒤를 따랐다. 강왕부에 아는 사람이 있다더니, 과연 곽무수가 문을 지키는 소환에게 몇 마디 전언을 넣자 안으로 딱 걸어 잠긴 강왕부의 샛문이 당장에 열렸고, 곽무수와 율비는 곧

바로 강왕부 뒷문에 면한 작은 별채로 안내됐다.

"어서 오게, 곽 공. 오늘은 무슨 일로 이 늦은 시간에 찾아오셨는가?"

구불구불, 좁은 길을 따라 몇 개의 정원을 지나고 길을 돌고 돈 끝에 마침내 호젓한 정원 끝에 위치한 별채로 들어가자 미리 전언을 받고 기다리고 있던 차지환관이 두 사람을 맞았다. 밤늦은 시간의 방문이 달갑지 않으련만, 곽무수와 긴한 인연이 있는지라 억지로나마 웃는 낯으로 대한다는 게 확연히 느껴졌다.

"제가 나리를 찾을 일이 달리 뭐 있겠습니까. 이번에 빚 대신 떠맡은 녀석입니다. 대인 수하로 좀 거둬주십시오."

"흐음…… 또 빚에 팔려 환관이 되려는 놈인가."

"그렇습니다. 원래는 이놈의 형님을 환관으로 만들려고 했는데 이놈이 제가 대신 가겠다 나선 거랍니다. 아비가 가족 몰래 낳은 자식이라는데, 아, 글쎄, 돌봐주신 은혜를 갚겠다고 형님 몰래 자궁을 하고 나타나지 않았겠습니까? 나름 기특한 녀석 아닙니까. 그러니 대인께서 잘 좀 봐주십시오."

"허어, 그런 사연이?"

빚에 팔려 환관이 된 녀석들은 차고 넘쳤지만 대신 자궁을 하고 들어온 자는 없었기에, 영 달갑잖아 하던 차지환관의 표정이 조금은 풀렸다.

"그렇습니다요. 그만큼 의리가 있는 녀석이니 거둬주시면 나중에라도 그 은혜를 잊지 않을 겁니다. 보시다시피 얼굴도 곱상하니 괜찮지 않습니까. 황궁에 들어가기만 하면 후궁들이 너도 나도 데려가려 들 것이니, 출세는 따놓은 당상입니다. 그리되면 대인도 좋고 저도 좋은 것 아니겠습니까?"

"흐흠, 흠. 이를 어쩐다? 나도 받아주면 좋겠지만…… 요즘 세월이 험해서 그런가, 자궁자들이 유난히 많이 들어오고 있다네. 강왕비 마마께서 노는 입이 많으니 오히려 넘치는 환관들을 추려서 내보내라 명을 내리셨단 말이야."

"어허, 대인. 대인께서 이런 하찮은 꼬맹이 하나 못 거두신단 말입니까. 강왕비께서 언제부터 그 많은 환관을 일일이 다 기억하셨단 말입니까. 대인께서 슬쩍 넣어주시면 강왕비야 알아챌 까닭이 없지 않습니까."

"으음, 그야 그렇지만……."

까다로운 강왕비의 성정을 잘 아는지라 차지환관의 걱정은 영 사라지지를 않는다. 곽무수에게 여러모로 신세진 바가 있는지라 어떻게든 거절할 핑계를 찾던 차지환관이 결국 마지못해 대답했다.

"알겠네. 그럼 일단 간략하게나마 신체검사를 하세."

그 말에 한구석에 서서 눈치를 보고 있던 율비가 깜짝 놀라 외쳤다.

"네에? 보물까지 가져왔는데 여기서 또 검사를 합니까?"

"뭘 그리 놀라느냐. 양물을 잘랐다고 해도 그 밖에 몸에 다른 흠이 있거나 하면 환관이 될 수 없다. 당연한 것을 몰랐단 말이냐."

자궁했다는 증거만 대면 당연히 환관이 될 수 있는 줄 알았지, 또 다른 관문이 기다리고 있을 줄은 몰랐다. 율비의 낯빛이 대번에 창백해졌다.

'어떻게 여기까지 왔는데. 물러설 수 없어……!'

율비가 순하기만 한 두 눈에 결기를 담았다. 고지가 눈앞에 닥쳤는데 이제 와서 포기할 수는 없다. 이판사판, 마지막으로 도박을 거는 수밖에.

각오를 다진 율비가 얼른 곽무수를 끌고 한구석으로 갔다.

"뭐냐, 꼬맹이? 무슨 할 말이라도 있느냐?"

"저, 곽 대인. 사실은…… 제가 한 가지 병이 있습니다."

"뭐? 이제 와서 그게 무슨 말이냐? 그런 말은 입도 뻥긋 하지 않았잖아!"

"별다른 증상이 아니라서 잊고 말씀을 안 드렸어요. 그런데 차지환관께서 흠결이 있으면 환관이 될 수 없다 하니 걱정이 돼서……. 사실은 제가 어려서부터 곧잘 사타구니에 종창이 나곤 했습니다. 조금만 피곤해도 멍울이 잡히곤 했는데, 지금도 그게 눈에 띄게 부어 있습니다."

"전염되는 병이냐?"

"그런 것은 아닙니다만, 혹시나 환관께서 쫓아낼 트집을 잡으려 들면 흠이 될 수도 있는 것 아니겠어요? 혹시나 이것이 화류병*이

---
*화류병(花柳病): 성병

아니냐 핑계를 대시면……. 물론 저야 깨끗한 몸이지만요. 하하
하!"

화류병이 옮아올 정도의 나이는 아니니 그런 종류의 병이 아
니라는 율비의 말이 거짓은 아닐 게다. 하지만 트집을 잡으려고
나서면 확실히 불리하긴 했기에, 당장 곽무수의 얼굴에 심각한
표정이 떠올랐다.

과연, 어떻게 나올 것인가? 기로에 선 율비가 숨을 죽이고
곽무수의 반응을 지켜봤다. 콧김을 내뿜으며 이리저리 머리를
굴리던 곽무수, 결국은 버럭 소리를 질렀다. 율비를 포기하면
굴러들어 올 돈도 포기하는 것, 결국은 제 욕심에 굴복한 것이
다.

"에이잉, 좋다. 기왕 밀어준 거 확실하게 밀어주겠다!"

하더니 허리춤에 매달고 있던 전낭에서 약간의 은자를 꺼내
그것을 차지환관의 소맷부리에 슬쩍 밀어 넣으며 능치는 것이
었다.

"대인, 우리 사이에 검사는 무슨 검사입니까? 그냥 대충 넘어
갑시다."

"어허, 이 사람 왜 이러나. 사이가 좋든 나쁘든 절차는 밟아야
지."

"요즘 계절을 타셔서 그런가, 혈색이 많이 아니올시다. 별거
아니지만 이 은전으로 맛난 것도 드시고 비단옷도 지어 입으십
시오. 대인께서는 워낙 호남이시니, 잘 먹고 잘 꾸미시면 얼굴

에 꽃이 피어나실 겝니다. 하하하."

억지로 밀어 넣은 은자의 무게가 생각보다 묵직함에 당장 차지환관의 눈가에 은근한 기쁨이 피어났다. 대충 보아하니 뭔가 곽무수나 율비에게 구린 구석이 있음이다. 그러나 곽무수에게 뇌물을 받고 은근슬쩍 넘어간 문제가 어디 한둘인가. 고작 환관 한 명을, 그것도 데리고 있을 것도 아니고 황궁에 보낼 환관을 거두는 것쯤이야 일도 아니다.

마음을 결정한 차지환관이 사람 좋은 웃음을 흘리며 묵직한 은자를 소매 깊숙한 곳으로 밀어 넣었다.

"따라오너라. 소환들은 저희들끼리 지내는 숙소가 따로 있으니, 그리로 안내해 주마."

차지환관이 환관 특유의 종종걸음으로 걸어나가자 곽무수가 율비의 귓가에 대고 으르렁거렸다.

"자그마치 은자 석 냥이 더 들었다. 너, 나중에 이 빚까지 쳐서 곱절로 갚아내야 한다!"

소환들의 숙소는 별채에서 그리 멀지 않았다. 강왕부의 가장 마지막 건물인 후조방(後罩房)* 옆으로 숨겨진 것처럼 작게 뚫린 통로가 있는데, 차지환관을 따라 그리로 들어가자 작은 마당 너머로 허름한 숙소가 나타났다. 그곳이 바로 엄당(閹堂)이라 불리는 곳으로, 강왕부의 소환들이 머무는 건물이었다.

---

*후조방(後罩房):부엌이나 가사용 작업실 등이 있는 허드레 공간

"위금아, 신참내기가 들어왔다. 도자소에서 나온 지 얼마 안 된 햇병아리니, 네 녀석이 황궁에 들어갈 때까지 책임지고 교육을 시키거라."

엄당으로 들어가자마자 불러낸 이가 바로 소환들의 우두머리인 위금이라는 청년이었다. 나이는 스물쯤 됐을까, 키가 꽤 크고 덩치도 큰데 겉보기에는 환관이 아니라 시정의 협객이라 해도 믿을 정도로 남자답게 생겼다. 불려 나온 위금에게 율비를 부탁한 차지환관이 뒤도 보지 않고 돌아나가 버렸다. 아마 소매에 들은 은자가 얼마나 되는지 빨리 확인을 하고 싶은 것이리라.

차지환관이 가고 위금이라 불린 자가 다가오더니 율비를 요모조모 살펴보기 시작했다.

"너, 이름이 뭐냐?"

"송…… 율목이라고 합니다."

역시 젊은 남자는 비록 환관이라고 해도 영 적응이 안 된다. 율비는 쭈뼛거리며 뒤로 물러났다. 초저녁에 만난 칼잡이 공자랑은 그나마 나았는데 이상도 하다.

"흐음, 꽤 귀엽게 생겼구나. 나는 위금이라고 한다. 앞으로 친하게 지내자꾸나. 앞으로 뭐 불편한 일이나 부탁할 일이 생기면 나를 찾으면 된다."

"잘 부탁드립니다, 사형(詞兄)."

"같은 동기끼리 사형은 무슨 사형이냐. 어차피 견습 환관은 모두 황궁에 들어갈 몸이라 따로 상하 관계가 없단다. 그냥 편하게 위금 선배라고 부르렴. 들고 온 짐은 보물단지 하나뿐이냐?"

아차, 그러고 보니 경황 중에 아무것도 챙겨오지를 않았다. 율비가 빈손을 들여다보며 당황해하자 위금이 별거 아니라는 듯 손을 살래살래 흔들었다.

"괜찮다. 나도 찢어지게 가난해서 달랑 보물이 담긴 항아리랑 입고 있는 옷가지만 들고 들어왔단다. 나 말고도 그런 사람이 한둘이 아니니 걱정할 것 없다. 어디 보자. 밤이 늦었으니 일단 잘 곳부터 정해야겠지? 마침 우리 방에 빈 침대가 하나 있으니 나랑 같이 방을 쓰자꾸나."

"네? 같이 쓴다구요? 여, 여기선 여럿이 함께 방을 씁니까?"

"그럼 신참 주제에 팔자 편하게 독방을 쓸 줄 알았냐? 뭘 모르는 녀석이군. 들어온 지 10년 된 사형들도 아직 여럿이서 방을 쓴다, 이 녀석아. 태감쯤은 돼야 독방을 쓸 수 있단 말이다."

이 역시 예상 못한 점이다. 율비는 꿀 먹은 벙어리가 됐다.

혼자서 방을 써온 탓에 다른 이들과 함께 방을 쓴다는 것은 생각지도 못했다. 아직 제대로 된 환관 생활은 시작도 하지 않았는데, 자꾸만 자신감이 사라지려 한다.

'아냐, 내가 벌써부터 이러면 안 돼. 하늘이 무너져도 솟아날 구멍이 있다고 하지 않았느냐. 오늘 하루 넘어온 고비만 몇인데

겨우 이 정도에 기가 죽으면 안 되지.'

정말로 단 며칠 동안에 그녀의 삶은 기가 막힐 정도로 큰 굽이를 넘어왔다. 바로 오늘만 해도 보물을 훔치는 간 큰 짓을 하고, 그로 도자장의 몽둥이에 맞아 죽을 뻔하지 않았던가. 그에 비하면 사내들과 같은 방을 쓰는 것쯤은 아무것도 아니었다.

'괜찮아. 조심만 하면 들키지 않을 거야. 죽을 각오까지 하고 들어온 길인데 아무렴 이 정도를 가지고.'

율비가 도리도리 고개를 젓더니 기운을 불어넣으려는 것처럼 양 빰을 찰싹 때렸다. 그리고 그와 동시에 비명을 질렀다. 기합이 지나친 나머지 너무 세게 친 것이다.

"아, 아야야. 아파아!"

"너 참 재미있는 녀석이구나."

어이없다는 듯 쳐다보는 위금의 반응에, 율비는 아픈 것보다 창피함이 앞섰다. 당장 볼따구니가 벌겋게 부어올랐지만, 율비는 일부러 아무렇지 않은 척 재빨리 허리를 숙이며 인사를 했다.

"잘 부탁드립니다, 위금 선배님. 보잘것없는 저지만 폐가 되지 않도록 열심히 하겠습니다."

위금이 귀엽다는 듯 기분 좋게 웃더니 앞서서 엄당으로 들어갔다. 문 안으로 사라지는 위금의 뒷모습을 보던 율비가 이윽고 결연한 표정으로 한 걸음을 내디뎠다.

그녀의 앞에 새로운 운명의 문이 열렸다. 이 앞에 어떤 거센 폭풍이 기다리고 있을지 알지 못한 채, 율비는 그 문 안으로 발을 들이밀었다.

제2장

"보시다시피 소환들이 쓰는 숙소라 좁기 짝이 없다. 숨이라도 좀 크게 쉬었다간 건너편 침대에 누운 녀석이 날아갈 정도지."

과장이 조금 심하긴 했지만 아닌 게 아니라, 위금이 머문다는 방은 정말 손바닥만 했다. 미닫이문을 열자마자 침상 세 개가 각 방구석마다 자리하고 있는데, 말이 좋아 방이지 침상 세 개를 놓고 나니 걸어 다닐 공간조차 없을 정도로 좁았다.

"침상을 놓지 않고 요를 깔고 잘까 했다만, 저 구석 침상에 누워 있는 녀석이 요는 불편하다고 투덜거려서 말이다. 그래서 결국 좁은데도 불구하고 이렇게 침상을 좍 늘어놨다."

위금의 방에는 그 말고 다른 소환이 한 명 더 머물고 있다고 했다. 위금이 가리킨 오른편 구석 쪽 침상을 보니 어둠에 가려 거의 보이지 않는 방구석에 시커먼 이불 더미 같은 게 보였는데, 자고 있는 것치고는 조금 거친 숨소리가 푸우, 푸우, 들려오고 있었다.

"구석에 누운 저 녀석은 하사라고 한다. 나보다 더 늦게 들어왔는데 시술받은 데가 덜 나아서 아직 몸을 잘 못 움직인단다. 유념해 두렴."

그 말이 채 끝나기도 전에 느닷없이 시커먼 이불 더미가 벌떡 일어났다. 그늘에 가려 얼굴은 보이지 않았지만, 소년인 듯 호리호리한 체구의 인영이 목침을 번쩍 들더니 위금을 향해 집어 던졌다.

"꺼져라!"

막 변성기를 지난, 갈라지고 낮은 목소리의 주인은 그 말 한 마디만 남겨놓고 도로 자리에 눕고 말았다. 일체의 관심을 거부하는 까칠한 모습. 왜 저러는 걸까?

"이해하거라. 저 녀석은 자궁을 한 녀석이 아니라 성질머리가 고약하거든."

"네? 그게 무슨 말씀입니까?"

율비를 복도로 끌고 나온 위금이 양해를 구하는 것처럼 일부러 목소리를 낮추더니 전말을 설명했다.

"저 녀석은 스스로 원해서 거세를 한 게 아니라, 궁형(宮刑)*을

---

*궁형(宮刑):거세형

당했단다."

환관이 되는 자에는 세 가지 종류가 있는데, 첫째는 율비처럼 빚을 갚기 위해 채권자의 강권에 의해 어쩔 수 없이 환관이 된 자요, 둘째는 가난을 못 이긴 나머지 궁중에선 최소한 굶지는 않는다는 말을 듣고 스스로 찾아온 자요, 셋째는 죄를 짓고 궁형(宮刑)을 받아 환관이 된 자다.

환관이 되는 세 가지 유형의 사람들 중에 하사는 바로 마지막에 해당하는 자였다. 그의 아버지가 가 황후에게 외척들의 부정부패에 관해 직언을 했다가 죄인으로 몰리는 바람에, 아버지는 참수당하고 그 아들인 하사는 궁형을 당해 강제로 환관이 된 것이다.

원해서 환관이 된 게 아닌 만큼 하사는 같은 동료 소환들을 경멸하고, 스스로를 저주하고 있다고 했다. 강왕부에 들어온 지도 벌써 3개월이 지났는데 아직까지도 자신이 환관이 됐다는 것을 인정하지 못하고 있다는 것이다.

"시술을 받고 백 일이 지나 들어온 게 아닌가요? 그런데 아직도 몸이 낫지를 않았습니까?"

"돈을 받고 처리한 게 아니었던 까닭에 도자장의 처치가 거칠었단다. 그 바람에 상처가 덧나서 아직까지 밤에 오줌을 지린다. 본디 요도에 금속 봉을 넣고 잘 처치해야 오줌이 제대로 흘러나오는데 그런 처치도 제대로 하지 않은 걸 게야. 시술이 잘된 녀석들도 가끔씩 밤에 오줌을 지려서 사형들께 혼이 나는데

저 녀석은 더 말할 것도 없지. 성격이라도 좀 고분고분하면 불쌍해서라도 봐주련만, 하여간 융통성이라고는 조금도 없는 녀석이라니까. 나이가 너랑 비슷하니, 나중에라도 친하게 대해주렴."

설명을 들어도 알 수 없는 부분이 많았지만 하여간 저 하사라는 소년은 되도록 멀리하는 게 좋을 것 같다. 되도록 그를 건드리지 말라는 위금의 당부에 율비는 걱정스런 얼굴로 고개를 끄덕였다.

"나는 입구 쪽에 있는 침상을 쓰니까, 너는 하사 건너편의 왼쪽 침상을 쓰렴. 그리고 내일부터는 눈코 뜰 새 없이 바빠질 테니, 얼른 자둬라. 나머지 자세한 사항은 내일 아침 알려주마."

정작 그 말을 남긴 위금은 볼일이 있다며 엄당을 나갔기에 율비만 혼자 남겨졌다. 복도를 사이에 두고 똑같은 모양의 방이 여러 개 있는데 모두들 잠들었는지 쥐죽은 듯 고요했다. 별다른 할 일도 없어 율비는 곧 자신의 방으로 돌아왔다. 하사라는 소년이 누워 있는 건너편 침대 쪽을 돌아봤지만 눈앞을 가린 어둠 건너편에서 들려오는 건 억눌린 숨소리뿐, 절대로 건드리지 말라는 싸늘한 거부가 두터운 어둑발 너머로 느껴졌다. 환관들 전부가 위금처럼 친절한 건 아닌가 보다. 하긴 지금의 율비에게는 오히려 다가오는 것이 반갑지 않긴 하지만.

내일이 두렵다. 이제 본격적으로 환관의 생활이 시작될 내일이.

억지로 침상에 드러눕긴 했지만 율비는 도통 잠이 오질 않았다. 빤 지 오래된 이불에서 올라오는 고약한 냄새, 천장을 달리는 쥐들의 부산한 발소리, 그리고 얼굴도 모르는 소년의 거친 숨소리.

모든 것이 무서울 정도로 낯설다.

율비는 애써 얼굴을 가슴 쪽으로 붙이며 몸을 웅크렸다. 자고 일어나면 모든 것이 꿈이었으면 좋겠다. 휘련이 환하게 웃으며 '아가씨, 어서 일어나세요. 같이 아침 들어요' 라고 말해줬으면.

어느새 율비는 까무룩 잠이 들었다.

"여기가 네 집인 줄 알아? 어서 일어나라, 신참!"

벼락같은 고함에 벌떡 일어난 율비가 황망한 얼굴로 제가 누운 침상과 새카맣게 먼지가 낀 흙벽을 돌아보았다.

집이 아니다. 엄당, 그녀가 어제 들어온 환관들의 숙소.

율비는 그제야 정신을 차리고 얼른 침상 밖으로 튀어 나갔다.

"송율목이라고 했지? 위금이 데리고 나오라고 하더라. 지금 안 나오면 아침을 못 얻어먹는다. 알아들었으면 얼른 뛰어!"

막 깨어난 정신이라 얼떨떨하긴 했지만 율비는 자신을 데리러 왔다는 선배 소환의 뒤를 따라 걸음을 옮겼다. 그런데 막 방문을 나가려던 율비가 문득 걸음을 멈췄다. 잠시간 머뭇거리던 그녀가 곧 조심스럽게 침상으로 다가와 하사를 불렀다.

"저기…… 지금 밥 먹어야 된다는데?"

반응이 없다. 일부러 무시하는 듯.

"저…… 지금 안 먹으면 저녁까지 굶어야 될지도 모른다는데?"

용기를 내 재차 물었지만 하사라는 소년은 귀찮다는 듯 돌아누울 뿐이었다. 싸늘한 거부에 공연히 얼굴이 벌게졌다.

"아쭈, 네가 지금 다른 신참 걱정까지 할 때냐? 얼른 못 튀어나오지?"

"아, 네! 네!"

번쩍 정신을 차린 율비가 재빨리 엄당 밖으로 달려나가자 이미 마당에 나와 있던 동료 소환들이 힐끔힐끔 그녀를 돌아보며 저희들끼리 수군거렸다. 율비는 몰랐지만 이미 지난 밤 저희들끼리 신입이 들어왔다는 소식을 전해 들은 것이다.

"한 주둥이에 한 그릇씩이다. 더 달라고 해도 없다!"

식사라고 해봐야 제대로 된 식탁에 앉아 먹는 것도 아니고, 동료 환관들이 밥통과 볶은 채소가 담겨진 솥을 들고 와 그릇에 담아주면 각자 흙바닥이나 포석 위에 앉아 우걱우걱 퍼먹는 것이었다. 그마저도 빨리 먹지 않으면 선배들이 눈치를 주기에 정신없이 먹어치워야 했다.

율비는 눈치껏 동료 소환들이 하는 양을 훔쳐보다가 그들이 하는 대로 한구석에 가서 밥을 먹었다. 생각해 보니 어제 점심 이후로는 아무것도 못 먹었다. 잊고 있었는데 밥을 보니 갑자기 뱃가죽이 오그라드는 것처럼 허기가 져서 율비는 얼른 숟가락을 들었다.

"송율목! 신참 주제에 어디 게으름을 피우느냐? 그만 깨작거리고 일어나라. 밥 먹은 설거지는 신참 몫이다!"

채 반도 먹기 전에 아까 율비를 데리러 왔던 소환이 심술궂게 웃으며 밥그릇을 낚아챘다.

'너무해! 밥 먹을 때는 개도 안 건드린다고 했는데.'

허기가 져서 죽을 것 같은데 밥을 턱 뺏기니 억울해서 눈물이 날 것 같았다. 볼이 잔뜩 부어서 낄낄거리며 사라지는 선배를 째려봤지만, 율비에게는 감히 선배에게 대들 용기가 없었다. 일단은 하라는 대로 따르는 수밖에.

설거지를 하기 위해 소환들이 여기저기 남겨두고 간 그릇들을 찾아 나무통에 모았다. 그런데 다 모았겠지, 하고 허리를 들어봤을 때 사람들 눈에 잘 띄지 않는 구석진 나무 그늘 밑에 누군가 앉아 조용히 밥그릇을 비우고 있는 게 보였다.

"하사……."

어둠 속에서만 보긴 했지만 호리호리한 몸매와 분위기가 그라는 것을 짐작하게 했다. 밝은 햇빛 아래서 본 그는 과연 청년이라기보다는 소년에 가까운 나이다. 길고 서늘한 눈매에 미소년처럼 고운 얼굴, 그리 크지 않은 손발과 티없이 하얀 피부는 고생을 모르고 자란 귀공자 티가 난다.

"아침 먹으러 왔어? 몸은 좀 괜찮은 거야?"

하사는 대답도 없이 고개를 돌리더니 먹은 그릇과 수저를 한 손에 모아 쥐었다. 율비가 그릇을 받기 위해 저도 모르게 손을 내밀었다. 그러나 내민 손을 잠시 쳐다보던 하사는 매정하게도 들고 있던 그릇을 후원을 감싼 높다란 담장 너머로 휙 던져 버렸다.

'너무해……!'

율비의 얼굴이 저절로 울상이 돼버렸다. 저 그릇을 무슨 수로 찾는단 말인가. 율비가 원망스러운 눈길로 하사를 쳐다봤지만 그는 이미 본체만체하며 그 자리를 떠나 버린 뒤였다.

그 뒤로 율비는 하루 종일 정신없이 뛰어다녀야 했다. 환관은 사실 노비의 노비라고 하더니 그 말이 정말이었다. 정작 황실에 들어가서 지켜야 할 예법 수업은 뒤로한 채, 율비는 온종일 선배 환관들의 시중을 들거나 온갖 잡일에 시달려야 했다.

율비가 약점에서 일을 돕기는 했지만 중노동과는 거리가 먼 터였다. 하루 종일 물 긷기며 청소며 발이 부르터라 뛰어다녔더니 일과가 끝나고 방에 돌아왔을 때는 사내들과 한 방에서 부대끼고 있다는 걸 신경 쓸 겨를도 없이 그대로 쓰러져 자버리고 말았다.

다음날도 그 다음날도 그런 일과가 계속됐다. 하루 종일 일을 하고, 저녁에는 특별히 율비만 졸린 눈을 억지로 비벼 뜨면서 예법 수업을 받는다. 발뒤꿈치를 들고 조용조용히 걷는 법, 헷

갈리기 짝이 없는 황족들에 대한 호칭과 존대법 등을 배우고 나면 이미 자정에 가까운 시각이 된다. 휘청거리는 몸을 억지로 가누며 엄당 숙소로 돌아오면 건너편 하사의 침대엔 여전히 그가 얼굴도 드러내지 않은 채 웅크리고 있다.

"저기, 하사는 낮에 무슨 일을 하나요?"

너무 피곤한 나머지 엎드려 누운 자세 그대로 위금에게 속삭이자 위금이 하사 쪽을 힐끔 쳐다보고는 대답했다.

"저 녀석은 특별이다. 아직 몸이 다 낫지 않은 것도 있고 나름 딱한 녀석이라, 이것저것 일을 배우게 하고는 있지만 다른 녀석들처럼 심하게 굴리지는 않지."

그러더니 턱 끝을 쓰다듬으며 덧붙였다.

"하지만 아무리 그래도 사형들이 언제까지고 봐주지는 않겠지."

뒷말은 너무 목소리가 낮아서 들리지 않았다. 아니, 너무 졸려서 미처 들을 수가 없었다. 율비의 의식은 점점 무방비하게 흐트러져 잠 속으로 빠져들었다. 그런데 완전히 무아지경 속으로 빠져들기 직전, 위금이 그녀의 등을 흔들었다.

"일어나라. 오늘은 오랜만에 술자리를 가질 거다. 내가 한 턱내는 거니까 나가서 턱이 빠질 때까지 씹고 먹어치우자꾸나."

"으음, 음……. 졸려. 난 필요없……."

"어허, 아무 때나 내는 게 아니야. 나중에 후회하지 말고 일어나서 끼어. 황가 네의 고기만두에 분주(汾酒)도 나온단 말이다."

"아이참, 만두고 뭐고…… 졸려 미치……. 나 좀 자게 내버려 둬요, 오라버니."

"오라버니?"

헉! 까맣게 사라져 가던 의식이 순식간에 깨어났다. 율비는 벌떡 일어나면서 허둥지둥 손을 저으며 외쳤다.

"아니, 형님! 형님! 형님이라고요! 자, 자, 잠결에 여자가 되는 꿈을 꿔서 말입니다. 아, 아하하!"

"흐음. 그 짧은 시간에 말이냐?"

"아, 갑자기 엄청 배가 고프네. 혀, 혀, 형님도 그렇지요? 나 갑시다, 형.님."

율비가 먼저 나서서 서대니 잠결에 흘린 말이라 생각했는지 위금도 더 이상 묻지 않았다.

가끔 엄당에서는 사형들이나 태감들이 돈을 내 술을 낸다고 했다. 힘든 생활인지라 가끔 벌이는 소박한 연회로 노고를 풀라는 것이다. 소환들은 대부분 봉급도 받지 못하는 무일푼 신세라 술을 내는 자들이 없는데 위금만은 풍족한지 가끔 돈을 내는 것 같았다.

연회는 엄당 앞마당에서 벌어지고 있었는데, 이미 음식을 돌리고 있는지 마당 쪽에서 떠들썩한 고함과 웃음소리가 들려오고 있었다. 그런데 앞서서 걸어나가는 위금을 따라가던 율비가 언뜻 몸을 돌렸다. 방 안에 혼자 남은 하사가 생각났던 것이다.

'부를까 말까…….'

같은 방을 쓴 지가 일주일이 넘었지만 하사와는 말을 섞기는 커녕 얼굴도 제대로 보지 못했다. 식사는 항상 늦게 나와 한구석에서 숨다시피 해서 먹고 갔으며, 나머지 일과 시간에는 너무 바빠서 엇갈릴 시간도 없었다. 어쩌다 잠자리에 들기 전에 얼굴을 마주할 때도 있었지만 그럴 때마다 하사는 무슨 더러운 거라도 보는 것처럼 홱 고개를 돌려 외면해 버렸다.

어지간히 쌀쌀맞은 녀석이지만 그래도 오늘은 모처럼 만의 야식이라지 않은가. 아버지한테 좀처럼 배려라는 것을 받지 못하고 자란 율비였기에, 그렇게 외톨이처럼 따로 도는 하사가 영 걸렸다. 자신의 모습이 겹쳐지는 것은 분명 그녀도 오라비 율민이 없었다면 그렇게 가족 속에 섞이지 못하고 겉돌았을 게 틀림없기 때문이다.

"저기 하사, 같이 나가지 않을래?"

결국 머뭇거리던 율비가 마지막 한 번이라는 심정으로 조심스럽게 물었지만 역시나 돌아오는 반응은 차가웠다. 방 안에 밝혀진 희미한 불빛 아래, 하사가 갑옷처럼 덮고 누운 이불 더미가 움찔하며 잠시 움직이더니 그 아래서 '내버려 둬'라는 나지막한 대답이 돌아왔다.

"맛난 걸 먹으면 상처가 아무는 데도 도움이 될 거야. 가보자, 응?"

율비가 은근히 볼록하게 솟아오른 이불 위로 손을 댔다. 마치 젖힐 것처럼 살짝 귀퉁이를 들자 느닷없이 하사가 벌떡 일어나며 바락 성질을 냈다.

"내버려 두라고 했잖아! 말귀를 못 알아듣느냐? 건드리지 마! 꺼지란 말이다!"

순간 확 풍겨온 지린내에 율비가 코끝을 찡그렸다.

'……오줌을 싼 건가? 그래서 다가오지 못하게 한 거?'

율비가 놀란 표정을 짓자, 하사는 어울리지 않게 당황한 얼굴로 홱 고개를 돌려 버렸다. 자존심이 상한 것이리라. 치욕으로 인해 순식간에 창백해지는 얼굴을 보며 율비는 직감했다.

하사라는 소년은 마치 마지막 한 마리 남은 멸종 위기의 동물처럼 위태로운 종류의 사람이다. 가시처럼 두른 자존심마저 무너진다면 아마 그는 자멸해 버릴 것이다.

"안 나오냐, 송율목? 꾸무럭거리면 남은 게 없을 거다."

나갔던 위금이 방 안으로 얼굴을 들이밀고 물었다. 아차, 들키면 좋을 게 없다. 돌연 율비가 홱 머리를 돌렸다. 하사와 그녀의 침상 사이에는 자리끼를 놓아두곤 하는 작은 탁자가 하나 있는데, 마침 어제 반쯤 마시다 만 국화차가 담긴 잔이 그 탁자 위에 놓여 있었다.

"녀석은 내버려 두라니깐, 어……? 엇!"

"웃!"

위금과 하사의 비명이 동시에 울렸다. 율비가 탁자에 놓인 국화차 잔을 냅다 하사에게 집어던졌기 때문이다. 날아간 찻잔은 정확히 하사의 가슴팍을 맞췄고, 쏟아진 찻물은 그가 덮은 얇은 이불은 물론이요, 그 아래 덮인 바지까지 흠뻑 적셔 버렸다.

"미안!"

율비가 한발 앞서 과장되게 허리를 굽혔다. 위금이 다가오려 하자, 율비가 먼저 말코지*에 걸린 면건을 집어 하사의 옷섶을 박박 닦아내기 시작했다. 복부에 옴팍 쏟아진 찻물이 하초까지 다 적시는 바람에 원래 묻어 있던 오줌 자국을 다 덮어버렸고 율비는 안도의 한숨을 내쉬었다. 기왕이면 진하게 우러난 국화차 향기가 지린내까지 감춰주면 좋을 텐데.

"미안, 미안! 일이 너무 힘들어서 풍이 오나 봐. 손이 막 제멋 대로 움직이네? 아하, 아하, 아하하!"

면건으로 젖어버린 사타구니를 덮은 율비가 허둥지둥 하사를 일으켜 세웠다. 위금이 눈치채기 전에 어서 나가라는 뜻. 하지 만 하사는 말이 없었다. 율비가 다급해져 채근을 했지만 가만히 그녀의 얼굴을 쳐다만 볼 뿐 하사는 움직이지를 않는다. 그러는 사이 뭔가 이상한 낌새를 눈치챈 위금이 다가와 하사의 아랫도 리에 얹힌 면건과 율비를 번갈아 보더니 씩 웃었다.

"안 씻냐?"

짧은 한마디에 하사가 벌떡 일어나더니 말도 없이 저벅저벅 걸어나갔다. 엄당 양쪽에 있는 출구 중 우물이 있는 뒷마당 쪽 으로 향하는 걸 보니 위금의 말대로 몸을 씻을 모양이다.

---

*말코지:물건을 걸기 위하여 벽 따위에 달아 두는 나무 갈고리

"너도 은근히 오지랖이 넓구나."

"네, 네?"

"아무것도 아니다. 그나저나 어서 나가자. 오늘은 배가 터지게 먹고 놀아야지. 너는 키가 작아 위장도 작아 보이니 조금만 먹어도 되겠다. 그것참 여러모로 마음에 든단 말이야. 하하하."

위금이 율비의 어깨를 팡 치며 앞서서 나갔다.

알아챈 걸까……? 하지만 일부러 모른 척해줬다. 저를 위해 그런 것도 아니건만, 율비는 은근히 고마워졌다.

'그래도 좋은 선배를 만나서 다행이다. 위금 선배가 있어서 여러모로 도움이 되는 것 같아.'

안 그래도 낯선 생활에 그나마 위금이 이것저것 가르쳐 주고 챙겨주지 않았다면 더욱더 힘들었을 것이다. 율비는 새삼 그에게 고마움을 느꼈다.

"많이들 먹어라. 사형들께서도 푼푼하지는 않지만 족하도록 잡수십시오!"

"좋다! 역시 위금이 있어 고된 환관살이도 견딜 만하구나!"

율비와 함께 가느라 뒤늦게 들어간 위금이 인사를 하자 먼저 와서 음식들을 아구아구 먹어치우고 있던 환관들이 덕담들을 던졌다. 엄당 앞마당 네 귀퉁이에 등롱이 켜져 있고 그 한가운데에는 네모난 돗자리에 만두며 경단이며 신선한 과일들이 차려져 있어 냄새만 맡아도 군침이 돌게 만들었다.

양물을 자르고 나면 색욕이 줄어드는 대신 식탐이 는다. 엄당에 있는 환관들은 거세를 한 지 얼마 안 된 것도 있지만 대부분 젊기 때문에 식탐으로 치자면 둘째가라 하면 서러워할 정도였다. 과연 위금의 말마따나 율비가 도착했을 때는 그릇마다 가득 차 있던 음식들이 거의 다 동이 나 있었고, 대신 마음껏 배를 채운 환관들은 술을 마시기 시작했다.

율비가 한자리 차고앉자 곧 위금이 고기만두를 집어다 줬다. 쭉 찢으니 기름진 고기소가 고소한 향을 훅 피워 올린다. 손에 만두를 들고 호호 불던 율비가 문득 궁금해져 옆에 앉은 선배 소환에게 물었다.

"위금 선배님은 따로 부업이라도 하고 있습니까?"

"그런 건 왜 묻냐?"

"소환들은 월봉(月俸)도 없이 일을 하는데 어떻게 위금 선배님은 호기롭게 한턱내시는지 궁금해져서요. 듣자 하니 자주 그런다면서요?"

"웃전의 귀여움을 받으면 따로 용돈을 주시기도 해. 위금은 태감이 예뻐라 하시기도 하고, 또 강왕비 마마의 아드님인 후겸 왕자도 좋게 여기고 있어서 정식 환관도 아닌데 벌써부터 여기저기서 청탁이 줄을 잇는다고 하더라. 그 덕분에 돈이 넘치는 게지. 아직 황궁에 입궁도 안 한 녀석인데 수단이 여간 좋은 게 아니야."

"헤에……."

소환들 중에 우두머리 격인 것 같다고 생각은 했는데 그 정도로 수완이 좋은 걸까. 율비는 새삼스러운 눈으로 위금이 앉은 쪽을 바라봤다. 위금은 주변에 앉은 몇몇 소환들과 이야기를 나누다 율비가 바라보자 시선을 느끼고 마주 웃었다. 기분 탓일까. 그 옆에 앉은 자들이 계속해서 율비 쪽을 힐끔거리며 저희들끼리 속닥거리는 것이 어쩐지 그녀를 화제로 삼고 있는 것 같다.

"덕분에 벌써부터 소환 녀석들은 물론이고 사형들까지 위금에게 잘 보이려 하지 않느냐. 너는 정말 운이 좋은 거야. 늦게 들어온 주제에 같은 방을 쓰니 위금이 이것저것 챙겨주지 않냐. 원래 신참내기는 들어오자마자 신참례를 해야 하는데 그것도 위금이 미뤄주지 않았니."

실감을 못했는데 위금의 위세가 상당하긴 한가 보다. 강왕부에 속한 환관도 아니고 황궁에 들어갈 견습 환관이면서 어떻게 그런 힘을 얻게 된 걸까?

가만 보니 생긴 것도 꽤 잘생겼다. 사춘기를 훌쩍 지나 스물이 넘은 나이에 자궁을 했기에 위금은 거세의 영향으로 수염이 다 빠지고 눈썹이 옅어진 것을 제외하고는 보통의 남자와 생긴 게 별로 다르지 않았다. 대개 그녀의 나이 또래인 다른 동료들은 아직 남자라기보다는 소년에 가까웠지만, 위금은 이미 성인인데다가 얼굴도 서글서글 잘생겨서 심부름을 하러 저자에 나가면 기루의 여자들이 추파를 던질 정도라고 했다. 적당히 술이 들어가서 그런가. 오늘 따라 위금은 남자의 냄새를 더욱 짙게 풍기고 있었다.

"그런데 신참례가 뭡니……."

채 물음이 끝나기도 전에 어디선가 일진 곡성이 터지는 바람에 율비의 목소리가 묻히고 말았다.

"아이고, 내가 이리 양물도 없는 고자가 된 것을 알면 저승에 계신 우리 어머니께서 얼마나 슬퍼하실꼬. 어머니는 물론이고 저승 가서 조상님 뵐 면목이 없다. 흐흐허헝!"

"야, 이놈아. 너만 잘났냐. 나도 잘났다! 넌 그래도 사고로 고자가 된 거지, 난 빚에 몰려 잘랐단 말이다. 넌 운이 좋은 놈인 줄이나 알아. 넌 갚을 빚이라도 없지만, 난 입궁하고 나서도 빚을 갚느라 허리가 휘어야 한단 말이다."

"아, 이러나저러나 조상님 뵙기 부끄러운 몸이 된 건 마찬가지잖아!"

그 말을 시작으로 여기저기서 소환들이 훌쩍거리기 시작했다. 거세를 하고 나면 감정도 여자처럼 변덕스러워진다더니, 그래서 그런가 덩치도 큰 사람들이 아이처럼 훌쩍훌쩍 우는 것이 안쓰러울 정도였다.

"송율목 네놈도 빚에 몰려 자궁한 거라며? 위금이 그러더라? 그것도 네 형을 대신해서 자른 거라고?"

"아. 그, 그렇긴 합니다만……."

어쩌다 그 소문이 다 퍼졌을까. 율비가 찔끔해서 고개를 움츠리는데 갑자기 누군가 그녀의 등을 팡 쳤다. 돌아보니 들어오자마자 유난히 그녀를 괴롭혔던 심술궂은 선배 환관이다.

"겁도 없는 놈. 환관 노릇이 얼마나 힘이 든데 그걸 대신하겠다고 뛰어들어? 아주 뱃속에 오장육부 대신 간밖에 없는 게로구나?"

"……송구합니다."

"송구할 게 다 뭐냐. 네놈은 난놈이다. 누구는 돈 몇 푼에 자식을 팔아넘기는데, 너는 가족을 지키겠다고 제 살을 잘라냈으니 난놈이 아니고 뭐냐."

여기저기서 '대단하다'는 함성이 터져 나왔다. 다들 일이 바쁘고 피곤에 지쳐 율비에 대한 소문은 잘 몰랐던 탓이다. 맨 정신에 들어도 감탄할 소문인데 술까지 취했으니 다들 감정이 고조됐고, 너도나도 술병을 잡고 달려와 한 잔 들라고 난리였다.

"이것들아, 한 잔들 쭉 들이켜라! 송율목을 위해서 건배하자!"

"어흐흐흑. 송율목 만세다. 나도 너 같은 동생이 있었으면 얼마나 좋았겠느냐!"

"주둥아리 닥쳐라, 이놈아. 너는 네 마누라가 바람이 나자 홧김에 제 물건을 잘라 버린 놈 아니냐. 제 성질머리 하나 이기지 못하는 놈이 어디다 대고 감히 희생자 행세를 하려 하느냐!"

흑흑 우는 자, 화가 나서 저를 이렇게 만든 채권자나 부모에게 저주를 퍼붓는 자, 모두가 피해자였다. 극단적인 궁지에 몰려 결국 짐승이나 다름없는 인생을 선택할 수밖에 없게 된 자들. 율비는 공연히 눈물이 핑 돌았다. 피하고 멀리해야 할 자들이라고만 생각했는데 알고 보니 성별을 제외하곤 똑같은 처지인 거다. 비록 가짜 환관이라고 해도 빚에 몰려 들어온 것은 마찬가지, 이들이 아니면 누구를 위로하고 누구로부터 위로받을 수 있을까.

"마셔라, 이놈아. 오늘은 코가 비뚤어지게 마시고, 내일은 또 죽어라 일하는 거다."

"네, 주세요. 오늘은 저도 죽어라 마시겠습니다!"

"오냐. 쭉쭉 마셔라. 오늘 한번 죽어보자꾸나!"

"크으으……. 으, 속 쓰려."

율비는 술을 잘 못한다. 오라비가 율비의 약한 몸을 이유로 술을 금지시켰기 때문에 마셔본 적도 별로 없었지만, 몸이 건강해져 금주령이 풀린 뒤에도 술에는 통 적응하지를 못했다. 그 쓴 것을 뭐가 좋다고 먹는 건지 몰랐는데 오늘은 조금 알 것도 같다.

마시지 않으면 견딜 수 없는 순간이 있기 때문이다. 온정신으로 버티기엔 힘든 삶, 술의 힘을 빌어서라도 흘려버릴 수 있기를 바라며 쓴 술을 사약처럼 들이켜는 것이다.

하지만 오늘은 율비가 의욕이 좀 과했다. 남들이 퍼 마시기에 좋다고 따라 마셨더니 자정이 넘어서자 기어코 먹은 것들을 모조리 게워내고 말았다. 결국 술기운을 이기지 못한 율비는 더 마시라는 선배 환관의 강권을 사양하고 먼저 들어가겠다는 말을 남긴 뒤 비틀거리며 자기 방으로 돌아와야만 했다.

"끄륵!"

속이 좀 쓰리긴 했지만 기분은 이상하게 좋았다. 아직 뱃속에 남아 있는 술기운이 온 세상을 긍정적으로 보게 하는 것 같고, 자꾸만 배실배실 웃음이 나왔다.

따돌리고 심술궂게 군다 생각했던 동료들도 알고 보니 다 상처 입은 사람들이었다. 술김이라 그런지 모두들 친절했고, 율비의 사연까지 알고 나자 더욱 살갑게 굴었다. 어떤 이는 고향에 두고 온 동생이 생각난다면서 율비를 불러 손수 깎은 나무 목걸이를 걸어주기도 했다. 고향에 돌아가면 꼭 전해주려고 했던 거래나 뭐래나.

'그런데 남동생에게 무슨 진달래 모양 목걸이람. 혹시 그 선배가 술김에 헷갈린 거 아냐?'

언뜻 건너편 침상 쪽을 돌아보자 희미한 불빛 아래 변함없이 쌀쌀맞게 돌아누운 하사의 등이 보였다. 이불과 요를 몽땅 빨아버린 건지, 나무판이 그대로 드러난 침상에 웅크리고 누워 있다. 고집스런 녀석.

어지간히 뻣뻣하긴 하지만 그래도 요 며칠 전처럼 두렵기만 하지는 않았다. 어쨌든 하사나 다른 소환들이나 성별만 다를 뿐 율비와 같은 처지라는 걸 알았으니까.

'잘 해나갈 수 있을 거야. 동료들과도 잘 지내고…… . 일이 좀 힘들긴 하지만 익숙해지면 괜찮아지겠지. 다 사람이 하는 일이 아니야. 황궁에 들어가서도 이렇게만 한다면…… .'

가물가물 눈이 감겼다. 어느새 율비는 가마솥처럼 무거운 잠에 짓눌려 그대로 수면 상태에 빠져들었다.

"일어나라, 송율목! 여기가 네 집 안방인 줄 아느냐!"

벌써 아침인 걸까? 익숙한 타박에 번쩍 눈을 뜬 율비는 깜짝 놀라고 말았다. 눈을 뜨니 여전히 밤이었다. 등롱도 꺼져서 어둠이 더께처럼 두껍게 내려앉아 있는데 이상하게도 그 어둠 속에서 사람들이 움직이고 있는 게 보였다. 네다섯 명의 사람이 좁은 방에 들어와 있었다. 문이 열려 있었는지라 복도의 불빛에 그들 중 하나가 밧줄을 들고 있는 게 보였는데, 마치 돼지라도 잡으려는 양, 굵다란 밧줄을 팽팽하게 당겨 들고 있었다.

"무슨 일이세…… ? 아, 앗!"

율비가 벌떡 일어나며 외쳤지만 미처 말을 맺을 사이도 없이 방으로 들어온 일당들이 그녀를 덮쳤다. 율비의 몸은 순식간에 결박당했고 그대로 복도로 끌려 나왔다.

"무슨 짓입니까! 저한테 왜 이러시는 거예요! 제가 뭐 잘못이라도 했습니까?"

대답 대신 소환들은 낄낄 웃었다. 정신없는 와중에도 사방을 둘러보니 그녀를 결박하고 있는 자들은 모두 같은 자리에서 술을 마셨던 자들이다. 유난히 율비를 괴롭히던 선배, 그리고 술자리에 있는 동안 위금 옆에서 계속 수군거리고 있던 몇몇 동료들. 도대체 왜? 친해졌다고 생각했는데, 모두 착각이었나?

"신참 길들이기다. 원망하려면 네 외모를 원망하렴. 하사, 네 녀석도 그렇고 말이다."

갑작스런 말에 그제야 정신이 들어 옆을 돌아보니, 하사 역시 그녀와 똑같은 모양새로 밧줄에 손발이 묶인 채 버둥거리고 있었다. 도대체 무슨 일이란 말인가. 신참례라는 게 도대체 뭐기에!

"하사 네 녀석도 그렇고, 송율목 네놈도 오늘 밤 술을 좀 많이 마셔두는 게 좋을 걸 그랬다. 처음 당하면 무진장 아프거든. 그래서 일부러 주연까지 베푼 건데, 하여간 요즘 신참들은 배려를 해도 받을 줄을 모른다니깐."

심술궂은 목소리를 끝으로 율비와 하사의 머리 위로 자루가 뒤집어 씌워졌고, 두 사람은 난짝 들려져 어딘가로 실려갔다.

털썩. 자루 속에 들어 있던 호박 덩어리처럼, 율비가 요란한 소리를 내며 굴러 나왔다.

"아야야……!"

떨어질 때 입술을 짓씹었는지 피 맛이 느껴진다. 율비는 입술을 문지르며 바닥을 짚고 일어났다. 고개를 돌려 빙 둘러보니 그녀가 끌려온 것은 호화롭게 치장된 방이었다. 율비가 끌려 들어온 방문 반대편에도 문이 있고, 나머지 두 벽에는 유명한 문인화가 걸려 있었는데 한구석에는 사방탁자와 값비싼 황화리목 가구들이 배치돼 있었다. 율비도 그리 가난하게 자라난 편은 아니지만 이처럼 번쩍거리는 방은 처음이었다.

일개 소환에 불과한 그녀를 왜 이런 방에 데려다 놓은 걸까? 알 수 없는 불길한 예감에 율비는 조금씩 뒷걸음질을 쳤다. 어쩐지 이곳에서 나쁜 일이 일어날 것만 같다. 그전에 이 방을 빠져나가야만……!

그때 그녀의 직감이 틀리지 않았음을 증명하듯, 율비가 끌려 들어온 반대편 방문이 스르르 열리며 누군가 나타났다.

"와, 와꾸나."

금을 처바른 듯 번쩍거리는 황포. 장식으로 건 금목걸이며 비단신까지 온몸에 부티가 줄줄 흐르는 남자였다. 생긴 것도 잘생긴 편이었지만 다만 키가 몹시 작았다. 게다가 비척거리며 걸어 들어오는 동작 역시 굼뜨고 어딘가 불안했다.

불길한 예감이 더욱 배가됨에 율비는 방문에 찰싹 달라붙으며 문고리를 붙잡았다. 열리지 않는다. 밖에서 잠가놓았나 보다.

"소, 소용어써. 내가…… 내가 여, 열라고 할 때까지는 안 열린다. 키, 키키키."

"누, 누구십니까? 뉘신데 저를 여기에……?"

"키익, 시, 신참이라 나를 모르는구나. 나, 나는 후겸 왕자다. 이, 이 강왕부의 주인……."

강왕의 아들이란 자가 바로 이자인가 보다. 강왕비보다는 못하지만 그 역시 율비가 거역할 수 없는 권세를 가진 자. 율비의 얼굴에서 핏기가 빠져나갔다.

후겸은 몸놀림이 부자연스러웠다. 걷기가 힘든 듯 절룩거리며 방으로 들어오더니 힘들어하며 거친 숨을 몰아쉰다. 그 면상이, 몰아쉬는 달뜬 숨이, 욕정으로 번득거리는 눈빛이 혐오스럽다. 욕정! 그렇다, 욕정. 그녀를 향해 벌려진 굶주린 짐승의 아가리, 그 안에서 악취를 풍기고 있는 것은 분명 욕정이다. 그 순간 율비는 자신이 왜 여기에 끌려왔는지 깨달았다.

『처음 당하면 무진장 아프거든. 그래서 일부러 주연까지 베푼 건데.』

"키, 키키키. 딱 내 취향으로 주, 준비했구나."

"와, 왕자 저하!"

"키, 키키킥. 내 이름을 애, 애타게 불러봤자 네 신세는 아, 안 변한다. 화, 환관이라는 것이 그, 그런 것이지. 키, 키키킥."

비틀비틀, 이리저리 휘청거리면서 다가오는 후겸의 움직임에 온 신경줄이 왔다 갔다 하는 것 같았다. 도망가야 한다. 하지만 어떻게?

무릎이 후들후들 떨렸다. 도망을 치는 것도 불가능하거니와, 설사 빠져나간다 해도 앞길이 난망하다. 강왕부를 빠져나가기도 전에 붙잡혀 치도곤을 당해 죽을 것이다. 하지만 붙잡혀 옷이 벗겨지면 당장 여자라는 게 들통 날 테니 법도를 어긴 죄로 죽임을 당하거나, 아니면 여자인 대로 욕을 당하게 될 것이다. 어느 쪽이나 눈앞이 캄캄해지긴 마찬가지다.

"아아악! 놔! 놔, 이 더러운 자식아!"

등 뒤로 기대어 선 방문 너머에서 갑자기 하사의 비명 소리가 들렸다. 그러고 보니 자루에 처넣어지기 직전에 하사도 포박당한 기억이 난다.

"하, 함께 끌려온 신참 화, 환관이군. 키, 그, 그쪽도 내 취, 취향이었는데, 아직도 오줌을 지, 지린다고 해서 내 수하들한테 넘겼다. 아, 아쉽다만 나중에 몸이 나, 낫거든 그때 다시 맛을 봐야지. 히, 히히. 이, 이리 오너라. 피, 피부가 보들보들한 게 꼭 여, 여자 같구나. 마음에 든다. 히히히."

입을 열 때마다 튀어나오는 침버캐에 구토가 올라올 것 같다. 상상만이 아니라 실제로 율비는 입을 막고 우웨엑 구역질을 하고 말았는데, 때를 맞춰 후겸이 율비를 덮쳤다. 그녀의 팔목을 낚아채더니 허리를 밀어 그대로 자빠뜨린 것이다.

"꺄아악!"

말라비틀어진 팔목이었지만 욕정에 먼 지금은 힘이 넘쳤다. 아니, 그보다는 율비가 여인이라 힘이 모자란데다가 겁에 질려 당해내지 못한 것이다. 후겸이 율비의 허리를 잡아 엎었고, 율비는 엉겁결에 땅을 짚고 엎드린 자세가 됐다.

"아, 아아악! 놓아요! 놓으란 말이야! 꺄악!"

공포에 질린 나머지 여자 말투가 튀어나왔지만 소리를 지른 율비나 이미 짐승이 된 후겸이나 둘 다 알아채지 못했다.

"가, 가만 이, 이⋯⋯ 있으⋯⋯ 흐윽!"

느닷없이 후겸의 동작이 멈췄고, 후겸에게 깔려 버르적거리던 율비가 그 틈을 타 재빨리 그를 밀어내고 빠져나왔다. 그런데 후겸의 상태가 이상했다. 마치 벼락이라도 맞은 양, 눈은 튀어나올 것처럼 희번득하게 떠져 있고 온몸은 뻣뻣하게 굳어 있다.

'중풍이라도 왔나?'

만약 중풍을 맞은 것이라면 초기에 발작을 진정시키지 않으면 안 된다. 율비는 거의 본능적인 책임감에 사로잡혀 무릎을 굽힌 채 반쯤 선 자세로 굳어버린 후겸을 향해 달려갔다. 침, 침이 어디 있던가? 침이 안 된다면 이빨로라도 사관을 물어뜯어 피를 내야 한다!

"자, 잡았다!"

그러나 율비가 후겸의 오른팔에 매달리는 순간 돌연 후겸이 그녀를 덮쳤다.

"요, 요, 다람쥐 같은 꼬맹이. 키, 키킥! 도, 도망칠 수 있을 줄 알았지?"

거짓 연기였나? 율비가 깜짝 놀라 도망치려 했지만 이미 다리를 붙잡힌 뒤였다. 후겸이 그녀의 바짓부리를 위로 걷어 올리며 드러난 장딴지 살에 코를 박자 율비가 꺄악 비명을 질렀다.

후겸이 그녀의 맨들맨들한 종아리를 혀로 핥았던 것이다. 뱀이 기어가는 듯한 느낌에 몸서리가 쳐졌다. 백 마리, 천 마리, 백만 마리……! 히익! 율비는 그만 있는 힘껏 다리를 뒤로 걷어 올렸다. 그리고 그와 동시에 후겸의 비명이 울려 퍼졌다.

"끄어억!"

얼굴을 걷어차인 후겸이 그대로 뒤로 나가떨어졌다. 사실 그렇게 세게 걷어찬 것은 아니었지만 방심 중에 당한 일이라 당황한 것이다.

일 쳤다. 율비는 눈을 질끈 감았다. 이제 여기서 욕을 당하는 것은 둘째 치고 살아남기도 글렀다. 상전을 걷어찬 환관이 어찌 목숨을 장담할 수 있겠는가. 당장 끌려 나가 목이 베이거나 팔다리 중 한 곳은 잘리기 십상이다. 망연자실한 율비가 그만 그 자리에 주저앉고 말았다.

"이, 이, 이놈. 내, 내가 가만둘 줄 아느냐……. 어, 어허, 흐흐흐."

그런데 율비에게 걷어차인 후겸의 상태가 아까와 달랐다. 입 아귀에서 침을 질질 흘리며 팔을 허우적거리는데, 비틀거리는 것이 아까보다 심해져 마치 실성한 사람 같다. 혹시 율비에게 걷어차인 충격 때문일까?

"주, 죽인다. 죽여 버릴 테다. 자, 자, 잡히기만 해봐라!"

팔을 이리저리 휘두르며 율비를 잡으려고 하는데 정작 덮치기는 엉뚱한 데를 덮친다.

"여, 여기냐! 이놈, 어디서 웃기를 웃느냐!"

하며 들리지도 않는 웃음소리를 좇아 이리 철썩, 저리 철썩 몸을 날리며 벽을 때렸다.

'환청……? 환청이 들리는 건가?'

웃지 말라며 고래고래 미친 듯이 악을 쓰는 후겸의 귀에는 율비에겐 들리지 않는 소리가 들리는 듯하다. 이런 증상은 중풍에는 없다. 창백한 낯빛, 마비된 듯 잘 움직이지 않는 사지. 그리고 환청.

'그러고 보니 눈동자 앞면이 붉은 기를 띠고 있다! 혹시……?'

몇 해 전 이와 비슷한 증상을 가진 환자를 본 적이 있다. 신선이 되겠다고 비술을 공부하던 귀족 나부랭이가 몸에 점점 마비가 온다면서 어느 날 율민을 찾아왔는데, 그의 증상이 지금 후겸의 것과 같았다.

"끄어어억!"

굉장한 비명 소리에 율비는 정신을 차렸다. 후겸의 것이 아니었다. 후겸은 지금 저 혼자 들리지도 않는 소리를 좇아 발광을 하다 바닥에 나자빠진 상태, 하사가 끌려 들어간 방 쪽에서 나는 비명성이었다. 율비는 더 생각할 여유도 없이 잠긴 등 뒤의 문 대신 반대쪽 문을 향해 튀어 나갔다.

율비가 잡혀 있던 방은 문 하나를 사이에 두고 다른 내실과 연결돼 있었다. 건너편 내실의 출구 문을 여니 바로 복도였고, 기루처럼 보랑(步廊)이 ㄷ 자로 휘어져 흐르고 있었는데, 비명은 사람보다 커다란 장식용 화병 너머, 꽃살문에서 흘러나오고 있었다.

"크아아악! 이 더러운 고자 새끼가!"

하사의 목소리가 아니다. 이어서 들려오는 퍽퍽, 주먹으로 내려치는 소리. 율비가 정신없이 소리가 들려온 방으로 뛰어 들어 가보니 후겸보다 나이가 열 살쯤 많고 덩치도 훨씬 큰 사내가 하사의 목덜미를 잡고 그 얼굴을 후려치고 있었다. 팔뚝에 물린 자국이 선연한 것을 보니 하사에게 물린 것 같다. 그리고 그 분풀이로 하사를 모질게 두들겨 패고 있는 게 틀림없다.

"이 보잘것없는 환관 녀석이! 몸이 불편하다 해서 여태 봐줬더니 고마운 줄도 모르고 나를 물어? 네놈은 오늘 살아서 이 방을 못 나갈 줄 알…… 컥!"

사내가 돌연 눈을 뒤집으며 고꾸라졌다. 억센 손아귀에서 풀려난 하사는 쓰러진 사내 뒤에서 나타난 율비의 얼굴을 멍하니 쳐다봤다.

"내, 내가 무슨 짓을 한 거지?"

무슨 짓을 하긴. 방 안에 나뒹굴고 있던 주안상을 거꾸로 들고 사내의 뒤통수를 내려친 거지.

앞뒤를 따질 틈도 없이 본능적으로 저지른 짓이었다. 이성은 번개 뒤로 따라오는 천둥소리처럼 약간의 차이를 두고 돌아왔고 율비는 사내가 고꾸라진 다음에야 비로소 정신을 차렸다.

"글렀구나."

문득 하사의 중얼거림에 율비의 정신이 번쩍 깨어났다. 글렀다고? 이제 완전히 끝장난 거라고?

"도망치자."

하사의 말에 율비가 번쩍 고개를 들었다. 하지만 도망을 치면 빚은? 곽무수가 당장 본가로 쳐들어가 율비를 찾아내라고 난리를 칠 것이다. 그도 아니면 율민을 기어코 환관으로 만들어 버릴 것이다. 안 돼, 안 돼. 이건 안 돼!

"어떻게…… 어떻게 도망을 쳐? 이 강왕부를 무슨 수로 빠져나가라고?"

"그럼 남아 있다 개죽음을 당할 참이냐?"

"하지만!"

방도가 없다. 빠져나가도 죽음, 남아 있어도 죽음이다.

율비도 하사처럼 털썩 주저앉고 말았다. 망연히 서로를 바라보고 있는 두 사람이었지만, 어느 쪽도 희망이라고는 보이지 않았다.

그런데 불현듯 실낱처럼 가느다란 신음 소리가 정신이 한 꺼풀 벗겨진 듯한 두 사람을 일깨웠다. 복도 너머, 방금 전 율비가 도망 나온 방 쪽에서 억눌린 애원성이 들려오고 있었다.

"사…… 사람 살려. 살려다오. 누구…… 누구 없느냐. 커헉!"

숨이 넘어가려는 듯 끄르륵거리는 목소리. 상태가 심상치 않은 것 같다. 그 소리를 들은 율비가 별안간 벌떡 일어났다. 그러나 막 문밖으로 달려나가려는 그녀의 팔을 하사가 붙잡았다.

"어디 가려는 거냐? 이럴 틈이 없다. 도망을 치려거든 지금 쳐야 돼!"

"기다려 줘. 나한테 생각이 있어!"

차라리 이 틈에 혼자라도 도망을 칠까? 하사가 잠시 갈등하는 사이 율비는 후겸이 자빠져 있는 방으로 뛰어들었다. 후겸은 여전히 침을 질질 흘리며 버르적거리고 있었다. 굽어진 손끝이 발작적으로 떨리고 있고, 눈시울 역시 부르르 떨리는데 그 와중에 사타구니를 죽을 것처럼 꽉 부여잡고 있다. 율비는 그런 후겸의 앞에 무릎을 꿇으며 다급하게 물었다.

"저하, 오줌보가 끊어질 것처럼 아프십니까?"

"어, 어……!"

말이 잘 나오지 않는 상황에서도 후겸이 정신없이 고개를 끄덕였다. 율비의 말대로 오줌보가 칼로 끊어내는 것처럼 아파 미칠 것 같았다. 종종 있는 현상이긴 하지만 오늘처럼 지독한 통증은 처음이어서 딱 죽을 것만 같으니, 이 고통을 없앨 수만 있다면 무슨 짓이라도 할 수 있을 것 같았다.

"앞이 잘 안 보이고 손발이 저리십니까? 맞아요?"

"어, 어…… 어, 어!"

이길 확률이 극히 낮은 도박이었다. 하지만 도망을 치나 남아 있으나 죽음뿐이라면 해보는 수밖에.

"살려드릴게요! 제가 살려드리겠습니다! 제 말대로만 하시면

나을 겁니다! 대신에 저도 살려줄 수 있겠습니까? 저하를 살려
드리면 저도 살려줄 수 있으세요?"

"어…… 어! 어! 사, 사, 살려주, 주……."

그러겠다는 뜻이다. 지금 이 지독한 고통을 지울 수만 있다면
못할 것이 무어랴. 후겸은 팔다리를 비틀면서도 고개를 끄덕였
다.

"저와 함께 끌려온 하사도 살려주세요! 손끝 하나 건드리지
않겠다고 약속해 주세요!"

뜻밖의 말에 얼떨결에 율비를 뒤따라온 하사가 휙 그녀를 쳐
다봤다. 도대체 어쩔 심산인 건가? 후겸의 병은 그 뿌리가 깊은
것이라 화하의 유명한 의원들도 다 손을 들었다고 했다. 그런
그를 무슨 수로 살리겠다고?

그러나 그런 사실을 모르는 율비는 후겸이 그 와중에도 정신
없이 고개를 주억거리자 벌떡 일어나 복도로 달려나갔다. 보랑
을 뛰어 출구로 빠져나가니 전각 밖에는 후겸의 수하로 보이는
일단의 무사들이 마당에 술상을 늘어놓고 술을 마시고 있었다.
아마도 주인이 재미를 보는 동안 저희들끼리 농땡이를 치고 있
었나 보다.

"약창고가 어디 있습니까!"

느닷없이 나타난 어린 소환이 다짜고짜 소리를 지르자 수하
들이 비틀거리며 자리에서 일어나 그녀를 꼬나봤다.

"네놈은 뭐냐? 누군데 다짜고짜 약창고를 찾는 게야?"

"이러고 있을 시간이 없어요. 후겸 왕자께서 발작을 일으켰습니다!"

"뭐라?"

일순 무사들이 동요를 일으켰다. 후겸이 발작을 일으키는 건 하루 이틀 일이 아니다. 의원이 처방한 약도 이제는 통 듣지를 않아서 상태가 점점 악화되고 있었는데, 그런 마당에 또 발작을 일으켰다니 필시 오늘은 송장을 치우게 될 게 틀림없다. 수하 무사들의 얼굴이 흙빛으로 변했다.

"어떤 약을 먹이면 될지 제가 압니다! 강왕부에 약재를 모아 놓는 약창이 있지요? 저를 그리로 안내해 주세요!"

옳거니. 그 말에 무사의 정신이 되돌아왔다. 최악의 사태를 맞이할 경우 율비의 잘못으로 돌리면 되렷다. 그리 머리를 굴린 무사가 곧 율비를 끌고 강왕부 한구석에 있는 약창으로 달려갔고, 달리 후겸 곁에서 할 일이 없었던 하사 역시 율비를 따라 뛰었다.

약창고를 관리하는 환관이 혼곤 중에 불려 나오자 율비가 소리쳐 물었다.

"약창의 약재 중에 청미래 덩굴 말린 것이 있나요? 청미래 덩굴이라고도 하고 망개라고도 합니다!"

"망개? 망개라. 그건 목록을 뒤져 봐야 알 것 같은데."

후겸이 발작하였다 하니 환관도 두말 않고 약재가 들고 난 기록이 적힌 장부를 뒤지기 시작했다. 아직 어린 율비를 의원이 보낸 심부름꾼이겠거니 생각한 것이다.

장부가 꽤 두꺼워 일일이 찾아내기 힘들었기에 그사이 율비는 사면을 꽉 채운 약장을 뒤지기 시작했다. 약재가 들어 있는 약장은 다행히 찾기 쉽도록 서랍마다 그 앞면에 내용물의 이름을 적어놨는데, 율비는 사다리를 기대어놓고 올라가 천장까지 닿은 약장 맨 위 서랍부터 차례로 확인을 하기 시작했다.

"대황, 황기, 두충…… 후두권, 오가피……. 아이참, 여기도 없네."

"토복령, 구기자, 갈근…… 산약과 상엽. 이쪽은 없다!"

옆에서 들려온 소리에 돌아보니 하사가 율비처럼 사다리를 타고 올라가 약재를 확인하고 있는 게 보였다. 끌려오기 전까지만 해도 남 같았는데, 어느새 돌아보니 함께 달리고 있다. 율비는 갑자기 뿌듯한 마음이 치솟아올라 왔다.

"고마워, 하사."

"고마워할 것 없다. 내 목숨 역시 너에게 달려 있기 때문에 하는 거니까."

퉁명스럽게 내뱉은 하사가 사다리에서 내려가 옆 칸으로 옮겼다. 사다리를 오르자마자 가장 첫 번째 칸을 연 하사의 입에서 드디어 기다리고 기다리던 환성이 터져 나왔다.

"여기 있다!"

그 뒤로는 정신없이 일이 휘돌아갔다. 순식간에 탕관이 준비되고 펄펄 끓는 물에 망개가 달여졌다. 물이 반으로 줄어들 때까지 끓인즉 누런 물이 우러났고, 율비는 그를 약사발에 퍼 담은 뒤 후겸이 누워 있는 전각을 향해 달려갔다. 그사이 후겸은 보료에 바르게 눕혀졌고, 불려온 환관들이 팔다리를 주무르고 있었는데 여전히 상태는 좋지 않았다. 율비는 재빨리 가지고 온 망개 달인 물을 후겸에게 마시게 했다. 오줌보가 너무 아파 입이 벌어지지 않는다고 엄살이더니 율비가 억지로 수저로 입을 열고 열린 목구멍 안으로 들이붓자 곧 두 사발을 연달아 퍼마시고 다시 아이고야, 데이고야 몸부림을 쳐댔다.

하 정신없는 와중이라 아무도 율비를 제지하는 사람이 없었고 어찌 된 연유인지 캐묻는 사람도 없었다. 오로지 후겸을 살리기 위해 일사불란 돌아갈 뿐이었다.

그런데 그때 연달아 불려온 시위 환관들이며 무사들이 바닷물이 갈라지듯 갈라지더니 그 가운데로 째지듯 날카로운 목소리가 날아 들어왔다.

"이게 지금 무슨 소동이냐!"

허억. 뒤를 돌아본 율비가 경악했다. 강왕비 서소모였다. 율비가 지체가 낮아 강왕비는 고사하고 그 딸인 금소아도, 후겸도 본 적이 없었지만 그 호사스러운 차림만으로도 알아볼 수 있었다. 후겸이나 강왕을 따라 멀리 번국에 가 있다는 금소아를 제외하곤 강왕부에서 황족의 색인 적금색 옷을 입을 수 있는 자는 강왕비밖에 없으니 말이다. 그 강왕비가 그녀를 모시는 태감 이인고와 시녀 수 명을 거느리고 전각 안에 들어와 있었다.

"어찌 의원이 아니 오고 이런 소환 나부랭이가 후겸을 보살피고 있는 것이냐! 어찌 된 연고인지 말하렷다!"

성마르게 생긴 여인이었다. 까칠하고 오만하다고 소문났다더니 그 소문이 거짓이 아닌지 아랫것들을 향한 기세가 서슬 퍼렜다.

"마, 마마, 의원에겐 연통을 넣었으나 아직 도착하지 아니 하였나이다. 그래서 급한 대로……."

"이 아이는 누구냐?"

강왕비가 고양이 발톱처럼 뾰족하게 기른 손톱으로 율비를 가리키자 그녀를 모시고 온 이인고가 당장 수하 환관들에게 그녀의 정체를 물었다. 약간의 혼란 끝에 마침내 전말이 강왕비에게 전해졌다. 저희들의 책임을 피하기 위해 뺄 건 빼고, 꼴 건 꼬아서 말이다.

"후겸이 이 아이를 데리고 놀다 발작을 일으켰다고?"

완전히 왜곡된 사연을 전해 들은 강왕비가 당장 뾰족한 얼굴에 핏대를 세우며 외쳤다.

"당장 저 요망한 두 놈을 끌어내 매를 쳐 죽여라! 그리고 연통을 받고도 늦게 온 의원 놈도 끌어다 죽지 않을 정도로만 매를 치거라!"

"마마! 그게 아닙니다! 발작을 일으킨 것은 저 때문이 아니에요!"

율비가 무릎을 꿇고 필사적으로 외쳤지만 가뜩이나 오만한

강왕비의 귀에 그와 같은 하소연이 들릴 리 없었다. 어차피 후
겸의 발작은 고치기가 그른 것이었으니 아들 걱정에 화를 내는
게 아니라 단지 화풀이를 할 데가 필요한 것뿐이었다. 어린 환
관들을 탐하느라 화를 자초한 아들 녀석이 망신스럽고, 그 망신
에 연루된 율비와 하사 모두 없애고 싶은 것이다.

"뭣들 하느냐, 이 두 놈을 당장 끌어내지 않고!"

재삼 소리를 지르자 강왕비를 따라온 젊은 소환들이 달려나
와 율비와 하사의 팔을 양쪽에서 붙잡았다.

"마마! 잠시만 기다려 주세요! 저하께서 살아나시면 저희를
살려주겠다 하셨습니다! 방금 망개 달인 물을 먹였어요. 처방이
효과가 있다면 바로 소변이 통할 것이고 발작이 멈출 것입니
다!"

"이런 요망한 것을 봤나. 도대체 뭐하는 놈이기에 화하의 명
의도 포기한 병을 고칠 수 있다 큰소리를 치느냐!"

"이 몸이 비록 보잘것없지만, 환관이 되기 전에 의술을 공부
했습니다. 바보도 잘만 쓰면 쓸모가 있다 하지 않았습니까. 정
저를 믿지 못하시겠다면 잠시 후 망개 달인 물을 먹인 결과가
나올 테니 조금만 기다려 주십시오. 처방이 효험이 없다면 찢어
죽이시든, 쳐 죽이시든 달게 받겠습니다!"

"참으로 발칙한 놈이로구나! 내 아들은 달수를 채우지 못하고
태어난 까닭에 날 때부터 모자란 아이였다. 걸음도 잘 걷지 못
하고, 사지를 곧바로 놀리지 못하더니 나이가 들어서는 귀도 점

점 멀기 시작했어. 날 때부터 몸이 온전치 않게 태어난 녀석을 무슨 수로 고치겠다는 거냐? 나이도 어린 것이 얼마 배우지 않은 의술을 믿고 까부는구나. 괜히 황도의 의원들이 손을 든 줄 아느냐?"

'아뿔싸!'

율비는 낭패했다. 과욕이고 오만이었다. 일시적인 증상만 보고 고칠 수 있을지도 모른다 자신했는데 사실은 태내서부터 가지고 태어난 이상이라 한다. 오라비 율민이 말하기를 의원이 가장 경계해야 할 것이 자기 지식에 대한 믿음이라고 했는데, 바로 자신이 그런 어리석은 짓을 범한 것이다.

끝난 건가. 완전히 막다른 골목, 더 이상은 이 벽을 뚫고 나갈 용기가 없다. 이미 체념해 버린 나머지 눈을 감아버린 하사 앞에 율비도 똑같은 표정으로 주저앉고 말았다.

그때였다. 그 와중에도 오만 엄살을 부리며 몸부림을 치던 후겸이 최후의 단말마처럼 째지게 비명을 질렀다.

"나…… 나온다. 나온다! 끄, 끄으으윽!"

그와 동시에 후겸의 아랫도리가 순식간에 노란빛으로 물들며 코를 뚫는 지린내가 확 올라왔다. 마침내 꽉 틀어 막혀 있던 오줌보가 뚫리고 소변이 통한 것이다. 오줌줄을 고통스럽게 죄고 있던 뇨변이 마침내 좌르르 풀려 나가자 극심한 고통에 시달리던 후겸의 얼굴에 이루 말할 수 없는 안도감이 떠올랐다.

"히, 히히……! 통했다. 통했어. 아, 지…… 진짜 이번엔 죽는 줄 알았다. 꼬, 꼬맹이 네놈의 처방이 정말로 토, 통했다."

그러나 후겸은 몰라도 그 어미에게는 망신도 이런 망신이 없었다. 아랫것들 앞에서 소피를 보다니, 그리고도 좋아서 헤벌레 웃는 모습이라니. 안 그래도 정 안 가는 아들놈인데 지금은 그나마 남은 정마저 뿌리째 뽑아내고 싶을 정도였다.

"보기 싫구나. 어서 의관 정제하고 네 방으로 돌아가지 못하겠느냐!"

"헤, 헤헤. 어머니, 너무 그러지 마, 마십시오. 보기는 흉해도 이것이 아니 나와서 저는 주, 죽는 줄 알았단 말입니다."

얼마나 오래 막혀 있었던지 그리 주절대는 동안에도 오줌 줄기가 계속 나오고 있었다. 보기 딱한 광경이나 후겸은 실로 행복했고 그래서 그 행복한 기분에 율비를 향해 기분 좋게 말했다.

"히, 히히. 꼬, 꼬맹이. 큰소리를 치더니 제법 하지 않느냐? 조, 좋다. 너를 살려주겠다 했으니 야, 약속을 지키마."

"정말입니까? 저와 하사, 모두 살려주시는 겁니까?"

다 죽어가던 율비의 얼굴에 화색이 돌았고 희망을 버렸던 하사 역시 번쩍 고개를 들었다.

"히히히. 사, 사내가 말을 꺼냈는데 어찌 안 지키리? 사, 살려주마. 그런데……."

착각인지 몰라도 귓가에서 지절거리던 환청도 들리지 않았고 눈가의 떨림도 조금 잦아들었다. 본디 후겸을 담당하던 의원이 처방한 약은 점점 효험이 줄어들었는데 오늘은 무엇을 먹였기에 찔끔찔끔 나오다 그마저도 막혔던 소변이 통한 것일까?

"후겸에게 무엇을 먹인 거냐?"

후겸 대신 서소모가 물었다. 수치스러워서 당장에라도 돌아서 나가고 싶었지만 궁금해 견딜 수가 없었던 것이다. 율비가 그녀의 물음에 조심스럽게 대답했다.

"중독을 풀어주는 망개를 달여 그 물을 바쳤습니다. 청미래 덩굴이라고도 하온데 말려서 한 줌가량을 끓는 물에 달이면 체내에 쌓인 독을 풀어줍니다."

"후겸이 독을 먹었다는 것이냐?"

일순간 좌중에서 경악성이 터져 나왔다. 만약 독에 의한 마비였다면 이야기가 달라진다. 누군가 후겸에게 독을 먹인 거라면 강왕부 전체가 발칵 뒤집혀지게 될 거다.

"그, 그게 아니옵고⋯⋯!"

뭐라 답해야 좋을까. 서슬이 퍼래 씩씩거리는 강왕비의 기세를 보니 여기서 잘못 말했다간 강왕비가 조리장을 끌어다 목을 벨 것 같다. 아니, 율비의 말 한마디에 따라 불똥이 여러 곳으로 튈지도 모른다. 뭣보다 율비 역시 당장에 급한 상황을 타개하기 위해 망개를 먹인 것일 뿐 후겸에 대한 정확한 병인을 모르고 처방을 내린 것이니, 섣불리 말했다간 병증도 모르고 함부로 덤볐다는 이유로 그녀 자신도 목을 내놓아야 된다.

율비가 꿀떡 침을 삼키며 커다란 눈을 부산하게 사방으로 굴렸다. 간혹 처방이 맞지 않아 부스럼이 났다고 강짜를 부리거나, 대처할 수 없는 약재를 순한 것으로 바꿔달라고 떼를 쓰는 아낙들이 찾아와 곤란한 경우가 종종 있었다. 그들을 잘 달래고 설득하는 것도 의원의 재능 중 하나라고 오라비 율민이 말했었는데, 지금이 바로 그 재능을 발휘해야 할 때였다.

"아뢰옵기 황공하오나, 약도 독 중의 하나인지라 약재를 오래 섭취하다 보면 체내에 독이 쌓이게 됩니다. 이는 의원들의 실수가 아니라 장기간의 병환으로 인한 어쩔 수 없는 현상입니다. 소인은 그 독이 쌓여 콩팥에 영향을 미친 것으로 생각해 망개를 드린 것이니 부, 부디 이를 참작하셔서 의원들을 벌하지는 말아 주십시오."

실제로 이와 같은 일이 비일비재하니 완전히 거짓말은 아니다. 율비는 그 점을 내심 강조하면서 스스로를 합리화했다.

"그럼 황도의 의원들이 그 점을 몰라서 내 아들의 발작을 알고도 망개를 처방하지 않았다는 것이냐?"

정곡을 찌른 질문에 율비가 찔끔하였다. 어떻게든 의원들도 살리고 저도 살리던 것이 결국 궁지에 몰리고 말았다. 어떻게 대답을 해야 한다지? 율비의 입도 더 이상 할 말을 잃고 굳어버리고 말았다.

그런 그녀를 날카로운 눈으로 쳐다보던 강왕비가 잠시 생각을 하다 들고 있던 부채로 손바닥을 내려치며 말했다.

"알았다. 어쨌든 후겸의 발작을 진정시켰으니 너를 처벌하는 것은 보류하겠다."

율비가 뭔가 숨기고 있는 것이 아닌가 의심이 가긴 했지만, 일단 아들의 병증을 고쳐 내긴 했다. 만약 율비의 처방이 맞는다면 후겸의 상태가 좋아질지도 모르지 않은가. 율비의 목을 베는 것은 그를 확인한 뒤에 해도 늦지 않다.

만약(萬藥)이 쓸모없어진 지금, 강왕비는 지푸라기라도 잡고 싶었다.

"흥, 바보도 쓸모가 있다 하였겠다. 네놈이 쓸모가 있는지 없는지 내 한번 살펴볼 테니, 너는 내일부터 네 처방대로 망개를 달여 후겸에게 올리거라. 후겸의 병환이 나을지 그렇지 않을지 내 상황을 지켜보겠다. 하지만 만약 네놈의 판단이 섣부른 거였다면, 그땐 네 녀석의 사지를 찢어 개에게 먹일 것이다!"

섬뜩한 말을 남기고 강왕비가 팩하니 몸을 돌렸다. 그녀를 따라왔던 시비와 환관들이 우르르 몰려 나가는데 강왕비를 모시는 태감만은 그대로 남아 율비와 하사를 못마땅한 눈으로 노려봤다.

"송율목, 그리고 하사라 했느냐?"

강왕비의 손발이자, 왕부의 환관 중에선 최고로 높은 태감 이인고였다. 노회한 얼굴은 주름마다 영욕의 세월이 고여 있었고, 그와 함께 간교한 지혜도 숨어 있었다.

"저하께서 살려주신다 했고 마마께서도 두고 보신다 했으니 나도 더 이상 묻지 않겠다. 너희 두 녀석은 내일부터 약창 관리를 돕도록 하거라. 송율목, 네 녀석은 마마께서 명하신 대로 저하께 탕약을 지어 올리는 것도 함께하도록 하고."

왕부에 정착할 환관이 아니면 대충 왕부 환관들의 시중이나 들다 가기 마련이니, 약창 관리는 견습 소환들이 맡을 만한 일이 아니다. 사정을 잘 모르는 율비는 그냥 어벙벙했지만, 하사는 놀라움으로 눈을 크게 떴다.

"오늘은 저하를 살린 공을 봐서 그냥 넘어가겠지만 차후에 또 소동을 일으켰다간 내 선에서 네 녀석들을 없앨 것이다. 너희 두 놈을 계속 지켜볼 터야. 알겠느냐?"

"네…… 네! 명심하겠습니다. 하라고 하면 뼈에다 깨알같이 새겨놓겠습니다!"

또다시 이런 일에 휘말리는 건 사양이다. 그저 눈에 안 띄게 바싹 몸을 숨기고 있다가 이대로 황궁에 입궁하는 게 최선이다. 내심 다짐을 하며, 율비는 납작 엎드렸다.

"너희 둘이 완전히 나를 가지고 놀았겠다?"

다음날로 불려간 약창. 전날 밤 율비의 채근에 아무것도 모르고 망개를 내준 약창 담당 환관은 뒤늦게 사실을 알고 씨근덕거리며 화를 냈다. 결과가 좋았으니 망정이지, 만약 후겸의 발작을 진정시키지 못했거나 혹여 더 나빠지기라도 했다면 부주의하게 약재를 내준 저에게도 벌이 내려질 터였다. 당연히 율비가 미울 수밖에. 기가 죽어 손발을 꼼지락거리고 있는 율비를 향해 약창 담당은 한껏 심술을 부렸다.

"네놈들이 약창을 전부 뒤집어놓아서 약재들의 순서가 모두 뒤죽박죽으로 섞였다. 송율목 네놈이 의학을 공부해서 후겸 왕 자도 고칠 정도라니, 약재들을 효능과 효용 별로 죄다 구분해서 남김없이 정리를 해놓거라! 하사 네놈도 같이!"

약창이 엉망인 것은 율비와 하사 탓이 아니다. 사실 예전부터 약재를 정리함에 순서도 없이 되는대로 해놓았기 때문에 약창 을 맡은 환관도 한참 걸려서야 처방에 적힌 약재를 찾아낼 수 있었는데 진즉부터 미루고 있던 작업을 약창 담당은 오냐 너 잘 걸렸다는 심정으로 율비와 하사에게 떠맡겼다.

"후우……."

담당 환관이 나가자 하사가 목깃을 앞으로 잡아끌며 한숨을 내쉬었다. 짜증이 났나 보다.

"미안……."

율비가 우물쭈물 눈치를 보다 사과를 했지만 그러거나 말거 나 하사는 약장 앞으로 가더니 가장 밑에 있는 한 칸을 냅다 잡 아 뺐다.

"미안해! 나 때문에 이런 일에 휘말려 들게 해서!"

못 들었다 생각했는지 율비가 또 사과를 했다. 대답을 하지 않았다간 오늘 해가 질 때까지 사과를 할 것 같다는 생각에 결 국 하사가 있는 대로 얼굴을 찡그리며 돌아섰다.

"나 귀 안 멀었다."

그 말이 끝. 하사는 다시 약장 서랍을 죽죽 빼내기 시작했다.

"이거 어떻게 정리해야 하는 거냐?"

정리할 순서를 모르니 뺀 서랍은 약장 바닥에 넓게 늘어놓는 수밖에 없었다. 괜찮다는 말은 하지 않았지만 그래도 사과를 받아줬다는 것을 알아챈 율비가 배시시 미소를 지었다. 애초에 사과를 할 이유가 없었지만 율비에게 그런 것은 중요하지 않았다. 마음 한구석 찜찜함을 없앨 수만 있다면 그깟 사과쯤은 천 번이라도 할 수 있다.

"약장에 습기가 찼으니 일단 꺼내서 말리는 걸 먼저 해야 할 것 같아. 이대로 그냥 뒀다가는 곰팡이가 슬어버리거든."

일났다. 정리도 큰일인데 어째서 이 눈치없는 녀석은 일을 더 크게 벌이는 건가.

"힘들면 내가 할게. 시간은 좀 걸리겠지만 말리는 건 그냥 앞마당에 널어놓기만 하면……."

율비가 서둘러 말하자 하사가 댕강 말허리를 잘랐다.

"됐다. 팔도 꼭 계집처럼 가는 게 어떻게 혼자서 다 하겠다고."

율비가 공연히 화들짝 놀라 제 팔목을 들여다봤다. 여자인 걸 들켰나 싶어 찔리는 게다. 하지만 가만 보니 하사도 아직은 덜 자란 까닭에, 키는 율비보다 컸지만 팔다리 굵기는 율비와 별로 다를 것이 없었다.

'팔목은 자기도 가늘면서!'

괜스레 찔린 율비가 좁은 어깨를 있는 힘껏 벌리고 허리춤에 딱 손을 얹고는 부러 큰 소리를 냈다.

"내, 내 어디가 여자 같다는 거냐! 그런 말을 하면 나 화낼 테 다!"

"그러고 있으니까 더욱 계집애가 사내인 척하는 것 같구나. 사내답기는커녕 오히려 귀엽다."

히익! 율비가 얼른 허리춤에 얹은 손을 내려 버렸다.

'하여간 심술궂은 녀석이라니까!'

율비가 괜스레 서랍들을 챙겨 들고 마당으로 나가는 하사의 등을 흘겨보는데 그가 등을 돌린 채로 조용히 입을 열었다.

"고맙다."

"……?"

"네가 아니었다면 꼼짝없이 죽었을 거다. 치욕을 당하고 자결을 하거나, 아니면 매를 맞아 죽었거나 둘 중 하나였겠지."

그 말이 끝이었다. 하사는 그대로 햇살이 곱게 쏟아지는 앞마당으로 나갔고, 멍석을 펼친 뒤 그 위에 가지고 나온 약재 서랍들을 칸칸이 늘어놓기 시작했다.

곧 끝나리라 싶었던 약장 정리가 도통 진척이 되지를 않았다. 약재들을 모조리 꺼내 말리는 데만 사나흘이 더 걸렸는데 그중에 보관이 잘못돼 약효를 잃은 것도 있어 그를 파악하는 데 또 시간이 걸렸다. 거기다 율비는 후겸에게 올릴 망개를 달이고 시간마다 이를 왕자전 소속 환관에게 줘야 했기 때문에 여간 바쁜 게 아니었다.

하사와 율비는 일부러 그를 핑계로 엄당에 돌아가지 않고 약창에 잠자리를 깔고 거기서 묵었다. 엄당에 갔다가 그들을 묶어다 후겸에게 바친 선배 환관들과 마주치는 게 불편했기 때문이다. 아무리 그것이 관례이고 선배들도 그런 과정을 거쳤다고 하지만 그래도 웃는 낯으로 뒤통수를 친 그들이 편할 리가 없었다.

"가을도 다 갔네. 날이 이렇게 소슬한 걸 보니……."

어두운 약창 안, 서랍을 다 빼내 뼈대만 남은 약장을 닦던 율비가 소매 끝으로 손가락을 감추며 중얼거리자 하사가 흘끔 그녀를 쳐다보고는 툭 내뱉었다.

"그건 요 며칠 이 추운 약창에서 잤기 때문이다. 이제 겨우 9월인데 가을이 가기는 언제 그리 멀리 갔단 말이냐."

'하여간 말도 참 예쁘게 해요. 그냥 꽤 추웠나 보구나 하고 한마디 해주면 될걸.'

짧은 시간이지만 워낙 험궂은 일을 겪다 보니 율비도 많이 간이 커졌다. 예전에는 남자를 향해 말도 못 건네던 그녀가 이제는 속으로나마 투덜거릴 줄도 알게 됐다. 물론 감히 입 밖으로 내뱉을 배짱은 아직 없지만.

"어, 귀뚜리다."

걸레질을 하던 손을 멈추고 율비가 약장 한구석에 귀를 댔다.

주의를 기울이니 바닥까지 닿은 서랍장과 벽 사이에서 가냘픈 귀뚜라미 소리가 들렸다. 어쩌다 저런 곳에 들어갔을꼬. 9월이라 중추절이 다가오니, 교미를 할 때가 됐는지, 엷은 날개를 비비며 찌르르, 찌르르, 애달프게 제 짝을 부른다.

그 소리에 율비는 문득 사가에 있을 적에 키우던 귀뚜라미가 생각났다.

'소소(小嘯)⋯⋯. 잘 있을까? 소소는 벌레는 먹지 않는데, 오라버님이 엉뚱한 걸 넣어주지 않았나 몰라⋯⋯.'

"너도 투실(鬪蟋)*을 좋아하느냐? 그래서 귀뚜리 소리가 달리 들려?"

갑자기 끼어든 하사의 목소리에 율비는 상념에서 깨어났다. 귀뚜라미는 당대에 유행하는 애완동물이었다. 귀여워서 키우기 보다는 귀뚜라미 싸움에 돈을 거는 도박이 성행했기 때문인데, 어떤 자들은 집까지 팔아 투실에 쓸 귀뚜라미를 살 정도로 그에 열광했다. 고양이 수염을 잘라 뒤꽁무니를 간질이면 얌전하던 귀뚜라미도 죽자고 싸우고 덤볐고, 그 모습은 장난을 좋아하는 악동들에게는 짓궂은 유희거리요, 일확천금을 노리는 도박꾼들에겐 천금을 건 승부가 됐다. 하사는 그런 도박이 좋아서 귀뚜라미 소리에 귀를 기울이냐고 빈정대고 있는 거다.

"아냐. 그냥 옛날 생각이 나서. 요맘때쯤이면 꼭 오라⋯⋯ 아

---

*투실(鬪蟋):귀뚜라미 싸움

니, 형님이 귀뚜리를 선물해 주셨거든. 내가 어릴 적엔 몸이 굉장히 약했어. 달리 정붙일 데도 없고 하니까, 귀뚜리 소리라도 들으면서 마음을 달래라고 매해 선물해 주셨어."

"애완동물이 많고 많은데 왜 하필 금방 죽을 귀뚜리를 선물해 준다더냐. 네 형님도 참 이상한 사람이구나."

"그런 식으로 말하지 마!"

율비가 벌컥 화를 냈다. 소심한 그녀지만 오라비를 욕하는 것만은 참을 수 없었다.

"언제 죽을지 몰라서, 그래서 일부러 한 해 이상은 못 사는 귀뚜리를 선물해 달라고 했어. 행여나 내가 먼저 눈 감으면, 남겨진 동물이 나를 생각나게 할까 봐 일부러 내가 그리 해달라고 했어. 귀뚜리 소리가 듣기 좋아서, 자장가 소리 같아서 좋다고 졸랐어. 네가 그런 마음을 알아?"

왈칵 분기가 오른 율비는 전에 없던 모습에 하사가 입을 다물고 빤히 쳐다보고 있는 것도 모른 채 바락바락 소리를 질렀다.

"몰라서 미안하구나."

하사가 툭 내뱉자 율비가 협박조로 외쳤다.

"알았으면 앞으로 잘해!"

씩씩대며 돌아선 그녀가 문득 아연 긴장했다.

'내가 도대체 무슨 짓을 한 거야?'

성질 나쁘기로는 둘째가라면 서러워할 하사를 상대로 성질을 냈다. 거기다 앞으로는 잘하라는 협박까지 했다. 남자랑 말도 섞지 못하던 율비가 이제는 사내 상대로 협박까지 하다니, 이 정도면 간이 커져도 너무 커진 게 아닐까?

율비가 바짝 졸아서 하사 쪽을 살큼 쳐다보니 화가 났는지, 어쩐 건지 하사는 냉큼 창고를 나가 버린다. 반응이 없으니 오히려 더 무섭다. 율비는 차마 하사를 쫓아 나가지 못하고 그대로 약창에 남아 하사가 되도록 빨리 돌아오지 않기를 빌었다.

율비의 소원을 들었는지 그날 밤 내내 하사는 돌아오지 않았다. 그나마 하사랑은 동무가 된 것 같아 내심 다행이라 생각했는데, 그 거미줄 같은 우정도 생긴 지 얼마 되지도 않아 끊어졌나 보다. 돌아오지 말라 기도할 때는 언제고, 속이 상한 나머지 율비는 밤새 잠을 이루지 못하고 뒤척이다 새벽녘에야 겨우 잠이 들었다.

그러다 어디선가 들리는 미약한 벌레 소리에 율비는 잠에서 깼다. 약창 안은 춥고 습해서 바닥에 지푸라기를 두텁게 깔고 잠이 들었는데, 일어나 보니 창고 건너편 하사가 누워 있어야 할 자리에 그는 없고 천에 덮인 짚풀 아래에서 귀뚜라미 소리가 들려오고 있었다.

'어제 그 귀뚜라미가 길을 잃고 여기 갇혔나?'

궁금증에 살짝 요를 젖혀보니 그 아래 지푸라기 사이에 작은 나무통이 들어 있는 게 보였다.

아, 눈에 익은 생김새. 대나무 통에 귀뚜라미가 숨을 쉴 수 있을 정도로 작은 구멍만 내놓은 것이, 율비가 곧잘 가지고 놀던 귀뚜라미 우리와 같은 모양이었다. 벌레 울음소리는 그 안에서 들려오고 있었다. 찌르르, 찌르르. 율비의 심정처럼 애달프게 느껴지는 울음소리. 아마도 하사는 이 귀뚜라미를 잡기 위해 어젯밤 돌아오지 않았나 보다. 맨 손으로 귀뚜라미를 상하지 않게 잡기란 그리 쉽지 않은 일이니 말이다.

가만히 숨구멍에 대고 소리를 듣던 율비가 약창 앞마당으로 나가자, 하사가 대야에 떠온 우물물로 얼굴을 씻고 있는 게 보였다.

"고마워, 하사."

쭈뼛거리며 말을 걸었지만 하사는 들은 척도 하지 않았다.

"저기…… 화내서 미안해. 내가 좀 흥분하면 앞뒤 안 가리는 경향이 있거든? 에헤헤."

어색함을 면하려 일부러 웃음을 지어봤지만 하사는 여전히 묵묵부답. 어디서 개가 짖나, 면건으로 귓구멍을 닦아낼 뿐이지만 어째선지 율비는 하사가 하는 짓은 퉁명스러워도 실제로는 그렇지 않다는 것을 이제는 알 것 같았다.

"재수없게 웃긴 왜 왜 웃냐."

"좋아서. 후후훗."

"미친놈. 웃으려거든 저리 가서 혼자 웃어라. 나는 내 앞에서 웃는 놈이 제일 싫다."

"알았어. 이제부터는 하사 뒤에서 웃을게. 우후훗."

하사가 율비의 얼굴에 수건을 냅다 던져 버리고는 저벅저벅 약창으로 들어갔지만, 얼굴에 수건을 걸친 채 율비는 계속 웃었다.

'아마 친구라는 것이 이런 거겠지?'

혼자만의 생각일지도 모르지만 하사에게서 느껴지는 것은 분명히 우정이다. 친구, 율비는 한 번도 가져보지 못했던 것. 그녀 또래가 그러하듯 동성의 친구가 아니라 남자 친구라는 것이 좀 이상하긴 하지만 그래도 분명 우정은 우정이다.

'아무래도 하사는 친구처럼 느껴지는걸. 남자와는 좀 다른……. 남자라는 느낌은 하사보다는 보름날 만난 칼잡이 공자님 쪽이 훨씬 더 강했지. 골격도 크고 얼굴선도 더 굵고…… 더 잘생겼고……. 그래, 바로 저 사람처럼.'

얼굴을 가린 면건을 치우며 율비는 멀거니 생각했다. 그리고 곧이어 경악했다.

"여기서 뭘 하고 있는 거냐?"

눈앞에 보름날의 그 '칼잡이' 공자가 서 있었다. 달빛보다 몇 만 배는 더 밝은 햇빛 아래, 그 잘생긴 얼굴을 드러낸 채.

"그, 그러는 공자님이야말로 여기 왜……?"

면건을 홱 구겨 잡은 율비가 얼굴이 벌게져 더듬거렸다. 이런 곳에서 재회할 줄이야 상상도 하지 못했다. 은혜를 갚겠다고 말로야 그랬지만, 사실은 다시 만날 거라고는 생각하지 않았던 것이다. 그래서 이런 건가? 이렇게 가슴이 두근거리는 것은?

"나야 후겸 녀석을 문병하러 왔지. 녀석의 발작이 평소보다 심해서 죽을 뻔했다는 말을 듣고 왔는데, 그 발작을 진정시켜 준 소환이 있다고 해서 호기심에 찾아와 본 거다. 그런데 그 신통한 소환이 바로 너였느냐?"

백설기처럼 흰 장포에 한 손에는 접선을 든 무결의 모습은 시커먼 밤에 본 것보다 배로 더 크고 잘생겨 보였다. 그런 그가 자신을 찾으러 왔다는 말에 율비의 심장은 격하게 뛰었다. 반가워서 그런 건지, 아니면 두려워서 그런 건지는 모르겠지만. 그 바람에 율비는 무결이 후겸을 '그 녀석'이라 칭했다는 것을 깨닫지 못했다. 무결이 강왕의 아들을 하대할 수 있는 신분이라는 것 역시 총명한 머리로 추리해 내지를 못하고, 안 그래도 구겨진 면건을 공 모양으로 확 말아 쥘 뿐이었다.

"이렇게 다시 만나는 수도 있다니, 참 이상한 인연이구나."

턱 끝을 쓰다듬던 무결이 빙긋 웃었다. 그의 말마따나 이 넓은 화하에서 다시 마주친 것은 확실히 기연(奇緣)이라면 기연이다. 만사에 조심 또 조심해야 할 그였지만 무결은 이 기이한 재회가 그리 나쁘지 않다는 생각이 들었다.

"칼 들고 설칠 줄만 안다 생각했는데 뜻밖의 재주가 있었구나. 화하의 의원들이 다 손을 든 후겸을 네가 어찌 고쳤더냐?"

"그것이……."

우물쭈물 망설이면서도 율비가 그간 있었던 일을 아뢰었다.

오라비 율민이 의원이라는 것, 그를 도우면서 약간의 지식을 얻었다는 것을 들은 무결이 재차 물었다.

"그래서 상약(上藥)을 장복하다 보니 체내에 독이 쌓였고, 그로 망개 물을 먹였단 말이냐?"

"예…… 예, 그렇습니다."

거짓 핑계를 대려니 어쩐지 어깨가 오그라지는 기분에 율비가 말끝을 흐리며 살큼 눈치를 보았다. 그런데 그 순간 물끄러미 그녀를 내려다보고 있는 무결의 얼굴이 바로 눈앞에 보이는 것이 아닌가. 덜컥, 율비의 심장이 내려앉았다.

"정말로 그러하느냐?"

"네……?"

"나한테까지 거짓을 고할 필요는 없다. 초년부터 약이 과하야 체내에 약독이 쌓였다라. 의원이 대기엔 가장 무난한 핑계로구나."

식은땀이 삐죽 흐른다. 이 사람은 왜 굳이 저한테까지 찾아와서 이런 것을 묻는 걸까?

무결이 턱 끝을 쓰다듬더니 씩 웃었다. 그러더니 담장 너머 펼쳐진 먼 산을 쳐다보며 흥얼흥얼 중얼거리는 것이었다.

"바람이 좋구나. 단풍도 시원하게 잘 들었으니 오늘은 서화문 밖으로 나들이나 나가 볼거나?"

소름이 삐죽 돋았다. 서화문 밖이면 도자소가 있는 곳이다.

"지, 지금 저를 협박하시는 겁니까?"

"나는 그냥 중얼거린 말인데 어째서 협박으로 듣는 거냐. 뭐 찔리는 데라도 있나? 아무렴 내가 그 도자장을 찾아가 그날 양 물을 훔쳐 간 녀석이 강왕부에 있다더라 하고 고할 리가 있겠느냐. 아, 물론 내가 아니라 다른 사람을 보내 넌지시 일러줄 수도 있긴 하다만……. 그랬다가 도자장이 도제들을 끌고 와 한바탕 시위라도 벌이거나 하면 네가 무척 곤란해지긴 할 거다만 말이다. 아, 어디까지나 그냥 하는 말이다. 신경 쓰지 말거라."

"서, 선단(仙丹) 중독으로 봤습니다! 그래서 망개 달인 물을 마시게 한 것입니다!"

견디다 못한 율비가 결국 실토를 하자 싱긋, 무결의 입꼬리가 올라갔다.

"선단 중독이라? 어째서 그리 보았느냐?"

이제는 자포자기다. 율비는 결국 술술 연유를 토설했다.

"연전에 신선술에 빠져 선단을 상복하던 환자의 증상이 왕자 저하와 같았습니다. 선단에 중독이 되면 몸에 마비가 오고, 심하면 눈동자가 붉은색으로 착색이 되며 또한 콩팥에 무리가 와서 소변이 통하지 않게 되기도 합니다. 망개는 몸 안에 쌓인 중금속을 씻어내려 주기에, 내장에 쌓인 쇠 독을 소변으로 배출시키기 위해 그를 처방한 것입니다."

"허어, 그래서 하필 망개를 먹인 것이로군. 그런데 조금 이상하구나. 선단이라 하면 먹으면 몸이 점점 가벼워지고, 종국에는 신선이 돼서 하늘로 오른다는 상약 중의 상약이 아니냐. 어째서 그것을 먹으면 독이 된다 하는 거지?"

"그것은 현실 도피를 즐겨하는 도사들이나 하는 말이고 실상은 그렇지 않아요. 선단에 주로 든 것이 납이며 진사(辰砂)* 같은 중금속입니다. 돌이나 쇠를 갈아서 먹는 것이나 마찬가지인데, 어찌 사람이 돌과 쇠를 먹고 견디겠습니까. 결국은 쇠 독이 몸에 쌓여서 몸을 망치게 됩니다."

"진사라? 선단에 그런 것이 들었더냐?"

별안간 무결의 눈이 이채롭게 빛났지만 율비는 별로 대수롭지 않게 생각하고 말을 이었다.

"진사뿐이겠습니까. 심지어 극독인 비소까지 들어 있습니다. 그런 독을 상복하니 나중엔 눈과 귀가 멀고 환청까지 듣는 것이지요. 그런 독물 덩어리를 신선이 되는 약이라 믿고 먹으니, 미쳐서 약을 먹는 건지 약을 먹어서 미친 건지 모르겠다고 오라…… 아, 아니, 형님이 말씀하시곤 했습니다."

"호오, 그렇군. 거참, 재밌는 형님이로구나."

무결이 피식 웃음을 흘리더니, 접선으로 톡톡 턱 끝을 두드렸다. 아마도 생각에 잠기면 나오는 버릇인가 보다, 생각하고 있을 때 무결이 문득 율비를 쳐다보았다.

"왜 그리 빤히 바라보느냐?"

"아, 아닙니다. 아닙니다. 그냥 참 잘생기셨구나 하고 생각해서……. 아, 아차!"

*진사(辰砂):수은의 원료가 되는 금속

이놈의 입! 집에만 있을 때는 몰랐는데 율비의 입은 때때로 혼자 살아서 움직였다. 어쩔 땐 손발도 머리의 말을 듣지 않고 따로 놀았다. 이번에도 율비의 손은 의지와 상관없이 제 입을 철썩 때려 버렸다.

"하하핫. 칭찬을 들으니 거 나쁘지는 않구나."

짐짓 크게 웃음을 터뜨린 무결이 이번엔 율비를 빤히 바라보았다. 무결이 쳐다보자 율비는 안 그래도 보얗게 홍조가 든 볼이 이제는 아예 홍시가 됐다. 고개를 들지도 못하고 푹 수그리는데 그 목덜미도 단풍처럼 붉게 물들었다. 그 모습이 여인이었다면 꼭 안아주고 싶을 정도로 귀여워서 무결은 빙그레 미소를 지었다.

"너란 아이는 달밤에 보았을 때와는 또 다르구나."

말해놓고 나니 그 말에 빼꼼 고개를 드는 꼬마의 얼굴이 새삼스럽게 다가왔다. 피부는 밤에 본 것보다 더 희고 눈은 더욱 까만데다가, 이목구비는 모난 데 없이 부드럽다. 단아한 체구, 깨물어주고 싶을 정도로 발그란 입술이 확실히 내 취향……. 아차차!

'아서라, 이러다 나도 후겸처럼 내시를 데리고 노는 남색가로 오해받을라. 얻을 것도 얻어냈으니 이만 돌아가야지.'

그러나 그전에 이 꼬마 덕분에 그 목적한 바를 얻어냈으니 약간의 보답을 하는 것도 나쁘지 않을 것 같다. 무결은 접선을 좍 펼치며 입을 열었다.

"망개를 달여 먹인 네 처방은 분명히 잘못된 처방은 아니었다. 하지만 극히 운이 좋았던 것일 뿐, 잘된 처방도 아니야."

"네? 그게 무슨 뜻입니까?"

"후겸은 선단을 상복한 적이 없다. 현세의 쾌락을 좇지 못해 안달이 난 녀석이 무슨 신선이 되겠다고 약까지 먹었겠느냐. 다행히 운 좋게 처방이 들어맞아 임시변통으로 병증을 해결하긴 했지만, 단기적인 증상만 보고 처방을 내렸으니 잘못했다간 병을 고치기는커녕 더 나빠질 수도 있었다."

아차. 잊고 있었다.

약이란 모름지기 환자의 체질과 병적을 알아야만 적합하게 쓸 수 있는 것인데, 진맥도 제대로 보지 않고 증상만 보고 처치를 했으니 이는 의원의 기본을 버린 것이다. 너무 상황이 급박했던 것이 핑계라면 핑계지만 깊지 않은 지식만 믿고 날뛴 것 역시 사실이라, 율비는 창피한 나머지 얼굴이 벌게져 고개를 숙이고 말았다.

"하지만 네가 후겸의 병을 그리 길게 보지 않은 것이 오히려 너에게 행운이 되긴 했다. 만약 네가 다른 의원들처럼 후겸이 날 때부터 병이 든 녀석이라 생긴 증상이라 생각했다면 절대 임시변통으로라도 그런 처방을 내리진 못했을 게다."

"후겸…… 아, 아니, 왕자 저하를 잘 알고 계십니까?"

무결은 그녀의 물음에는 대답하지 않고 빙긋 웃으며 말을 돌렸다.

"내 생각이 맞는다면 후겸은 완치된 것이 아니다. 그 녀석의 병은 그리 쉽게 나을 것이 아니야. 의원들의 진단대로 녀석의 병은 태내에서부터 가지고 나온 것이니⋯⋯. 아마도 네 처방이 당장은 몸을 좋아지게 하겠지만 그리 길게 효험을 보지는 못할 거다."

어느새 바람 끝이 차가워졌다. 우릉우릉, 멀리서 구름이 몰려오는 것이 가을 폭풍이라도 몰아치려나 보다. 무결은 펼친 접선으로 이마 위를 가렸다.

'이것도 인연이라면 인연, 한 번쯤 더 이 아이를 구해주는 것도 나쁘지 않겠지.'

"너와 처음 만난 날 있었던 일을 비밀로 해줄 수 있겠느냐?"

"무슨 말씀이신지⋯⋯?"

"내가 너를 찾아왔다는 것은 아마 지금쯤 강왕부에 파다하게 퍼졌을 테니 이 뒤로 네게 와서 묻는 사람이 많을 게다. 사실을 말하자면 나도 그날 일이 알려져선 썩 좋을 일이 없어서 말이다. 그러니 너와 나는 오늘 처음 만난 것으로 해다오. 덧붙여 오늘 나와 나눴던 이야기들도 함구해 다오. 그저 네가 후겸을 고쳤다는 말을 듣고 너를 찾아와서 칭찬했다고 말해주렴."

서화문 근처에서 벌인 소동은 그녀로서도 알려져서 좋을 일이 하나도 없었기에 율비는 정신없이 고개를 끄덕거렸다.

"그럼 나도 네게 보답을 해줘야겠구나. 네 덕분에 궁금하던 것을 알아내기도 했으니⋯⋯. 이게 과연 보답이 될지 독이 될지는 모르겠지만, 그것은 너에게 달려 있겠지."

도대체 무슨 말을 하려는 건지 알쏭달쏭하다. 알려던 것은 도대체 무엇이며, 보답이 될지 독이 될지 모르겠다는 것은 또 무슨 뜻일까? 의문과 불안을 잔뜩 남겨놓은 채 무결은 그대로 자리를 떠나 버렸다.

"참 알 수 없는 사람이야. 그보다 후겸 왕자를 잘 아는 것처럼 말하는 걸 보면 후겸 왕자랑 친구인 건가?"

그렇다는 것은 무결 역시 상당히 지체가 높다는 뜻. 그를 깨달은 율비의 어깨가 오싹 오그라들었다.

"어인 일로 들르셨습니까, 건왕 전하. 평소 술이 안 들어간 음식은 먹지도 않는다고 들었는데 오늘은 웬일로 멀쩡하십니까?"

무결은 그대로 돌아가지 않고 강왕비에게 만남을 청했다. 그래서 안내된 그녀의 내실, 그와 마주 앉은 강왕비가 신랄하게 비꼬았지만 무결은 개의치 않고 받아쳤다.

"오래간만입니다, 숙모님. 마지막으로 뵌 것이 황후 마마의 수연(壽宴) 때였던가요? 어째 날이 가실수록 젊어지시는지요. 선인들이 말하기를 옥을 먹으면 옥같이 변하고 금을 먹으면 금과 같이 변한다 하더니 숙모님께서는 금과 옥을 한꺼번에 갈아 드셨나 봅니다."

'이것 봐라?'

무결과 강왕비는 사실 별로 친한 사이는 아니었다. 황실의 연회에서나 한두 번 마주쳤을까, 무결이 화하에 잡혀 있긴 했지만 개인적으로 그와 가까이서 만난 적이 거의 없었거니와 술에 절지 않은 그를 보는 것도 아주 오랜만이었다.

술에 취하지 않은 무결은 의외로 멀쩡하지 않은가. 게다가 느낌 탓인지 전에 봤을 때보다 더욱 잘생겨지기까지 한 것 같다.

갑자기 없던 호감이 급하게 솟아올랐다. 그래서 그런가, 강왕비는 마마라는 호칭 대신 친근하게 숙모님이라 부르는 무결의 넉살이 나쁘게 느껴지지도 않았다.

"흐흠, 흠. 못 보는 사이에 술 실력 따라 아부도 느셨나 봅니다. 아주 실력이 일취월장하신 듯하군요. 호호호."

"숙모님의 미모만 하겠습니까. 제 양모이신 풍 귀비께서 생전에 미인으로 유명하셨는데, 이제 보니 숙모님의 미모에는 한결 못 미치는 것 같습니다. 제 양모가 젊어서 미인이었다면 숙모님께서는 세월에 따라 원숙미가 더해졌다고 할까요."

"어머, 건왕 전하께서는 오늘 이 늙은이를 푹 삶아 죽이시려 오셨나 봅니다. 어찌 이리 달달한 말만 하실까?"

"하하하, 정말입니다. 그뿐입니까. 풍 귀비께서는 당찬 여걸로 유명하셨지만 숙모님의 도량은 그분을 뛰어넘지 않으십니까. 예전 제가 강왕 전하와 북방 토벌전에 참가했을 때, 전선 근처까지 오신 숙모님을 기억합니다. 그때 숙모님께서 전선에서 싸우는 병사들을 위로코자 병사들에게 비단을 두 필씩 내리셔서 전군에 숙모님을 숭앙하는 목소리가 자자하였더랬지요."

그건 사실 은근히 경쟁심을 갖고 있던 풍 귀비가 비단 한 필씩을 내렸다기에 돈이 아까워 죽을 것 같으면서도 그렇게 한 것이었다. 그것도 일부러 한 필을 더하여 두 필씩 내렸는데, 그러고 나서 그녀가 강왕부의 살림살이를 얼마나 틀어쥐고 아랫것들을 쥐어짰는지 모른다.

그러나 무결이 모르는 척 은근히 풍 귀비보다 도량이 넓다 추어올리니 강왕비는 한껏 기분이 좋아졌다. 풍 귀비의 양아들인 무결이 인정할 정도니 정말로 세인들이 모두 저를 풍 귀비보다 높게 평가하는 것 같아 뾰족한 성정이 절로 나긋나긋 녹아내렸다.

"호호호, 제가 풍 귀비보다 한 성격…… 아니, 한 도량하기는 하지요. 이제 보니 건왕 전하도 사람을 보는 눈이 있습니다."

"그럼요. 말이 나온 김에 제가 청이 하나 있습니다만, 마음이 하해와 같이 넓으신 숙모님이시니 들어주시겠지요? 뭐, 청이라고 해봤자 아주 약소한 거라서 부탁이라 하기도 뭣하지만 말입니다."

'당했다!'

강왕비가 당장 떨떠름한 표정을 지었다. 이제 보니 풍 귀비와 비교하면서 도량이 넓다느니 추어올린 게 다 청탁을 넣기 위한 밑밥이었나 보다. 그러나 당장 스스로 자랑한 것도 있는 마당에 이제 와서 발을 빼는 것은 수치스러운 일. 결국 강왕비가 마지못해 입을 열었다.

"청이란 게 무엇입니까? 어디, 들어나 봅시다."

"그 아이가 정말 전하의 비밀을 지켜줄 거라 믿습니까?"

강왕부의 솟을 대문을 빠져나오면서 자하가 물었다. 강왕비전을 빠져나오면서 대충 율비와 처음 만났던 당시의 일을 일러주었는데, 주인보다 더욱 조심성이 많은 자하는 아마도 율비에게 그다지 믿음이 가지 않는가 보다.

"글쎄다. 사람의 일이란 알 수 없지. 하지만 자하야, 혹시 그 아이의 눈을 보았느냐?"

"죄송합니다만 저는 아직 그 아이를 보지 못했습니다."

자하는 약창 근처에 누군가 접근하는 것을 막기 위해 약창으로 들어오는 중문에 세워놓았기에 율비를 만나지 못했다. 당연 모를 수밖에.

"아차차, 그렇지. 음, 글쎄다. 이것은 내 느낌이긴 하다만, 그 아이의 눈은 굉장히 맑다. 밝은 대낮에 보니 확실히 알 수 있겠더구나. 그 아이는 남을 해칠 줄 모르는 아이다. 황궁의 사람들하고는 달라."

명목뿐인 내 아내 화린하고도. 무결은 내심 생각했다.

"모르겠습니다. 방금 전하께서도 사람의 일이란 알 수 없다고 말씀하시지 않았습니까. 그런데 어찌 그 아이는 눈만 보고도 믿을 수 있다고 하십니까?"

"하하하. 내 풍 귀비 마마께 그리 배웠다. 풍 귀비 마마를 처음 뵙던 날 마마가 내 눈을 보고 말씀하시더구나."

『이 아이의 눈은 용을 품었구나.』

그때 무결의 나이는 겨우 열 살이었고 생모를 잃은 지는 겨우 한 달여가 됐을 무렵이었다. 가 황후가 무결을 싫어한다는 것은 황실 사람이라면 누구나 아는 일, 창천제 역시 비천한 신분의 여인에게서 태어난 무결에게 별로 관심이 없었기에 그의 생명은 거의 바람 앞의 등불이었다. 그럴 때 그를 거둬준 것이 바로 풍 귀비였다. 창천제의 총애를 받긴 했지만 자식은 없었던 그녀가 무결을 양자로 받아들인 것이다. 무결의 됨됨이를 알아보겠다며 그를 불러들인 풍 귀비는 아직 어린 그의 눈을 들여다보며 그리 말했었다. 그리고 또 이렇게도 말했다.

『하늘을 나는 창룡(蒼龍)이 될지, 교룡(蛟龍)*이 될지 시험을 해봐야겠다.』

그 시험이란 것이 얼마나 혹독하였는지, 풍 귀비의 양자가 된 뒤로 겪은 수행이 또 얼마나 지독한 것이었는지, 무결의 나이가 꽤 차고서야 그의 수하로 들어온 자하는 알지 못한다. 그러나 돌이켜보면 앞이 보이지 않는 지금 이 순간을 버틸 수 있는 힘을 키워준 것이 바로 양모 풍 귀비. 무결은 그 풍 귀비를 진심으로 존경한다.

"금무에 사람을 보내야겠다."

뜬금없이 먼 하늘을 바라보다 툭 내뱉는 소리에 자하가 무결

---

*교룡(蛟龍):용의 일종. 악어를 교룡이라 부르기도 하는데, 여기서는 악어를 뜻함

을 쳐다봤다.

"금무라 하면……."

"숙부인 강왕과 아바마마 창천제가 반란을 일으켰던 곳이다. 이후로 10여 년에 걸쳐 거점으로 삼았던 곳이기도 하고. 그곳에서 알아볼 것이 있다."

엎드린 복룡(伏龍)에서 창룡으로 승천할 것인가, 교룡으로 떨어질 것인가. 풍 귀비가 없는 지금 무결 스스로 그 자신을 시험해 봐야 할 때가 왔다.

✱

무결이 다녀간 뒤 율비는 자신을 두고 이런저런 말이 오고 가고 있다는 것을 눈치챘다. 게다가 어째선지 자신을 대하는 분위기가 달라지기까지 했다. 율비가 그 사실을 알 수 있었던 것은 강왕부를 다스리는 최고 태감 이인고가 무결을 만난 그 날 저녁으로 그녀를 불렀기 때문이었다.

'나대지 말라'는 주의를 받은 지 얼마 되지도 않은 터였다. 이번에도 또 엄중한 경고를 받는 게 아닐까 걱정하며 율비가 태감의 처소에 갔더니 이것이 웬일인가, 그녀를 대하는 이인고의 태도는 사근사근하기 짝이 없었다.

"약창의 일이 힘들지는 않으냐?"

"아, 아닙니다. 사형들께서 잘 챙겨주셔서 별로 힘든 것은 없습니다. 신경 써주셔서 감사합니다, 대야(大耶)*."

본디 약창을 담당하는 그 사형의 얼굴 본 지가 며칠 됐다는 말은 굳이 하지 않았다.

"그래, 그래. 당연히 선배들이 신참을 따뜻이 챙겨줘야지. 그건 그렇고, 오늘 낮에 누가 너를 만나고 갔다며?"

"그건……."

저가 가고 난 다음에 반드시 만나서 무슨 이야기를 했느냐 물을 것이라 했다. 무결이 도대체 누구기에……. 호기심이 일었지만 일단 율비는 무결이 하라는 대로 대충 두루뭉술하게 둘러댔다.

"그래? 그렇구나. 흐음, 그렇단 말이지?"

의미를 알 수 없는 혼잣말을 중얼거리는 걸 보니 이인고는 어쩐지 율비와 건왕이 어떤 대화를 나눴는지를 듣고 싶어 그녀를 부른 것이 아닌 것 같다. 그보다는 단지 그녀를 떠보기 위한 듯한…….

"대야, 오늘 저를 찾아오신 공자님은 대체 누구십니까? 누구시기에 굳이 저를 따로 불러 하문하시는지……?"

"뭐, 굳이 알 것 없다. 때가 되면 다 알 것이니. 그보다 송율목, 네게 투실을 하는 취미가 있다 하더구나."

"네에? 아, 아닙니다. 그냥 약창에서 둘만 자는 것이 쓸쓸하기에…… 자장가 삼아 귀뚜리 소리나 들을까 해서 한 마리 잡아

---

*대야(大耶):노인을 공경하는 호칭

다 키우는 것입니다."

"뭐라? 왜 그 좁고 추운 약창에서 잔다는 것이냐. 가뜩이나 마른 것이 여기서 더 몸이 축나면 곤란하지. 내 엄당에 너희 둘만 머물 수 있는 방을 마련하도록 지시해 놓을 테니 오늘부터는 당장 엄당으로 돌아가 자거라."

갑자기 웬 친절? 율비의 표정이 뜨악해졌다.

"그리고 이건 별거 아니지만 내 자그마한 정성이다. 나도 귀뚜라미를 무척이나 좋아한단다. 좋은 우리에 넣고 정성을 들이면 키우는 재미가 더욱 각별할 것이야. 가져가거라. 부디, 이 우리를 보면서 나를 생각해 다오."

하면서 이인고가 내민 것은 향나무를 깎아 만든 고급스러운 귀뚜라미 우리였다. 이름난 장인이 만든 것인 듯, 향나무 겉면에는 귀뚜라미 두 마리가 더듬이를 맞대고 있는 돋을새김이 새겨져 있고 은은한 향까지 감돌고 있는 것이 한눈에 봐도 값비싼 물건이었다.

"이 나이쯤 되다 보니 심심한 것은 못 견디겠더구나. 앞으로 종종 부를 테니 가끔 와서 재미있는 이야기나 해다오. 아참, 동료 환관들이 너희를 따돌리거나 괴롭히면 그 즉시 내게 와서 이르거라. 내 그런 일이 없도록 따끔히 혼을 내놓을 테니."

그 말을 끝으로 이인고는 나가라고 손짓을 하였다. 갑작스런 그의 친절이 석연치 않아, 율비는 값비싼 귀뚜라미 우리를 들고 걸어나오면서도 불안한 기분에 고개를 갸웃거렸다.

'혹시 칼잡이 공자님을 만난 것 때문에 대우가 좋아진 건가?'

율비가 그런 추리를 해내고 걸음을 멈췄을 때였다. 문득 그녀의 일터인 약창으로 들어가는 골목길, 그 어귀에 심어진 버드나무 아래 위금이 서 있는 게 보였다.

"오랜만이구나."

"여기는 웬일이십니까?"

아무래도 술자리 뒤에 습격을 당한 이후로 엄당 동료를 대하기가 힘들었다. 위금은 습격에 끼지도 않았건만, 단지 같은 엄당에 있다는 이유만으로도 율비에겐 불편하게 느껴졌다.

하지만 쭈뼛쭈뼛한 율비의 태도에 위금은 별달리 불쾌한 기색을 내비치지 않고 말을 이었다.

"태감께서 엄당에 너와 하사의 방을 따로 마련해 놓으라는 분부를 내리셨다. 그래서 네 녀석들을 부르러 온 거다."

"……."

"돌아와도 괜찮을 거다. 태감께서 그날 너와 하사를 붙잡아다 바친 선배들을 모조리 내쫓으셨다. 그러니 널 괴롭힐 사람도 더 이상 없어."

이건 또 뜻밖의 말. 율비의 눈이 동그랗게 커졌지만 그래도 순순히 돌아가겠다는 말은 나오지를 않았다. 머뭇거리는 그녀를 묵묵히 바라보던 위금이 이윽고 입을 열었다.

"사실 그날, 신참례가 있을 거라는 건 알고 있었다."

"……!"

"하지만 아무리 나라도 말릴 재간은 없었어. 우리네 소환들이 밟으면 밟히는 힘없는 존재라는 것을 너도 알지 않느냐. 너와 하사는 물론이고 많은 소환들이 그렇게 황족들의 노리개가 되어 왔다. 사형들 역시 관례대로 한 것일 뿐 특별히 너희들에게 악의가 있었던 것은 아니야."

"그럼 위금 선배 역시 그런 일을 당하셨습니까?"

"나? 다행히 나는 넘어갔지. 스물이 넘어서 들어온 덕분에 이미 후겸 왕자의 취향이 아니었거든. 하하하."

"안 당했다면 이해하고 넘어가라고 말하지는 않았으면 좋겠네요. 말이 과했다면 죄송합니다, 선배."

율비가 말을 쏟아내고는 푹 고개를 수그려 버렸다. 그런데 화를 낼 줄 알았던 위금은 의외로 물끄러미 율비를 내려다보기만 할 뿐 말이 없었다. 그러던 위금이 한숨을 푹 내쉬며 중얼거렸다.

"네가 눈에 띌 만하긴 하구나. 후겸 전하도 그렇고, 웃전들이 너를 주목하는 이유를 알 것도 같다."

"무슨 말인지……?"

"아무것도 아니다. 단지 이것만은 알아줬으면 좋겠구나. 사형들도 모두 쫓겨났으니 지금 엄당에서 널 괴롭힐 사람은 아무도 없다. 행여 누구 질투하는 자가 있다손 치더라도 내가 나서서 막아줄 터야. 이 내게 그 정도의 힘은 있으니 부디 나를 믿고 엄당으로 돌아와 다오."

"……."

"네가 돌아오지 않으면 결국 태감께 경을 치는 것은 엄당의 소환들이다. 그들은 알고도 말릴 힘이 없었던 것뿐, 그것 말고는 죄가 없어. 사실 너야 운이 좋아 횡액을 면했다만, 선배들 중에는 결국 난행을 당한 자도 많아. 그러고도 한마디 항의조차 못했단 말이다. 그런데도 꼭 네 기분만 고집해야겠느냐?"

말문이 막혔다. 따지고 보면 율비는 결국 치욕을 당하지는 않았으니 이미 당한 자들 입장에서 보면 율비는 배부른 소리를 하는 거다. 결국 율비도 더 이상 버티지 못하고 돌아가겠다는 대답을 할 수밖에 없었다.

"잘 생각했다. 엄당에서 가장 넓고 깨끗한 방으로 골라 치워 놨으니 너와 하사는 돌아오기만 하면 된다. 그리고 차후로도 동료들이 너희에게 해코지를 하려 한다거나 무슨 문제가 생기면 내 무슨 수를 써서라도 해결해 줄 터이니, 꼭 나한테 오거라. 내 물심양면으로 도와주마."

그 말을 끝으로 위금은 손을 흔들고 사라졌다.

"후우……."

따지고 보면 위금은 죄가 없다. 아니, 심지어 그녀를 붙잡아 올린 사형들에게도 죄가 없다. 사실 가장 나쁜 것은 환관을 사람으로 취급하지 않고 가지고 논 후겸과 그에 빌붙은 무리들이다.

"죄가 밉지 사람이 밉나. 후유, 막아준다고 하니 믿어야지 어쩌겠어."

멀어져 가는 위금의 뒷모습을 바라보며 율비는 그렇게 혼잣말을 중얼거렸다.

한편 같은 시각, 약창 건물을 돌아 나온 위금은 마침 오늘 반입된 약재 상자를 들고 돌아오던 하사와 만났다. 약창으로 들어오는 물품들의 정리도 하사와 율비에게 떠맡겨 버렸기에 약창의 정리가 거진 끝난 요즘은 두 사람 다 거기 매달려 있는 중이었고, 그래서 하사의 손에는 매달 보름이면 들어오는 많은 약재 상자들 중 일부가 들려 있었다.

껄끄러운 상대였지만 하사 역시 돌아와야 할 녀석이었기에 위금이 웃으며 말을 걸었다.

"어, 하사. 마침 전할 말이 있었는데 잘 만났구나. 오늘 저녁부터는 엄당에 돌아와 자거라."

하사가 약재 상자를 앞마당에 내려놓고 약창 안으로 들어왔을 때는 율비가 새로 받은 향나무 우리에 귀뚜라미를 옮겨놓은 뒤였다. 약창 문 앞에 서서 율비가 우리를 코에 대고는 킁킁 향을 맡으며 좋아하는 모습을 보고 있던 하사가 무슨 심술이 돋았는지 저벅저벅 율비에게 걸어가더니 그녀의 뒤통수를 철썩 갈겼다.

"아, 아아야! 아파아!"

"한심한 놈. 그깟 선물 좀 받았다고 바보같이 좋아서 헤벌레하기는."

너무 아파서 눈물이 찔끔 났다. 그리고 부아도 났다.

"이, 씨! 나 바보 아냐! 왜 자꾸 하사만 나를 바보 취급해?"

"너처럼 사람의 생리를 모르는 녀석도 없을 거다. 사람이 얼마나 무서운지 그렇게 당하고도 모르는 거냐?"

"뭐야, 대체 무슨 소리를 하는 거야? 내가 태감에게 선물을 받아온 게 마음에 안 드는 거니?"

"말을 말자, 말을 마. 바보를 가까이 하다간 나도 벼락을 맞는다. 송율목, 너나 엄당으로 돌아가거라. 나는 그곳으로는 절대 안 돌아간다."

"어……? 어! 잠깐만 기다려 봐, 하사!"

말을 마친 하사가 미처 잡을 사이도 없이 그대로 나가 버렸다. 그날 밤 내내 하사는 이유도 말하지 않은 채 입을 꾹 다물고 있었고, 율비는 그런 그의 눈치만 보았다. 그리고 다음날, 결국 율비는 위금을 찾아가 미안하지만 당분간 엄당에는 돌아가지 않겠다고 말할 수밖에 없었다.

사람의 마음 추는 한 번 기울면 다시 원래대로 돌아오기가 영 힘든 법이다. 어째선지 모르지만 강왕부 태감의 마음 추는 분명히 율비에게로 기울었다. 그것도 아주 확 기울었다.

태감 이인고는 율비에게 값진 선물을 준 걸로도 모자라 며칠

후 잔치를 벌이라는 명령까지 내렸다. 명목은 중양절을 축하하는 영상연(迎想宴)이었지만 사실상 율비에게 공을 들이기 위한 연회임이 자명했다. 잔치가 한참을 지날 즈음 이인고가 혼자 외따로 떨어져 쭈뼛거리고 앉아 있던 율비를 일부러 일으켜 세워 후겸을 고친 공을 치하한 것만 봐도 번연히 알 수 있는 일. 게다가 그것도 모자라 이인고는 율비를 가까이 오라 하더니 새로운 선물까지 주었다. 얼마 전 그녀에게 주었던 것보다 더 큰 귀뚜라미 우리였는데, 일반적인 귀뚜라미 우리가 아니라 가느다란 대나무 살을 박아 새장처럼 만든 것으로 그 안에는 한눈에 보기에도 투실투실 힘이 세 보이는 귀뚜라미 한 마리까지 들어 있었다.

"투실을 하려거든 기왕이면 힘 좋은 놈으로 해야지. 일부러 투충(鬪蟲)을 하는 사람을 불러다 싸움에 이력이 난 놈으로 골라 왔느니라. 아끼고 돌보도록 해라."

당장 좌중에 물결 같은 탄성이 퍼져 나갔다. 이인고가 율비에게 잘 보이려 한다는 것은 이제 누구나 눈치챌 수 있는 일. 참석한 환관들의 얼굴에 저마다 질투와 부러움의 눈빛이 떠올랐다.

'이걸 받아도 되나? 호의가 너무 과해도 부담스러운 법인데……'

사람 속을 너무 모른다던 하사의 말이 생각났다. 그 하사가 이 자리에 있었다면 한 번 눈빛으로라도 물어보련만, 그는 오늘 잔치에도 몸이 아프다는 핑계를 대고 참석하지 않았기에 물어

볼 수도 없었다. 그녀에게 태감의 호의를 거절할 힘은 없으니 무섭고 켕겨도 일단은 받는 수밖에 없다.

"감사합니다, 대야. 부족하지만 주신 귀뚜라미를 열심히 섬기…… 아니, 키우도록 하겠습니다."

행여나 잘못해서 죽기라도 한다면 책임을 못 면할 게다. 어쩌면 이 귀뚜라미가 자신을 말려 죽이려는 미끼가 아닌가, 우리를 받아들이면서 율비는 속으로 중얼거렸다.

"자아, 오늘은 즐거운 날일세. 고향을 생각하면서 마음껏 먹고 마시게나."

잔을 올리며 외치는 이인고의 일성에 잠잠해졌던 좌중의 소란이 다시 벌통처럼 일어났다. 굳이 모두가 모인 자리에서 율비에 대한 호의를 과시하는 태감의 속내가 무엇인지, 모두들 그것을 추측하느라 바빴다.

날씨가 꽤 추워졌다. 칼처럼 뾰족한 하현달 귀퉁이를 쓰다듬으며 불어오는 찬바람에 율비는 어깨를 움츠리며 종종걸음을 쳤다. 가을도 꽤 깊어졌으니, 태감이 기껏 챙겨준 이 귀뚜라미도 곧 해를 넘기지 못하고 죽을 것이다.

"혹시나 먹이가 안 좋아 죽거나 하더라도 세월 탓으로 돌리면 되겠지. 그런 걸 보면 태감이 일부러 나를 골탕 먹이려고 귀뚜라미를 준 건 아닌 게야."

삼경(三更)이 넘은 시각, 다른 환관들은 연회에 점점 흥이 오르면서 질탕하니 먹고 마시느라 정신이 없었지만 율비는 슬쩍 몸을 빼 빠져나왔다. 이인고가 율비에게 호의를 갖고 있다는 눈치를 보이자 당장 높고 낮은 환관들이 그녀 옆에 몰려와 이리저리 말을 붙이고 환심을 사느라 난리였다. 그 피곤함이란! 차라리 그 속 보이는 일당보다는 쌀쌀맞고 정 없는 하사 쪽이 낫다.

"그래도 1년은 왕부에서 훈련을 받아야 한다는데, 나도 조금은 적응하려 노력을 해야 하지 않을까?"

달을 보며 혼자 중얼거리던 율비가 약창으로 돌아오는 길에 있는 화단가에 앉았다. 영상연은 고향에 돌아가지 못하는 환관들을 위해 벌이는 잔치라고 했다. 고향이 바로 황도 근처인데도 율비 역시 고향에는 돌아가지 못하고 있었다. 오라비를 비롯한 가족의 얼굴을 언제쯤이면 한 번 볼 수 있을까?

갑자기 쓸쓸한 생각이 들어서 율비는 화단 가를 두른 돌 위에 앉아 귀뚜라미 우리를 들여다보았다. 율비의 마음을 아는지 모르는지, 귀뚜라미는 어둠을 틈타 흐느끼듯 날개를 비비기 시작했다.

그 가냘픈 충음(蟲音)이 그녀를 위로해 주기 위한 노래가 아니라 짝을 부르는 소리라는 것을 잘 알지만 지금만큼은 그 소리가 율비를 위로하는 음악이 된다. 율비는 어느새 처음 귀뚜라미를 키우기 시작한 어린 시절로 돌아갔다. 약하긴 했지만 그래도 가정이라는 작은 세계 안에서 충만한 행복에 젖어 있던 그 시절로. 벌레 소리가 불러온 애상에 젖어, 율비는 감싸 안은 무릎위에 머리를 얹은 채 빨려들 듯 눈을 감았다.

"흑……!"

불현듯 들려온 울음소리에 율비는 감았던 눈을 번쩍 떴다. 짝을 부르는 벌레의 소리가 아니라 분명히 사람의 울음소리다. 하지만 율비가 울음소리가 들려온 쪽이 어딘가 가늠하려 고개를 든 순간 그 소리는 사라져 버렸다.

"잘못 들었나……?"

이 근처엔 약창을 제외하고는 아무것도 없었다. 더군다나 소환들이 모두 잔치판에 몰려가 있는 지금 궁상맞게 울고 있을 사람은 없었다. 아, 그러고 보니 한 명 남은 환관이 있기는 했다.

"설마 하사가 울고 있나?"

뜬금없이 그런 생각이 떠올랐지만 율비는 곧 고개를 도리도리 저었다. 하사라면 그 괴팍한 성격에 차라리 이유없이 시비를 걸고 사람을 때리면 때렸지, 절대로 어디 숨어서 울고 있지는 않을 게다.

그런데 율비가 그런 생각을 떠올리는 것과 동시에 또다시 흐느낌이 들렸다. 자세히 들어보니 확실히 하사의 울음소리가 아니다. 그보다 더 어린, 아직 변성기를 벗어나지 못한 가느다란 목소리, 게다가 하나가 아니라 둘이다.

율비는 자기도 모르게 벌떡 일어나 소리가 들려온 쪽을 향해 달려갔다. 이 근처에 약창 말고는 아무것도 없다는 것은 잘못된 생각이었다. 담장 하나를 사이에 두고 그 건너편에 낡은 창고가 하나 있었는데, 소리는 그쪽에서 들려오고 있었다.

"저기는 아무도 드나들지 않는 곳인데, 웬 울음소리라지? 누가 길을 잃고 갇히기라도 했나?"

만약 그렇다면 구해줘야 할 것이다. 하지만 율비는 그때 별안간 떠오른 생각에 비쭉 소름이 돋았다. 창고에 아무도 드나들지 않게 된 것은 환관이 된 제 신세를 비관해 그 창고에서 목매달아 죽은 자가 있었기 때문이다. 그 뒤로 그자가 액귀(縊鬼)*가 돼 창고 자리를 맴돌고 있다는 소문이 돌아 아무도 그 주변에 얼씬거리지 않게 된 것이다.

'설마…… 귀신?'

별안간 온몸에 소름이 쪽 끼쳤다. 율비가 세상에서 제일 무서워하는 게 두 가지가 있었는데, 그중의 제일은 아픈 것이고 두 번째는 귀신이었다. 다리가 스르르 풀리면서 율비는 그 자리에 주저앉고 말았다.

"아. 아, 아, 하, 하, 하사!"

그나마 근처에 있을 법한 것은 하사뿐이었다. 그래서 목이 터져라 불렀다고 불렀지만 사실 그 목소리는 모기의 날갯짓만 한 크기였다. 그런데 그 가느다란 소리를 들은 것처럼 창고 안에서 들려오던 흐느낌이 뚝 그쳤다.

"거기…… 누구세요?"

헉! 율비의 심장이 뚝 멈췄다. 의미없는 울음소리에서 정확한

---

*액귀(縊鬼):목매 죽은 귀신

언어로 변한 목소리는 귀신의 것이 아니라 분명히 사람의 것이다. 그것도 여자아이!

"그, 그쪽이야말로 누구세요? 사, 사, 사람입니까?"

"누구신지 몰라도 저희 좀 살려주세요. 풀어만 주시면 평생의 은혜로 알겠습니다. 흐흑, 제발 저희 좀 살려주세요, 대인."

애처로운 목소리에 이어 이번엔 그보다 좀 더 낮고 성숙한 목소리가 끼어들었다.

"대인은 무슨 대인이냐. 우리를 끌고 온 자들이나 여기 강왕부의 사람들이나 모두 한통속이다. 우리를 구해줄 리가 없단 말이야."

나어린 목소리에 걸맞지 않게 체념이 묻어 있는 말투였다. 아직 어린 나이임에도 절망이 가득한 게 예사롭지가 않다.

"흐흑, 대인. 그러면 제 소식만이라도 전해주세요. 제가 살던 마을은 양주 패현입니다. 어머니는 제가 강왕부의 노비로 팔려간 줄로만 아실 거예요. 령아가 사실은 황궁에 끌려가 죽었다고, 그 소식만이라도 엄마에게 전해주세요."

"넌 아직도 정신을 못 차렸니? 우리 노친네도 내가 뻔히 환관들의 양생제(養生製)가 될 걸 알면서도 나를 팔아넘겼다. 늙어서 반인반귀(半人半鬼)가 된 사례감 태감에게 바친다는 말을 듣고서도 그리했단 말이다. 모르긴 해도 네 엄마도 네가 노비로 팔려가는 게 아니라는 것쯤은 다 눈치챘을 거다."

양생제라니? 사례감 태감이라니?

갑자기 쏟아진 끔찍한 내용에 율비의 귀가 토끼처럼 쫑긋 섰고 그와 함께 끔찍한 예감이 밀려왔다.

하사는 약창 안에 모로 누워 잠을 청하고 있었다. 담장 몇 개 너머 떨어진 후원 쪽에서 한참 연회가 벌어지는 소리가 희미하게 들려왔지만, 하사는 못 들은 척 이리저리 돌아누우며 오지 않는 잠을 청했다.

한심하게도 율비는 좋다고 연회에 끼었지만 하사는 영상연이니, 환관들이 모여서 저들끼리 위로하고 찧고 까부는 잔치에 관심이 없었다. 차라리 어서 황궁에 입궁했으면 좋겠다. 세상과 격리된 담장 안에 갇혀 아무런 희망조차 가질 수 없게 된다면, 그러면 차라리 자신에게 닥친 운명을 비로소 받아들일 수 있을 것 같다.

하사는 그런 생각을 하며 서서히 밀려오는 무거운 수면에 젖어들었다. 그때였다. 문득 그의 귀에 약창 앞마당으로 뛰어들어오는 부산한 인기척이 들렸다. 누구……?

하사가 이불 위로 빼꼼 고개를 드는 것과 동시에 약창 문이 부서져라 열리며 율비가 달려들어 왔다.

"하사, 나 좀 도와줘!"

잔치에 갔던 녀석이 난데없이 왜 사색이 돼 나타난 걸까?

어리둥절한 하사를 향해 율비는 방금 전 뒤란에서 있었던 일을 와다다다 쏟아내기 시작했다. 하사는 미처 그 의미를 파악할 틈을 놓친 채 그녀의 말을 다 들었고 종국에는 율비에게 손을 잡힌 채 엄당 밖으로 끌려 나가기까지 했다.

내가 왜 이러고 있는 건가, 하는 생각이 들었을 때는 이미 여러 개의 통로와 문을 지나 마침내 낡은 창고 앞으로 끌려온 뒤였고, 묵직한 빗장으로 잠긴 문 안쪽에선 율비의 말대로 아이들의 울음소리가 들려오고 있었다.

"하사는 혹시 알아? 양생제가 도대체 뭐야? 왜 태감의 양생에 아이들이 필요하다는 거지?"

"……들은 적이 있다. 환관들 중에는 몸보신을 위해 어린아이들의 골을 요리해 먹는 자가 종종 있다고 하더라. 저 아이들은 아마 그 제물로 끌려온 모양이구나."

"뭐라고?"

차마 상상할 수도 없는 일이었다. 놀라 토끼처럼 커다래진 눈을 하사에게로 돌리자, 그는 귀찮은 일에 휘말려 들었다는 듯 찌푸린 얼굴로 계속해서 말을 이었다.

"거의 일어나지 않는 일이지만 양물이 잘린 환관들 중에 극히 일부는 다시 양물이 자라기도 한다고 하더라."

"말도 안 돼! 어떻게 그럴 수가 있어?"

"환관이라고 해서 생식기를 모조리 다 잘라 버리지는 않아. 어떤 경로로 환관이 됐느냐에 따라 거세법이 달라지는데, 음경만 자르고 고환이 남아 있는 경우엔 상처가 나고 베어진 곳에 새 살이 돋는 것처럼 양물이 다시 자라나기도 한다고 들었다.

특히 어린 나이에 거세를 한 자일수록 그럴 가능성이 높다고 하
는데, 환관들 중에선 그 얼마 안 되는 가능성을 믿고 온갖 종류
의 보양식을 먹어대는 자가 있다고 하더라. 그중에 최고로 치는
것이 어린아이들의 골이다."

"우…… 우웨엑!"

하사의 설명을 듣는 것과 동시에 율비의 뱃속이 요동치기 시
작했고, 급기야 율비는 그의 말이 채 끝나기도 전에 담벼락 한
구석에 달려가 저녁에 먹은 것을 죄다 토해 버렸다.

하사는 그런 그녀를 아랑곳하지 않고 불퉁스럽게 말을 이었
다.

"사례감 태감이라는 걸 보니 황궁 최고 태감에게 바칠 모양이
군. 아마 사례감 태감이 직접 지시했거나, 아니면 그의 비위를
맞추기 위해 강왕부의 누군가가 준비한 것일 게다. 어느 쪽이
됐든 우리가 어떻게 해줄 수 있는 일이 아니다."

"어떻게 해줄 수 없다고? 그럼 저대로 아이들이 끌려가게 내
버려 두자는 거야?"

"그럼 어쩌자는 거냐? 저 아이들을 풀어주면 그 뒷감당을 어
찌하겠다는 거야? 그랬다간 보나마나 아이들을 풀어준 게 누군
지 찾아내겠다고 이 강왕부가 한바탕 뒤집어질 거다. 게다가 저
아이들을 풀어준다 해도 그자가 또 다른 아이들을 찾아내서 바
칠 게 분명한데, 그때마다 걔들을 다 놓아주겠다는 거냐?"

조목조목 따지는 하사의 말에 율비는 대답할 말이 없었다.

"귀찮은 일에 말려드는 건 사양이다. 너도 무사히 황궁에 입궁하고 싶다면 오늘 일은 보고도 못 본 척하는 게 상수야. 알아들었으면 난 이만 자러 가겠다."

말을 마친 하사는 뒤도 돌아보지 않고 중문을 빠져나갔다. 잠결에 끌려 나왔음에도 어느새 단정하게 정돈이 된 하사의 뒤통수가 어둠 속으로 완전히 사라지는 것을 보며 율비는 입술을 깨물었다.

하사의 말이 맞았다. 이건 하사도 율비도 어떻게 할 수 있는 일이 아니었다. 여자라는 걸 들키지 않기 위해서만도 온 신경이 녹아버릴 정도로 각별히 주의를 해야 하는데다가, 지금은 안 그래도 왕부 사람들의 주의를 사고 있는 마당이니, 이 이상 튀는 짓은 목숨이 아까워서라도 하지 말아야 했다.

'하지만…… 하지만!'

도저히 잠을 잘 수가 없었다. 약창 안, 즐비한 약장 사이에 마련해 놓은 짚풀 잠자리에서 이리저리 뒤척이던 율비가 결국 벌떡 일어나고 말았다. 아무리 잠을 이루려고 노력해도 아이들의 울음소리가 귓가에서 떠나지를 않았다. 보지도 못한 그 아이들이 팔다리가 잘린 채 솥 안으로 쳐 넣어지는 모습이 마치 눈앞에서 본 것처럼 자꾸만 떠올라, 율비는 요란하게 비명을 지르며 까무룩 들었던 선잠에서 깨어났다.

"허억……!"

약창 안은 여전히 솥뚜껑 안 같은 어둠 속이었다. 창문조차 없어서 기지 않으면 문도 확인할 수 없을 정도로 어두운데, 그 어둠을 배경으로 방금 전 꿨던 흉몽 속의 잘린 팔다리가 잠깐 동안 율비의 눈앞을 둥둥 떠다녔다.

분명히 허상이다. 아직 꿈의 잔상이 남은 것뿐이다. 하지만……!

결국 참다못한 율비가 벌떡 일어났고 바닥을 더듬더듬 기어서 약창 문을 열고 밖으로 달려나갔다. 약창 안, 어둠 속에 누워 있던 하사가 그 순간 번쩍 눈을 떴고 씁쓸한 표정으로 그녀가 사라진 방향을 쳐다보았다는 것을 율비는 알지 못했다.

위금이 율비가 찾는다는 전언을 받은 것은 새벽이 밝아오기 전인 오경(五更) 무렵이었다. 진탕 먹고 마시는 잔치도 거의 끝나고 영상연에 남은 환관들도 얼마 안 남았지만, 위금은 마지막까지 자리를 지키고 있었다. 오늘은 중양절, 소환들이 노고를 푸는 특별한 잔치이니 오늘만큼은 태감전에 들어가 팔다리를 주무르는 수고를 할 필요가 없었다. 하여 위금은 모처럼 찾아온 여유를 즐기며 동료들과 이런저런 이야기를 나누고 있었다. 그런데 그때 신참내기 소환 하나가 들어와 율비가 연회장 밖에서 그를 만나고 싶어한다는 말을 전했다.

"어쩐 일이냐? 다시 엄당으로 돌아올 생각이 든 게야? 오늘따라 약창에 마련한 잠자리가 유난히 딱딱하게 느껴지던?"

재미없는 농담을 늘어놓고 위금이 웃었지만 율비의 반응은 영 심각했다. 겉모양으로라도 웃기는커녕 주변에 누가 없나 이리저리 둘러보더니 이윽고 목소리를 낮춰 속삭이는 것이었다.

"저를 좀 도와주세요, 위금 선배님."

"도와달라니, 뭘? 뭔가 불편한 일이 생겼느냐?"

막상 곤란한 상황이 닥치자 하사 말고는 도움을 청할 사람이 위금밖에 없었다. 자초지종을 들은 위금이 곧 심각한 표정을 짓더니 고개를 끄덕였다.

"같은 사람으로서 그런 일을 가만히 두고 볼 수는 없지. 잘 왔다. 쉬운 일은 아니다만 내가 한번 힘을 써보마."

"어떻게 하시려는 겁니까? 창고는 자물쇠로 잠겨 있던데, 달리 열 수 있는 방법이 있나요?"

"창고 열쇠는 창고지기가 갖고 있다. 오늘 연회는 환관들의 잔치라 초대되지 않았는데, 워낙 술을 좋아하는 위인이니 지금이라도 오라고 하면 좋아서 달려올 거야. 적당히 술이 취했을 때 열쇠를 빼내줄 테니 그걸로 아이들을 빼내거라."

다행이다. 율비가 안도와 기대가 뒤섞인 눈빛으로 위금을 쳐다보았고, 곧 따라오라는 그의 손짓을 좇아 연회장 한구석에 앉았다.

"여기서 좀 기다리고 있거라. 열쇠를 빼내면 전해줄 테니까 그걸 가지고 가렴."

위금의 말대로 율비는 다른 사람들 눈에는 잘 띄지 않는 나무 그늘 아래 앉아 숨을 죽이고 기다렸고 얼마 가지 않아 창고지기가 불려왔다. 술을 밥보다 좋아하는 위인이라더니 과연 들어오자마자 말술을 퍼마시기 시작했고, 옆에서 살살 부추기는 위금과 소환들까지 더해져 들어온 지 얼마 되지도 않아 인사불성으로 취했다.

이리저리 앞뒤로 몸을 흔들며 술주정을 늘어놓는 창고지기 주변에서 위금이 잠시 왔다 갔다 하는 것 같더니 돌연 그가 율비 쪽으로 다가왔다. 툭 소리와 함께 그녀의 무릎 위에 뭔가가 떨어지는 것과 동시에 위금이 몸을 돌려 율비 앞을 가로막고 섰다. 사람들의 시선으로부터 율비가 보이지 않게 가려준 것이다.

'고맙습니다, 선배님!'

율비가 얼른 창고 열쇠를 허리춤에 갈무리하고는 그와 같은 감사를 담아 위금에게 꾸벅 인사를 하자, 위금이 슬쩍 눈웃음을 보내고는 곧장 창고지기에게로 돌아갔다. 이다음부터는 율비가 할 일. 그녀는 곧장 연회장을 빠져나와 창고 쪽을 향해 줄달음 치기 시작했다.

마침내 그녀의 눈앞에 문제의 창고가 나타났다. 오래돼서 기왓장 여기저기가 깨져 있고 앞마당엔 풀이 자라나 있지만 경계를 위해서인지 마당엔 불이 켜져 있었다. 율비는 귀신이 나올 것 같은 음산한 풍경을 무시하고 문손잡이에 끼워진 사슬을 더듬었다. 횃불 빛을 의지해 자물쇠 구멍에 열쇠를 꽂자 곧 굵다란 잠금 쇠가 열쇠에 밀려 나가면서 자물쇠가 풀렸다.

"얘들아, 아직 여기에 있니?"

문을 연 율비가 횃불을 창고 안쪽으로 들이밀자, 그녀의 부름에 깜깜한 어둠 속에서 볼이 통통한 것이 율비보다 약간 어려 보이는 여아, 그리고 어리둥절한 표정으로 그녀를 바라보고 있는 열대여섯쯤 돼 보이는 남아 두 개의 얼굴이 나타났다.

"나와. 측문까지 안내해 줄 테니까 어서 여길 나가!"

두 아이의 얼굴에 한 가닥 희망의 빛이 떠올랐다. 하지만 갑작스레 나타난 구원을 쉽게 믿을 수 없었기에, 두 아이는 서로의 눈치만 볼 뿐 쉽게 발을 떼지 못했다. 답답해진 율비가 얼른 여자아이의 손목을 잡고 달리기 시작했다.

"정말로 우릴 풀어주려는 거예요?"

남자아이가 율비의 뒤를 쫓아 나오며 묻자 그녀는 대답 대신 고개를 끄덕였다. 겹겹이 쳐진 미로 같은 담장을 지난 율비는 강왕부 측문으로 향하는 가장 가까운 지름길로 쉬지 않고 내달렸다. 하인들과 환관들만 드나드는 작은 측문엔 보통 말단 환관들이 번을 서지만 위금이 말하기를 오늘만큼은 환관들 대부분이 영상연에 참가하느라 빗장만 질러놓고 자리를 비운다고 했다. 율비는 그의 말을 믿고 열심히 측문을 향해 달렸다.

마침내 측문이 나타났다. 겨우 한 사람이 드나들 수 있을 정도로 작은 문이지만 이승과 저승을 가르는 결정적인 지점이다. 율비는 여아의 손목을 잡고 뛰어가는 속도에 더욱 박차를 가했다. 열 걸음, 다섯 걸음, 이제 지척! 그런데 그때 불현듯 우레 같은 고함이 율비의 뒤통수를 때렸다.

"멈춰라!"

퍼뜩 놀란 율비가 거의 자동적으로 걸음을 멈췄다. 맙소사. 뒤를 돌아본 그녀는 절망적인 표정으로 눈을 감았다. 등 뒤에 일단의 환관들이 몰려와 있었다. 덩치가 큰 그들이 악다구니를 치며 달려오는데 이미 그 거리가 지척이다. 어떻게 알게 된 걸까? 누군가 발고를 한 걸까?

퍼뜩 머리에 떠오르는 얼굴이 하나 있었지만 배신감을 느끼기 전에 먼저 본능이 움직였다. 율비는 막 울음을 터뜨릴 기세로 멈춰 선 여아의 손목을 잡아끌었다. 그리고 역시나 뻣뻣하게 굳어 있는 남아의 등을 세게 문 쪽으로 밀었다.

거의 기적이랄까, 빗장둔테에 질러진 두꺼운 문빗장을 빼내는 데 단 3초도 걸리지 않았다. 둔탁한 소리를 내며 문빗장이 빠져나가는 것과 동시에 율비는 두 아이의 등을 바깥쪽으로 밀어 내동댕이쳤다.

"나가! 이대로 달아나! 너희 집으로는 절대 돌아가지 말고, 어디 먼 곳으로 도망가!"

발악같이 소리를 지른 율비가 그대로 문을 닫아버렸다. 그리고 번개같이 문빗장을 지르고는 문 앞을 가로막아 버렸다. 달려온 소환들이 당장 그녀의 어깨를 밀치며 끌어내려 했지만 율비는 기를 쓰며 버텼다.

"비키거라, 송율목! 어서 비키지 못하겠느냐!"

아픈 건 싫다. 맞을 것 같아서 겁도 난다. 하지만 율비는 조금이라도 시간을 더 벌기 위해 가장 앞서 달려온 소환의 다리를 붙잡고 매달렸다.

"사형, 사형! 보내주십시오. 부디 불쌍한 아이들을 보내주십시오!"

죽어라 매달린 것이 효과가 있었다. 덩치 큰 사형이 좁은 문을 가로막고 있느라 뒤에 몰려온 소환들이 문을 여는 데 좀 더 시간이 걸렸고, 그들이 문을 부수다시피 열었을 때는 이미 아이들은 화하의 어둠 속으로 사라진 뒤였다. 어디로 갔을까나. 미로처럼 엉킨 황도의 밤길을 일일이 더듬는 것은 이미 소용없는 일이다. 뭣보다 달려온 소환들은 아이들의 얼굴조차 모르니 말이다.

"이놈을 당장 끌어가라!"

모든 분노가 율비에게로 쏟아졌다. 억센 손들이 율비에게 몰려들었고 그녀는 이내 그들에게 붙잡혀 이인고 앞으로 끌려갔다.

"이 죽일 놈! 네놈이 감히 나의 신뢰를 배신하다니!"

끌려온 율비가 안전에 무릎 꿇려지자 이인고가 분노에 차 고함을 질렀고 율비는 아이들을 황궁 태감에게 바치려 했던 자가 바로 그였다는 걸 직감했다.

칼이 있다면 이인고는 당장 율비를 찔러 죽였을 것이다. 하지만 죽일 수는 없으니……. 그래, 매라도 치자. 죽이는 게 안 되면 매라도 치자! 결심한 이인고가 목청을 높였다.

"여봐라! 형장을 대령해라. 이놈의 볼기살이 터질 때까지 난장을 쳐라! 오늘 옷전을 기망한 이놈을 아주 요절을 낼 것이다!"

"그걸로 되겠습니까. 이참에 송율목의 목을 쳐서 본보기를 보여주는 것이 낫지 않겠습니까, 대야."

문득 들려온 목소리에 이인고와 율비가 동시에 고개를 들었다. 이인고 옆에 위금이 서 있었다. 간특한 표정, 이제는 더 이상 숨길 것 없는 악의가 위금의 온 얼굴에 넘쳐흘렀다.

사람의 얼굴이 어찌 마음에 따라 저리 달라질 수가 있을까. 율비는 새삼 표변한 그의 모습이 몸서리가 쳐질 정도로 두려워졌다. 그리도 선한 얼굴과 웃음으로 그녀를 돕고, 뒤로는 태감에게 달려가 알렸다. 율비에게 사람 좋은 척 손을 내밀었을 때 이미 그녀를 찍어낼 마음을 먹고 있었던 것이다. 도와달라 요청했을 때, 아마도 지금이 바로 그녀를 없앨 기회라고 기뻐 날뛰었을 것이다.

『너는 어찌 그리도 사람의 성정을 모르느냐. 너 같은 바보는 보다보다 처음 본다.』

하사의 목소리가 바로 옆에서 들리는 것처럼 머릿속에서 쟁쟁 울렸다. 글렀다. 확실히 그녀가 사람을 보는 눈은 멀어도 한참 멀었다.

'애먼 하사까지 덤터기를 쓰지 않으면 좋을 텐데.'

그런 걱정이 머리를 스쳐 지나가자 율비는 필사적으로 머리를 굴렸다. 그녀 혼자라면 몰라도 하사까지 끌어들일 수는 없다.

'뭔가…… 뭔가 방법이 있을 것 같은데! 방법이!'

머릿속이 거꾸로 뒤집어놓은 서랍 속처럼 어지러웠다. 온갖 기억들이 엉켜서, 무엇이 어디에 있는지조차 알 수 없는데 이상하게도 그녀를 구할 뭔가가 그 기억의 서랍 속 어딘가에 들어 있다는 예감이 자꾸 들었다.

"송율목이 대야를 기망한 것이 이번으로 몇 번째입니까. 저번엔 감히 후겸 왕자를 걷어차고, 절차도 무시한 채 마음대로 왕자 저하를 치료해 대야의 체면을 깔아뭉갰습니다. 비록 운 좋게 저하의 병을 고치긴 했지만, 그런다고 황족을 모욕하고 대야를 무시한 죄가 없어지는 건 아니지요. 그것도 모자라 이번엔 대야의 출셋길을 직접 가로막고 서지를 않았습니까." ·

그 말에 이인고가 얼굴을 찌푸리더니 위금을 향해 비웃듯 한마디를 던졌다.

"깔아뭉갠 건 내가 아니라 네 체면이겠지. 하사와 송율목을 신참례에 붙인 건 네가 아니더냐. 일개 환관 주제에 엄당에 들어온 지 얼마 되지도 않아 후겸 왕자에게 예쁘장한 환관들을 바치라 나에게 조언한 게 바로 너였다. 그 뒤로는 직접 네가 채홍사(採紅使) 노릇까지 하였고, 그런 까닭에 후겸 왕자의 취향은 네가 잘 안다고 했지?"

'그런……!'

그제야 갑자기 모든 사실이 하나로 꿰맞춰져 율비의 머릿속을 관통했다. 후겸 왕자에게 총애를 받고 있다는 위금. 그 역시 신입 소환인 주제에 늘 돈이 넘친다는 위금.

누구나 당하는 관례가 아니었다. 위금이 먼저 나서서 시작했고, 주동했다. 신참례에 동원된 선배들이며 동료들은 모조리 들러리였을 뿐, 실제로 그들을 조종하는 것은 위금이었던 것이다.

"나쁜 사람! 정말 나쁜 사람이군요!"

자기도 모르게 율비가 벌떡 일어나 소리를 질렀다. 그녀가 아는 최악의 욕을 퍼붓고 싶었지만 할 수 있는 말이 고작 그것뿐이었다. 너무 흥분한 나머지 눈물이 날 것 같다. 사람을 먹는 자, 먹히는 사람을 바치는 자. 둘 중에 누가 더 악한 것인가. 율비는 알 수 없었다. 오로지 너무나 극렬하게 몰아치는 분노에 숨이 멎을 것처럼 괴로울 뿐이었다.

하지만 위금은 그런 율비를 보면서도 코웃음을 칠 뿐 전혀 개의치 않았다. 출세라면 못할 것이 없는 그였고, 그렇기에 스스로 양물을 자르고 환관의 길로 들어섰다. 어차피 어지간한 담과 양심으로 동료들을 바치고 저의 이득을 구해왔던 것이 아니다. 위금은 씩 웃으며 이인고를 더욱 부추겼다.

"보십시오, 대야. 저 꼬맹이의 오만이 정말로 극에 달했나 봅니다. 이제 뵈는 것이 없나 보군요. 어찌 저런 건방진 녀석을 살려두시려 하십니까?"

"으음. 하지만 함부로 송율목을 손댔다간 곤란한데……."

"그럼 죽을 정도로 매를 치십시오. 아랫것들이 매를 맞아 죽는 일이야 흔하고 흔한 일 아닙⋯⋯."

그때였다. 돌연 연회장을 돌아 밝은 불빛이 나타났다. 유등을 앞세운 행렬인 듯한데 불빛을 따라오는 발소리 또한 수많다. 보통 행차가 아니라는 것을 알아챈 좌중이 거의 본능적으로 연회장을 돌아 들어오는 일행을 돌아보았고, 그 순간 일제히 좌우로 갈라서며 엎드렸다.

"강왕비 마마!"

이 자리에 나타날 리 없는 자가 나타났다. 독이 올라 안 그래도 뾰족한 얼굴이 붉으락푸르락하는 것을 보니 이미 여기서 무슨 일이 벌어지고 있는 건지 알고 온 게다. 이인고가 구르듯이 앉은 좌단에서 엉덩이를 떼고 강왕비 앞에 엎드리자 위금 역시 엉겁결에 그를 따라했다.

"이게 무슨 짓들이냐! 태감, 네놈이 감히 내 뒤에서 무슨 짓을 벌이는 게냐! 뭐라? 양생제? 자른 양경이 다시 자라나? 이 불알 깐 놈들이 도대체 무슨 해괴한 소동을 벌이는 게야!"

일났다. 이인고가 아이들을 데려다 가둬놓은 것까지 모두 알고 왔다. 도대체 누가 그 사실을? 불 일 듯 일어난 의문에 이인고는 무례를 무릅쓰고 핏대를 세워가며 소리를 지르는 강왕비를 힐끔 쳐다보았다. 그녀 옆에 눈에 익은 소환이 하나 있었다.

'하사라고 했나? 이런 망할, 저놈이 강왕비께 이 모든 일을 고했구나!'

율비와 함께 후겸을 살린 공도 있고 하니 용케 소환 주제에 강왕비를 만날 수 있었던 것일 게다. 이인고는 모든 일이 바스라졌다는 것을 직감했다. 이제 죽어라 비는 수밖에 없었다.

"마마! 용서하소서. 제가 어리석은 욕심에 그와 같은 일을 도모했나이다! 용서하소서, 용서하소서!"

"닥쳐라! 그 나이에 황궁에 들어가 무슨 영화를 보겠다고 아직도 그 미련을 못 버렸느냐! 게다가 아무리 출세를 하고 싶어도 그렇지, 어찌 어린아이를 잡아다 바칠 생각을 해! 너 같은 놈 때문에 환관은 애 잡아먹는 귀신이란 소문이 도는 것이다!"

정신없이 절을 하고 돌바닥에 머리를 짓찧는 이인고를 향해 강왕비는 매서운 질책을 날렸다.

"이제 어찌할 것이냐. 내가 사례감 태감의 성격을 익히 들어 아는 바, 그자는 약속을 지키지 않으면 너는 물론이고 강왕부 전체에 반드시 보복을 할 것이다. 안 그래도 강왕 전하는 황궁의 견제를 받고 있는데, 태감이 이 일을 빌미 삼아 가 황후에게 삿된 말을 불어넣으면 어떡하느냐!"

그 말에 좌중에 아연 공포가 떠올랐다. 창천황국의 북방에 도사리고 있는 강왕. 황제가 병석에 누운 지금, 강왕은 황권을 위협하는 가장 두려운 존재인만큼 가 황후는 항상 그의 꼬투리를 잡기 위해 혈안이 돼 있었다. 강왕비가 생각하는 최악의 전개는 절대 억지가 아니었던 것이다.

"그럼 아이들을 예정대로 바치면 되지 않습니까. 그러면 모든 것이 순리대로 흘러갈 것입니다."

느닷없이 들려온 목소리에 강왕비가 얼굴을 찌푸리며 그쪽을 쳐다보았다.

"네놈은 누구냐?"

"소인은 위금이라 하옵니다. 모쪼록 기억해 주시옵소서."

그 말에 번쩍 고개를 든 이인고가 심상치 않은 눈빛으로 위금을 노려보았다. 설마 이 일을 계기로 강왕비 눈에 띌 작정인 건가?

"사례감 태감과 척을 지는 것은 여러모로 좋지 않습니다. 그러니 아이들을 그냥 바치는 게 좋을 것입니다. 부랑아 한둘 구해오는 것이야 일도 아니지 않습니까. 약속한 대로 어린 남아와 여아를 바치고 일을 마무리 지으십시오. 그리고 송율목은 일을 이 모양으로 그르친 죄가 크니 대벌로 징계하시구요. 강왕부의 기강을 무너뜨린 죄, 태감도 물론이지만 마마의 체면을 봐서라도 용서해선 안 됩니다."

'끝까지 물고 늘어지겠다는 건가.'

하사와 율비가 희뜩한 표정이 돼 위금을 쳐다보았다.

가난을 못 이기고 스스로 환관이 되기를 자청한 그였다. 그런 자이니만큼 돈과 출세에 대한 욕심은 그 누구보다 강할 수밖에 없었다. 호인을 가장한 허울 좋은 가면으로 동료들의 신망을 얻더니, 종내는 그 동료들을 팔아 웃전의 총애까지 독차지했다. 그 뒤로는 아무도 감히 위금을 거스르는 자가 없었는데 율비가 나타남으로써 그런 그의 위치가 흔들리게 된 것이다.

아니, 강왕부만이라면 상관없다. 하지만 황궁에서도 율비가 이렇게 두각을 나타낸다면, 위금은 안 그래도 귀여운 외모 덕분에 후궁들의 눈에 띌 가능성이 많은 율비에게 밀릴 가능성이 높았다. 무슨 일이 있어도 그전에 율비를 없애야 했다.

"으음. 네 말도 일리가 있다만……."

잠깐 강왕비가 흔들렸다. 성질 같아서는 위금의 말마따나 이 건방진 소환의 사지를 찢어 죽이고 싶었다. 후겸의 병이야 어차피 내려진 처방대로 계속 약을 써보면 될 일, 한미한 환관 따위 죽이든 말든 그녀 마음에 달려 있는 일이다. 하지만…….

"안 된다."

"네?"

어째서……? 이인고도 그렇더니 강왕비마저도 율비를 건드리려 하지 않는다. 위금은 의문을 느꼈다. 그에 대답하는 것처럼 강왕비가 말을 이었다.

"저 아이는 지인에게 주기로 약속한 아이다. 내 체면을 걸고 한 약속이니 어길 수는 없어."

『청이 하나 있는데, 하해와 같이 마음이 넓으신 숙모님이시니 들어주시겠지요? 뭐, 청이라고 해봤자 아주 약소한 거라서 부탁이라 하기도 뭣하지만 말입니다.』

『그 청이란 게 뭔가요? 어디 한번 들어나 봅시다.』

『별거 아닙니다. 오늘 약창에서 보았던 자그마한 소환 말입니다. 그 아이를 제게 주십시오.』

『네에?』

괴상한 일이로다. 하필 어여쁜 미인도 아니고, 내시를 달라고 요청하다니. 그것도 가화린 같은 경국지색을 아내로 둔 자가.

「설마? 혹시 건왕의 취향이⋯⋯ 여자가 아니라 남자였던 건가? 그래서 건왕비가 바람을?」

『사실은 제가 근자에 들어 몸이 좋지 않아 솜씨 좋은 의원이 필요하던 차였습니다. 마침 그 아이가 재주가 있다 하니 꼭 한번 데려다 긴요하게 써보고 싶군요.』

이런 속 들여다보이는 거짓말을 하다니.

강왕비는 민망함에 자기도 모르게 부채로 얼굴을 가리며 고개를 돌려 버렸다. 하지만 이미 풍 귀비보다 배짱있고 도량도 넓다고 큰소리를 뼁뼁 치지 않았던가. 이제 와서 기껏 환관 하나 못 내주겠다고 발을 빼기는 어렵다.

『⋯⋯알았습니다. 건왕 전하가 그리 원하신다면 드려야지요. 후겸의 병을 고치는 데 그 아이를 쓰려고 했는데, 그야 뭐 그 아이의 처방대로 쭉 약을 쓰기만 하면 되겠지요.』

『오, 역시나 숙모님의 도량은 하해와 같군요. 감사합니다, 감사합니다. 그런데 들어주시는 김에 한 가지만 더 들어주시겠습니까? 주변의 눈도 있고 하니, 이 일은 부디 비밀에 붙여주십시오.』

『그야…….』

그래도 창피한 건 아나 보다. 강왕비는 부채 뒤에서 냉소를 지었다.

『물론 들어드려야지요. 아시다시피 제가 마음이 누구보다 넓지 않습니까.』

결국 강왕비는 무결에게 율비를 내주겠다고 약조를 하고야 말았다. 그리고 남들 모르게 이인고만 불러 이 사실을 알리고 율비를 보낼 준비를 하라고 지시했다.

"하지만 보잘것없는 소환 하나쯤 죽인다고 해서 뭐 탈이 날게 있겠습니까. 급병이 나서 죽었다고 하고 다른 아이를 보내면되지 않겠습니까."

"너는 지금 내 체면을 뭉개려는 것이냐? 네 도대체 무슨 이유로 저 아이를 죽이지 못해 안달을 하는 게냐."

강왕비의 어조에 노여움이 묻어났다. 이크, 너무 나선 게다. 위금이 얼른 꼬리를 말았다.

"제가 무슨 이유로 동료를 죽이려 들겠습니까. 다만 금번의 일로 마마는 물론이고 강왕부 전체의 안위마저 위험해질 것 같아, 무례를 무릅쓰고 말씀드리는 것입니다. 약조한 아이를 사례감 태감에게 바치지 않으면 그 후환을 어찌 감당하겠습니까. 저는 다만 그것이 걱정되어…….”

“으으음. 그건…….”

그 순간, 팽팽 돌아가던 율비의 머리가 딱 멈췄다.

찾았다. 어지러운 머릿속 서랍, 켜켜이 쌓인 기억 덩어리 속에서 마침내 그것을 찾아냈다!

“방법이 있습니다!”

별안간 무릎 꿇려져 있던 율비가 번쩍 고개를 들며 소리를 지르자, 체구에 걸맞지 않는 우렁찬 목소리에 강왕비와 위금이 동시에 시선을 돌렸다.

“건방진 것! 네 지금 어느 안전이라고 함부로 나서는 게냐!”

“방법이 있습니다. 굳이 아이들을 바치지 않아도 넘어갈 수 있는 방법이 있단 말입니다!”

“뭐라고……?”

강왕비는 괴팍하고 까다로운 성정이긴 했지만 그래도 마음 한켠에 미약하나마 인의지정은 있었다. 식인이라는 야만적인 행위에 일조하지 않을 수 있다면 다행, 강왕비가 율비의 말에 귀를 기울였다.

“자세히 말해보거라. 만약 벌을 피하려 되도 않은 수를 쓰는 거라면 당장 목을 치겠다!”

그 말에 율비가 이인고 쪽으로 몸을 돌리더니 용감하게 물었다.

“혹시 이전에도 사례감 태감에게 사람을 바쳤습니까?”

"그런 적은 없다. 이번이 처음이야."

율비의 기백에 밀린 이인고가 자기도 모르게 대답했다.

"그럼 사례감 태감이 인골을 먹어본 적이 없다는 뜻인가요?"

이인고가 강왕비의 눈치를 보며 어깨를 움츠렸다. 그렇다는 뜻, 인골을 먹어본 적이 없는 자에게 사람 맛을 가르치면서까지 출세를 꾀했으니 그의 죄가 작다고 할 수 없다. 강왕비의 눈길이 매서워졌다.

"그렇다면 됐습니다. 마마, 사례감 태감에게 인골 대신 후두권(猴頭菌)을 바치십시오. 인골을 먹어본 적이 없다 했으니, 분명 감쪽같이 속아 넘어갈 것입니다."

"후두권이라니? 그것은 또 무엇이냐?"

"강남의 호사가들이 먹는 음식 중에 원숭이 골 요리가 있습니다. 살아 있는 원숭이의 머리 껍질을 벗기고 그 안에 든 골을 먹는데, 교양있는 사람들은 그와 같은 짓을 야만적이라 경멸하여 원숭이의 골 대신에 후두권이라고 하는 버섯을 요리해 먹습니다. 새가 나무에 싼 똥에서 자라나는 극히 희귀한 버섯으로, 버섯의 몸체가 마치 동물의 골처럼 둥그런데다가 그 위에 짧은 털이 촘촘하게 나 있어서, 이를 잘라 둥그렇게 깎아 그대로 익히면 얼핏 보기엔 정말로 원숭이의 골처럼 보입니다. 게다가 씹으면 쫄깃쫄깃하고 고소해서 마치 고기처럼 느껴지기 때문에, 문외한들은 이를 고기로 착각하기도 하지요. 간혹 장난으로 이 후두권을 원숭이 골이라 속여 친구에게 먹이기도 하는데, 아무도 미처 이를 알아채지 못할 정도로 모양이며 맛이 감쪽같다 합니다. 마침 그 후두권이 강왕부의 약창에 있으니, 이를 요리해서 바치면 사례감 태감이 분명 알아채지 못할 것입니다!"

어지럽게 엉킨 정보들 사이에서 간신히 찾아낸 것이 그것이었다. 후겸에게 달여 먹일 망개를 찾느라 약창을 뒤지면서 그 후두권을 보았던 것을 율비는 기적적으로 기억해 냈다.

"말도 안 되는 소리! 어찌 버섯으로 인골의 맛을 흉내 낼 수 있단 말이냐. 그럴 거면 차라리 개나 원숭이를 잡아 그로 속이는 것이 낫지!"

"짐승의 골은 사람의 것보다 작아 한눈에 봐도 알아볼 수가 있습니다! 하지만 후두권은 그 크기가 큰 것부터 작은 것까지 다양해서 사람의 것과 비슷합니다. 속이자고 하면 짐승의 골보다 후두권을 요리해 바치는 쪽이 훨씬 더 낫습니다!"

좌중이 물 끼얹은 듯 조용해졌다. 과연 귀가 솔깃해질 정도로 그럴듯한 방책이다. 하지만 과연 사례감 태감이 이런 불확실한 술수에 넘어갈까? 모두가 그와 같은 의문을 품지 않을 수 없었다.

"참으로 가당치도 않은 소리구나. 사례감 태감이 얼마나 사특한 인물인 줄 아느냐? 궁의 제1인자가 되기까지 수많은 권모술수를 몸소 펼친 자가 바로 그다. 그의 모략에 죽어 넘어진 자가 몇이며, 그가 살펴 밝혀낸 간계가 얼마인지 모른다. 감히 그런 잔꾀로 그 자를 속여 넘길 수 있다고 생각하느냐!"

이인고가 소리를 지르자 율비가 지지 않고 되받아쳤다.

"안 될 게 뭐 있습니까. 모양은 물론이고 맛도 고기와 같아 원숭이 골이라고 깜빡 속아 넘어갈 정도인데, 그 정도면 사람의 골이라 우겨도 믿지 않을 까닭이 없습니다. 게다가 사례감 태감은 사람의 골을 먹어본 적이 없다 했으니, 그 맛이 어떤지도 모를 것입니다. 비교할 대상이 없는데 가짜인지 진짜인지 어찌 알겠습니까?"

율비의 논리정연한 말에 이번엔 좌중이 긍정과 놀람으로 술렁거렸다. 어지간히 의심 많고 까다로운 강왕비라 해도 이 정도쯤 되면 달리 생각해 보지 않을 수 없었다. 하지만 그녀는 왕비였다. 자칫하다간 강왕부 전체가 위험해질 수 있는 일, 불확실한 가능성에 도박을 걸기엔 그녀에게 지워진 목숨들이 너무 많았다.

"네 말이 제법 그럴듯하긴 하다. 하지만 태감이 이미 후두권을 먹은 바 있다면 어찌할 것이냐? 인골은 아니래도 후두권은 먹었을 가능성이 있지 않느냐."

"모릅니다. 같은 재료도 요리법을 바꾸면 그 맛이 천양지차로 달라지니, 후두권을 바칠 때 양념을 하고 간을 바꾸면 절대 모를 것입니다!"

조금씩 강왕비의 의심이 스러졌다. 거기에 못을 박으려는 것처럼, 율비가 뒤이어 비장한 목소리로 덧붙였다.

"만약 일이 잘못되면 그때는 제 목을 걸겠습니다."

"뭐라?"

"태감은 절대로 눈치채지 못할 것입니다. 하지만 만에 하나 일이 잘못된다면 그때는 제가 제 골을 내놓겠습니다. 저를 죽여서 그 머리를 갈라 바치십시오. 나이도 그 아이들과 비슷하니 제 골 역시 싱싱할 겁니다. 늦긴 해도 진짜 인골을 먹을 수 있다면 태감도 만족하지 않겠습니까."

죽기 싫었다. 곽무수의 빚을 갚기 위해서라도, 오라비를 위해서라도 죽으면 안 되는 목숨이었다. 하지만 어린 목숨들이 같은 사람의 손에 희생되는 것을 가만히 두고 볼 자신도 없었다.

길이 이것밖에 없다면 가는 수밖에. 율비는 자꾸만 약해지려는 결심을 모질게 다잡았다.

'용서해 주세요, 오라버니. 하지만 오라버니도 이런 상황에서는 저와 똑같이 행동할 거라 믿어요.'

"너로 대신하겠다?"

강왕비가 흥미로운 눈빛을 보였다. 비단 그녀뿐만이 아니라 율비를 둘러싼 좌중 전체에 경악과 경탄의 눈빛이 동시에 흘렀고, 심지어 위금마저도 놀라고 있었다.

인정에 얽매여 아이들을 놓아주는 것은 누구나 할 수 있는 일이다. 아니 어찌 보면 뒤를 생각하지 않은 어리석은 짓이다. 하지만 다른 자를 위해 제 목숨을 내놓는 것은 아무나 할 수 있는 일이 아니었다. 위금으로서는 도저히 이해할 수 없는 상황, 하지만 그런 그도 율비가 용감하다는 것만큼은 인정할 수밖에 없었다. 그리고 자신과 율비 사이의 그 선연한 간극에 문득 더욱 더 큰 분노를 느꼈다.

"어린것이 용기가 참 가상하구나. 그러나 이를 어쩐다? 너 하나로는 안 되겠는걸? 약조한 것은 두 명의 인골인데, 아무리 봐도 네 골은 두 명분을 당할 정도로 커보이지는 않는구나."

율비의 용기가 놀라운 것이긴 했으나 강왕비는 그 정도에 마냥 마음 풀릴 사람이 아니었다. 비아냥대는 듯한 어조였지만 분명 일리가 있는 지적. 그때 돌연 그녀 뒤에 서 있던 하사가 무릎을 꿇고 앉으면서 외쳤다.

"그리되면 제 것도 내놓겠습니다! 송율목과 저, 두 명의 것을 아이들 대신 바치십시오."

연회장이 온통 물을 끼얹은 것처럼 조용해졌다. 그리고 이번에야말로 강왕비의 눈도 놀라움으로 커졌다. 잠시 할 말을 잃은 강왕비가 가당치도 않다는 듯한 눈으로 율비와 하사를 번갈아 쳐다봤다. 자아, 이를 어쩔 것인가. 공은 이제 그녀에게로 넘어왔다. 한참 동안 두 사람을 노려보던 강왕비가 마침내 입을 열었다.

"좋다. 송율목, 너의 진언을 받아들이마."

"마마! 만약에 일이 잘못되면 어쩌려 그러십니까!"

"닥치거라! 일을 이리 만든 장본인이 어디 감히 입을 여는가!"

맵찬 일갈에 이인고가 얼른 자라목이 돼 머리를 집어넣었다.

"내 너에게 마지막 기회를 주겠다. 책임을 지고 후두권을 사람의 골처럼 감쪽같이 요리해 바치거라. 미리 경고하건대, 또다시 술수를 부렸다간 내 절대로 네놈을 가만두지 않을 게야. 그러니 다른 생각은 아예 하지 말도록! 또한 소환들은 듣거라. 만에 하나, 일이 어그러질 때를 대비해 송율목과 하사는 이 시간부로 광에 감금하고 주야로 지키도록 한다. 만약 일이 잘못될 경우, 약조대로 두 녀석의 머리를 갈라 사례감 태감에게 바치도록 할 것이다!"

추상같은 명이 내려지자 환관들이 일제히 일사불란하게 움직이기 시작했다. 율비와 하사는 그 길로 끌려가 아이들이 갇혀있던 창고에 갇혔으며, 다음날 율비의 말대로 인골이라 믿지 않을 수 없을 정도로 감쪽같이 가공된 후두권이 이인고의 손에 들려 사례감 태감에게 바쳐졌다.

"저기…… 우리 갇힌 지 며칠이나 지난 거지?"

"네 뱃속에서 꼬르륵 소리가 사흘 치는 몰아친 것 같지만 사실은 겨우 하루밖에 안 지났다."

그렇게 티가 났나?

율비가 슬며시 쏙 들어간 배를 문질렀다. 광에 갇힌 지 이틀째, 매정한 강왕비는 물을 제외하고는 갇힌 두 사람에게 아무것도 주지 말라고 명령했다. 그런데 똑같이 광에 갇혔고 똑같이 굶었는데 어째서 하사는 배곯는 소리조차 나지 않는 건지 모르겠다.

"미안해, 하사. 괜히 나 때문에⋯⋯."

"한 번만 더 하면 천 번 채우겠다. 시끄러우니까 제발 좀 닥치거라."

"그래도 미안한 건 미안한 건데⋯⋯."

뭐 마려운 강아지처럼 낑낑거리며 눈치를 보는 율비에게서 등을 돌려 누운 하사가 투덜거렸다.

"정말이지 네 옆에 있으면 온갖 악운이 몰아오는구나. 맹세하는데 이번에 만약 살아나가게 된다면 절대로 네 옆에는 있지 않을 거다."

율비가 할 말이 없어 고개를 옴츠리자 하사가 약간의 침묵 끝에 말을 이었다.

"내가 전에 말하길 너는 사람의 성정을 너무 모른다고 했지? 위금 선배⋯⋯. 아니, 위금이란 자는 무서운 놈이다. 제 앞을 막는 자가 있다면 무슨 수를 써서라도 걷어내는 게 바로 위금 같은 놈이야. 그런 자가 황궁에는 차고 넘치는데 너처럼 순진하기만 해서는 절대로 황궁에서 살아남을 수 없어. 충고하는데, 절대로 남을 믿지 마라."

"그럼 하사는 위금 선배의 본모습을 다 알고 있었던 거야?"

"확실한 건 아니지만 어느 정도 낌새는 알아채고 있었지. 나와 함께 들어온 엄당의 소환들은 물론이고 심지어 사형들까지 위금을 거역하지 못했으니까. 위금은 그를 시중드는 소환도 아니고 곧 황궁에 입궁할 사람인데, 후겸이 위금을 제 밑에 둘 것도 아니라면서 너무 자주 불러들이는 것에 뭔가 다른 이유가 있는 게 아닌가 추측했었다. 호가호위(狐假虎威). 어디든 권력자보다 권력에 빌붙는 들때밑들이 더 무서운 법이다."

그때 돌연 버거운 소리를 내며 창고의 문이 양옆으로 열렸다. 일순 눈이 아플 정도로 밝은 빛이 쏟아져 들어오는 바람에 한구석에 쪼그리고 앉아 있던 율비는 자기도 모르게 빛을 피해 더욱 몸을 웅크렸다.

사람들의 목소리가 들리고, 빛에 눈이 익자 율비는 비로소 창고 안으로 들어선 자가 강왕비라는 걸 알아챘다. 많은 시녀를 거느린 강왕비가 태감 이인고와 함께 광 안으로 들어섰고, 깜짝 놀란 율비와 하사가 그 앞에 후닥닥 엎드렸다.

"토끼눈이 된 걸 보니 한잠도 자지 못했군. 그렇게 겁이 많은 녀석이 목숨은 어찌 걸었더냐."

"화, 황공합니다."

"어제 이 태감이 황궁에 들어가 사례감 태감에게 후두권을 바쳤다."

무릎을 꿇고 앉은 율비의 어깨가 긴장으로 바싹 좁아졌다. 차마 어떻게 됐냐고 입을 열어 묻지는 못하고 눈으로만 결과를 묻는 그녀를 향해 강왕비는 계속해서 말했다.

"감쪽같이 속아 넘어가더구나. 믿지 않을 수 없도록 저자의 아이 두 명을 돈을 주고 데려다가 태감 앞에 선보인 뒤, 몇 시간 뒤에 미리 준비해 둔 후두권을 갖다 바쳤다. 물론 아이들이야 저희를 무슨 일로 데려간지도 몰랐고, 일이 끝난 뒤엔 별 탈 없이 집으로 돌려보냈지. 과연 네 말대로 인골을 먹어본 적이 없는지라, 버섯을 옹골차게 씹으며 소고기 못지않게 맛있다며 칭찬하더라. 어리석은 야만인 같으니. 내 이번은 어쩔 수 없이 넘어간다만, 무슨 수를 써서라도 그 야만스런 놈만은 쳐낼 것이다."

잘되었다는 뜻이다. 감쪽같이 속여 넘겼다는 뜻이다. 율비의 얼굴이 환해졌고 더불어 강왕비를 따라온 배행 환관들의 얼굴에도 묘하게 기쁨이 번졌다. 단, 이인고의 얼굴만은 묘하게 떫은 것이 이 일을 기뻐해야 할지 말아야 할지 판단할 수 없는 것 같다.

"좋아하지 말거라. 그런다고 너희 두 놈이 주제넘게 나선 일이 없어지는 것은 아니다. 특히 송율목 네놈!"

히익. 깜짝 놀란 율비가 얼른 머리를 조아렸다. 그러느라 앞이마를 세게 찧었지만 두려움에 아픈 것도 몰랐다.

"사안이 화급했다고 하나 웃전의 일에 함부로 끼어들고 그를 기망한 죄는 용서할 수 없다. 내 지인에게 약조한 바 있으니 네놈을 죽이지는 않겠다만, 강왕부의 기강을 잡기 위해서라도 너를 그대로 놔둘 수는 없다! 오늘부로 약창을 떠나 원유에서 노역에 종사하거라. 하사 너도!"

원유(苑囿)는 강왕부에서 키우는 동물들을 가둬놓은 일종의 동물원이었다. 희귀한 것을 좋아하는 강왕이 크고 작은 온갖 짐승들을 모아놓았는데, 이들에게 먹이를 주고 우리를 치우는 것들이 모두 중노동에 해당하는 고역이었다.

그러나 그러면 어떠랴, 일단 죽음을 면했으니 지금은 그마저도 감사해야 할 때다. 율비와 하사는 두말하지 않고 강왕비의 명에 고개를 조아렸다.

그로부터 다음 해 봄이 될 때까지, 율비와 하사는 원유에서 죽을 고생을 했다. 다행히 먼저 들어온 선배들이 1년 기한을 채우고 황궁에 들어갈 적에 율비와 하사 역시 딸려서 함께 들어가라는 명을 받았기에 망정이지, 그렇지 않았다간 두 사람 중 하나는 필시 과로로 인하여 죽었을 것이다.

그리고 드디어 맞게 된 봄, 두 사람에게는 또 다른 인생의 막이 열린다.

제3장

황궁은 그야말로 별세계였다. 강왕부만 해도 율비가 살던 서성과는 천지 차이였는데, 황궁은 그 강왕부보다 다섯 배 이상 넓고 화려함은 그 이상이었다. 두께가 그녀의 허벅다리보다 두꺼운 거대한 문과 각루를 지나 내성으로 들어온 율비는 놀람으로 인해 그야말로 머리가 핑핑 돌 지경이었다.

　"앞 좀 보고 걸어라. 그러다 뒤로 자빠지겠다."

　옆에서 걷고 있던 하사가 하늘로 날아오를 듯 높이 솟은 처마며 그 용마루에 늘어선 치미(鴟尾)*와 갖가지 잡상(雜像)들을 보느라 휘어져라 허리를 뒤로 젖힌 율비를 보다 못해 나무랐다.

---

*치미(鴟尾):목조 건물 지붕 좌우를 장식한 용 모양의 조각

하사의 핀잔에 율비가 얼른 허리를 제자리로 돌려놓긴 했지만, 촌뜨기처럼 어안이 벙벙하기는 그녀와 함께 들어온 동료 소환들 역시 마찬가지였다. 모두들 사방을 둘러보며 전각들의 크기와 위용에 놀라는 것이, 하나같이 '나 오늘 여기 처음 들어왔소' 하고 대놓고 드러내는 형국이었다.

신입 환관들의 안내를 맡은 소태감(小太監)* 하나가 그들을 몰고 내성 깊숙이 들어가더니 어느 이름 모를 전각 앞에 섰다. 이제껏 걸어 들어오면서 본 건물들하고는 비교가 안 될 정도로 작고 낡은 전각 앞엔, 청색 망포(蟒袍)**에 오사모를 쓴 선배 환관들이 그들을 기다리고 있다가 소환들이 도착하자 곧 가지고 온 두루마리를 펼쳐 한 명 한 명 이름을 부르기 시작했다. 소환들을 각각 맡은 임무처로 선별해 보내는 것이다.

"위금, 나조승, 상천부는 서육궁(西六宮)으로 가라. 서육궁에 가면 담당 환관이 다시 너희들을 적당한 곳으로 나눠 보낼 것이다."

서육궁은 후궁이나 비빈들이 지내는 곳이다. 즉, 이름이 불린 세 사람은 후궁전에 배속이 되는 것인데, 총애받는 비빈전에 속하면 출세는 따놓은 당상이니 아주 운이 좋은 경우라 할 것이다. 호명당한 위금과 그 일행이 드러내 놓고 기쁜 낯을 하며 담당 환관을 따라가자 뒤에 남은 소환들이 일제히 부럽거나 배 아

---

*소태감(小太監):젊은 환관을 이르는 또 다른 말. 여기서는 소환들과 구별하여 좀 더 중한 임무를 맡은 자들을 일컫는다
**망포(蟒袍):환관들이 입던 관복

픈 표정으로 그들을 바라봤다.

문득 일행 중 맨 뒤를 따라가던 위금이 율비 쪽을 돌아보고는 씩 웃었다. 다섯 손가락을 쫙 펴서 흔들흔들 안녕을 고하는데, 어째서인지 그 눈빛이 심상치 않다. 마치 모든 것을 알고 있다는 저 표정은…… 혹시?

"하사, 진유민! 영궁으로 가라!"

마침내 하사의 이름이 불림에 율비가 번쩍 고개를 들었다. 그녀의 이름은 불리지 않았다. 그렇다는 것은 하사와 율비는 따로 떨어지게 된다는 뜻이다.

위금의 의미심장한 미소는 바로 이것을 뜻하는 것이었을까? 율비는 울상이 돼 하사를 돌아보았다.

무뚝뚝하고 잔정머리없는 하사였지만 그래도 함께 있는 동안 의지가 된 게 사실이었기에 그런 그와 헤어지려니 마치 어미닭과 떨어지는 듯한 기분이 들었다. 하지만 하사는 그녀를 한 번 쳐다보더니 간다는 말도 없이 선배의 뒤를 따라 영궁으로 향했다. 바람같이 사라지는 품이 어쩐지 속이 시원해 보이기도 해서 율비는 괜스레 섭섭해졌다.

'내가 많이 귀찮았던 게로구나. 하긴 매번 엉뚱한 일에 끼어들고 사고를 치고 다녔으니 그럴 만도 했겠지. 미안해, 하사. 이제 나 없는 곳에서 편하게 지내렴.'

율비가 안타까운 표정을 애써 소매로 북북 문질러 지우더니 멀어지는 하사의 뒷덜미에 대고 꾸벅 인사를 했다.

황궁의 생활은 왕부의 것과는 비교할 수도 없을 텐데 벌써 이러면 안 되리라. 바로 설 것이다. 이제는 하사에게 부끄럽지 않도록 그녀 혼자 똑바로 서야 할 것이다. 율비는 다짐을 새로 하며 의젓하게 어깨를 펴고 서려 노력했다.

이제 남은 것은 율비와 다른 한 명뿐이었다. 이름은 오강이라 하는데, 강왕부에 있을 적에 매일 실수나 하고 눈치없는 행동을 해서 선배며 강왕부 웃전들에게 아주 밉보인 자였다. 그런 자와 함께 남다니, 율비는 조금 불안해졌다. 아니나 다를까, 불안은 현실로 드러났다.

"송율목, 임오강. 직전감(直殿監)으로 가라!"

"지, 직전감이라굽쇼? 아이고오! 차라리 절 죽으라고 하십시오!"

환관의 호명에 오강이 요란스레 비명을 질렀다. 직전감은 황궁의 청소를 담당하는 곳이었다. 환관이 돈을 모으는 수단은 대개 황궁의 물건을 빼돌리거나, 황궁에서 쓰이는 물건을 구입할 때 구입가를 부풀려 그 차액을 제 주머니에 집어넣는 것이었다. 그런데 직전감은 힘들기는 가장 힘들고, 반면에 돈 나올 구녕은 하나도 없으니, 당연히 환관들이 가장 기피하는 곳이었다. 그런 곳에 가라하니 죽는 소리가 나올 만도 했다.

"시끄럽다! 감히 태감의 조처에 이의를 제기하려는 것이냐. 잔말 말고 얼른 배속된 곳으로 가라!"

그러나 율비는 순순히 직전감으로 갈 수가 없었다. 원유에 있는 동안 많이 잊히긴 했지만 분명 율비는 따로 달라는 사람이 있다고 했다. 혹시 그 달라는 사람이 무결이 아닐까, 율비는 홀로 추측했었다. 무결을 만나고 나서 이인고의 대우가 달라졌으니 분명 강왕비가 무결에게 율비를 주기로 약조한 탓에 그리된 거라 생각했고, 황궁에 입궁하라는 명에는 무결이 황족이 아닌가 하는 추리에 아연 긴장했었다. 그런데 느닷없이 직전감이라니, 이게 도대체 무슨 사태인가.

"저, 뭔가 착오가 있는 거 아닙니까? 저는 가야 할 데가 따로 정해져 있다고 들었는데요."

"뭐라? 가야 할 곳이 정해져 있다고? 네 이름이 무엇이냐?"

"송율목이라 합니다. 입궁 전에 듣기로, 저는 강왕비 마마께서 달리 주인을 정해주셨다 들었는데……."

소태감이 손에 든 목록을 휙 들여다보더니 일갈했다.

"그런 것은 없다."

"네?"

"신입 소환 주제에 건방지구나. 주인은 무슨 주인이란 말이냐. 너는 입궁 전부터 직전감으로 보내기로 이미 정해져 있었다."

"그런……!"

무결이 마음을 바꾼 걸까? 아니면 애초에 강왕비가 보내겠다던 곳이 무결이 있는 곳이 아니라 직전감이었던 걸까? 모르겠다. 율비는 혼란에 빠졌다.

그러나 그녀가 모르는 것이 하나 있었으니, 이 과정에는 사실 강왕부 태감 이인고의 끈질긴 계략이 숨어 있었다. 자신을 거역하고 출셋길을 막아선 율비를 밉게 본 이인고가 황궁에 뒷줄을 대 율비의 배속처를 끝내 바꿔 버렸던 것이다. 강왕비에게는 하사와 함께 영궁으로 보냈다 속였고, 강왕비는 약조만 지키면 됐을 뿐 애초에 일개 소환에게는 흥미가 없었으니 이인고의 말에 '그러면 됐다' 한마디 했을 뿐 그 뒤로는 일체의 관심을 꺼버렸다. 그렇게 율비의 운명은 하루아침에 바뀌었다.

"강왕비 마마께서 미리 전갈을 보내 너만은 반드시 직전감으로 보내야 한다고 명하셨다. 우리는 그에 따른 것뿐, 다른 사감은 없다. 알았으면 어서 배속된 곳으로 가거라."

그렇게까지 말하니 율비도 결국 명에 따를 수밖에. 결국 율비는 짙은 실망감을 안고 오강이와 함께 거미줄처럼 복잡하게 엉킨 황궁의 소로들 중에서 한 곳을 따라 터덜터덜 걷기 시작했다.

결국 무결이 혹시 그녀를 불러준 건 아닐까 했던 건, 율비의 착각이었던 모양이다. 무결은 그냥 지나가던 사람이었고 애초에 강왕비의 약조와는 상관없었던가 보다.

'그나저나 하필 떨어져도 직전감이라니, 운이 없어도 억세게 없구나.'

직전감처럼 청소나 힘을 쓰는 일은 정군(淨軍)이라 하여 환관들 중에서도 지위가 가장 낮은 까닭에 같은 환관들 사이에서조차 업신여김을 당하는 곳이었다. 지위도 지위지만 일이 힘든데다가 주인을 직접 시중드는 일이 아니니 평생 낮은 처지를 면할 길도 없었다. 말 그대로 궁중의 노비 신세, 아니, 노비의 노비라 할 수 있는 자리였다.

어찌할꼬. 하늘을 한 번 바라본 율비가 기박한 제 신세에 저도 모르게 길게 한숨을 쉬었다.

'아니야. 내가 이럴 게 아니야. 아무리 내가 발버둥 친다 해도 벗어날 수 있는 것이 아니지 않아. 할 수 있는 것이 아무것도 없다면, 차라리 좋게 받아들이는 게 나을 거야.'

오라버니 율민이 말하기를, 미운 사람이 있는데 그 사람을 미워하는 것 말고는 다른 할 수 있는 일이 없다면 차라리 미움을 거두라 했다. 그래야 자신의 마음이 편해지니 말이다.

율비는 고개를 푹 떨구며 체념의 한숨을 쉬었다. 오라버니의 말대로 어차피 가야 할 길이라면 조금이라도 좋게 생각하는 게 나으리라.

직전감 건물은 황궁 내전의 24아문(衙門) 중에서도 가장 구석지고 그늘진 곳에 있었다. 한 아문의 건물이라고 하기에는 부끄러울 정도로 작은데다가, 궁내 청소를 맡은 곳이라 하더니 정작 자기네 건물은 쓸고 닦지를 않는지 낡고 지저분하기까지 했다.

직전감 앞에는 마침 막 청소를 마치고 왔는지 지저분한 망포를 걸친 일단의 소환들이 계단에 지쳐 널브러져 있었다. 그러다 오강과 율비를 보자 그들 중 한 명이 안됐다는 듯 끌끌 혀를 차며 외치는 것이었다.

"여기 또 궁중 노예가 한 무더기로 왔구나. 후궁전이 안 되면 하다못해 제대로 된 명하(名下)*라도 들어갈 일이지, 팔자가 어떻게 뒤틀어졌기에 보살펴 주기는커녕, 떨거지들만 모여 있는 여기까지 온 게야?"

그 말에 율비와 오강의 마음은 더욱 불안해졌다. 오강이 아예 그 자리에 선 채로 아연실색 굳어버리자, 안됐다 싶었는지 그중 듬직하게 생긴 자가 일어나더니 두 사람을 직전감 소환들 앞으로 끌었다.

"이 녀석 말은 신경 쓸 것 없다. 직전감 일이 좀 힘들기는 하다만, 그래도 여기도 사람 사는 곳이니 살다 보면 익숙해질 게야. 이 녀석은 보윤이라고 하는데, 워낙 불평불만이 많은 녀석이니, 이놈 말에 너무 겁먹지 말거라."

"쳇, 내 말이 거짓인지 아닌지는 두고 보면 알 게야. 딱 일주일만 있다 보면 어떻게든 이 직전감을 탈출하고 싶어서 온갖 궁리를 하게 될 것이다. 하늘도 무심하시지, 나는 얼굴도 그리 못나지 않았고 성격도 좋은데, 어쩌다 환관이 된 것도 모자라 이런 별 볼일 없는 곳으로 밀려난 게야. 어이구, 나처럼 착한 놈을 예까지 보낸 걸 보면 이 세상에 하느님은 없는 게야. 으휴, 으휴!"

---

*명하(名下):권세 있는 환관 밑에 들어감

보윤이란 환관이 내쳐 투덜투덜 불평을 쏟아내더니 이내 보기 싫다는 듯 전각 안으로 들어가 버렸다.

"으흠흠, 뭐…… 직전감이 쉬운 곳이 아니긴 하다만 그래도 따지고 보면 그리 나쁜 것만도 아니야. 보윤의 말대로 권력도 없고 돈도 없는 힘없는 환관들이 모인 곳이지만, 그만큼 비슷한 처지의 사람들이 모였기 때문에 그 어디보다 서로의 처지를 잘 알고 보살펴 준다. 우리 직전감을 다스리는 태감만 해도 매번 상선감(尚膳監)*에서 남는 음식을 빼돌려 우리에게 나눠주실 정도로 인자하신 분이다. 또한 선배들 역시 후배들 괴롭히기를 즐겨하지 않는 곳이니, 너무 나쁘게만 생각하지 말거라."

"그중에 상한 음식을 먹고 배탈이 난 자도 수다(數多)하단다. 우리를 골탕 먹이려 일부러 상한 음식을 준 것도 모르고, 좋다고 그걸 실어 나르다니. 우리 태감도 말이 좋아 태감이지, 힘도 없고 속도 없는 무골호인(無骨好人)이다. 흥!"

들어갔던 보윤이 고개를 내밀며 빽 소리를 질렀다. 수장부터 그 아래까지 그의 비위에 맞는 거라곤 통 없는 모양이다. 게다가 궁 안에서 직전감을 대접해 주는 곳 역시 없는 모양이다. 보윤이 씩씩거리며 도로 들어간 뒤, 율비와 오강은 앞날에 대한 막연한 공포감에 몸을 떨어야 했다. 과연…… 여기서 잘 지낼 수 있을까?

---

*상선감(尚膳監):황제가 궁중에서 먹는 음식물을 관장하는 아문

직전감은 황궁의 청소를 맡은 아문이다 보니, 자신이 맡은 구역에서 가장 가까운 숙소에 머물러야 했다. 율비가 맡게 된 곳은 경희각(景喜閣)이라는 작은 누각으로, 황궁 안에서도 가장 북쪽에 있는 빈 전각이었다. 아직 미숙한 소환들에게는 양화전, 금란전 같은 중요한 대전을 맡길 수 없기 때문에 이처럼 아무도 사용하지 않는 빈 건물을 맡긴 것이다. 새벽같이 일어나 맡은 곳을 청소해야 하는 율비는 근처의 구역을 담당하고 있는 선배 보윤을 따라 경희각 근처에 있는 작은 숙소로 왔다. 자연스럽게 보윤의 명하로 들어오게 된 것이다.

율비와 마찬가지로 북쪽의 건물과 길 청소를 맡은 오강이도 함께 왔는데 두 사람이 오면서 먼저 이 구역을 맡았던 선배 소환들은 다른 곳으로 옮겨간 덕분에, 숙소엔 오강이와 율비 그리고 보윤까지 세 명이 머물게 됐다.

초라한 옷 보따리와 강왕부에서부터 가지고 온 귀뚜라미 우리를 든 율비는 숙소로 들어서자마자 크게 놀랐다. 침상을 각각 따로 썼던 강왕부나 원유와 달리, 이곳은 방 안쪽에 돌을 쌓아 만든 단 같은 것이 하나 있을 뿐, 침상이 따로 없었던 것이다.

"여, 여기서 모두 함께 자야 됩니까?"

"왜, 불만있냐? 함께 자는 게 싫으면 나가서 자던가. 내일 아침에 일어났을 때 주둥이가 한 치쯤 돌아가 있으면 그 꼴이 참 곱기도 하겠다."

"아니, 그런 뜻이 아니라……. 아, 아닙니다. 돌바닥이든 어디든 엎어져 자겠습니다!"

　침상처럼 생긴 단은 항(坑)이라 불리는 것으로 바닥과 단 사이
가 떨어져 있고, 그 석단 밑에 화로를 넣어 석단을 덥히도록 돼
있었다. 구들이 따로 설치돼 있지 않은 까닭에 불편하나마 이렇
게 난방을 하는 것인데, 그동안 잠잘 때만큼은 사내들과 살을
부비지 않아 안심하고 있었던 율비로서는 당황스럽기 짝이 없
는 일이었다.

　오강이가 먼저 말코지에 옷을 걸고 짐 보퉁이를 내려놓는 것
을 보던 율비가 눈치를 살피며 살짝 부탁을 했다.

　"저기, 오강아. 미안하지만 내가 구석에서 자면 안 될까? 내
가 아직 다른 사람들이랑 살을 부비고 자는 게 익숙하지가 않아
서……."

　"어, 그래? 구석 신세를 면하면 나야 좋지. 나중에 군말하기
없기다."

　화로는 오른쪽 구석에서 자는 보윤의 자리 밑에 있는데, 아무
래도 화로에서 멀어질수록 춥기 마련이다. 조금이라도 화로에
가까워지는 게 반가운 오강이야 거절할 이유가 없었다. 하지만
오강이는 몰라도 보윤은 오강이와 살 붙이고 자야 하는 게 마음
에 들지 않는지 당장 얼굴을 찌푸리며 냅다 소리를 질렀다.

　"누구 마음대로 잠자리를 바꾸느냐? 사형 알기를 뭣같이 아
는 게야! 나는 이런 시커먼 놈과 살 맞대기 싫단 말이다!"

　힉, 지레 놀란 율비가 겁먹은 눈을 대굴대굴 굴리며 억지로

물었다.

"그, 그럼 제가 사형 옆으로 갈까요?"

그 모습이 누군가를 연상케 하는지라, 심통이 눌어붙은 보윤도 그만 마음이 약해졌다. 보윤 역시 빚에 몰려 자궁을 한 자였는데, 고향에 두고 온 여동생이 딱 율비만 한 나이였던 것이다.

"됐다! 구석에 붙어서 처자든, 바닥에서 자든 내 알바 아니지, 뭐."

보윤이 투덜거리며 제 자리를 찾아 눕자, 율비는 보퉁이에서 귀뚜라미 우리를 꺼내 머리맡에 놓았다. 귀뚜라미는 한해살이 동물인 까닭에, 귀여워하던 소소는 지난겨울에 죽고 말았다. 아쉽긴 하지만 여러 해를 사는 동물 대신 이 짧은 생명에 연을 짓게 된 이상 감당해야 할밖에. 그 대신 소소와 짝을 지어준 암컷이 낳은 알에서 어린 애벌레 하나가 나왔고, 율비는 그것을 부화시켜 소앙(小鉠)이라 이름 지었다.

그런데 율비가 우리를 꺼내 그 안에 든 벌레를 들여다보며 샐쭉 미소를 짓는 모습을 본 보윤이 또다시 화를 냈다.

"그 지저분한 건 또 뭐냐? 우리 직전감 환관들은 잠이 보약인데 오밤중에 시끄럽게 울어대서 잠이라도 설치게 하면 어쩌려고 그런 것을 가지고 온 게야?"

"아이고, 보윤 선배는 그런 무식한 말은 마십쇼. 귀뚜라미는 가을이나 돼야 제 짝을 찾으려 울어재낀단 말입니다. 그전엔 먹고 자고 싸고, 그것밖에 모르는 게 귀뚜라미입니다요. 야단을 치려면 뭘 좀 알고 치시던가."

언제나 눈치없기로는 일등인 오강이의 핀잔에 보윤은 얼굴이
뻘겋게 달아올랐다. 그러더니 두말하지 않고 그 자리에서 오강
이의 배때기를 걷어찼다. 느닷없는 발차기에 오강이가 항 밖으
로 날아가 굴러 떨어졌음은 물론이다. 그 모습을 보며 율비는
직감했다. 오강이가 입궁 첫날부터 보윤에게 찍혔음을.

"내일 아침은 오경삼점(五更三點)에 일어나야 한다. 딴짓들 하
지 말고, 베개와 한 몸인 양 머리 붙이고 처자라!"

보윤의 호령과 함께 모두들 항 위에 넙죽 몸을 눕혔다. 율비
역시 가장 구석진 자리에, 벽에다 등을 붙이고 몸을 모로 돌린
조심스런 자세로 누웠다.

좁은 숙소 안은 이내 푸푸, 코를 고는 소리, 잠꼬대 소리로 가
득 찼다. 워낙 익숙해져서인지 두 사람 다 그야말로 순식간에
잠이 들었고 보윤은 잠결에도 '이 세상에 하느님은 없어, 아이
구, 내 팔자야'라며 잠꼬대를 웅얼거리고 있었다. 좀처럼 나아
지지 않는 제 신세가 꿈속에서도 퍽 억울한 모양이다.

숙소 밖을 밝히는 등불조차 없어, 베고 누운 어둠은 먹물처럼
꺼멓기만 했다. 어쩌면 제 앞날도 이처럼 어둡기만 한 게 아닐
까. 한동안 누운 채로 어둠 속을 응시하던 율비가 어느새 그 어
둠에 물들어 스르르 잠이 들었다.

"오경삼점(五更三點)이오!"

목청을 돋워 내지르는 경고방(更鼓房)* 환관의 목소리에 이어 지이잉, 구리로 만든 운판(雲版)**을 서른세 번 두드려 파루(罷漏)를 알리는 소리가 희붐한 어둠을 찢었다. 초경(初更)부터 삼십 분 간격으로 이어진 외침에 율비의 얕은 잠 역시 그와 같은 간격으로 깨어났다. 깊은 잠을 자지 못해 해암(海巖)에 달라붙은 따개비마냥 눈꺼풀이 철꺼덕 붙어 허우적거리는 율비와 달리, 보윤은 기상 시간을 알리는 외침에 기계적으로 벌떡 일어났다. 그리고 일어난 보윤은 득달같이 아직도 코를 골며 자고 있는 오강이의 엉덩이부터 걷어찼다.

"아이고오, 왜 이러십니까요오!"

"일어나라, 이 게으른 놈아! 선배보다 늦게 깨고도 그 엉덩이가 무사하길 바라느냐!"

"아이고, 말로 하십쇼, 말로! 송율목이 저놈도 아직 허우적거리고 있지 않습니까요! 패려거든 저놈부터 패십시오!"

"난 원래 팰 때는 한 놈만 팬다!"

말 같지도 않은 말이지만 선배의 말은 똥을 금이라 우겨도 그렇다 해야 할 것이다. 보윤이 재차 오강이의 엉덩이를 걷어차자 오강이는 걸음아 날 살려라 도망을 나갔다. 가만히 맞았으면 한 대로 끝날 것을, 피하겠다고 튀어 나간 것이 오히려 오기를 건드리는 바람에 보윤은 그런 오강을 쫓아가며 계속해서 그의 등

---

*경고방(更鼓房):궁 안에서 시간을 알리는 임무를 맡은 아문
**운판(雲版):청동 판에 구름 모양을 새겨 만든 판. 시간을 알릴 때 이를 쳐서 알린다

짝과 엉덩이를 걷어찼다. 그 소동에 간신히 눈을 비집어 뗀 율비는 가만히 중얼거렸다.

"저 두 사람은 혹시 전생에 부부가 아니었나 몰라."

궁중의 아침은 매우 일찌감치 시작됐다. 조신들이 입궁하기 전에 궁문부터 조회가 개최되는 조방(朝房)에 이르는 길을 청소하는 것은 물론이고, 그 밖의 크고 작은 누각과 길을 모두 깨끗이 쓸고 정돈해야 하는 직전감 환관들의 아침은 그 어느 곳보다 일찍 시작됐다.

율비가 맡은 경희각은 자미궁 안에서도 가장 북쪽에 있는 빈 전각이었다. 황후가 머무는 영춘궁(迎春宮) 중로(中路)를 지나 한참을 가서야 마침내 경희각 앞에 도달한 율비는 보검처럼 소중하게 껴안고 온 빗자루를 들어 청소를 시작하기 전에 막 떠오르는 돋을볕을 머리에 인 황금색 찬연한 지붕들을 바라보았다.

자미궁(紫微宮). 천제가 산다는 전설의 별자리 이름을 붙인 황궁은 그 이름에 걸맞게 웅장한 규모를 자랑했다. 외조(外朝)인 전삼궁(前三宮)과 내조(內朝)인 후삼궁(後三宮)이 건청문을 경계로 나뉘며, 꿈틀거리는 아홉 마리 용이 새겨진 구룡벽을 비롯한 미려한 꽃담 안에는 수많은 누각과 대전이 위용을 자랑하며 서 있다.

황제만이 쓸 수 있는 황금색의 지붕은 햇살을 받으면 더욱 찬란하게 타오르는 까닭에 자미궁이 아니라 황금궁이라 불리는 일이 더 많을 정도로 압도적인 화려함을 자랑하는 곳이다.

'이 궁에서 무사히 살아갈 수 있기를…….'

여자임을 들키지 않고, 아무의 눈에도 띄지 않고 그저 조용히 살아갈 수 있기를.

'아, 그리고 가능하다면 곽무수에게 빌린 돈도 갚을 수 있기를.'

마지막으로 한 가지 소원을 더 빌고 율비는 빗자루를 들었다. 그렇게 황궁의 아침이 시작되었다.

✳

건왕비 화린이 무결의 침전을 찾는 것은 극히 드문 일이었다. 아니, 솔직히 말해서 이제껏 한 번도 없던 일이었다. 혼례가 있던 날을 제외하고 두 사람은 단 하루도 잠자리를 함께한 적이 없었다. 각자 쓰는 궁전이 따로 떨어져 있는데다가 무결이 결코 화린을 찾아가는 법이 없으니 만나는 일이 없는 것도 당연한 일이었다.

그러니 화린이 으슥한 초저녁에 하늘하늘 속이 비칠 정도로 얇은 비단 치마에 아름다운 꽃자수로 수놓인 배자를 입은 요염한 자태로 나타나자, 무결의 침전을 지키고 있던 궁인들은 당황하지 않을 수 없었다. 아무리 이미 해가 진 뒤라 하나 침수 들기엔 이른 시각, 그런데 배자 아래로 보이는 화린의 차림은 격식을 갖춘 정장이라기보다는 침의(寢衣)에 가까웠다.

"건왕비 마마께서 어인 일이십니까."

"아내가 남편을 만나러 왔는데 어인 일은 무슨 어인 일이란 말이냐. 참으로 건방진 놈이로구나. 잔말 말고 어서 건왕 전하께 내가 왔음을 고하거라."

"하, 하오나……."

영궁전의 태감인 왕진이 그를 말리려 했지만 화린은 아랑곳하지 않고 늙은 그를 밀다시피 제치며 침전 입구로 들어섰다. 원자(院子)*를 지나 계단으로 올라가니 무결은 아마도 서재에 있는 듯, 그 입구에 수하인 자하가 꼿꼿한 자세로 서 있는 게 보였다. 화린이 다가가자 자하가 마지못해 부복하여 무릎을 꿇긴 했지만 못마땅한 기색이 역력했다. 화린은 코웃음을 치며, 성조가 높아 마치 방울이 울리는 것 같은 특유의 목소리로 그에게 물었다.

"전하께서는 안에 계시느냐?"

"계시긴 하옵니다만, 낮 동안에 자미궁 밖에서 외유를 하신지라 몹시 곤하신 상태입니다. 그러니……."

돌아가는 게 좋겠다는 말이 나오기 전에 화린이 먼저 선수를 쳤다.

"건왕 전하, 화린이 들었사옵니다. 명목상이라고는 하지만 그래도 하나밖에 없는 아내인데 이리 문전박대하실 것입니까?"

---

*원자(院子): 건물들 중앙에 자리한 마당

그 하나밖에 없는 남편을 돌려세우고 다른 남자와 몸을 섞고 있는 게 바로 그녀가 아닌가.

자하가 화가 치민 나머지 불경하게 눈을 치뜨고 화린을 바라봤지만 그녀는 요염하게 웃을 뿐 끄떡도 하지 않았다. 그냥 돌려보내면 좋으련만, 약간의 시간을 두고 서재 안에서 무결의 목소리가 들렸다.

"들어오시오, 화린."

어지간하면 서로 마주치는 일이 없는 부부였기에 얼굴을 마주한 것은 실로 몇 달여 만의 일이었다. 그 정도로 서로에게 무관심했던 것이다. 화린이 안으로 들어서자 책을 읽고 있었는지, 서탁 앞에 앉아 있던 무결이 앉으라는 듯 건너편을 가리켰다.

"여어, 나의 아름다운 아내 가화린이 아니신가. 어쩐 일이시오? 이 시간에 나를 찾은 일은 처음이 아니던가. 아니지, 그대 쪽에서 나를 찾아온 일 자체가 처음이지."

"말씀에 가시가 박혀 있습니다. 그동안 적조했던 것은 사실이지만, 소원한 부부 사이를 좁히려 일부러 제가 찾아온 것이 아닙니까. 전하께서는 이 화린의 걸음을 부끄럽게 하지 마세요."

"아내가 남편을 찾는 게 부끄러울 게 뭐가 있나. 남의 남편쯤은 탐해줘야 부끄러운 일이지. 그쪽에 좀 앉으시오. 다 벗은 여자가 눈앞에 버티고 서 있으니 어지러워서 못살겠소."

으드득. 모욕감에 화린이 이빨을 아드득 사려 물었다. 역시나 무결은 쉬운 남자가 아니다. 사내라면 눈이 멀어버릴 것처럼 아름다운 그녀의 모습에도 이리 무심한 남자는 처음이다. 모처럼 그를 위해 한껏 단장했는데 유혹을 당하기는커녕 보기 좋게 그녀에게 한 방 먹이기까지 하니, 색이라면 환장하는 천웅과 비교하면 한참 달라도 다르다.

그러고 보니 얼굴도…… 호남형이긴 해도 품위와는 거리가 먼 천웅과 달리 우아하기 짝이 없다. 아아, 그것만은 인정하지 않을 수 없다. 우습게도 무결은 그녀의 남편이 아니었으면 진정 반하지 않을 수 없을 정도로 잘난 사내였다.

'하지만 어쩔 수 없군요. 당신이 하필 내 남편이 된 게 불운이었다고 할 수밖에.'

화린이 의자에 걸터앉으며 짐짓 손부채질을 하기 시작했다.

"방이 좀 덥군요. 제가 초저녁에 장미수(薔薇水)로 온욕을 하였더니 체열이 높아졌나 봅니다."

화린이 그렇게 말하며 배자를 벗었는데, 그 아래 입은 것은 뜻밖에 궁중의 여인들이 입는 치마저고리가 아니라 속옷인 주요(主腰)*였다. 넓은 천으로 졸라맨 얇은 치마 위로는, 젖가슴까지만 간신히 가린 채 어깨가 온통 드러난 적나라한 차림인 것이다.

구지(口脂)**를 바른 입술은 붉기도 하고 향기롭기도 한 것이 가만히 있어도 시선이 절로 그리로 향하게 만들었고, 틀어 올리

---

*주요(主腰):가슴을 가리는 속옷. 가슴과 배를 가린 천을 뒤에서 끈으로 묶어 고정했다
**구지(口脂):입술연지

지 않고 자연스럽게 아래로 빗어 내린 머리는 침이라도 바른 것처럼 윤기가 자르르 흘렀다. 보통 버들잎처럼 눈썹을 아래로 내려 그리는 당대의 유행과 달리 눈썹을 위로 올려 그렸는데, 이것이 오히려 화린의 화려하고도 당당한 미모를 더욱 돋보이게 만들었다.

하지만 그것도 무결에게는 관심 밖인지, 그는 일부러 머리채를 흔들며 향기를 실어 보내는 화린의 몸짓을 재밌다는 표정으로 바라보다 입을 열었다.

"뭐요, 화린. 오늘은 나를 잡아먹으러 온 건가? 먹이는 형님 하나로 충분할 줄 알았는데, 이제는 영양가가 있든 없든 아무거나 닥치는 대로 먹는 거요?"

흠칫, 놀란 화린이 잠시 평정을 잃었다. 하지만 그것도 잠시, 이내 화린은 요염한 미소를 베어 물며 말을 이었다.

"어머나, 전하께서는 저와 천웅 태자에게 단단히 감정이 쌓였나 보군요. 하지만 전하, 아니, 무결. 솔직히 말해보세요. 제가 천웅 태자와 연분을 맺고 있는 것은 사실이지만, 무결 당신도 그 덕을 보고 있지 않나요?"

"내가 두 사람 덕을 보고 있다니, 그것참 재미있는 말이군. 그건 또 어찌해서 그런 거요?"

"당신도 아시다시피 천웅 태자는 당신의 목숨을 노리고 있어요. 하지만 제가 있음으로 인해 태자는 당신에게 더 이상 관심을 쏟지 않고 오로지 저만을 바라보고 있지요. 이 사실만 봐도 무결 당신이 제게 덕을 보는 것이 맞지 않습니까?"

"그런가? 듣고 보니 그 말도 제법 일리가 있군."

무결이 비꼬는데도 화린은 끄떡하지 않았다. 오히려 생긋 웃더니 더욱 기가 막힌 말을 꺼내는 것이었다.

"무결, 나는 당신이 마음에 들어요."

여인이 할 법한 말은 아니었다. 권세가 없다 하나 황자이자 일국의 번왕(藩王)인 무결을 상대로 마치 자신이 그를 선택하는 양 마음에 든다, 어쩐다 운운하다니 보통의 사내라면 벌컥 화를 내기에 충분한 말이었다. 하지만 무결은 자리에서 일어나 그 앞으로 다가오는 그녀를 보며 재미있다고 생각할 뿐, 화린의 말에 전혀 영향을 받지 않았다.

역시나, 그녀는 범상한 여자가 아니다. 남자 위에 올라선 여자, 아니, 세상 위에 군림하는 여자. 그런 여인에게 사내란 소유의 대상이거나 이용할 수단일 뿐일 것이다.

어느새 그의 앞에 당도한 화린이 깊숙이 허리를 숙였다. 그 바람에 주요 사이로 탐스러운 앙가슴이 온통 드러나자 무결의 눈길도 잠시 그리로 쏠렸다.

"천웅은 잔악한 사람입니다. 지금은 그저 장단을 맞춰주고 있는 것일 뿐, 애초에 저는 그자에게 정을 두지 않았어요. 누가 뭐래도 제 남편은 당신이 아닙니까."

"그 사실을 잊지 않았다니 그것참 신기하군, 그래."

"게다가 무결, 당신은 날 비난할 자격이 없어요. 제가 궁에 들어온 날, 무결 당신이 나를 어떻게 대접했는지, 당신도 알고 있잖아요?"

그 말에 무결이 피식 웃었다. 화린이 입궁하던 날, 그러니까 그녀와 무결이 혼인하던 날을 그도 생생하게 기억하고 있었다. 어찌 잊을 수가 있겠는가. 화린이 왕비의 책봉문을 받고 화려한 적의(翟衣)에 금은 봉관(鳳冠)을 쓰고 자미궁 내정에 들어온 날, 혼례의 참관인으로 참석한 태자 천웅의 시선이 그녀에게서 떨어지지 못하던 것을. 화린 또한 그와 시선을 마주치며 요염하게 웃던 모습을.

남녀의 시선이 마치 교미 전의 금수(禽獸)와 같이 얽히는 것을 발견한 무결은 본능적으로 화린을 가까이 해선 안 된다는 것을 깨달았다. 그래서 두 사람이 함께 신방에 든 첫날밤, 무결은 화린에게 손도 대지 않고 방을 나가 버렸다.

"무결, 당신은 그 뒤로도 열흘이 넘게 나를 찾지 않았지요. 모욕을 받은 내가 영원히 당신을 기다릴 거라 생각했나요? 그렇다면 그건 무결 당신이 나를 잘못 본 거야."

하얗게 살이 오른 앙가슴이 그의 눈앞으로 점점 다가왔다. 그녀에게서 피어오르는 화향도 더욱 짙어졌다. 달덩어리, 독을 품은 달덩어리. 하지만 눈이 부시게 아름답다. 쳐다보고 있다간 그대로 눈이 멀어버릴 정도로.

"무결…… 그래도 난 당신이 좋아요. 뭐니 뭐니 해도 당신은 내 남편이잖아요. 안 그런가요? 남편이 아내를 지키지 않으면 누가 지키겠어요."

만개한 장미처럼 화려한 입술이 무결에게로 다가왔다. 아마도 그 입술은 장미보다 더욱 달콤하리라. 보통의 사내라면 견디기 힘들 정도로 무시무시한 유혹. 하지만…….

불현듯 무결에게로 다가오던 화린의 움직임이 멈췄다. 무결이 손을 들어 막 지척으로 다가온 그녀의 입술을 밀어내 버렸기 때문이다.

"아니야, 화린. 나는 그대를 잘못 보지 않았어."

"……!"

"화린, 그대는 독이 묻은 사과, 함부로 먹었다간 피를 토하고 죽어질 무서운 미끼지. 나는 독을 품었다는 것을 알면서도 순간의 욕심을 참지 못하고 그를 탐낼 정도로 어리석은 자가 아니오. 게다가 먹이를 놓고 짐승과 다툴 정도로 우매한 자도 아니고. 눈앞의 것밖에 알지 못하는 짐승은, 그 먹이를 뺏었다간 당장 앞뒤를 가리지 않고 상대를 물어뜯을 거야. 화린, 무슨 생각인지 모르지만 그대는 나와 태자가 당신을 두고 경쟁하기를 바라는가 보군. 안됐지만 화린, 경쟁은 짐승이 아니라 같은 인간과 하는 거요."

짐승이라 함은 당연히 천웅을 이르는 것이다. 또한 먹이라 함은 화린을 가리키는 것이다. 화린의 얼굴이 차갑게 식었다.

"여자인 그대에게 수치심을 안긴 것은 유감이오. 하지만 애초에 그대는 황위와는 거리가 먼 내게는 별로 관심도 없지 않았던

가? 어느 모로 보나 나보다는 태자와 어울리는 쪽이 그대의 성에도 더 찰 거요. 그러든 말든 내 말리지 않을 테니, 부디 내게는 관심을 꺼주오."

비겁하게 들릴 수 있는 말인데도 그의 입을 통해서 흘러나오자 신기하게도 오히려 당당하게 들렸다. 이것도 그의 능력이라면 능력인 걸까. 화린은 감탄하였고 내심 그녀의 패배를 인정했다.

"오늘의 방문은 실패로군요."

화린이 피식 웃으며 말했다. 그 서늘한 표정이 남자를 유혹하려 가장한 얼굴보다 훨씬 더 아름답다는 것을 그녀는 알까. 똑같이 시린 웃음을 베어 물며 무결은 생각했다.

"이만 돌아가겠습니다, 전하. 오늘은 남편에게 소박을 맞았으니 다른 사내라도 찾아야 할 것 같군요. 그 정도는 넓은 아량으로 이해해 주시겠지요?"

"그 정도야 나도 양심이 있는데 봐줘야지. 어서 가보시오, 화린. 아름다운 나의 아내여."

화린이 우아하게 절을 하더니 그대로 방을 나갔다. 그 누구보다 아름다운 아내, 늠름한 남편. 그림처럼 잘 어울리는 두 남녀의 만남은 그렇게 끝이 나버렸다.

"소야(小耶)*를 뵈어야겠다."

---

*소야(小耶):황태자

영궁을 빠져나온 화린은 그대로 천웅이 머무는 자인궁으로 향했다. 이미 시간이 흘러 술시(戌時)*로 접어들었지만 천웅의 정부인 화린을 막을 수 있는 사람은 없었다. 자인궁 입구에 선 내감(內監)**에게 그리 말하자 곧 화린은 자연스럽게 천웅의 침전으로 안내됐고, 저녁에 계집을 끼고 마신 술에 제법 거나하게 취한 천웅은 마침 잘됐다는 듯 음욕이 번들거리는 시선으로 그녀를 맞았다.

"여어, 제수씨."

술에 취한 와중에도 건들거리며 던진 말에 화린이 흠칫 호흡을 멈췄다.

"오늘은 남편의 품에 안겨 있을 줄 알았더니, 어찌 나를 찾아 왔나? 남편의 양물 맛이 별로였던가?"

"……어찌 아셨습니까?"

"이 궁 안에 나의 간자가 없는 곳은 없다. 하물며 신경 쓰이는 무결 놈의 궁이라면야, 영궁에 거하는 사람 중 셋에 하나는 나의 사람이다. 화린, 설마 내게 비밀을 가지려 한 것은 아니겠지?"

"그럴 리가 있겠사옵니까? 저는 제 남편이라는 작자가 감히 황태자 전하를 거스를 만한 사람인지 알아보려 그를 도발해 본 것뿐입니다."

거짓말이었다. 사실은 정말로 무결을 유혹하려 했다. 그로써

---

*술시(戌時):밤 7시에서 9시 사이
**내감(內監):문을 지키는 환관

천웅과 무결이 그녀를 놓고 싸우기를 바랐지만 무결은 생각보다 호락호락한 자가 아니었다.

'내가 휘두를 수 있는 상대가 아니다. 그렇다면 역겹기는 해도 그나마 무결보다는 손쉬운 이 남자에게 걸어보는 수밖에.'

하지만 그런 천웅 역시 그렇게 만만한 사람은 아니다. 비록 가 황후의 피로 인해 흐려지긴 했지만, 그래도 무결과 같은 핏줄을 가졌다 이건가.

"그 말을 나더러 믿으라는 건가?"

"믿지 않는다면 어쩔 수 없지요. 하지만 전하의 간자가 유능한 사람이라면 그 소식도 들었을 겁니다. 이 화린이 잘나신 건왕 전하에게 쫓겨나는 수모를 당했다는 사실도요."

"하하하. 내 그 소식도 듣긴 했지. 그 모습을 보지 못한 게 아쉬울 따름이야. 꽃 같은 화린을 거절하다니, 무결 그놈이 제정신이 아닌 게지."

그제야 비로소 기분이 풀어졌는지 천웅이 크게 웃었다.

"흥, 혹시나 싶어 한번 건드려 봤습니다만, 역시 제 남편이란 작자는 감히 황태자 전하를 거스를 상대는 못 되더이다. 제가 나타나자 당장 눈을 어디다 둬야 할지 몰라서 전전긍긍하더군요. 명색이 자기 아내인데 손가락 하나 건드리기는커녕, 쳐다보기라도 했다간 당장 전하의 노여움을 살까 봐 두려워하는 모습이 역력했습니다."

실제로 천웅과 다투지 않기 위해 그녀를 돌려보냈으니 화린의 말이 거짓은 아니다. 그런 말을 내뱉을 때의 무결의 태도는 당당하기 짝이 없긴 했지만 말이다. 하지만 화린은 괜히 그런 사실을 알렸다가 천웅이 무결을 죽이는 것은 원하지 않았다.

'무결이 죽으면 내가 황궁에 남아 있을 빌미가 없어지는 셈, 안 그래도 천웅을 유혹해 세간의 손가락질을 받게 했다는 이유로 가 황후가 나를 미워하는데, 무결이 죽었다간 당장 남편이 없음을 빌미로 나를 쫓아낼 게다. 그래서는 안 되지. 아직은 무결도, 천웅도 모두 필요해.'

그렇게 생각한 화린이 천천히 배자를 벗었다. 천으로 꽉 졸라맨 도톰한 젖가슴이 반쯤 드러나자 당장 천웅의 눈가에 붉은 정욕이 번들거리기 시작했다. 욕망에 약한 이 남자는 절대로 화린의 손을 벗어날 수 없다. 무결에게 무시당한 치욕이 은밀한 승리감으로 바뀌는 것을 느끼면서 화린은 천천히 천웅에게로 다가갔다.

막 가마에서 꺼낸 도자기처럼 희고도 뜨거운 그 육체를 품기를 몇 번을 했을까, 마침내 격한 한숨과 함께 파정을 한 천웅이 꿍 하는 신음 소리를 내며 침상 위에 드러누워 버렸다. 그러고도 아직 아쉬움이 남았는지, 천웅은 나른한 표정으로 돌아눕는 화린을 붙잡고 그녀의 젖가슴을 세게 베어 물었다.

아, 하는 날카로운 신음성이 솟아오르자 천웅이 킬킬거리는 웃음소리를 냈다.

"어쩌면 무결이 다른 사정이 있어서 그대를 거절한 걸지도 모르지. 궁 안에 그놈이 남색가라는 소문이 돌고 있다는 것을 알고 있나?"

"뭐라고요?"

뜻밖의 말에 화린이 젖혔던 고개를 휙 들었다. 사납게 치뜬 그 눈에 깃든 것은 짙은 의심이다.

"그럴 리 없습니다. 제가 알기로 무결은 남자와 잠자리를 한 적이 없습니다."

"하지만 그가 여자를 가까이 하지 않는 것도 사실 아닌가. 매일 말술만 퍼마시는데 들리는 소문으로는 청루에 들러서도 수하인 손자하란 자만 데리고 술을 마실 뿐 여자를 사는 적이 없다 한다. 신임이 지나쳐 한 방에서 함께 잠을 잘 때도 있다 하니, 혹시 그 자하라는 자가 단각(旦角)*의 상대가 아닌가, 정말로 남색을 하는 게 아닌가 하는 소문이 도는 것이지. 심지어 얼마 전부터는 강왕부의 소환 하나를 마음에 들어 해서, 강왕부를 드나들며 단각을 즐긴다는 소문까지 돌더군."

"설마, 그럴 리가……."

아니 땐 굴뚝에도 연기가 아주 잘 난다는 것을 화린은 잘 알고 있었다. 소문이란 그런 것이지만 한편으로는 차라리 그 소문이 사실이었으면 좋겠다는 생각도 들었다. 그러면 그녀가 무결을 유혹할 수 없었던 게 조금은 위안이 되지 않겠는가.

---

*단각(旦角):남성을 상대로 하는 동성애

'쿡, 이런 약한 생각을 하다니, 나도 어지간히 자존심이 상했나 보군.'

문득 떠오른 생각에 화린은 피식 웃음을 머금었다. 아무래도 좋다. 무결을 이용할 여지가 없어진 이상, 지금은 단순한 천웅의 관심을 자신에게로 돌리는 것이 제일 중요할 뿐, 그리고 그의 정신을 노골노골 녹여 버리는 게 중요할 뿐이다.

"무결이야 남색을 하든 여색을 하든 저는 흥미없어요. 제 관심은 오직 당신에게만 있다는 걸 잘 아시지 않습니까."

"쿡, 그게 정말일까?"

"흥, 이 화린이 신경을 쓰는 것은 기개도 용기도 없는 제 남편이 아니라 당신의 아내인 태자비입니다. 아무리 제가 이렇게 당신과 몸을 섞고 있어봤자 저는 번왕의 아내. 곧 황비가 될 그녀와는 하늘과 땅 차이가 아닙니까."

"뭐야, 당신은 그런 걸 신경 쓰고 있었단 말인가?"

하더니 천웅이 크게 웃었다. 어려서 그와 혼인한 태자비는 지루하기 짝이 없는 여자여서 애초에 천웅의 관심 밖이었다. 어차피 화린이 그 자신이 아닌, 장차 황제가 될 그의 지위만을 바라고 있다는 것은 천웅도 잘 알고 있었다. 하지만 그러면 어떻단 말인가. 여자란 어차피 힘을 가진 남자를 따르게 돼 있는 것, 화린이 그런 속물이라고 해도 그리 이상한 것은 아니다.

중요한 것은 지금 당장은 그도 화린을 원하고 있다는 것, 그리고 그에겐 원하는 것은 무엇이든 이룰 수 있는 힘이 있다는 것이었다.

"좋다, 화린. 나 역시 껍질뿐인 태자비는 내 아내로 인정하지 않아. 내가 황제가 되는 그날, 나는 그 즉시 무결을 죽이겠다. 그리고 태자비를 폐하고 그대를 황후로 삼을 거야. 화린, 그대는 가장 아름다운 황후로 역사에 기록될 거다."

그 말에 화린이 세상에 다시없을 화사한 미소를 머금었다. 그 미소를 본 순간 천웅은 그대로 넋을 잃었다. 그리고 황홀한 표정으로 천천히 그의 위로 올라오는 화린을 바라봤다.

그가 화린을 쥐고 있다고 생각하고 있었지만 사실은 천웅 쪽이 조금씩 그녀에게 잠식되고 있었다. 그의 생각, 행동 하나하나에 화린의 영향이 조금씩 배어들고 있었지만 오만한 천웅은 아직도 그를 깨닫지 못하고 있었다.

"번왕비 마마를 저리 보내셔도 되겠습니까."

"보내지 않으면? 쿡, 껴안고 뒹굴기라도 해야 한단 말이냐. 자하야, 나는 독 바른 미끼를 날름 주워 먹을 정도로 어리석지 않다."

화린이 그렇게 가고 난 후, 짙어진 밤공기가 버거운지 무결은 기루로 가자 명했다. 이미 인정이 친 뒤였지만, 들어올 때는 몰라도 황궁을 나가는 무결을 잡는 손은 없었다. 무결은 아무런 제지도 받지 않고 궁문을 빠져나가, 늘 가던 단골 기루로 향했다.

그러나 주인이 가져온 송엽주는 술 냄새라곤 통 나지 않고 누룩이 잠깐 스치고 지나간 것처럼 싱거운 냄새만 났기에, 무결은 한 모금 마셔보고는 눈살을 찌푸리며 술잔을 내려놓았다.

"술 인심이 점점 짜지는 것이, 이 기루도 이제 올 곳이 못 되는구나. 기루마저 궁색해지는 모양새가 아무래도 창천에 망조가 들긴 드는 것 같아."

"주인을 끌어내 목을 베겠습니다. 감히 건왕 전하의 술에 장난을 치다니 있을 수 없는 일입니다."

그를 섬김에 있어서는 타협이 없는 자하의 말에 무결이 껄껄 웃고 말았다. 이래서 자하에겐 가벼운 농이라도 함부로 걸면 안 되는 것이다.

"아서라. 그랬다간 남색하는 놈이 성질도 나쁘다는 소문이 돌 것이다. 내 일부러 천웅의 눈을 피하기 위해 남색가라는 소문도 마다하고 있진 않다만, 남색에 살인까지 즐긴다는 손가락질을 당하고 싶진 않다."

불시에 침묵하는 것이 자하 역시 자신이 무결의 남색 대상이라는 소문을 모르지는 않았나 보다. 하지만 그 사실을 안다는 것을 인정하는 자체가 주인의 허물을 들춰내는 것 같은 마음에 입에 올리는 것조차 꺼리는 게다.

남색이라는 소문이 자하의 예민한 부분을 건드렸는지, 통 무표정 일변도인 그가 인상을 쓰며 되물었다.

"분하지도 않으십니까?"

"분해야 하느냐?"

"건왕 전하십니다. 적자는 아니라고 하나 창천국의 번왕이시며, 강왕 전하 다음으로 커다란 땅의 주인이십니다. 그런데 인질로 잡힌 것도 모자라 억지 결혼을 하고 그 아내를 외간 남자에게 뺏겼습니다. 봉토로 돌아가지도 못한 채 오욕을 뒤집어쓰고 살아야 되는 지금 이 상황이 분하지도 않으십니까. 저는 전하께서 어찌 웃을 수 있는지 모르겠습니다."

"내 수치가 분하더냐. 자하야, 너는 좋은 수하다."

"전하."

"그러나 걱정은 걱정으로 멈추거라. 내가 뒤집어쓰기를 자처하긴 했지만 그건 내 수치가 아니다. 아내를 뺏겼다고? 내가 언제 아내를 뺏겼더냐? 내게 뺏길 아내가 있더냐?"

"……!"

"나는 화린을 내 아내로 인정한 적이 없다. 그러니 뺏길 아내도 없는 셈이다. 그리고 내 번국으로 말하자면, 나는 그곳에 그리 욕심이 없다."

더 큰 욕심은 다른 데에 있었기에 무결은 그를 위해서라면 번국 정도는 가볍게 포기할 수 있었다. 하지만 무결은 그와 같은 말을 심중으로 삼켰다.

"전하, 그 말씀은……!"

무결이 씨익 웃으며 손을 휘저었다. 듣는 귀가 있을지 모르니 조심하라는 것이다. 주변에 간자들의 기척은 느껴지지 않았지만 혹시나 모를 일, 무결은 말머리를 돌렸다.

"내 어미로 알려진 풍 귀비가 사실은 친모가 아니라는 것을 알고 있느냐?"

"대충은…… 들어 알고 있습니다."

"아이를 낳지 못하는 불임의 몸이 아니셨다면 아마 가 황후를 폐하고 황후까지 오르셨을지도 모르는 분이었지. 미모뿐 아니라 그 가문의 힘 또한 대단했고, 그 위에 성격 또한 범부(凡夫)의 것을 뛰어넘는 여걸이셨다. 그런 분을 양모로 모셨기에 내가 황상이 쓰러지고 천웅과 가 황후의 세상이 된 뒤에도 살아 있을 수 있는 것이야. 하지만 자하야, 풍 귀비 마마는 당찬 성정만큼 무척이나 가혹한 분이셨다. 내가 네 말대로 수치에 화를 내는 자였다면 풍 귀비 마마를 만났을 때……. 아니, 그 이전 가 황후의 추격을 피해 도망 다닐 때 그를 견뎌내지 못하고 죽었을 거다."

무결은 황제의 피를 이어받았지만 그 생모의 혈통은 빈천했다. 무결의 생모는 천웅을 낳은 가 황후의 시녀였다. 아직 황위에 오르기 전, 창천제가 반란군의 진두에서 군사를 지휘하던 시절에 아내의 시녀를 건드렸는데, 그것이 바로 무결의 생모인 양씨였다.

가 황후는 시녀가 아이를 가졌다는 것을 알고 불같이 노해 양씨를 죽이려 했고, 간신히 그를 피해 도망 나온 양씨는 그 뒤로 무결을 임신한 채 이리저리 도망을 다녀야 했다. 무결을 낳은 뒤로 창천제가 마침내 화하를 점령하고 황위에 오르면서 가 황후의 추격은 정도가 약해졌지만, 그런다고 해서 아주 없어진 것도 아니었다. 결국 이리저리 떠돌던 무결과 생모가 추적을 피해 숨은 곳이 죄를 지은 궁녀들을 가둬놓는 세의국(洗衣局)이었다.

세의국은 본디 궁녀들의 빨랫거리를 세탁하는 곳으로 황궁의 수많은 아문 중에서 유일하게 황궁 밖에 있는 곳이었다. 등잔 밑이 어둡다고, 가 황후의 코밑에 숨은 두 사람은 그들의 처지를 동정한 세의국 궁녀들의 보살핌 속에 몇 년을 숨어 지낼 수 있었다. 그러나 완벽한 비밀은 없는 법. 창천제의 피를 이은 황자가 세의국에 숨어 있다는 소문이 암암리에 퍼져 나가기 시작했고, 마침내 그 소문이 가 황후의 귀에까지 들어갔다. 하필 때맞춰 생모인 양씨마저 지병으로 인해 숨을 거두는 바람에 홀로 남은 무결의 목숨은 그야말로 바람 앞의 등불이었다. 바로 그때 무결을 거둬준 것이 풍 귀비였다.

"풍 귀비께서 많이 엄혹하셨다 들었습니다. 정말로 전하께도 그리 가혹하셨습니까?"

"하하하. 그분은 말이다. 굳이 말하자면……"

가혹하다는 말로는 부족하다. 그보다는 아마도 이쪽이 정확할 것이다.

"그분은 야차였다."

처음 풍 귀비 앞에 선 날을 기억한다.

『창룡이 될지 교룡이 될지 시험해 봐야겠다.』

　그 말을 남긴 풍 귀비는 무결의 근성을 보겠다면서 12월 지독한 추위 속, 불도 때지 않는 냉방에 그를 가둬놨다. 그때 무결의 나이 겨우 열 살이었고, 생모를 잃은 지 한 달도 되지 않았을 때였는데도 불구하고, 풍 귀비는 그를 3일 동안 냉방에 가둬놓는 걸로도 모자라 물만 겨우 넣어줬을 뿐 밥도 먹이지 않았다. 이제 어미를 잃은 슬픔이 아니라 생존에 대한 문제에 부닥친 무결은 아픔을 되새길 겨를도 없었다.

　"그런……. 아직 어리신 전하께서 그 졸경(卒更)을 어찌 견디셨습니까?"

　"안 견뎠다."

　"네?"

　"3일을 추운 방에 갇혀 있다 보니 그다음엔 이판사판이더라. 어차피 매를 맞아 죽으나 굶어 죽으나 마찬가지일 성싶더군. 그래서 내가 갇혀 있던 전각에 걸린 족자를 촛불에 태워 불을 피웠다."

　"허……!"

　저라면 그저 견뎠을 것이다. 아니, 자하처럼 고지식한 성격이 아니더라도 그 나이 즈음의 아이라면 그저 웃전에게 자신의 인내심을 보이기 위해 풍 귀비가 '그만 풀어주라' 명할 때까지 견디고 또 견뎠을 것이다. 그러나 무결의 반응은 보통 사람의 것을 뛰어넘는 것이었다.

"마침 내가 갇혀 있던 곳이 서고에 필적할 정도로 책이 많은 방이라 땔감 하나는 풍족하더구나. 그래서 반 시진에 한 권씩 책을 태우고, 벽에 걸린 족자도 태워 몸을 녹였다. 그리고 배가 고프면 책장을 찢어 먹어버렸지. 한 열권쯤 태워 버렸더니 내관 하나가 문밖에 서서는 제발 책은 태우지 말아달라고 애원하더구나. 알고 보니 내가 태웠던 그 책이 나름 유명한 문인의 책이었다더라."

그것뿐만이 아니었다. 별 생각 없이 사람이 쓰지 않는 빈방을 하나 골라 가둔 것이었기에, 방에는 귀중한 책과 서화가 꽤 소장돼 있었다. 내관의 말을 들은 무결은 아예 사람이 들어오지 못하게 책장을 넘어뜨려 문을 안쪽에서 막아버리고는 서너 권의 책을 한꺼번에 태워 버렸다. 사방탁자에 올려놓은 백자까지 깨뜨린 무결이 이번엔 명장(名匠) 장덕강이 혼신을 기울여 제작한 척홍 필갑(筆匣)과 금액을 가늠할 수 없는 값비싼 벼루마저도 깨뜨리겠다 위협하자 내관들이 혼비백산했다.

결국 사흘 만에 내관들이 손을 들었다. 풍 귀비에게 달려가 제발 무결을 내보내 달라고 애걸복걸을 했던 것이다.

"그런……!"

자하가 놀라 입을 딱 벌리자 무결이 웃음을 터뜨렸다. 이 고지식한 위인은 많이 놀라기도 했을 것이다. 무결은 웃음을 거두고 정색을 하며 말을 이었다.

"앞이 보이지 않는 길이라도 어딘가로 이어져 있는 법이다. 만약 끊어져 있다면 그때는 내가 새로 만들면 돼. 살아만 있다면 할 수 있다. 그때, 살기 위해서 내가 무엇이든 할 수 있었던 것처럼 지금의 나 역시 그럴 수 있다."

"존명. 저는 어떤 길이든 전하를 따르겠습니다."

"고약한 부하로구나. 앞서서 길을 헤칠 생각은 하지 않고 편하게 내 뒤만 따라오겠다고?"

짓궂은 농담에 자하의 얼굴이 흙빛이 됐다. 진담으로 알아듣고 저의 얕은 생각을 자책하는 것이다.

껄껄 웃은 무결이 술병을 들어 벌컥벌컥 마시기 시작했다. 말술을 마셔도 간에 기별이 가지 않는 주량인데, 술 향만 나는 물인지라 부어도 부어도 정신이 말짱해지기만 했다. 그래도 무결은 짐짓 취기를 가장하며 기루 마당으로 비틀비틀 내려섰다.

"달빛도 창창한데 오늘은 취무나 한판 벌이자꾸나. 자하야, 검을 들어라."

"전하, 어찌 저와 검을 겨루려 하십니까. 감히 그럴 수는……."

말을 채 끝마치기도 전에 무결의 검이 불시에 그를 덮쳤다. 얼결에 자하가 검집으로 그를 막아냈고 그로부터 대련이 시작됐다.

챙챙, 채쟁챙. 칼과 칼이 부딪쳤다. 그때마다 달빛을 반사한 두 검신이 아름다운 빛을 흘렸다. 비틀비틀, 술에 취한 무결의

검은 일견 아무 데나 마구잡이로 찌르는 것 같았지만, 사실 그
것은 자하의 허구리며 빈 곳을 여기저기 날카롭게 치고 들어오
는 것이었기에 자하는 그를 막아내는 데 진땀을 흘려야 했다.

너울너울, 장포 자락이 휘날리고 칼날에 반사된 달빛이 은꽃
처럼 흩날리고 몽롱한 취기 속에 검이 꿈처럼 날았다. 달빛을
가르고 찬 대기를 가르며 검과 사람이 한 몸인 양 춤을 추었다.

문득 오늘 같은 만월의 달빛 아래 만났던 이가 생각났다. 송
율목이라고 했던가. 강왕비에게 일부러 황궁에 소환들을 보낼
적에 자신 밑으로 보내달라 청했는데 한 계절이 지난 지금까지
전혀 소식이 없다. 마음이 변해 그의 청을 무시해 버린 걸까? 아
니면 그 아이에게 무슨 변고라도 생긴 걸까?

잠시 생각의 결을 그쪽으로 돌려보던 무결이 이윽고 그를 멈
췄다.

'인연이 여기까지 뿐이었던 게다.'

일부러 손 내밀었지만 거기에 잡히지 않는다면 굳이 찾으러
다닐 생각까지는 없었다. 율비에 대한 무결의 관심은 아직까지
는 그 정도였다.

기이한 아이다. 또 기특한 아이다. 하지만 그뿐, 그의 사람이
될 수 없다면 굳이 욕심내지도 않는다.

"달밤에 웬 칼춤이랍니까? 기루에 새 술이 들어왔답니다. 칼
춤을 추시더라도, 잠시 목이라도 축이고 추시어요. 금무에서 가
져온 황금주인데, 오늘 드신 송엽주와는 비교도 안 되는 미주

중의 미주이니, 드시고 놀라지나 마십시오."

불현듯 격검하던 무결의 동작이 멈췄다. 그러더니 술을 가지고 온 기생어미를 향해 상활(爽闊)한 미소를 지어 보였다.

"마마(媽媽)가 보장하는 술이라니 기대가 크군. 게 놓고 가게."

기생어미가 은근한 미소 지어 보이고는 상탁에 술과 진안주를 놓고 총총히 사라지자 무결이 금무에서 가져왔다는 황금주 주병을 들어 술잔에 따랐다. 술병의 무게를 가늠해 보는 척, 병바닥을 슬쩍 쓸어보니 예상대로 밑바닥에 쪽지가 붙어 있었다. 아무도 눈치채지 못하는 사이 쪽지는 무결의 손으로 쓸려 들어가 그대로 그의 소맷자락 안으로 들어갔다.

"하늘이 열리는구나."

"네……?"

잠시 칼을 내려놓고 헉헉, 단숨을 몰아쉬고 있던 자하가 반문했지만, 무결은 그에는 대답하지 않고 잔별이 반짝이고 있는 서쪽 하늘을 바라보며 중얼거렸다.

"하늘이 내게 길을 내줬어. 이제 하늘로 날아오를 길만 찾으면 된다. 이 조롱을 빠져나갈 길만 찾으면……."

의미심장한 미소를 지으며 무결이 단숨에 잔을 비웠다.

"전하께서는 또 술을 자셨습니까? 아이고, 며칠 전에도 진탕 술에 취해 들어오시더니, 어째 하루가 멀다 하고 그리 취해 다니십니까? 그러다 오장육부가 술에 절어 남아나질 않겠습니다요."

"네가 뭘 잘 모르는구나. 모름지기 술로 소독을 해놔야 내장이 병에도 상하지를 않는 것이다. 나는 백 살이 넘을 때까지 무병장수할 것이다. 히끅!"

이제는 오밤중에 드나들기를 하도 자주 해서 수문병과 제법 농지거리까지 나누는 사이가 됐다. 하루 이틀 보는 일도 아니것다, 수문병은 혀를 끌끌 차며 외성 문을 열어줬다.

"영궁으로 가시는 건 아니겠지요? 아시겠지만 전하가 파루 전에 돌아온 게 알려지면 소인의 입장이……."

"알았다, 알았어. 내 늘 하던 대로 빈 누각에 가서 나머지 술을 마실 테니, 너는 입이나 봉하고 있거라."

휘휘 손을 내저은 무결이 휘청거리는 몸을 자하에게 기댄 채 궁 안쪽 길로 들어섰다.

"오늘은 어디로 갈거나. 어느 귀신과 술을 마셔야 술맛이 입에 착착 붙을까. 옳거니, 황궁 귀신 중에 제일 독한 것이 경희각 앞 진비정에 산다는 진비의 귀(鬼)라 하였댔지. 오늘은 경희각으로 가서 진비의 넋이나 위로해 줘야겠다."

창천제가 한때 총애했던 진비는 황제가 자리에 눕자 평소 그녀를 미워하던 가 황후에 의해 경희각 앞마당에 있는 우물에 던져졌고, 그 뒤로 이름없던 우물엔 진비정(珍妃井)이라는 이름이 붙여졌다. 무결의 어머니 역시 가 황후의 괴롭힘을 받다 결국 그 후유증으로 인해 젊은 나이에 죽었으니, 억울하게 죽은 진비의 처지가 무결에게는 남달랐다. 껄껄 웃던 무결의 발걸음이 영춘궁 중로를 지나 경희각으로 향했다.

경희각 문은 열려 있었다. 모욕을 주기 위해서였는지 가 황후는 일부러 주인 잃은 경희각의 문을 잠그지 못하게 했다. 덕분에 방 안에 남겨져 있던 귀물이며 귀한 가구들과 보화들은 아랫것들이 모조리 훔쳐 가버렸고, 구석에 빈 침상만 하나 남아 있을 뿐이었다. 무결은 침상 앞, 가구도 없이 휑뎅그렁하게 빈 바닥에 아무렇게나 주저앉아 버렸다.

"준비가 너무 없습니다. 전하, 지금이라도 영궁으로 가시면 제대로 된 술상을……."

"됐다. 술이 고프다 보면 침상을 뜯어 먹어도 술맛이 도는 법이니라. 나는 술을 마시고 있을 테니 너는 나가서 진비의 넋이나 데리고 오너라. 너 정도 미남이면 진비도 혼이 빠져 따라올 것이다."

껄껄 웃은 무결이 술잔도 마다하고 병째로 목구멍으로 술을 털어 넣기 시작했다. 혼자는 적적했는지 나중에는 자하에게도 술을 권했지만 언제나 그렇듯 자하는 수하의 임무를 다해야 한다며 그를 거절하고 방구석에 서서 묵묵히 입구 쪽만 볼 뿐이었다. 무결이 술친구로는 최악이라며 투덜댔지만, 자하에게 무결은 어디까지나 주인일 뿐 친구는 아니니 그런 말에도 못 들은 척 한 귀로 흘릴 뿐이었다.

자음자작(自飲自酌), 혼자 마시고 혼자 즐기는 재미없는 술판이 계속되다 어느 순간 무결은 스르르 잠이 들었다. 잠이 든 주인을 깨울까 하던 자하는 물끄러미 잠든 무결을 바라보다 손길을 거뒀다.

뭐, 어떠랴. 어차피 주인 없는 빈 전각. 객이라도 와서 채워주면 진비의 원혼이 기뻐할지도 모른다. 게다가 무결처럼 잘생긴 남자라면야, 촌수로 치자면 의붓아들이긴 해도 평범이 지나쳐 못생긴 쪽에 가까운데다가, 그 주제에 여자관계는 복잡했던 창천제보다야 낫지 않은가. 실없는 생각을 떠올리며 자하는 무결의 바로 옆 기둥에 기대어 섰다.

똑똑.

무의식 속에서도 희미한 인기척 소리를 알아챈 자하의 의식이 서서히 깨어났다.

"누가 여기 계십니까? 어라……? 이 사람들 누구야?"

도대체 어디서 들리는 소리일까? 자신이 꿈속에 있으며 아이의 것처럼 작고 가녀린 목소리가 꿈밖에서 들리고 있다는 것을 인식하는 데는 초미(焦眉)의 시간도 걸리지 않았다. 그리고 인식과 동시에 자하는 번개처럼 칼을 빼들어 휘둘렀다.

"히익!"

비명과 함께 그의 칼끝에 걸릴 뻔한 물체가 뒤로 자빠졌다. 걸릴 뻔했다는 것은, 다행히 칼이 자빠진 형체의 위로 수칵 소리를 내며 허공만 베고 지나갔기 때문이다.

"누구냐!"

바닥에 자빠져 버르적거리며 이쪽을 올려다보고 있는 자의 얼굴에 그건 제가 물을 소리라는 표정이 떠올랐다. 환관인 걸까? 상대는 젊은 환관들이 걸치는 청의(靑衣) 망포를 걸쳤다. 게다가 신주단지처럼 끌어안고 있는 빗자루를 보니 아마도 청소를 맡은 직전감 환관인 것 같다. 그와 같은 생각들이 자하의 머리에 휘리릭 지나가는 것과 동시에 신음 소리와 함께 무결이 눈을 떴다.

'어라?'

이 신새벽에 어인 일로 미희가 이곳까지 왔을까? 방금 눈에 들어온 모습이 받아들여지지 않아 무결은 눈을 비볐다. 자하의 칼 밑에서 일어나려고 애를 쓰고 있는 것은 어여쁜 미희다. 짙푸른 치마에 붉은 저고리, 청홍의 색깔이 눈부시다 생각한 것과 동시에 버둥거리던 여인이 번쩍 고개를 들며 두 사람의 시선이 마주쳤다.

그리고 무결은 두 번째로 눈을 비볐다. 분명히 여자라 생각했는데. 사과 같은 두 뺨과 도자기처럼 말간 피부가 어여쁘다 생각했는데, 그 모습은 어느새 휘리릭 사라지고 자하의 칼 밑에서 엉금엉금 기어 간신히 일어난 것은 환관의 제복을 걸친 어린 소환이다. 얼굴은 변한 것이 없는데 순식간에 여자에서 남자로 바뀌어 버린 것이다.

'예전에도 이런 적이 있었던 것 같은데? 어라……. 그리고

보니?'

동그란 얼굴, 다람쥐처럼 까만 눈동자에 복숭아 같은 뺨. 소
환의 얼굴이 낯이 익었다.

"너는 송율목이 아니냐?"

버둥거리다 간신히 일어난 율비도 무결을 알아보았다. 설마
이런 곳에서 만날 줄을 몰랐던 사람. 율비는 생각할 사이도 없
이 그만 반가움에 일성을 터뜨리고 말았다.

"칼잡이 공자님?"

생각할 사이도 없이 튀어나온 호칭에 자하가 도끼눈을 부릅
떴다.

"감히 누구를 향해 그따위 언사를 지껄이는 거냐! 당장 얼른
엎드려 죄를 빌거라. 이분은 창천제의 제2황자이신 건왕 전하시
다!"

"네…… 에?"

허억. 신분이 높을 거라고는 생각했지만 설마 황자일 줄이야!

건왕이라면 소문은 들어 알고 있었다. 강왕 정도로 큰 세력을
가진 번왕은 아니지만 그 역시 군왕이 아닌가. 설마 그런 그를
오다가다 저자에서 만날 거라고는 생각도 못했기에, 후겸의 이
름을 막 부르는 그를 보고서도 황족이라고는 상상을 못했다. 그
런데 그런 그가 황자라니, 군왕이라니!

"주, 주, 죽을죄를 졌습니다!"

율비가 빗자루를 집어던지고 그 자리에 납작 엎드렸다. 그 위

로 재밌다는 듯 껄껄 웃음소리가 이어지더니 무결이 입을 열었다.

"어째서 네가 여기에 있는 거냐?"

그의 말은 어째서 그녀가 자신의 밑으로 오지 않았는지를 묻는 것이었지만 자세한 상황을 모르는 율비는 그녀가 왜 왕부가 아닌 황궁에 있는지를 묻는 걸로 알아들었다. 결국 혼나는 아이 모양으로 무결의 앞에 꿇어앉은 율비가 그가 그녀를 만나고 간 뒤로 일어난 저간의 사건들을 소상히 털어놓았고, 그를 다 들은 무결은 기가 차다는 듯 '헛' 하는 탄성을 토해냈다.

"왜 네가 여기에 있는지 알 것 같구나. 이제 보니 중간에 장난하는 손들이 있었던 게야."

"네……?"

"아무것도 아니다. 뭐, 돌아서라도 이리 만나게 됐으니 결국 너와 나는 만나질 인연이었나 보지. 그나저나 너란 녀석의 팔자도 참으로 기박하구나. 어찌 그리 악운이 따라다니는 거냐?"

저도 그게 궁금하다고요. 율비가 머쓱한 표정이 되어 날름 혀를 내밀었다. 그 모습이 꽤 귀엽다는 생각을 하며 무결이 껄껄 웃었다. 영영 끊어진 인연인 줄 알았더니, 이리 다시 만났다. 어째선지 모르겠지만 무결은 그 사실에 기분이 좋아졌다.

율비에게 악운이 따라다니는 것처럼 그에게는 율비가 따라다니나 보다. 끊어졌다 생각하면 어느새 이 아이가 다가와 있거나, 그도 아니면 자신이 이 아이 옆에 다가가 있다. 확실히 기이

한 인연. 무결이 웃음을 멈추더니 중얼거렸다.

"너에게는 아무래도 악운을 물리쳐 줄 호신부가 필요할 것 같구나. 마침 내게 좋은 것이 있으니 이걸로 액을 물리쳐 보거라."

하더니 무결이 그의 팔에 걸려 있던 명주실을 꼬아 만든 팔찌를 풀어 율비에게 주었다.

"전하, 그것은……!"

붉은 명주실에 진주 여덟 개를 꿰어 만든 팔찌는 붉은색에 악귀를 물리치는 힘이 있다 해서 풍 귀비가 살아생전에 하사한 것이었다. 형식뿐인 모자간이라지만 그래도 풍 귀비의 애정을 증명하는 몇 안 되는 물건 중 하나였다.

"내버려 두거라. 이까짓 호신부가 내 목숨을 지켜주겠느냐. 나보다 더 어울리는 자가 차면 지하에 계신 귀비께서도 네가 차는 것보다 낫구나, 라며 웃으실 것이다."

이런 식으로 풍 귀비의 배려를 걷어차고 싶으신 걸까?

자하는 모자라기보다는 주종 관계에 가까울 정도로 냉정했던 두 사람의 사이를 기억해 내고 입을 다물어 버렸다.

겉보기에 두 사람 사이는 애정이라고는 하나도 없어 보였다. 무결은 풍 귀비를 존경하긴 했지만 어미로서 경애하지는 않았고, 풍 귀비는 무결을 믿기는 했지만 가혹할 정도로 엄했다. 모자라기보다는 동지, 동지라기보다는 스승과 제자. 두 사람의 사이는 자하의 눈에 그렇게 보였다.

"하지만 이건 제가 받기엔 너무 귀한 것 같은데요. 감히 받을

엄두가……."

엉겁결에 무결이 건네준 팔찌를 받아 든 율비가 당황해서 우물거렸다. 그건 그것대로 꽤씸하기 짝이 없는 일인 것을, 그러면 안 된다는 것도 잊고 대뜸 거절의 말부터 나왔다. 당장 무섭게 생긴 인상의 자하가 눈을 부라리자 율비는 당장 깨갱 하며 고개를 조아렸다.

"됐다. 내 불운은 그깟 호신부 따위가 막아줄 크기가 못 된다. 마침 딱 좋은 임자를 만났으니 오히려 좋은 일 아니냐. 나보다는 너한테 더 도움이 될 것이다."

황궁에 인질 된 자신의 처지를 말하는 걸까? 율비가 그런 생각을 떠올리는데 무결이 물러가라는 듯 손짓을 했다.

"같은 황궁에 있으니, 인연이 있다면 다시 또 보게 되겠지. 만남을 기대하고 있으마."

즐겁다는 듯 둥글게 눈을 휘는 무결의 표정을 보며 율비의 가슴은 선뜻 졸아붙었다. 좋은 건지, 무서운 건지 도통 알 수가 없다. 율비는 아직도 후들거리는 팔다리를 억지로 추슬러 경희각을 빠져나왔다.

한편 같은 시각, 화린은 이른 아침 벌어진 또 한 번의 질탕한 정사를 마치고 천웅의 전각을 빠져나오고 있었다. 그런데 하필 운이 없게도 자인궁 정문에서 그리 반갑지 않은 일행과 딱 마주치고 말았다. 시녀와 내관들은 물론이고 오늘따라 태자비까지 거느리고 온 가 황후와 마주친 것이다. 차라리 가 황후만 만났다면 좋았을 텐데, 화린은 언제 봐도 늘 피해자인 양 청승맞은 표정을 짓고 있는 태자비가 마음에 들지 않아 얼굴을 찌푸렸다.

아마 자신이라면 누군가 그녀의 것을 빼앗으려 드는 것을 절대 내버려 두지 않았을 터며, 태자비처럼 여인의 법도 운운하며 쉽게 체념하지도 않았을 것이다. 아무 감정 없다는 것처럼, 그녀를 향해 예의 바르게 인사하는 태자비의 모습에 화린은 미안함은커녕 오히려 짜증이 났다.

"네가 어찌 여기서 나오는 거냐? 그것도 이리 이른 시간에?"

화린이 허리 숙여 인사를 하자 당장 가 황후가 야멸치게 소리를 질렀다. 천웅과 화린의 사이야 궁 안에 소문이 파다한 판인데 새삼스럽게 모르는 척하는 것이 웃기다. 화린은 내심 고소(苦笑)하면서 맞받아쳤다.

"말씀을 높여주시지요, 마마. 예전에야 제가 가씨 가문 문중에서도 어디 박혔는지조차 모르는 한미한 가문의 계집이었지만 지금은 건왕비입니다. 아무리 황후 마마라고 하셔도, 일국의 왕비를 그리 하대하셔야 되겠습니까?"

"이 건방진 년이……!"

가 황후의 안색이 잘 익은 고구마 빛깔이 됐다. 가 황후가 무결에게 억지 혼사를 강요할 때 그를 감시하기 위해 손수 고른 것이 바로 화린이었다. 일부러 같은 일문으로 고르되, 그중에서도 조종하기 쉽도록 가씨 문중에서도 저 시골구석에 처박혀 있는 가난한 친척을 택했는데, 그 친척의 딸이 바로 화린이었다. 그런데 이용하기 위해 선택한 패가 뜻밖에 최악, 무결을 감시하기는커녕 제멋대로 날뛰며 그녀의 아들에게 더러운 오명까지 씌우고 있었다. 가 황후로서는 화린을 예쁘게 보려야 볼 수가 없는 상황이건만, 이 가증스러운 계집은 황후를 두려워하기는 고사하고 갈수록 방자해진다.

"어머나, 지금 제가 무슨 말을 들은 거지요? 설마 고귀하신 황후 마마께서 시정잡배들이나 쓰는 품위없는 욕설을 내뱉으신 건 아니겠지요?"

오만하기 짝이 없는 가 황후의 유일한 약점은 그녀가 평민 출신이라는 것이다. 지금은 황후랍시고, 하늘에서 내린 혈통인 양 거들먹거리지만 본디 그녀의 어미는 기루에서 몸을 팔던 기녀였고, 가 황후 자신은 아비가 누군지도 모른다. 화린이 약점을 파고들자 가 황후가 움찔 말문이 막혔다.

"그만하십시오. 황후 마마께서는 건왕비가 어째서 영궁이 아니라 자인궁에서 나오는지를 묻고 계시는 것이 아닙니까. 부디 시답잖은 궤변으로 하문하신 의도를 흐리지 말아주십시오."

보다 못한 태자비가 나서자 화린이 싱긋 웃었다. 그래도 명문 가에서 나고, 수업을 받은 귀한 영애라 이건가. 그녀가 도발하고 나서자 체모를 잊고 당장 발끈하는 가 황후보다는 낫다.

"태자께서 제게 긴한 용무가 있다 하셔서 잠시 들렀다 나온 것뿐입니다. 태자께서 부르시면 시각이 이르든 늦든 달려와야

함이라. 오로지 그와 같은 충심 때문에 부름에 응한 것뿐인데, 그게 잘못입니까?"

"건왕비께서 부름에 충실히 응하시는 것이 어째서 태자 전하 뿐인지 모르겠군요. 남편이신 건왕 전하께는 어찌 그리 소홀하십니까? 건왕비의 모습을 영궁보다 자인궁에서 더 자주 뵐 수 있다니, 이는 이상한 일이 아닌가요?"

"어머나, 몰랐습니다. 남편이라구요? 제가 남편이 있긴 있던 가요? 아하, 그 술만 마시는 술주정뱅이? 하라 하면 영궁 전체를 술에 말아 잡수실 그 양반이 제 남편이랍니까?"

그 말에 불현듯 태자비의 낯빛이 붉게 달아올랐다.

"건왕비께서는 어찌 그리 남편을 업수이 여기십니까? 공자께서 말씀하시기를 천지가 있은 후에 만물이 있고, 만물이 있은 후에 부부가 있고, 부부가 있은 후에 군신이 있으며, 군신이 있은 후에 예의가 있다 하셨습니다. 부부간의 도리가 군신간의 것보다 앞서는 것이거늘, 건왕비께서는 하늘 같은 남편을 어찌 그리 사람들 앞에서 공공연히 비웃는 것입니까?"

그 얌전하던 태자비가 마치 제 자신이 모욕을 당한 것처럼 발끈 언성을 높이자, 화린이 놀라서 잠깐 의아하게 그녀를 쳐다봤다. 천웅과 제 사이에 관해서도 아무 말 않던 태자비가 흥분한 것은 처음, 문득 화린의 머릿속에 묘한 직감이 번쩍였다.

'아하…… 그런 것인가?'

운명이란 참 묘한 것이어서 생각지도 않은 잔가지들을 치고,

그 잔가지들은 제멋대로 뻗어나 엉뚱한 곳에 가 닿기도 한다. 화린은 그 징그러운 비틀림에 저절로 쓴 미소를 피워 올리고 말았다. 그리고 그 미소를 스스로 비웃었다.

'당신도 참 안됐군요. 하지만 어쩌겠습니까. 하늘이 이 화린을 위해 당신과 무결을 내 앞에 제물로 던져 났나 봅니다.'

고매한 집안에서 나고 자란 귀한 영애. 하지만 그렇기에 남을 이용하거나 밟을 줄 모르는 멍청할 정도로 정직한 태자비다. 안 되긴 했지만, 잔혹할 정도로 냉정한 화린에게는 그저 꺾어버려야 할 꽃일 뿐이다.

"잘 알겠습니다. 오늘 태자비께 톡톡히 가르침을 받았군요. 태자비께 흉을 잡히지 않으려면, 앞으로는 남편을 모시는 데 각별히 유의해야겠습니다. 당장 목욕재계하고 영궁으로 가야겠군요. 건왕 전하의 어여쁨을 받고 나면, 반드시 태자비를 뵙고 그를 보고드리겠습니다."

이번엔 반대로 태자비의 얼굴이 허옇게 바래졌다. 날카로운 반격에 모욕감을 느낀 것인지, 아니면 또 다른 이유로 당황한 것인지 아마 다른 사람들은 구별하지 못할 것이다. 화린은 차게 웃었고 허리를 굽혀 인사한 뒤 그 자리를 떠났다.

"건방진 계집. 거름 냄새나 풍기는 촌 계집을 화하로 불러들여 줬더니, 주제도 모르고 감히 나를 이기려고 들어?"

화린이 떠난 뒤 가 황후가 사라지는 그녀의 뒷모습을 바라보며 독살 맞게 중얼거렸다. 화린의 말마따나 욕심만 사나울 뿐,

품위하고는 거리가 먼 황후였다. 태자비가 조용히 이맛살을 찌푸렸지만 가 황후는 그를 눈치채지 못하고 계속해서 화린을 향해 욕을 퍼부었다.

"저 아이는 사갈보다 위험한 계집이다. 무결을 견제하기 위해 붙인 아이인데, 오히려 늑대를 피하려다 범을 불러들인 격이 됐어. 천웅에게도 전혀 득이 될 게 없는 아이니, 조만간 무슨 수를 써서라도 쳐내야지. 태자비, 그대를 위해서도 반드시 내 그리할 터야. 어떤가, 태자비. 그대도 그를 원하지? 화린, 저 여우 같은 것 때문에 그대의 상심도 크지 않던가?"

"여인이란 본디 사내의 마음을 앞서 헤아리는 것이 아니겠습니까. 열 여자를 마다하는 사내가 없다 했습니다. 그것도 전하의 성정이니, 아내 된 도리로 그저 따라야 할 따름이지요."

"어허, 태자비는 어찌 그리 답답한 소리만 하는가!"

'그리 따분하게 구니 남편이 바깥으로 돌지!' 라는 말이 목구멍을 치고 나오다 도로 들어갔다. 저리 융통성없고 재미없는 아내라니, 아들이라 편을 들어주는 게 아니라 자신이 남자라도 결국 지루함을 견디지 못하고 다른 여자를 찾게 될 것 같다.

"물러가 있으시게. 조만간 내 건왕비를 궁에서 쫓아낼 방도를 강구할 터야. 좋은 방법을 찾으면 그대에게도 전할 테니 그때는 태자비도 전심으로 협력해 주시게."

쌀쌀맞은 한마디를 남긴 가 황후는 갑자기 몸이 불편해졌다며 자신의 궁으로 돌아갔다. 홀로 남은 태자비가 꼿꼿하게 천웅을 만나기를 청했지만, 천웅은 간밤에 마신 술이 깨지 않았으니 다음에 오라는 전갈만 남겼을 뿐 그녀를 안으로 들이지도 않았다.

이른 봄날, 봄볕은 점점 따뜻해지건만, 황궁의 일족들에게 여전히 봄은 먼 것 같다.

"황후가 그리 말했단 말이냐? 조만간 나를 궁에서 쫓아내겠다고?"

목욕을 마치고 평소보다 나른한 표정으로 장의자에 드러눕는 화린을 향해 수하인 태감이 허리를 굽혔다.

"그러하옵니다. 가 황후의 내관들에게 붙인 아랫것이 돌아와 보고하기를, 황후 마마께서 그때가 되면 태자비께서도 협조해야 한다 말씀하셨다고……."

"흥, 케케묵은 문답을 금과옥조로 삼고 있는 여자가 무슨 잔꾀를 낸다고 태자비에게 도움을 얻겠다는 것이냐. 태자를 위한다면 진작에 태자비처럼 정치라고는 모르는 멍청한 계집부터 떼어냈어야 되는 거다. 누가 독이 되고 누가 약이 될지를 몰라보다니, 욕심만 사나웠지 가 황후는 앞이라고는 하나도 볼 줄 모르는 여자다."

"마마, 벽에도 귀가 있다고 했습니다. 비록 이곳이 마마의 궁이라 하나 어디서 말을 듣고 전하는 간자가 있을지 모릅니다. 부디 자중하시옵소서."

"흥, 되었다. 들었다고 해도 겁날 것 없다. 어차피 내가 기댈 힘은 가 황후가 아니라 태자이니, 황후가 듣는다 해도 무서울 것 없어. 그보다…… 가 황후 전 내관들에게 붙인 자가 위금이라고 했지? 들어온 지 얼마 안 된 것 같은데, 생각보다 맡은 바를 잘해내고 있는 것 같구나."

가 황후 전을 비롯해 황궁에서 일하는 거의 모든 내관들에게 손을 뻗치고 있는 화린이었다. 황궁의 만사가 여관(女官)과 환관들을 통하지 않는 것이 없으니, 그 환관들을 손아귀에 넣는 자가 황궁의 정보를 손에 넣는다는 것을 영특한 화린은 잘 알고 있었다.

"눈치도 빠르고 꽤 똑똑한 녀석인 것 같군. 잘 키우면 인재가 될 듯해. 내 기대가 크다."

"제 명하의 아랫것을 어여삐 봐주시니 황감하옵니다."

"그나저나, 가 황후가 공공연히 그런 말을 내뱉고 다닐 정도라면 조만간 제 체면 때문에라도 뭔가 조처를 취하긴 하겠구나……. 서둘러야겠다. 더 이상 손 놓고 있을 여유가 없어."

어느새 골똘히 생각에 잠긴 화린이 자리에서 일어나 방 안을 이리저리 걷기 시작했다.

"무결은 매우 뛰어난 사람이다. 시대의 흐름을 읽는 시야도 넓고, 그 마음 됨됨이도 협량하지 않아. 영민하면서도 또한 타고난 배짱이 있으니, 솔직히 말하자면 나는 천웅처럼 도량이 좁고 탐욕만 심한 소인배보다는 무결이 황제가 되는 쪽이 더 낫다고 생각한다. 아마도 그라면 민심을 잘 살피고, 나라를 안돈시킬 현명한 황제가 되겠지. 하나 현실은 천웅이 황위에 오를 테고 무결은 머지않아 제거될 거야. 설령 용케 그가 살아남는다고 해도, 그가 내 남편으로 있는 한 내가 오를 수 있는 최고의 자리는 고작해야 번왕비. 나는 그걸로 만족할 수 없다."

"지당하신 말씀이십니다. 마마야 말로 꽃 중의 꽃, 일개 번왕의 비로 지고 마실 분이 아닙니다."

"하지만 그 무결이 없으면 내가 이 황궁에 남아 있을 빌미가 없지. 안 그래도 천웅에게 흠결이 된다 해서 나를 눈엣가시로 알고 있는 가 황후니, 무결이 없어지면 당장 나를 황궁에서 내쫓아 버릴 게야. 그러니 무결보다는 천웅의 아내인 태자비를 없애는 게 먼저다."

별안간 이리저리 부산하게 움직이던 화린의 발이 멈춰 섰다. 그러더니 그 아름다운 입술을 벌리고 세상에 다시없을 정도로 화사하게 웃으며 말을 이었다.

"기왕이면 두 사람을 한꺼번에 없애는 게 더욱 좋겠지."

무시무시한 계획을 아무렇지도 않게 말하는 화린이었다. 명목뿐이라고 하나 자신의 남편인 무결과 다른 남자의 정처인 태자비마저 없애려 하는 그녀에게 갈등 같은 건 조금도 보이지 않았다. 그녀에게 남은 거라곤 그저 제 앞을 막아서는 것은 거침없이 제거해 버리는, 잔혹함만이 있을 뿐.

"마마, 무슨 복안이 있으십니까."

"천웅이란 자는 욕심이 많아서 자기 것을 뺏기고는 견디지 못하는 위인이지. 제 동생의 아내를 취하고 있으면서도, 제 것을 남이 취하였다면 이성을 잃을 게 틀림없다."

"하오면……."

"성질 급하고 잔인한 천웅에게 칼을 쥐어주면 나머지는 그 미개한 짐승이 알아서 물어뜯을 것이다. 욕은 그가 먹고 이(利)는 내가 취하면 되는 게야."

그 짐승과 배를 맞추고 있는 그녀는 같은 짐승이 아닐런가. 태감을 가까이 오라 손짓하여 그에게 모종의 긴밀한 지시를 내리는 화린의 눈빛은 그 짐승보다 더욱 날카롭게 빛나고 있었다.

"병필태감을 부르거라. 그자라면 반드시 내 명을 들을 것이다."

황궁의 온갖 잡무를 맡고 있는 각 아문 중에서 가장 중심에 있는 것이 바로 사례감이다. 사례감에서도 가장 높은 것이 바로 사례감의 수장인 장인태감(掌印太監). 그리고 그 밑, 2인자에 해당하는 것이 황명을 받아 적고, 이를 선포하는 병필태감(秉筆太監)이다. 환관들 중에서도 권력의 중심에 서 있는 자이지만 장인태감이 있는 한 절대로 1인자는 될 수 없는 운명. 화린은 그런 그의 틈을 파고들기로 결심했다.

그날 저녁, 그녀 앞으로 불려온 병필태감에게 화린은 모종의 지시를 내렸고, 병필태감은 그녀 앞에 엎드리며 충성을 맹세했다.

"무릇 궁중의 일치고 환관과 여관이 개입하지 않는 게 없으니, 이 황궁 안에서는 저희 환관과 여관들을 한편으로 만들어놓으면 못할 것이 없습니다. 마마께서 명하신 대로 모든 일이 착착 이뤄질 것이니 심려치 마십시오."

"그래야지. 그래야만 너희 환관들이 전대 왕조와 같은 영화를 다시 누리게 될 수 있을 것이야. 너희들이 내 수족처럼 움직여주고, 그리하여 내 뜻을 이룰 수 있게 된다면 내 너희들에게 그와 같은 영화를 되돌려 주겠다고 약속하겠다. 명심, 또 명심하거라."

영나라가 환관들의 전횡으로 멸망한 이래로, 개조 창천제는 환관들의 발호를 아예 막아버렸다. 환관들이 내정에 참여하지 못하게 하는 한편, 심지어 그들이 글도 배우지 못하도록 통제할 정도였다. 영나라가 멸망하면서 권력의 중심에 있던 많은 환관들이 죽임당하거나 출궁을 당했지만, 대부분은 새 황궁에 그대로 흡수된 터, 전대 왕조에서 누렸던 권력과 영화를 못 잊는 자들이 아직 많았다. 화린은 그들에게 잃어버린 권력을 돌려주겠다며 미끼를 던지고 있는 것이다.

"기회는 모레, 가 황후 주재로 열리는 춘연(春宴)이다. 그때 무결과 태자비 두 사람을 끝장내겠다."

화린의 붉은 입술이 매혹적인 호를 그리며 위로 올라갔다. 언제나 그렇듯 음모를 꾸밀 때의 화린은 그 어느 때보다 아름다웠다.

"뭐야? 정말 건왕 전하가 이 팔찌를 줬단 말이냐?"

같은 시각, 율비는 보윤을 비롯한 직전감 동료 소환들에게 진주 팔찌를 얻게 된 사연을 소상하게 전하고 있었다. 오강이가 율비 손목에 걸린 팔찌를 보자마자 당장 캐묻고 들었고, 결국 견디다 못한 율비는 무결을 만나게 된 사연부터 재회에 이르기까지를 털어놓지 않을 수 없었다. 물론 그 사연은 적당히 윤색됐고 처음 만난 곳은 강왕부로 바뀌긴 했지만 말이다.

"입궁한 지 얼마 되지도 않은 꼬맹이가 나도 평생 못 받아본 귀물을 하사받다니! 이게 무슨 엿 같은 경우란 말이냐! 아이고, 아이고! 역시나 이 세상에 하느님은 없는 게야!"

성질이 나 복장을 두들기며 펄쩍펄쩍 뛰는 보윤의 서슬에 율비가 겁을 먹고 납작 엎드렸다.

"사형, 원하신다면 사형께 드리겠습니다. 저는 이런 건 필요하지도 않아요. 가지세요! 제발 가져 주세요!"

"이놈이 지금 누구 약 올리는 거냐? 감히 건왕 전하가 하사한 팔찌를 내게 줬다가 그를 전하가 알게 되면, 준 네놈이나 받은 나나 둘 다 경을 친단 말이다! 아이고, 속 터져! 오강이 네 이놈! 당장 엉덩이를 이리 대렷다! 네놈 엉덩이라도 걷어차야 내 속이 풀리겠다!"

"아니, 열은 송율목이한테 받고 화는 왜 저한테 내십니까요? 억울합니다!"

"억울하면 너도 건왕 전하께 귀여움을 받아보던가!"

그 말과 함께 보윤의 발길질이 오강이의 엉덩이에 작렬했다. 오강이가 앉아 있던 항에서 굴러 떨어지면서 억울하다며 아이고 데이고 고함을 질렀지만 그러거나 말거나 보윤의 화풀이는 계속됐다.

문제는 그다음이었다. 무결이 준 진주 팔찌는 생각지도 않은 곳에서 또 다른 소동을 일으켰던 것이다.

다음날. 율비와 보윤 등이 언제나처럼 경희각을 청소하고, 이어서 영춘궁으로 이어진 길을 소제하고 있을 때였다. 평소에도 직전감 소환들을 무시하고 천대하던 어용감(御用監)의 소태감들을 하필 딱 거기서 마주쳤다.

"오호라. 궁중 노비들이 제 일을 잘하고 있구나. 손이 닳고 문드러지게 갈고닦아야 할 게야. 웃전이신 우리가 지나가는 길이니 말이야."

멈칫, 판석이 꼭꼭 맞물린 틈새까지 부지런히 쓸어내고 있던 직전감 환관들의 손길이 잠깐 멈췄다. 하지만 이내 못 들은 척, 고개만 꾸벅 숙이고는 하던 일을 계속했다.

어용감은 황궁에서 쓰이는 일체의 기물과 비품을 관리하는 곳이다. 작게는 주사위와 바둑판과 같은 오락 기물에서부터 크게는 병풍이며 의자며, 귀금속 공예품이나 값비싼 가구의 구입도 그들이 담당하는데, 그 과정에서 떡고물이 많이 떨어지기 때문에 환관들은 앞다퉈 어용감에서 일하기를 원했다. 황궁의 토목공사를 주관하는 내관감(內官監) 정도는 아니지만, 환관들 사이에서는 큰 권세를 누리고 있는 곳으로, 실세 환관들이라 하여 거들먹거리던 그들이 평소 가장 우습게보는 것이 바로 궁 안에서 자주 부딪치는 직전감 환관들이었다.

괜히 대거리했다가는 본전도 못 건지니, 직전감 환관들은 그냥 상대를 말자 하고 외면해 버리는 게 보통이었는데, 오늘따라 뭔가 다른 데서 틀어진 게 있었는지 어용감 환관들은 거기서 멈추지를 않고 아예 율비 일행을 딱 막아서며 계속해서 심술을 부렸다.

"윗전이 말을 걸었으면 대답을 해야지, 고개를 팩 돌려 버리는 건 어디서 배워먹은 버릇이냐? 응?"

'윗전은 무슨 윗전이란 말이야, 같은 환관이면서!'

당장 맞받아치고 싶어 입이 옴찔거렸지만 율비는 간신히 그를 참았다.

"어라라. 그래도 대답을 안 하네. 이것들이 귓구녕을 흙으로 처막았나, 응?"

"어이, 이제 보니 그게 아니라 사람 말을 못 알아들어서 대답을 안 하는 것 같다. 이것들은 사람이 아니라 동물이다, 동물. 노비의 노비, 그 노비의 또 노비니 사람이 아니라 개에 가까운 거지. 그러니 사람 말을 못 알아들을 수밖에. 하하하."

불끈, 빗자루를 쥔 손에 힘이 들어갔다. 오강이 쪽을 보니 이미 거머쥔 걸레짝을 찢어져라 틀어잡고 있는 것이 당장에라도 어용감 녀석들의 면상에다 던져 버리고 싶은 것을 억지로 참고 있는 것 같다. 그런데 어용감 놈들은 그로도 멈추지 않고 한술 더 떴다.

"개면 개답게 굴어야지. 옜다. 이거나 먹거라. 불쌍해서 주는 거니 알아서들 사이좋게 나눠 먹거라."

하면서 들고 있던 찬합 뚜껑을 열더니, 그 안에서 당과를 꺼내 보윤을 향해 집어던졌다. 그러나 엉겁결에 그를 받으려던 보윤의 손은 허공을 짚었다. 애초에 그를 향해 던진 게 아니라 땅바닥으로 던진 것이었기 때문이다. 달콤한 설당(雪糖) 입힌 당과는 그대로 흙바닥에 떨어져 뒹굴었고, 그 위로 짓궂은 어용감 환관들의 조롱이 이어졌다.

"이런 희한한 것들을 봤나. 개면 개답게 흙바닥에 주둥이를 박고 먹어야지, 어찌 손으로 사람이 주는 먹이를 받으려 드는 거냐? 이것들을 처음부터 다시 조련을 시켜야겠다. 옜다, 이번엔 제대로 먹거라!"

당과 한 개가 또다시 흙바닥에 던져졌다. 그와 함께 율비들의 몸도 부르르 떨렸다. 아무리 천대받는 정군 환관이라지만 이런 조롱은 정도가 지나치다. 그것도 같은 환관끼리!

"이, 이건 도가 지나치지 않습니까!"

"뭐라? 이 꼬맹이가 뭐라고 지절대는 거냐? 어이, 양가야. 이 녀석이 뭐라고 하는지 들리냐?"

"안 들리는데? 왈왈, 컹컹! 개 짖는 소리만 들린다. 우리는 사람인데 개 짖는 소리를 어떻게 알아듣겠냐? 안 그래? 우하하하하!"

머릿속으로 한꺼번에 피가 몰렸다. 오강이도 율비도 모두 폭발하기 직전, 빗자루를 쥔 율비의 손이 저절로 위로 올라갔다.

'참자. 참아야 한다!'

보윤의 얼굴을 봐서라도 여기서 율비가 흥분하면 안 된다. 율비는 이를 악물며 자꾸만 위로 올라가려는 빗자루를 붙잡았다. 그러나 흥분 잘하는 오강이 쪽은 신경줄이 그녀보다 훨씬 더 가늘었다. 쥐고 있던 걸레를 무섭게 치켜든 오강이가 당장 어용감 놈들에게 달려들기 위해 발을 치켜들었다. 그러나 이성을 상실한 오강이가 그대로 돌진하려는 찰나, 보윤이 그 앞을 가로막았다. 그러더니 비굴할 정도로 허리를 굽히면서 어용감 놈들의 비위를 맞추는 것이었다.

"사형들, 참으십시오. 이 어린놈이 알면 뭘 알겠습니까. 아직 들어온 지 얼마 안 돼 제 처지를 몰라 그런 것이니 넓으신 마음으로 이해를 해주십시오. 헤헤."

실세인 어용감 환관들과 싸움을 벌여봤자 골탕을 먹는 것은 직전감 쪽이었다. 성질 같아선 어용감 놈들을 한주먹에 날려 버리고 싶었지만, 어용감 태감이 직전감 태감을 불러다 벌을 세우는 일까지 있었으니 웃전의 수치를 막기 위해서라도 여기서 끝내는 수밖에 없었다.

"옳거니. 이놈은 그나마 좀 낫구나. 오래 묵어서 사람에 좀 가까워진 것 같아. 그래도 개는 개니, 개처럼 먹어야겠지? 어이, 운보윤. 네놈이 후배들 앞에서 본을 보이거라. 사람과 개가 어떻게 다른 지를 보여주란 말이다."

말을 마친 어용감 환관 놈이 발끝으로 땅에 떨어진 당과를 톡톡 찼다. 먹으라는 뜻, 보윤이 충돌을 피하기 위해 일부러 허리를 굽혔건만 기어코 모욕을 주겠다는 뜻이다. 율비와 오강이의 혈관에 피가 거꾸로 솟았고 보윤의 얼굴에도 순간 핏기가 사라졌다. 그러나 그도 잠시, 보윤이 한껏 비굴한 웃음을 머금더니 그대로 땅바닥에 무릎을 꿇었다.

설마…… 정말 먹으려는 거?

"사형! 하지 마십시오! 제발, 그러지 마십시오!"

율비가 빗자루를 집어던지고 보윤 옆에 무릎을 꿇었지만 보윤은 그런 율비의 이마를 딱 갈기며 일갈했다.

"닥쳐라, 이놈아. 너처럼 어린 강아지는 못하는 일이다. 나처럼 오래 묵은 놈만 할 수 있는 일이지. 네놈은 무릎 꿇고 앉아서 가만히 보고만 있거라."

"사형!"

보윤이 두 팔로 땅을 짚었다. 그리고 얼굴을 내려 흙덩어리가 된 당과를 물더니 그대로 꿀떡 입안으로 삼켜 버렸다.

"허어……!"

정말로 먹을 줄은 몰랐던지라, 그만 어용감 환관들도 당황했다. 말릴 사이도 없이 얼이 빠져 내려다보고 있노라니 보윤은

땅에 떨어진 나머지 당과 하나까지 덥석 집어 먹고는 흙투성이
가 된 입가에 벙실 웃음을 밀어 올리며 외쳤다.

"맛있습니다! 천한 짐승이라 이렇게 달고 맛있는 건 처음 먹
어봅니다요. 다음에도 또 주실 것이지요?"

이 정도면 이제 우스운 게 아니라 무섭다. 보윤이 천연덕스럽
게 웃긴 웃는데 어째서 그 뒤로 죽일 듯이 눈을 부라리고 있는
인왕상(仁王像)이 환영처럼 겹쳐 보이는 걸까? 어용감 소태감들
이 그만 질려서 한 발자국 뒤로 물러나고 말았다.

"흠, 흐흠, 그 정도면 됐다. 네놈들 처지를 잘 알았을 테니 다
음부터는 개면 개답게 처신하거라. 알았느냐?"

말을 마친 어용감 소태감들이 황황히 자리를 뜨려 했다. 그렇
게 그냥 지나쳤으면 좋으련만, 하필 그때 어용감 환관들 중 하
나가 율비의 손목에 걸린 팔찌를 발견했다. 억울한 마음에 자꾸
흘러내리는 눈물을 벅벅 닦으려다, 그만 소매 아래 차고 있던
진주 팔찌가 드러난 것이다.

"그 팔찌는 뭐냐? 어린 소환 놈이 찰 만한 물건이 아닌데?"

그제야 제 손목이 드러난 것을 알아챈 율비가 얼른 그것을 가
렸지만 눈치없는 오강이가 사단을 냈다. 행여나 율비 뒤에 황족
의 후견이 있다는 게 알려지면 괴롭힘이 좀 덜할까 싶어, 냅다
소리를 질러 버린 것이다.

"건왕 전하가 주신 것입니다! 우리 율목이를 보시고는 귀엽다
고, 몸소 하사하신 거라구요. 누구누구는 직전감 환관을 개 취

급하지만 건왕 전하께서는 몹시 예뻐하시면서 이런 것도 주십니다요. 알았습니까? 흥!"

"오강이, 너 이놈! 그 주둥아리 닥치지 못하겠느냐!"

보윤이 당황해 외쳤지만 이미 쏟아낸 말은 어용감 일당의 귀에 들어가 버린 뒤였다. 녀석들의 표정이 노골적으로 굳더니 이내 기분 나쁘다는 반응을 보였다.

"정말이냐? 건왕 전하가 일개 소환에게 정말로 그런 값진 팔찌를 주었어?"

"……네."

아니라고 거짓말을 할 수는 없었다. 그랬다간 당장 훔친 것이 아니냐고 몰아세우거나, 오강이가 거짓말을 한 게 아니냐 닦달할 텐데 어용감 일당들이 그리 덤벼들면 자칫하다간 직전감 태감까지 곤란해지게 된다. 그냥 사실대로 털어놓을 수밖에.

"경희각을 청소하다 빈 전각에서 술을 마시고 계시던 전하를 만났습니다. 수고가 많다면서 팔찌를 주셨어요. 정 의심이 가시면 건왕전에 물어보십쇼."

거짓말하는 것도 아닌데 꿀릴 것도 없었다. 분기도 치민 까닭에 율비는 에라, 모르겠다 싶어 일부러 고개를 치켜들고 당당하게 말했다. 어용감 환관들은 정말로 겁을 먹은 것인지, 아니면 그 말이 거짓말이라 생각한 건지 자기들끼리 뭐라 수군거리더니 그대로 물러가 버렸다. 그리고 그제야 보윤이 모래와 흙이 섞인 침을 칵 하고 뱉어냈다.

"사형! 괜찮으세요? 정말이지, 어쩌자고 그걸 진짜로 드셨습니까? 그냥 흉내만 내셔도 되잖아요."

"그랬다가는 어용감 놈들이 더욱더 좋아라 비웃겠지. 내 그 꼴은 못 본다. 개 취급을 했으니 진짜 개같이 놀아줘야지. 기왕 농락당하는 거 확실하게 당해줘야 두고두고 뒷말이 안 나온다."

"그런 취급을 받고서도 사형은 분하지도 않습니까? 전 너무 화가 나서…… 화가 나서 죽을 것 같아요. 같은 환관끼리 서러움을 알아주지는 못할망정 오히려 더 괴롭히다니, 이건 정말 너무하잖아요."

말끝에 정말로 눈물이 흘러나오기 시작했다. 더욱 화가 나는 것은 그럼에도 불구하고 보윤의 얼굴은 전혀 억울해 보이지 않는다는 것이었다. 마치 그런 부당한 대우에는 일찍이 익숙해져 있던 것처럼, 입으로는 매일 '하느님은 없다'고 불평하던 보윤이 막상 그 부당함이 눈앞에 닥치자 지나칠 정도로 무덤덤했다. 그게 너무나 아파 보여서, 너무나 애달파서 율비는 자꾸만 눈물이 났다.

줄줄줄 흘러나오는 눈물을 벅벅 문지르자, 보윤이 한숨을 쉬더니 율비의 머리를 비비적 흐트러뜨렸다.

"이 바보 자식아, 이 정도로 눈물을 흘리고 억울해했다간 그놈의 눈깔이 남아나질 않을 거다. 놈들 말이 틀린 것도 아니다. 환관이란 본디 개, 주인이 부리는 천한 짐승에 불과한걸."

"아닙니다. 환관도 인간입니다! 사람으로 나고, 사람으로 키워졌습니다. 비록 있어야 할 것이 없다고 하지만 팔다리가 하나 없다 해서 사람이 아니라고 하지는 않잖아요. 그런데 어째서 환관은 사람이 아니라 합니까. 어떻게 사람이 같은 사람을 짐승으로 깎아내릴 수 있습니까?"

흥분해서 점점 언성이 높아지는 율비를 보며 보윤이 한숨을 내쉬고 말았다. 그녀의 말이 구구절절 맞다. 그러나 어쩌랴. 이 세상은 옳은 것만으로는 살 수 없는 법이다. 결국 보윤은 이렇게 말할 수밖에 없었다.

"어리석은 놈. 너 같은 놈 때문에 더 고생하는 건 나다. 모르겠느냐?"

그 말에야 할 말이 없었기에 율비는 찔끔찔끔 눈물을 닦아내며 고개를 숙였다.

"어서 나머지 일이나 하거라. 낮 동안에 경희각을 닦아놓지 않으면 오후에 일이 더 많아진다. 황후가 행차하니 금수교에 꽃등을 달아놓으라 명이 내려졌다는 걸 잊었느냐? 밤늦은 시간까지 일하고 싶지 않으면 다리를 재게 놀리거라!"

보윤의 호통에 오강이와 율비가 다시 빗자루와 걸레를 들었다. 슬퍼도 화가 나도 환관의 소임은 어김없이 다해야 했다. 어쩌면 그런 처지가 동물과 같은 건지도 모른다. 동물이나 환관이나, 저 할 일을 안 하면 질책을 당하거나 벌을 받는 것으로 그치는 것이 아니라 죽임을 당한다. 그 사실을 떠올린 율비는 갑자기 서글퍼졌다.

다음날이 될 때까지 별다른 일은 없었다. 혹시나 어용감 환관들이 다른 동료들에게 심술을 부리지는 않나 신경을 곤두세웠는데 그 뒤로는 그들을 마주치지도 않았다. 어쩌면 보윤의 말대로 그가 흙 묻은 당과를 먹어가며 그들의 비위를 맞춘 것이 효과가 있었던 건지도 모르겠다.

가 황후의 행차도 무사히 끝났고, 이젠 뒤처리만 남았것다, 율비와 보윤 등은 금수교에 걸린 꽃등을 걷으러 갔다. 황궁을 가로질러 흐르는 몇 줄기의 어하(御河) 중에 금수교는 가장 좁고 얕은 물 위에 걸린 다리였는데, 지류의 물이 가 황후가 좋아하는 정원인 만춘원으로 흘러들어 가기 때문에 종종 가 황후가 이리로 행차를 해서 청소와 정리를 담당한 직전감 환관들을 귀찮게 하곤 했다.

"한 번 슬쩍 왔다만 가는 건데 무슨 꽃등을 걸고 길바닥에는 꽃잎까지 뿌린답니까. 이런 곳에다 눈먼 돈을 뿌려대니 백성들 살림살이는 더 팍팍해지고 굶어 죽는 사람까지 나오지요. 쳇!"

"오강이 너 이놈, 그 주둥아리 조심하라고 했다!"

"제가 뭐 틀린 말 했습니까? 흥! 국경 근처에선 구휼미가 중간에 다 착복돼 사라지는 바람에 사람을 잡아먹는다고까지 합디다. 강왕이 다스리는 강국 땅이나 좀 번듯하지 나머지는 다 죽는다고 난리래요."

아닌 게 아니라 그런 흉흉한 소식들이 겹겹 담장으로 둘러쳐진 구중궁궐까지 전해져 들어오고 있었다. 이 나라가 도대체 어찌 되려는 건가. 황궁에 있으면 적어도 밥 굶을 걱정은 없지만 이러다 나라가 망하면 환관들은 갈 곳도 없다. 오강이가 걱정하는 것도 무리가 아니었다.

"오호라, 오늘은 개들이 꽃등도 치우는구나. 하여간 여러모로 재주가 많은 짐승들이야."

불쾌한 웃음소리와 농지거리에 뒤를 돌아보니 어느새 몰려온 건지 일전에 시비를 걸었던 어용감 환관들이 다리 머리에 몰려와 있었다.

"사형들께서 여기는 왜 오셨습니까?"

당장 오강이가 불퉁한 얼굴로 묻자 그들 중 주동자인 듯한 혈색 좋은 사내가 대답했다. 얼마 전에 보윤에게 당과를 던지며 개처럼 집어먹으라 했던 자였다. 이름을 조홍이라고 했던가.

"궁중에서 사용되는 기물이며 비품은 모두가 우리 어용감의 소관인 것을 모르느냐? 황후 마마의 행차에 쓰는 기물들도 모두 우리가 관리를 하니, 너희들이 행여나 행사 뒤치다꺼리를 한답시고 귀한 꽃등과 장식물들을 집어다 팔지는 않나 감시하러 왔다."

누구를 도둑 취급하나. 율비가 보이지 않게 입안으로 투덜거렸지만 그저 못 들은 척, 못 본 척하는 게 상책이라 그냥 입을 다물었다. 그리고 아예 시선을 돌려 버리고 다리 난간 위로 줄지어 매달린 꽃등을 걷는 데만 열중했다. 다리의 양쪽 머릿돌 위에 기둥이 세워져 있고 꽃등은 그 기둥에 건 줄에 걸려 있었다. 난간 위를 걸어가면서 매듭으로 묶어놓은 꽃등을 하나하나 풀어내고 그것을 밑에서 기다리는 오강이에게 건네줘야 하는데, 율비가 몸집이 작은 탓에 오강이나 보윤 대신 난간을 걸어가며 꽃등을 걷어내는 역할을 맡았다.

그런데 그것이 사단이었다. 애초에 감시가 어쩌고 하면서 나타났을 때, 어용감 환관들이 다른 꿍꿍이를 품었던 게다. 율비가 한쪽 난간에 걸린 꽃등을 전부 걷어 오강이에게 주고, 보윤은 사다리를 떼어 반대편 난간 쪽에 걸었을 때였다. 율비가 막 난간 위로 기어 올라가 다리 머리 쪽에 걸린 꽃등에 손을 대는 동안, 오강이는 이미 풀어놓은 꽃등을 정리해 수레에 담고 보윤은 다리 바닥 쪽에 놓여 거치적거리는 밧줄들을 치우느라 잠시 율비에게서 시선을 뗐다. 바로 그때, 조흥이 놈이 느닷없이 난간 위에 선 그녀에게로 다가서더니 그대로 율비의 다리를 휙 밀어버렸다. 아뿔싸! 불의의 기습을 당한 율비가 그만 꽃등 줄에 매달린 채로 다리 아래로 떨어지고 말았다.

"아악! 사람 살려!"

외마디 비명만을 남기고 율비의 모습이 다리 아래로 사라졌다. 오강이와 보윤이 기겁을 해 달려가 보니 다행히 율비는 금수교 아래를 흐르는 물에 떨어지긴 했지만, 꽃등 줄에 매달린 탓에 그다지 크게 다치지는 않은 듯하다. 발등을 덮을 정도로 얕은 물에 주저앉아 엉덩이를 문지르고 있긴 했지만, 화가 나서 얼굴이 새빨개진 것 말고는 멀쩡해 보였다.

문제는 그게 아니었다. 마치 기다리기나 했던 것처럼 그를 지켜보고 있던 어용감 환관들이 냅다 소리를 지른 것이다.

"네, 이놈! 황후 마마 행차에 쓰는 꽃등을 모조리 부숴놓았구나! 이 노릇을 어쩔 것이냐!"

율비가 붙잡고 매달린 탓에 그녀는 비교적 상처가 적었지만 그 바람에 줄에 걸린 꽃등들은 상당수가 부서지고 못쓰게 됐다. 처음부터 이럴 의도로 접근했던 것이다. 억울한 나머지, 율비가 벌떡 일어나 고래고래 소리를 질렀다.

"제 탓이 아닙니다! 사형들이 일부러 저를 밀지 않았습니까! 그래 놓고 어찌 저더러 부쉈다 누명을 씌우세요!"

"이놈 보게. 누가 누구를 밀었다는 거냐? 네가 괜히 발을 헛짚어 떨어져 놓고는 애먼 사람을 잡는구나. 누가 우리가 네놈을 미는 걸 봤다는 사람이 있느냐?"

없다. 마침 오강이도 보윤도 모두 그녀에게서 잠시 눈을 뗐을 때였다. 그 반면에 빈틈없이 입을 맞춘 어용감 환관들은 일제히 율비가 거짓말을 하는 거라고 떠들어댔다. 그녀가 균형을 잃고 다리에서 떨어졌으며, 심지어는 떨어지기 전에 어용감 환관들을 돌아보고 씩 웃기까지 했다며 이는 필시 어용감 환관들을 업수이 여겨 일부러 그들을 능멸하려 한 거라고 우겼다.

"들었느냐? 이리 증인이 많은데 어디서 딴소리를 하느냐! 긴 말할 것 없다. 내 이 사실을 어용감 태감께 고해바칠 것이니, 송율목 네놈은 응당한 처분을 받게 될 것이다. 기대하고 있거라."

"기다리십시오. 어린 소환 놈에게 어찌 그리 가혹한 짓을 하십니까? 사형들이 눈감아주십시오. 같은 환관끼리 봐줄 수도 있는 것 아닙니까!"

보윤이 달려들어 조흥의 소맷자락을 붙들었으나 그는 보윤의 손을 매정하게 뿌리쳤다.

"같은 환관? 직전감과 어용감 환관을 같은 환관이라 우기다니, 착각도 심하구나. 네 입으로 너희는 개라고 하지 않았더냐."

"사형!"

"개가 분에 넘치는 호의를 입었으니, 그것이 탈이라면 탈인 게지. 알아두거라. 앞으로는 밥통에 걸맞지 않는 커다란 먹이는 먹는 게 아니라는 것을 말이다."

결국은 율비가 무결에게서 받은 선물에 심통이 난 것이다. 율비도 보윤도 열통이 터졌다. 그러나 어찌하랴. 힘있는 것은 어용감 환관들이니 미리 짜놓은 함정에서 벗어날 길이 없었다.

"정녕 그렇다 이겁니까? 죽어도 송율목을 걸고 넘어가야겠다 이거지요?"

"제 다리에 제가 걸린 거지, 걸고 넘긴 누가 걸고 넘어가? 그러니까, 정군 따위가 윗전 환관들을 타넘고 총애를 넘보는 것이 아니라니까. 개가 개밥을 먹지 않고 사람의 먹이를 노리면 이런 사달이 나는 게다. 하하하."

"오냐, 알았다. 그런데 그거 아느냐? 개가 한 번 미치면 주인도 문다는 것을?"

"뭐……?"

미처 말을 채 잇기도 전에 보윤이 조흥이 놈의 멱살을 움켜쥐었다. 그리고 있는 힘껏 그 면상을 머리로 들이받았다.

아침 날씨는 화창하고 따뜻하더니 초저녁부터 부슬부슬 비가 내리기 시작했다. 그도 모자라 새벽이 돼서는 폭우로 바뀌었다. 율비는 거의 울 것 같은 표정으로 그녀가 올라가야 할 현무문 문루 쪽을 쳐다보았다.

어용감 소환들에게 이런저런 고자질을 전해 들은 어용감 태감이 격렬하게 항의를 해왔다. 환관들의 중추 조직이라 할 수 있는 사례감을 통해 결국 경고방(更鼓房)에서 벌 당직을 서라는 명이 내려왔고, 율비와 보윤은 어쩔 수 없이 그에 따라 폭우가 내리붓는 초경부터 길을 나서야 했다. 덧붙여 단지 그 자리에 있었다는 이유만으로 오강이 역시 아무 짓도 안 했는데도 함께 엮이고 말았으니, 정작 '이 세상에 하느님은 없다'고 투덜거려야 할 사람은 조흥이 놈의 코뼈를 시원하게 부러뜨려버린 보윤이 아니라 오강이어야 했다.

경고방은 본디 죄를 지은 환관들이 일을 하는 곳이었다. 초경삼점(初更三点)*에서 오경삼점(五更三点)까지 시간에 따라 자미궁 내성의 북쪽 정문인 현무문에 올라가 운판을 두드려야 했는데, 앞서 말한 바와 같이 고생스럽기가 말할 수 없었다. 게다가 조금이라도 시간이 틀렸다간 또다시 벌을 받아야 하니, 억울한 누명 쓰고 경고방 벌 당번을 서게 된 율비며 보윤 등은 기가 막히고 코가 막힐 노릇이었다.

보윤이 앞서 초경삼점에 현무문에 기어 올라가 운판을 쳤으니 이번에는 율비가 나서야 할 차례였다. 율비는 너무 깜깜해서 비 쏟아지는 모습조차 보이지 않는 새카만 어둠을 내다보다 결국 보윤이 돌아오고 나자, 폭우를 맞으며 길을 나섰다.

율비가 현무문의 둥근 홍예 아래에 도착하니, 때맞춰 매 시간마다 시각을 외쳐 알리는 각루방(刻漏房) 태감의 목청이 비와 어둠을 뚫고 들려왔다.

"이경(二更)이오!"

이제 이경삼점(二更三点)이 되기 전에 현무문 문루 위로 기어 올라가, 문루 위에 설치된 운판을 두들겨 시간을 알려야 한다. 일부러 그리한 것인지 문루로 올라가는 계단에는 불이 켜져 있지 않았다. 직각에 가까울 정도로 가파른 계단인데다가 엎친 데 덮친 격으로 비까지 몰아 붓고 있어 안 그래도 위험한 계단이

---

*초경삼점(初更三点):밤 여덟 시경

미끄럽기까지 했다.

'어떻게든 되겠지. 죽기 아니면 살기다.'

율비는 보윤에게서 건네받은 박달나무 망치를 등 뒤로 걸머지고 계단을 기어오르기 시작했다.

"까아악!"

오른 지 얼마 되지도 않아 발끝이 미끄러지면서 몇 계단 아래로 밀려 내려갔다. 그나마 좁은 디딤단을 가까스로 움켜잡아 바닥까지 굴러 떨어지는 것은 막았지만, 무릎과 팔꿈치가 깨지는 것은 막지 못했다.

"흐…… 아파."

무결이 준 선물 때문에 이 고생을 하고 있다 생각하니 공연히 그가 원망스러워졌다. 애초에 별로 원하지도 않았던 선물이었다. 그것이 그녀 자신은 물론이고 보윤과 오강이까지 곤경에 처하게 할 줄 알았다면 그 자리에서 거절했을 거다. 물론 율비에게 그럴 권리는 없다는 걸 알고 있긴 하지만 말이다.

"이 멍청한 놈아! 그러다 새벽닭이 울 때까지 시간을 다 보내려느냐? 아주 현무문 밑에다 무덤 자리까지 팔 생각인가 보구나!"

별안간 계단 아래쪽에서 들려온 목소리에 율비가 디딤단에 몸을 의지한 채로 아래를 내려다봤다.

"보윤 사형!"

"닥치고 어서 올라가기부터 해! 이러다 운판을 칠 시간을 놓치면 더 큰 벌을 받게 된다. 어용감 환관 놈들이 얼마나 좋아할지 모르겠느냐?"

"하지만…… 하지만 못 올라가겠어요. 너무 미끄럽고, 앞도 보이지를 않습니다. 계단이 아니라 절벽이나 마찬가지라구요!"

"나도 올라갔다! 사람이 올라가라고 만든 계단인데 왜 못 오르겠느냐. 오르지 못하면 개나 마찬가지다! 아니, 개는 오히려 사람보다 몸이 날래니 개만도 못한 거란 말이다. 어용감 놈들에게 네가 사람이 아니라는 것을 증명하고 싶으냐?"

"사형……."

"움직이거라. 눈으로 보려 하지 말고 감으로 움직여! 무릎으로 먼저 디딤단을 딛어 자리를 확보한 다음 손을 내밀거라! 손부터 먼저 내밀면 미끄러지기 십상이다! 현무문에 수십 번도 오르고 내린 내가 하는 말이다! 내가 말하는 대로만 움직여라!"

가지 않으면 못난 자신을 저 보기 싫은 어용감 환관들이며 한 패거리들에게 증명하는 게 돼버린다는 말에 율비는 이를 악물고 보윤의 말대로 한 무릎을 올려 다음 계단을 딛었다. 그리고 체중을 올린 무릎 위로 실은 다음, 딛을 자리를 완전히 확보했다는 생각이 들자 비로소 다음 단을 향해 손을 뻗었다. 옳거니, 조금씩 조금씩 그녀의 몸이 위로 향하기 시작했다.

"올라가고 있느냐? 조금씩 올라가고 있어?"

"네……! 사형, 오르고 있습니다. 올라가고 있어요!"

"잘한다! 네가 해야 오강이도 해낸다! 너를 믿어라! 할 수 있느니라! 그냥 한 발 한 발 팔과 다리를 번갈아서 내밀기만 하면 되는 거다!"

마침내 보윤의 목소리마저 쏟아지는 폭우성 속에서 완전히 사라졌고, 율비는 어둠 속에서 홀로 계단을 오르기 시작했다. 온몸이 와들와들 떨려 마침내 정신이 아득해져 계단 아래로 그 몸이 굴러 떨어지기 직전, 천신만고 끝에 율비의 몸이 드디어 문루 위로 턱 올라섰다.

문루 위에 네 기둥 위에 지붕만 얹은 전각이 하나 있고 그 안에 운판이 있었다. 거의 기절 직전으로 탈진한 상태였지만 율비는 비틀비틀 그리로 기어갔고, 간신히 망치를 들어 운판을 쳤다. 재앵! 마침내 시간을 알리는 첫 번째 운판 소리가 울려 퍼졌다. 거의 망아에 가까운 상태에서 율비는 망치를 휘둘렀고, 마침내 나머지 스물일곱 번을 다 쳤다. 합이 스물여덟 번, 성문을 닫는 인정(人定)을 다 친 것이다.

해냈다. 과정이야 어찌 됐든 그녀 혼자 해낸 거다. 그 사실이 율비는 너무나 만족스러웠다.

"헤에. 이만하면 나도 충분히 사람 구실을 했지?"

혼잣말을 중얼거리다, 주르륵 눈물도 흘리던 율비가 문루 너머로 몸을 내밀어 보이지 않는 아래를 향해 손을 흔들었다.

＊

폭우가 거짓말처럼 말끔하게 개이면서 마침내 가 황후가 벌이는 춘연이 벌어졌다. 때는 봄빛도 한창 짙어져 곧 단오가 다가올 무렵이었다. 가 황후가 좋아하는 정원인 만춘원이 열리고, 춘연에 초대된 황족과 가객들이 속속들이 도착해 미리 준비된 좌석에 앉았다.

만춘원은 이름 그대로 봄을 기리는 정원이다. 정원 가득한 봄꽃들이 때를 맞춰 화려한 꽃망울을 터뜨린 가운데, 정원 한가운데 닦아놓은 석단에 간단한 다과상이 차려졌다. 개인용 목상과 방석이 석단을 둘러 놓이고, 상선감(尙膳監) 조리장들이 하나하나 정성을 기울여 차려낸 정과와 차, 봄기운을 물씬 돋우는 산뜻한 화전도 놓여졌다. 정원의 한구석에선 종고사(鐘鼓司)* 소속의 환관들이 취주를 벌였고, 그에 맞춰 황궁의 무희들이 빙글빙글 휘돌아가며 현란한 춤을 추고 있었다.

초대된 황족이라고 해야 그리 많지 않았다. 창천제와 후궁들 사이에 낳은 자식들은 죄다 나이가 적거나 병약하여 춘연에 초대를 하지 않았고, 춘연의 주빈이라 할 수 있는 태자 천웅은 독감에 걸렸다는 핑계로 나오지를 않았다. 실상은 그 전날부터 화린의 교태에 붙잡혀 있었던 것인데 속 들여다보이는 핑계에도 가 황후는 얼굴만 벌게질 뿐 감히 그를 불러낼 생각은 하지 못했다. 이미 가 황후도 난폭한 그의 성정을 당해내지 못하고 있

*종고사(鐘鼓司):궁중 연예단

었던 것이다.

해서 춘연에 참석한 것은 황가의 방계 혈족 두어 명, 그리고 가 황후와 무결, 태자비뿐이었고, 가 황후가 내내 기분이 좋지 않아 오만상을 찌푸리고 있으니 자연 흥겨운 음악도 전혀 흥겹지가 않고 춘연 내내 살얼음만 감돌았다. 태자비는 음전하여 말 없이 자리만 지키고 있고, 무결은 가타부타 말도 없이 술잔만 비우고 있으며 다른 자들은 죄다 눈치만 보느라 여념이 없는데 그런 가운데 마침 태감 하나가 황금 쟁반에 보주를 박아 만든 귀한 술병을 들고 왔다.

매해 춘연 때마다 황제가 베푸는 어주였다. 본디 춘연에는 황족들이 시부를 겨루고 황제가 그중 우승자를 가려 어주를 내렸는데, 이제 시연은 유명무실해졌고 그냥 황족들끼리 어주를 나눠 마시며 친목을 다지는 모임 정도가 됐다. 원래대로라면 창천제가 내려야 할 어주였지만, 그가 와병 중이니 대신 가 황후가 황제인 양, 뼈만 앙상한 목에 힘을 주며 외쳤다.

"황제 폐하가 친히 내리시는 진년주(陳年酒)*일세. 옥체 미령하시어 여기에 친람하시지 못한 것이 여러 해째이니 이 어찌 슬픈 일이 아니겠는가. 폐하가 어서 병중에서 일어나 상후(上候) 강녕하시기를, 이 어주를 마시며 빌어주시게."

그와 같이 명하니 참석한 자들이 황제가 자리보전하고 누운 황극전을 향하여 절 올린 다음 일제히 각자의 잔에 채워진 어주

---

*진년주(陳年酒):여러 해 묵힌 술

를 마셨다. 그런데 이것이 어찌 된 일일까. 어주 일배(一杯)한 지 얼마 되지 않아 가 황후가 피로한 기색이 갑작스레 짙어지더니 급기야는,

"간밤에 잠을 못 잤더니 몸이 몹시 곤하군. 비례(非禮)인 것을 알지만 내 먼저 자리를 뜨겠네."

하고는 먼저 궁으로 돌아갔다. 이어서 황후가 없으면 이 자리에 더 있을 필요가 없다 싶었는지, 꿔다 놓은 보릿자루처럼 자리만 채우고 있던 방계 황족들 역시 자리를 떴고 태자비와 무결만 남았다.

"춘일취주(春日醉酒)나 할까 했더니 춘연이 참 싱겁게도 끝났습니다. 아쉽군요."

태자비도 몸이 좋지 않은지 아까부터 낯색이 붉어졌다 퍼레졌다 영 심상치 않았다. 두 사람만 남은 것이 불편해진 무결이이만 자리를 뜨려 일어났을 때였다. 갑자기 태자비가 붉어진 얼굴로 무결을 불렀다.

"전하."

착각일까? 목소리 끝이 열에 들떠 있다. 막 석단을 돌아 나가려던 무결이 멈칫 걸음을 멈췄다.

"잠시만…… 잠시만 여기 계셔주세요."

태자비는 원체 말이 없고 얌전한 사람이었다. 혼인 초부터 천웅이 워낙 난봉을 피운데다가 심지어 태자란 자가 손찌검까지 할 정도였으니 불쌍하다면 불쌍한 여인이다. 황가에서 그나마

안됐다 생각하는 사람이 태자비 정도였기에, 무결은 그녀의 부탁에 몸을 돌려 태자비를 바라보았다.

"어디 몸이 편찮으십니까? 약주가 과하셨던 건가요?"

"그런…… 그런가 봅니다. 몸에 신열이…… 태감을……
아…… 궁비(宮婢)라도……."

더듬더듬 억지로 부탁을 하는데 이상하게도 무결이 둘러보니 그 많던 시녀와 환관들, 가객들이 모두 어디로 사라진 건지 석단 주변에 사람의 모습이라고는 보이지를 않았다.

'설마……?'

어주를 마신 뒤 갑자기 몸이 좋지 않아진 가 황후, 그리고 다른 황족들. 때를 같이하여 태감들은 모조리 자리를 비운데다가 태자비의 상태는 뭔가 심상치 않다. 불현듯 불길한 예감이 들었다.

그때였다. 돌연 머리가 띵해지고 무지근한 감각이 밀려오면서 팔다리에 쭈욱 힘이 빠졌다. 그리고 그와 함께 단전 끝에서 훅 치밀어 오르는 열기.

"잠시만…… 아, 뜨거워요. 온몸이 뜨거워서 미치겠어."

태자비가 자리에서 일어나더니 비단 배자를 휙 벗어버렸다. 이미 분홍빛으로 달궈진 살이 드러났고, 그와 함께 정염은 더 짙게 타오르기 시작했다.

당했다. 무결은 재빨리 주위를 둘러보았다. 아마 가 황후에게는 수면약을, 그와 태자비에게는 미약(媚藥)을 먹였을 것이다. 태자비와 무결을 그렇고 그런 관계로 몰아 한꺼번에 처단하려는 심산이겠지. 만독불침지체(萬毒不侵之體) 정도는 아니어도 웬만한 독약에 단련이 돼 있다 믿고 미약 쪽으로는 경계를 허술히 한 것이 실수다.

'천웅인가? 아니면 화린?'

둘 다 가능성이 있지만 굳이 따진다면 화린 쪽이다. 무결은 필사적으로 혈마다 내공을 돌려 어느새 단단하게 뭉치기 시작한 단전의 열기를 눌렀다.

무결이 무공을 익혔다는 것을 그들이 몰랐던 것이 불행 중 다행이었다. 산공독(散功毒)처럼 내공을 흩뜨려 버리는 독을 썼다면 무결도 꼼짝없이 당했을 것이다. 그러나 무결은 필사적으로 중독을 막았다 쳐도 무공이나 내가심법(內家心法)을 모르는 태자비 쪽은 상황이 심각했다. 당장 온 얼굴에 열꽃이 올라 있고 살갗은 터질 것처럼 팽팽하게 당겨져 있었다. 제 몸에 피어오른 정염을 이기지 못한 태자비가 배자에 이어 치마저고리까지 풀어 내리며 무결의 옷자락에 매달렸다.

그런데 속옷이 드러나고 속치마 차림이 된 그 모습으로 매달리며 하는 말이 뜻밖이었다.

"아아, 전하…… 전하!"

"태자비, 말을 아끼십시오. 지금 태자비 마마의 몸에 피는 열욕은 모두 약에 의한 것입니다. 언제 천웅과 화린이 달려와 우리를 엮으려 할지 모르니 지금은 일단 자리를 피하는 것이 먼저

입니다."

"전하…… 전하. 아닙니다, 그것이 아니……. 아아, 안아주세요. 지금 이 자리에서 저를 안아주세요. 그렇지 않으면, 저는 이대로 타 죽어버릴 것입니다!"

"마마!"

"연모했습니다, 진작부터 연모했습니다. 혼인은 태자 전하와 했지만, 제 마음은 건왕 전하를 뵌 순간부터 전하에게로만 향했었습니다. 하아, 하아…… 제발……! 저를 불쌍하게 여기신다면 한 번만이라도 저를 안아주세요!"

연약한 여인이었지만 품은 마음은 불꽃. 진작부터 날름거리고 있던 애욕은 미혼약의 힘을 빌려 일시에 터져 나왔다. 한 번 타오르기 시작한 정염은 이성의 힘으로는 도저히 막을 수 없는 것이었다. 당황과 함께 무결은 그와 같은 연정을 필사적으로 숨겨왔을 이 여인에게 연민을 느꼈다.

하지만 지금은 시간이 없다. 지금 이 모습이야말로 바로 화린이 원하는 장면. 들킨다면 죄의 유무를 떠나서 무조건 곤욕을 치를 수밖에 없었기에 무결은 다급해졌다.

"죄송합니다, 마마! 잠시만 잠들어 계십시오!"

무결이 그 말과 함께 재빨리 손을 놀렸다. 무결 역시 이미 숨이 가쁘고 정신이 아득해져 오기 시작했지만 촌각을 지체할 때가 아니었다. 무결은 인지와 중지를 한데로 모아 미친 사람처럼 악착같이 매달리는 태자비의 몸을 순식간에 점혈(點

315

穴)했다.

다리오금 뒤의 위중혈을 치자 미혼약에 중독돼 제멋대로 움직이던 태자비의 팔다리가 일시적으로 마비되며 그 자리에서 멈췄다. 그것으로도 모자라 이번엔 뒷목을 차지한 천주혈을 치자 태자비가 정신을 잃고 앞으로 고꾸라졌다.

잠시 시간을 벌었지만 내공으로 혈맥의 흐름을 늦췄음에도 불구하고 무결의 몸에도 서서히 미혼약의 취독이 돌기 시작했다. 눈앞이 어질어질 이지러지고 단전의 불꽃은 터지기 일보 직전으로 이글거리니, 무결 역시 당장에라도 태자비든 누구든 안고 싶어 미칠 지경이었다.

'안 된다……. 그랬다간 곧바로 화린이 파놓은 함정으로 걸어 들어가는 거다. 으, 으윽!'

점점 아득해져 가는 정신 속에 욕정은 마치 미친 말처럼 무결의 혈관을 달렸다. 이러다가는 제 몸을 제 손으로 점혈해 몸을 마비시켜야 할 것 같다.

하지만 그러기 전에, 쓰러질 때 쓰러지더라도 태자비의 옷만은 제대로 입혀줘야 한다. 그렇지 않으면 오해를 살 수밖에 없는 상태이니, 무결은 부들부들 떨리는 손과 호흡을 억지로 참아내며 태자비가 벗어놓은 치마저고리를 도로 그녀의 몸에 입히기 시작했다. 그런데 바로 그때, 만춘원의 정문이 요란한 소리를 내며 열리고 그 뒤에서 천웅의 모습이 나타났다.

태자비의 치마저고리를 손에 들고 있는 무결, 반라 상태인 태자비. 두 사람의 모습을 발견한 천웅의 두 눈에서 불꽃이 튀어나왔다.

"지금 무슨 짓들을 하고 있는 거냐!"

이미 준비돼 있는 분노를 보니 이미 만춘원에서 무결과 태자비가 엉키고 있을 거라는 고변(告變)을 듣고 달려온 것인 게다. 무결은 잠시 호흡을 가다듬으며 불같이 노해 달려오는 천웅과 그 뒤로 나타나는 화린, 태감들과 시녀들의 모습을 지켜보았다. 어차피 사태는 터졌다. 피할 길이 없다면 정면으로 대결하는 수밖에.

"이, 이 두 연놈이 감히……! 감히 나 몰래 놀아나? 둘이 나 몰래 만춘원에서 그렇고 그런 짓을 벌이고 있다는 아랫것들의 고변에도 그럴 리 없다 했는데, 이제 보니 사실이 아닌가! 너희 두 연놈을 다 죽여 버리겠다!"

"오해입니다."

"오해는 무슨 오해! 한 년은 벌거벗고, 한 놈은 그 옷을 벗기고 있는데 그게 오해라고?"

"태자비께서 술에 몹시 약하신 모양입니다. 황후 마마께서 내리신 어주에 정신이 혼미해지시더니, 몸에 신열이 난다며 옷을 벗어 던지다 정신을 잃으셨습니다. 아랫것들에게 보이기 민망한 모습이라 제가 옷을 입혀주려 한 참입니다."

"닥쳐라! 어디서 그따위 되지도 않은 핑계를 대는 거냐!"

이미 발광에 가까운 상태가 된 천웅이었다. 아예 두 사람을 죽일 작정으로 들고 온 칼을 빼든 천웅이 그것을 당장 휘두를 기세로 마구 흔들어댔다. 그러나 그런 소동 와중에, 천웅의 뒤에서 상황을 지켜보고 있던 화린은 놀라움에 휩싸여 있었다. 분명 웬만한 사내는 다 넘어간다는 미혼약이이라고 했다. 백이면 백 아랫도리를 풀고 달려들며, 그중에 내공이 좀 깊은 사람이라 해도 결국 일각을 넘기지 못하니, 이를 억지로 제어하다가는 날뛰는 기의 흐름을 막지 못하고 급기야 혼절하거나 심지어 심장이 마비되기까지 한다고 했다. 그런데 무결은 비록 낯빛이 창백하고 식은땀이 배어 있긴 해도 비교적 멀쩡해 보이지 않는가.

'이상하다. 미혼약의 효과가 미미한 것인가? 아니면 분량 조절에 실패한 것?'

한편 천웅이 발광을 하고 시녀들이 쓰러진 태자비에게 달려가 그녀를 깨우려 난리를 치는 와중에도 무결은 아무 말도 하지 않고 생각에 잠겨 있었다. 그의 두뇌는 지금 이 만춘원에 오기 전 일어났던 일들을 재빨리 되돌리고 있었다. 거기 어딘가에 그가 살 구멍이 있었다. 실마리가 있었다. 점점 흐려지는 의식 속에서 무결은 필사적으로 그를 더듬었다.

춘연이 뭔지, 주연이 뭔지 다 귀찮은 마음뿐이었지만 무결은 수하의 내시 몇 명만 거느리고 억지로 만춘원으로 향했다. 가지 않았다간 가 황후가 또 무슨 트집을 잡을지도 모르기에 안 떨어지는 발걸음을 억지로 옮기는데, 마침 영춘궁 곁길을 통해 만춘원으로 들어가려다 그 길을 쓸고 있는 눈에 익은 얼굴을 발견했다.

『송율목이 아니냐.』

무결은 잘 몰랐지만 만춘원과 경희각이 그리 멀지 않았고, 율비는 경희각 앞길과 이어진 영춘궁 길을 청소하기 위해 그 자리에 있었던 것이다.

그와 눈이 마주치자 율비는 막 쓰고 버린 뒤지처럼 표정이 구겨지더니 절을 하는 척하며 팍 고개를 숙여 버렸다. 하지만 이미 그 기분 나쁜 표정은 무결의 안중으로 들어간 뒤였다. 율비가 그에게 기분 상할 일이 뭐 있단 말인가. 갑작스런 궁금증에 무결은 그냥 지나쳐 가려던 걸음을 멈추고 짓궂게 농을 걸었다.

『뭐냐, 그 표정은. 딱 못 볼 것을 본 얼굴이구나.』

『무, 무슨 그런 말씀을. 제가 감히 하늘 같은 건왕 전하께 그런 불충을 저지를 리 있겠습니까.』

『그 말도 어째 비꼬는 것처럼 들리는데? 하늘은 무슨 하늘, 구름이나 잔뜩 껴서 아주 안 보였으면 좋겠다, 사실은 그리 생각하고 있는 것 아니냐?』

『아, 아, 아, 아닙니다! 그런 생각은 하지도 않았습니다!』

얼굴이 새빨개져서 더듬거리는 양이 오히려 '정말로 그랬소' 하고 실토하는 것 같다.

「뭔가 나 모르는 사이에 무슨 곤욕을 치른 게로구나. 아마도 그 원인이 나 때문인 게야.」

무결이 그리 짐작을 하며 빙긋 웃는데 문득 율비의 팔목에 아직까지 걸려 있던 진주 팔찌에 시선이 가 닿았다.

『그때 표정으로는 당장 버릴 것 같았는데 용케도 하고 다니는구나.』

『가, 감히 제가 어찌 전하께서 하사하신 물건을 버리겠습니까. 앞으로도 만금 보물로 알고 제 몸에서 떼지 않을 것입니다!』

유난히 강조하는 것이 어쩐지 수상하다. 혹여 그녀가 치른 곤욕이 무결이 준 팔찌 때문이었던가?

내심 그런 짐작이 들었지만 무결은 더 이상 묻지 않았다.

『그리 귀하게 여긴다면 귀비께서도 무척 기뻐하실 것이다. 하하하.』

무결이 기분 좋게 웃자 율비의 얼굴은 더욱더 빨개져 아래로만 내려간다. 그 모습에 어째서 귀엽다는 생각이 들고, 자꾸 더 놀리고 싶은 기분이 드는 걸까?

「기특하기 때문일 테지. 이 조그만 녀석이 의외로 감탄이 나올 정도로 용감하기도 하고 한편으로는 귀엽기도 하니, 자꾸만 관심이 간단 말이야. 이참에 차라리 이 아이를 내 밑으로 데리고 올까?」

애초에 그럴 계획이었으니 뒤늦긴 했지만 데리고 오는 것도 나쁘지 않으리라.

「조만간 태감을 보내 직전감에 연통을 넣어야겠다.」

무결은 그리 생각하며 만춘원 쪽으로 발길을 돌렸더랬다.

"입이 달라붙었더냐! 어째서 아무 말도 않는 거야! 이미 들킨 마당이니 변명할 말이 없다는 거냐!"

벽력같은 천웅의 호통에 무결은 그제야 회상에서 깨어나 그에게로 눈길을 돌렸다. 똑같이 시뻘겋게 달아오른 얼굴인데 어째서 누구의 것은 귀엽고 누구의 것은 산짐승처럼 보이는 걸까. 무결은 입꼬리에 비릿한 미소를 걸었다.

이제부터는 도박이다. 자신의 운에, 그리고 율비의 지혜에 맡기는 수밖에.

"사실이 아닙니다."

"그럼 태감과 시녀들이 거짓을 말하고 있다는 거냐! 태자비의 차림을 봐라. 이게 너와 태자비가 그렇고 그런 사이라는 증거가 아니고 뭐란 말이냐!"

"저는 여자를 안을 수 없는 몸입니다, 형님."

"뭐라?"

"저는 아무리 애를 써도 여자에게는 흥분하지 않는단 말씀입니다. 형님도 그 사실을 알고 있지 않습니까."

굳이 입 열어 말하지 않았지만 무결의 시선은 천웅 뒤에 선 화린에게 향해 있었다. 천웅은 그제야 무결의 말이 무슨 뜻인지 깨달았다.

무결과 화린이 혼인한 지 열흘이 지난 어느 날, 천웅이 베푼 질탕한 주연에 화린이 나타났다. 취기를 빙자하여 결국 그날 밤 침상으로 끌어들였을 때 천웅은 화린의 여성 입구에서 흘러내린 처녀의 혈흔을 발견하고 깜짝 놀랐었다. 무결은 그날까지 화린을 안지 않았던 것이다.

　'설마……? 정말로 남색을 즐긴단 말인가?'

　"제가 굳이 제 입으로 그 사실을 확인시켜 드려야겠습니까? 생각이 안 나신다면 제대로 증좌를 댈까요?"

　"아니, 되었다. 됐으니까 그 입 좀 닥치고 있거라!"

　갈팡질팡, 천웅의 사고가 길을 잃고 헤매기 시작했다. 무결이 남색가라는 세간의 소문을 완전히 흘려듣지 못한 것은 그가 화린을 안지 않았다는 것을 이미 알고 있는 연유가 컸다. 화린과 같은 천하일색을 손대지 않았다는 것에 잠시간 남자 구실을 못 하는 것이 아닌가, 농담 삼아 생각해 본 적이 있긴 했다. 혹시 소문이 사실인 게 아닌지 잠깐이나마 의심하긴 했지만 심증만 있을 뿐 확신은 하지 못했는데, 머리로 생각하는 것과 본인의 입으로 직접 듣는 것은 또 다르지 않은가. 천웅은 정말로 뒤통수를 강타당한 것처럼 놀랐다.

　"영 믿지 못하시는가 보군요. 그렇다면 제가 남색을 즐긴 상대를 데려오겠습니다. 그러면 믿으시겠습니까?"

　"네 이놈, 당장 이 자리만 모면하려고 거짓을 고하는구나! 네 수하인 손자하를 상대로 단각을 벌였다고 주장하려는 거라면 그런 거짓은 때려 치거라!"

"자하가 아닙니다. 직전감 소환, 송율목. 그가 제 상대입니다."

"뭐라?"

"제 말이 거짓인지 아닌지는 그 아이를 불러오면 알 것입니다. 만약 거짓인 게 밝혀지면 제 목을 걸지요. 사약을 받으라면 달게 마시고, 창을 향해 달려가라 하면 즐거이 말을 달리겠습니다. 제 말이 거짓인지 진실인지 형님께서 확인해 보십시오."

말을 마친 무결이 그때까지도 정신을 차리지 못하고 있는 태자비에게서 한 걸음 물러서며 그대로 입을 다물었다. 무시무시한 눈으로 그를 노려보던 천웅이 불현듯 잔인하게 입아귀를 비틀었다.

자하 말고 예상 밖의 상대를 입에 올린 게 의외긴 했지만, 자신을 속이기 위한 거짓이 분명했다. 차라리 그를 만천하에 드러내고 무결을 합법적인 구실을 붙여 죽일 수 있다는 생각에 천웅은 목청을 높여 태감을 향해 지시를 내렸다.

"좋다. 당장 직전감 소환 송율목이라는 녀석을 끌고 오거라! 내 그놈을 친히 심문할 것이다!"

그길로 당장 소태감들이 직전감으로 뛰어갔고 얼마 가지 않아 율비가 영문을 모르는 얼굴로 천웅 앞에 끌려왔다.

"네놈이 직전감 소환 송율목이 맞느냐?"

"그, 그렇사옵니다만……. 소, 소, 소인을 무슨 일로 부르셨는지……."

황태자 천웅이다. 황자 무결로도 모자라 이번에는 잔인하기로 소문난 그라니. 무결에게 팔찌를 받았다는 것 하나만으로도 얼마나 곤욕을 치렀던가. 그런데 이번엔 그보다 더 높은 자가 나타나다니. 도대체 율비의 인생엔 왜 이렇게 원치도 않는 거물들이 자꾸 등장하는 걸까?

사색이 돼 엎드린 율비의 심중에선 이제 공포를 지나 억울하다는 생각까지 치솟기 시작했다.

"너와 무결이 어떤 사이냐! 거짓을 고했다간 당장 사지를 찢어 죽일 것이니 이실직고하렸다!"

사이는 무슨 사이. 무결이 그녀를 도와준 사연이 있긴 하지만, 그것은 본인이 함구해 달라 했으니 천웅이 그를 알고 닦달하진 않았을 게다. 뭣보다 일개 소환을 도와준 것이 뭐 대단한 일이라고 서슬이 퍼래 달려들까.

'혹시 내가 여자라는 걸 알고? 그래서 건왕 전하와 내가 어떤 사이냐고 묻는 건가?'

엎드린 율비는 당황한 나머지 자기도 모르게 고개를 들어 무결을 바라봤다. 아, 바로 그때 율비는 무결의 필사적인 시선과 부딪쳤다. 창백한 그의 낯빛. 모공에 송골송골 배어난 땀이 마치 지금 그가 처한 곤경을 대변하는 것 같다. 한 번도 그와 같은 모습을 본 적이 없었다. 율비가 아는 무결은 항상 여유롭고 느굿해서 어떤 위기에도 그저 껄껄 웃고 있을 줄로만 알았는데, 지금의 무결은 평소의 그가 아니다.

'내가 아니다……!'

율비는 직감했다. 천웅이 겨냥하고 있는 것은 율비가 아니었다. 어째서인지는 알 수 없었지만 지극히 태연하게 그녀를 바라보는 무결의 표정 아래 필사적인 빛이 깃들어 있었다.

구해달라는. 네가 아니면 안 된다는.

'도와줘야 되는 건가? 하지만 어떻게?'

율비는 알 수 없었다. 그저 당황한 얼굴로 저를 빙 둘러싸고 선 사람들을 이리저리 둘러볼 뿐이었다. 만춘원 정자 쪽에 기절한 채 눕혀져 있는 태자비는 볼 수 없었지만, 천웅 태자와 엄한 얼굴로 노려보고 있는 환관과 여관들만으로도 율비는 충분히 공포에 질린 터다. 하지만 그 와중에도 알 수 있는 건, 뭔지 몰라도 무결이 이들에게 공박을 당하고 있다는 거였다. 그리고 그 무결을 구해줄 수 있는 건 자신이라는 것이다.

"뭘 머뭇거리고 있는 거냐! 어서 말하라! 너와 무결이 어떤 사이냐!"

"아, 소, 소인은……."

"에에잇, 답답하구나! 도대체 뭐라고 웅얼거리는 게야! 형장을 쳐야 똑바로 말을 할 것이냐!"

천웅의 서슬에 당장 환관들 사이에 태장(笞杖)을 준비하라는 호령이 일었고, 곧바로 소태감 두 명이 율비의 양팔을 붙잡았다. 그 자리에 눌러 눕히고 장을 치려는 것이다.

그러나 율비가 억지로 엎어뜨려지기 전, 갑자기 무결이 성큼 그녀에게로 다가섰다. 그러더니 율비를 붙잡은 소태감들의 목덜미를 붙잡아 내동댕이치고는 그녀의 손을 붙잡아 재빨리 그 품으로 안아버렸다.

"어…… 엇?"

둘러선 환관들이며 천웅이 입이 떡 벌어져 쳐다보는 순간 무결은 생각지도 않은 일을 벌였다. 율비의 작은 얼굴을 두 손으로 감싸 쥐더니 그대로 그 입술을 집어삼켜 버린 것이다.

한계였다. 내공을 단전으로 내려보내며 필사적으로 누르고 있었지만 이미 온 혈맥으로 미약의 기운이 모두 퍼졌다. 당장 누구라도 안지 않으면 도저히 견디지 못할 것 같으니, 너무도 지독한 신열과 날뛰는 기맥에 당장 전신이 폭발할 것만 같았다.

그런데 점점 좁아져 가는 시야 속에 율비의 모습이 보였다. 율비를 다그치는 천웅의 고함 소리가 모깃소리처럼 왱왱 귓속을 울려댔지만, 더 이상 뭘 어떻게 해야겠다는 판단조차 들지 않았다. 그 순간 그를 움직인 것은 순전히 본능이었다. 무결은 소태감들을 뿌리치며 율비에게 손을 뻗었다. 일순 진해진 달콤한 체향. 어디서 나는 건지, 그 정체가 무엇인지 생각할 겨를도 없이 무결은 허겁지겁 그를 향해 달려들었다.

"흐, 으읍!"

그에게 혀를 앗긴 율비가 버둥거리는 게 느껴졌다. 이리저리 몸을 비틀고, 자꾸만 파고드는 그의 혀끝을 피해 필사적으로 달아나려 들었지만 무결은 율비를 놓칠 수가 없었다. 놓쳐서는 안 되었다.

달다. 달다. 지독하게 달다. 미칠 것 같은 갈증이 조금씩 풀리고, 흐렸던 정신이 가물가물 되돌아왔다. 미약의 해독제가 여기 있었던 것일까. 무결은 자꾸만 달아나려 애쓰는 말캉한 살 끝을 잡아챘다. 혀 밑 샘에 담긴 감로주를 들이켜려, 연신 고개를 비틀며 율비의 입술을 깨물고 그 안으로 파고들었다. 하악하악, 마침내 지쳐 버린 듯 거센 저항이 풀리자 그예부터는 마음 놓고 율비를 껴안고, 술보다 더 달콤한 살 끝과 샘솟는 구액을 탐닉해 버렸다.

"이, 이 무슨 해괴한 짓을……!"

둘러선 태감 중 누군가 탄식을 내뱉는 것과 동시에 아연 질려 있던 좌중이 깨어났다.

"저, 저놈이? 정말로 남색에 빠져 있단 말인가?"

천웅이 자기도 모르게 중얼거렸다. 현명하진 않아도 의심은 많은 천웅이었는데, 그런 그가 정말로 믿지 않을 수 없을 정도로 무결의 입맞춤은 정열적이었다. 연기로는 저렇게 주위를 잊을 정도로 상대와의 입맞춤에 열정적으로 빠져들 수는 없다. 무결이 미약에 중독된 상태라는 걸 몰랐기에 천웅은 그렇게 판단할 수밖에 없었다. 그러나 천웅은 몰랐으되, 당황하기는 사실 무결도 마찬가지였다.

정녕 해독제였던 것처럼, 율비의 입술을 탐욕스럽게 취하고 나자 비로소 무결은 그 눈에 낀 안개가 살짝 걷혔다. 그리고 자신이 정신없이 탐하고 있던 입술의 주인이 율비였다는 것을, 그리고 율비를 이리로 끌어낸 것이 자신이라는 것을 기억해 냈다.

'내가…… 미약에 취해 정신을 놓은 건가?'

약 기운에 정신이 없었을 수도 있다. 하지만 혼몽한 와중에도 미끼를 찾아가는 물고기처럼 정신없이 그를 끌어당긴 그 안온한 향은 무엇이란 말인가. 같은 남자에게서 그런 감미로운 유혹의 향이 피어날 수도 있단 말인가?

게다가 정신이 어느 정도 돌아온 와중에도 아직도 그의 품 안에서 파들거리고 있는 이 아이를 계속해서 탐하고 싶은 이 욕구는?

모르겠다. 무결은 그저 헉헉 숨을 몰아쉴 수밖에 없었다. 모든 것은 그저 이 난국을 헤쳐 나간 뒤에 생각할 수밖에 없다. 무결은 율비를 빠져나가지 못하도록 껴안는 척하면서 그녀의 목덜미에 얼굴을 묻었다. 그리고 목소리를 최대한 낮춰 율비에게 속삭였다.

"내가…… 언젠가, 네 마음이 변치 않는다면 두 배로 은혜를 갚으라고 했던 것을 기억하느냐?"

"기, 기억합니다."

"지금이 바로 그때다. 나를…… 도와다오."

그 말이 끝나는 것과 동시에 천웅이 위협적인 걸음으로 율비와 무결에게 다가왔다.

"정말로 두 녀석이 남색을 하는 거냐? 연기가 아니야?"

무결이 율비를 탐하는 모습이 연기라고 할 수 없을 정도로 격하긴 했지만, 원체 의심이 많은 위인이기에 아직 확신을 할 수 없었다. 그런데 그때, 율비가 무결을 밀어내며 그 품에서 빠져나오더니 할딱거리며 천웅을 향해 팔을 내밀었다.

"믿지 못하시겠다면 여기 이것이 증표가 될 것입니다. 이것은 건왕 전하께서 밀회를 기념하시며 제게 주신 정표입니다."

율비가 보인 것은 무결이 내린 진주 팔찌였다. 율비는 몰랐지만 천웅은 그 물건이 풍 귀비가 하사한 호신부라는 것을 알고 있었다. 무결에게는 꽤나 소중하다 알려진 그것이 율비의 팔목에 걸려 있다는 것이 의미하는 바는 한 가지였다.

"푸하하하핫!"

느닷없이 천웅이 큰 웃음을 터뜨렸다. 은근히 경원하고 있던 동생의 추문을 확인하자 견딜 수 없을 정도로 기분이 좋아진 것이다. 웅지를 감추고 자복(雌伏)*하는 줄 알았는데 어쩌면 그것은 천웅의 과대평가였는지도, 지금의 이 모습이 진짜 무결의 모습인지도 모른다.

남색이란 것 자체를 굉장히 천시하고, 남자답지 못한 자를 얕

---

*자복(雌伏):장래의 활약을 기약하면서 지금은 남에게 굴종하여 때를 기다림

잡아보는 천웅이었기에 스스로 남색가임을 인정한 무결이 하찮게 보였다.

'태자비와 그렇고 그런 사이? 핫, 저런 비루한 녀석이 그런 일을 벌일 수 있을 리가 없지 않은가. 분명 화린이 꾸민 짓이겠지.'

흥분이 가라앉고 나니 비로소 일의 전말이 희끄무레하게나마 보였다. 천웅은 비록 성질 사납고 영민하지 못하기는 했지만 그렇다고 해서 아주 어리석지도 않았다. 무결과 태자비를 모함해서 이득을 보는 것은 결국 화린. 그런 사실을 떠올리자 천웅은 별안간 큰 웃음을 터뜨렸다.

"내 동생의 취향이 그런 쪽이라는 것은 미처 몰랐구나."

어차피 태자비와 무결 따위, 황위에 오르고 나면 곧 죽여 버릴 목숨들이 아닌가. 잠시 그들이 바닥에서 버르적거리는 모습을 지켜보는 것도 나쁘지 않을 것이다.

화린이 제멋대로 일을 꾀한 것은 괘씸하지만 그것 역시 그녀가 그만큼 천웅의 힘과 지위를 원하고 있다는 증거이니, 그다지 기분 나쁘지만은 않았다. 결국 천웅은 비열한 미소를 베어 물며 화린을 노려보다 말을 이었다.

"알았다. 내 이 일은 동생의 체면을 생각하여 불문에 부치도록 하마. 여관과 환관들은 들으라. 오늘 이 자리에서 있었던 일은 모조리 함구하도록 하라. 소문이 단 한 마디라도 궁 밖으로 퍼져 나갔다간 이 자리에 있던 자들의 입에서 퍼져 나간 것으로 단정하고 그 즉시 모조리 끌어다 목을 베어버릴 것이다!"

뭐라 더 반론할 수 있으랴. 모인 자들이 일제히 허리를 굽혀 복종을 표하고, 기절한 태자비를 업어다 궁으로 모셔가는 등 부산을 떤 끝에 마침내 자리엔 무결과 율비만이 남았다. 그리고 무결은 그제야 율비의 목덜미에 얼굴을 묻은 채, 그대로 혼절하고 말았다.

제4장

하루가 지났다. 직전감으로 돌아온 율비는 직전감 태감에게
불려갔다 그대로 따로 모처에 가둬졌고, 그사이 의심 많은 천웅
은 일말의 의혹을 거두지 못하고 율비와 무결이 정말로 단각을
하는 사이인지를 알아봤다. 그 결과 천웅은 두 사람에 대한 의
심을 완전히 거둬 버렸다.

율비가 무결에게 정말로 진주 팔찌를 받았다는 증언이 직전
감 환관들은 물론 어용감 환관들에게까지 나왔거니와, 심지어
그 이전부터 밀회를 해왔다는 정황까지 나왔던 것이다. 무결
이 강왕비에게 율비를 달라 하였고, 그 요청이 이뤄지지 않자
아예 진비정에서 매번 밀회를 하였다는 주장까지 나오자 결국

천웅도 무결의 말을 믿지 않을 수 없게 됐다. 소문이란 것은 밑도 끝도 없이 퍼져 나가 결국 진실을 가리는 경우가 종종 있는데, 이번엔 그런 소문의 속성이 율비를 구하고 무결을 구했다.

"숙소로 돌아가 당분간 근신하고 있거라. 너에 대한 처분은 내 잠시 고민해 보마."

라는 직전감 태감의 말과 함께 율비는 감금에서 풀려났다. 태감이 그리 말하긴 했지만 사실상 그가 할 수 있는 일은 없었다. 율비에 대한 처분은 이미 건왕전에서 내려졌기 때문이다. 보운과 오강이 머무는 경희각 근처의 오두막으로 돌아오는 율비 앞에 낯모르는 소환 하나가 다가와서는 무결이 그녀를 찾는다 말했고, 율비는 그길로 영궁으로 끌려와야 했다.

얼떨결에 영궁으로 오니, 그녀를 맞은 것은 무결이 아니라 언젠가 한 번 본 적이 있는 손자라고 하는 수하 무사였다. 쭈뼛거리며 인사를 하자 자하는 그녀 못지않게 떨떠름한 표정으로 율비를 내려다보다 이윽고 일의 전말을 물었다. 사실을 털어놔도 되는 걸까? 율비가 망설이자 자하가 한숨을 쉬며 말했다.

"전하가 남색을 할 분이 아니라는 것은 그분을 모시는 내가 잘 알고 있다. 아마도 태자비와의 관계를 부인하기 위해 너를 이용한 것이겠지."

"……."

그렇다는 긍정도 부정도 하지 않자 결국 자하가 잠시 후에 입을 열었다.

"오늘부터 처소를 영궁으로 옮기거라."

"네, 네? 어째서입니까? 왜 제가 영궁으로……?"

"그럼 건왕 전하의 단각 상대라 알려진 너를 언제까지고 직전감에 내버려 둬야겠느냐? 소문이 안 났다면 모를까, 이미 황궁 전체에 네가 전하의 고임을 받았다 알려진 이상, 너를 방치하는 것은 건왕 전하의 체모를 더럽히는 일이다. 전하께서 그리 결정하셨으니, 좋든 싫든 당장 짐을 싸서 영궁으로 오거라."

사실 무결은 미혼약에 중독돼 쓰러진 뒤로 아직 깨어나지를 않으니 그런 명을 내리려야 내릴 수도 없는 상태였다. 하지만 율비를 내버려 뒀다간 어느 순간 일의 전모가 탄로 날지도 모르니, 최대한 빨리 율비를 눈에 보이는 곳에 데려다 놓기 위해 자하가 독단적으로 그리 강행한 것이었다.

"건왕 전하께서 그리 명하셨습니까? 전하의 체모를 위해서 저를 데리고 오라고요?"

갑자기 원망스러운 마음이 들어 율비의 눈에 눈물이 핑 돌았다. 알 수 없는 일이다. 무결은 그저 필사적으로 도움을 구했을 뿐이고, 율비는 은혜를 갚은 것뿐이다. 그 사실을 알면서도 필요하니 그녀를 안고, 필요하니 영궁으로 오라는 무결의 말과 행동에 왜 이리 섭섭한 걸까.

"이런 건방진 것. 지금 네 태도는 무엇이냐? 감히 전하를 원망하기라도 하는 것이냐?"

"아…… 아닙니다. 아니에요. 저는 그저 직전감 식구들과 헤어지는 것이 섭섭해서……."

대답을 다 하지 못하고 율비가 고개를 숙였다. 흘러 떨어지는 눈물을 감추기 위함이었다.

율비가 그런 모습을 보이니 자하의 마음도 불편해졌다. 무결이 남색가가 아니고 율비도 단각의 상대가 아니라는 것은 자하 자신이 잘 아는 일, 따지고 보면 율비는 애꿎은 피해자일 뿐이다.

하지만 무결이 살기 위해서는 어쩔 수 없었다. 미안한 마음이 없지 않았지만 자하로서는 율비를 희생시킬 수밖에 없었다.

"네 마음은 잘 알겠다만 어차피 끊을 인연이면 빨리 끊어버리는 게 더 낫다. 게다가 건왕 전하 밑이면 변소 치고 먼지나 뒤집어쓰는 직전감 소환 노릇과는 하늘과 땅 차이니 건왕전으로 옮기는 것이 네게도 나을 게다. 그러니 어서 돌아가서, 전하의 명을 받들도록 해라."

율비가 뭐라 항의할 여지가 없었고, 결국 그녀는 하릴없이 경희각 처소로 돌아왔다.

보윤과 오강이 둘 다 일하러 나갔는지 처소는 텅 비어 있었다. 짐이라고 해봐야 애지중지 키우고 있는 귀뚜라미와 그 우리, 그리고 몇 가지 옷가지밖에 없었다. 더 챙길 것도 없어 보퉁이에 대충 그것들을 꾸려 넣은 율비는 한동안 항 위에 주저앉아 어둡고 퀴퀴한 오두막 안을 멍하니 둘러봤다.

아까는 둘러댄 말이었지만 정말로 떠나야 한다고 생각하니 못 견디게 가슴이 아팠다. 황궁에 들어와서 처음 마음 붙이고 몸 붙인 곳이다. 일은 어렵고 힘들었지만, 구박도 받고 야단도 들었지만, 그래도 알게 모르게 보윤이나 오강이에게 정이 붙었나 보다. 막상 그들을 보지 못하게 된다 생각하니 너무나 허전했다.

문득 미닫이문이 드르륵 열리는 소리가 들렸다. 낡아서 부서지기 직전인 오두막의 문을 열고 들어온 것은 보윤이었다. 그가 잠시 어둠에 눈이 적응되지 않아 찌푸린 눈으로 율비가 앉은 쪽을 들여다보더니 이윽고 그녀라는 것을 알아채고 무덤덤하게 물었다.

"영궁으로 가는 거냐?"

이미 꾸려놓은 보퉁이를 보고 대번에 짐작했나 보다. 율비는 눈물을 감추고 조용히 머리를 끄덕였다.

"후우. 그래, 뭐 어차피 이미 예감하고 있었으니 놀랄 것도 없지. 그런데 가기 전에 하나만 묻자. 그 팔찌…… 혹시 단각의 대가로 받은 거냐? 네 말대로 그냥 건왕 전하께서 재회한 기념으로 준 것이 아니고?"

마음으로야 절대로 아니라고 고개를 도리도리 젓고 싶지만 그랬다가 단각이 거짓말이라는 사실이 천웅의 귀에 들어가면 무결과 율비 모두 위험해진다. 어쩔 수 없이 그렇다고 인정할 수밖에 없다.

"제기랄!"

보윤이 오두막 문을 뻑 소리가 나게 걷어찼다. 왜 화가 나는지는 모르겠지만 열이 뻗쳐서 견딜 수가 없었다. 아마도 율비가 그런 일을 당한 게 억울해서일지도 모른다. 동물이 아니라고, 같은 사람이라고 목 놓아 외쳐 봤자 결국 돌아오는 건 짐승만도 못한 취급. 보윤은 부글거리는 분노를 풀 길이 없었다.

"우리네 소환들의 운명이란 게 그렇지, 뭐. 망할, 망할! 역시나 이 세상에 하느님은 없는 거다!"

"보윤 사형……."

"잘 가라! 기왕 이렇게 된 거, 가서 단각아 노릇을 해서라도 출세를 하거라. 그래도 대갓집 개는 빌어먹는 거지보다는 나은 거다. 차라리 그렇게 해서라도 이 세상에 하느님이 있다는 걸 보여다오."

그 말이 끝나자마자 보윤은 오두막을 나가 버렸다. 저벅저벅, 화가 난 나머지 크게 내딛는 걸음 소리가 사라지자 혼자 남겨진 율비는 결국 울음을 터뜨리고 말았다.

그러나 그것은 이후로 이어진 사람들의 차가운 시선에 비하면 아무것도 아니었던 게다. 보잘것없는 꾸러미를 들고 영궁,

자신에게 배정된 처소에 들어서자마자 눈에 들어온 익숙한 얼굴에 율비는 자기도 모르게 환성을 질렀다.

"하사! 어떻게 여기에 있는 거야?"

"황궁에 들어올 적에 내가 영궁으로 가게 됐다고 섭섭해하던 걸 잊었냐?"

"아. 맞다, 그랬었지. 아…… 하하. 하, 하지만 하사와 다시 만나게 되다니 너무 기쁘다. 이렇게 보니 하사와 나의 인연이 질기긴 정말 질긴가 봐."

"질겨도 너무 질기구나. 아무리 베고 또 베도 계속 따라붙으니, 악연도 인연이라면 너와 나의 악연은 천년송만큼 굵은 것 같다."

내뱉는 말마다 서리서리 차가움이 서렸다. 도대체 왜……? 하사가 그녀를 귀찮아한다는 것은 알고 있었지만, 그래도 싫어할 정도는 아니라고 생각했는데 그의 태도는 마치 원수를 대하는 것처럼 차다.

"왜 그래……? 나한테 뭐 화난 거 있어? 내가 뭐 잘못한 거라도 있니?"

"잘못이라. 너야 존재 자체가 민폐인데, 내가 있는 이곳까지 온 게 잘못이라면 잘못이겠지."

"킁."

공연히 코끝이 시려왔지만 율비는 떨어지는 콧물을 후루룩 들이마셨다. 그러고는 배시시 미소를 걸며 말했다.

"나 이젠 하사가 그렇게 말해도 안 속아."

"뭐라?"

"나도 직전감에서 그냥 놀기만 한 건 아니거든. 이젠 누가 겉과 속이 다르고, 누가 속마음과 달리 내뱉는 말은 얼음장 같기만 한지 다 알아. 하사가 일부러 그렇게 인정머리없게 말해도 그 마음이 얼마나 고운지 다 안다고."

보윤이 그렇고 오강이가 그랬다. 말 험하고 손 험한 직전감 사람들이 그랬다. 작은 실수에 죽어라 타박을 하고 등짝을 후려쳐도 그래도 뒷수습은 모두 함께했고, 절대로 누구를 버리지 않았다. 그 반대로 한다 하는 아문 소속의 환관들은 얼마나 그들을 무시하고 괴롭혔던가. 친절한 얼굴로 다가와서는 뒤통수를 치기도 했거니와, 모진 조롱으로 수태 상처를 입혔다.

"흥, 그렇게 요령이 늘어서 건왕 전하와 그렇고 그런 사이가 된 것이냐? 강왕부로 널 찾아왔을 때 무슨 수작을 벌였기에 강왕비에게 널 달라는 요청까지 하게 했더냐? 그 수작이 이뤄지지를 않자 아예 궁에 들어와서까지 건왕을 유혹했나 보구나. 축하한다. 네 뜻을 기어코 이뤘으니, 너란 녀석의 수단도 일취월장한 셈이구나. 아니, 강왕부에 들어온 지 얼마 되지도 않아 꾸민 수작이니 이미 그 싹부터 대단했던 게야. 내가 멍청해서 그를 몰라봤다."

그 말에 율비의 낯색이 순식간에 사위었다.

'아, 그랬구나. 하사에게는 내가 그렇게 보일 수밖에 없는 거

로구나.'

그건 비단 하사에게만이 아니라 이 황궁의 모든 사람들에게도 마찬가지일 것이다. 사실이 아니지만 이제 와서 그렇다고 진실을 말할 수도 없었다. 그저 묵묵히 그런 비난을 감수해야 할밖에. 율비는 비로소 자신이 벽에 갇혔다는 걸 깨달았고, 한없이 비참한 기분이 들었다.

어째서 그녀 앞에는 넘을 수 없는 난관들만 첩첩이 쌓여가는걸까. 환관이 된 사람치고 팔자가 기박하지 않은 이는 없다지만 그녀는 환관이 되고 난 뒤의 고생이 오히려 더 험난했다. 갑자기 비참한 기분이 느껴짐에 기어코 율비의 눈에서 참고 있던 눈물이 쭈루룩 비어져 나오고야 말았다.

그런 그녀의 모습에 하사가 잠시 멈칫거리며 그 얼굴에 후회를 떠올리는 것을 율비는 고개를 숙이고 훌쩍이느라 미처 보지 못했다. 그저 그가 휭 하니 찬바람을 휘날리며 돌아서 가는 기척만 느꼈을 뿐이다.

"괜찮아."

혼자 남겨진 율비가 가만히 중얼거렸다. 흘러내리는 콧물을 쓱쓱 문지르며 다시 되뇌었다.

"진심은 언젠가는 통하는 법이야. 지금은 힘들어도 시간이 지나면 하사도 다시 마음을 열어줄 거야."

오해가 풀릴 거라는 기대는 하지 않았지만, 그래도 그가 다시 웃어줬으면 좋겠다. 뭐니 뭐니 해도 마음으로 의지하는 친구가 아닌가. 집 안에만 갇혀 있다 보니 한 번도 가져보지 못했다가 처음으로 갖게 된 친구, 하사가 그녀에게 갖는 의미는 생각보다 특별했다. 그래서 그런 그에게서 밀쳐진 아픔이 더욱 컸다.

숙소 안, 어둠 속으로 사라지는 하사를 따라 율비는 애써 발걸음을 옮겼다. 앞서 걸어가는 그의 등짝이 눈물 속에 아롱아롱 흐려졌다.

건왕전 소환들의 숙소는 직전감의 숙소보단 넓고 쾌적했다. 정군이 아니라 엄연히 주인이 따로 있는 환관들이기에, 건왕전 한켠에 별채를 짓고 그 안에 2인 1실로 방까지 따로 줬는데, 일부러 배려를 했음인지 율비는 하사와 같은 방이 주어졌다.

방 맞은편에 따로 놓인 하사가 등을 돌려 눕는 모습을 본 뒤, 율비도 자기 침상으로 기어들어 가 머리끝부터 이불을 뒤집어썼다. 그녀와는 말도 붙이지 않고 쌀쌀하게 외면하기만 하는 하사의 반응이 서글펐지만 율비는 이불 아래서 마음을 다독이며 잠을 자려 애썼다.

그런데 이상하다. 몸은 물 먹은 솜처럼 피곤해 죽겠는데 이불 아래 뉘인 몸은 제대로 잠들지를 못하고 자꾸만 이리저리 뒤척여졌다. 전전반측(輾轉反側), 불판에 올려놓은 생선인 양 이리 뒤집었다, 저리 뒤집었다 몸을 돌려 눕히던 율비가 급기야 이불을 제치며 벌떡 일어났다.

'아이참, 왜 자꾸 생각나는 거야? 사람 잠도 못 자게시리!'

천옹 앞에서 무결에게 안기고 입맞춤당한 이래로 계속된 불면증. 자신을 이렇게 힘든 처지에 놓이게 한 그가 원망스러운데도 불구하고, 잠이 들 만하면 벌어진 입술 사이로 들어와 그 안을 마구 휘젓던 뜨거운 살의 감촉이 생각났다. 혀 밑 샘을 끊임없이 빨아들이던 말캉한 살, 혀뿌리까지 샅샅이 찾아 헤매고 잡아채던 그 움직임……. 으아악!

'아후, 건왕 전하가 나한테 무슨 짓을 한 게 분명해. 혀를 밀어 넣을 때 내 몸 안에 뭘 심어놓은 게 틀림없어. 아우, 아우. 정말 미치겠네.'

입맞춤은 고사하고 남자랑 따뜻한 포옹 한 번 해본 적이 없을 정도로 남자에 대해서는 면역력이 없는 율비였다. 예상치 못한 침입에 그녀의 정신은 그야말로 완전히 무너지고 어지러워져 갈피를 잡을 수 없게 됐다. 눈을 감아도 자꾸만 무결의 모습이 그림으로 찍은 것처럼 눈꺼풀 안에 어리고, 침을 삼키면 입안에 들어와 섞였던 무결의 타액이 꼴깍꼴깍 목구멍으로 넘어가는 것만 같다.

참다못한 율비가 베개에 머리를 두 번, 세 번 박으면서 끙끙대자, 건너편 침상에 누워 있던 하사가 끙 소리를 내며 몸을 뒤척였다. 입 닥치고 자라는 뜻. 이미 몇 개월에 걸쳐 지내본 경험이 있었기에 율비는 금방 알아들었다.

"아, 알았어. 내 당장 입 봉하고 잘게! 시끄럽게 해서 미안해."

율비가 당장 이불 안으로 쏙 기어들어 갔지만 하사 쪽에선 그러거나 말거나 가타부타 말이 없다. 아예 율비랑은 상대도 하기 싫은 모양이다. 그의 차가운 반응에 가슴이 아팠지만, 율비는 그 뒤로도 한 시진이 넘도록 잠을 이루지 못하고 끙끙 앓아야 했다.

"네가 송율목이냐?"

"네…… 네. 그렇습니다, 대야."

다음날 아침, 그녀를 부르러 온 소환에게 이끌려 가보니 건왕전의 수석 태감인 왕진이 율비를 기다리고 있다가 예사롭지 않은 눈으로 그녀를 위아래로 훑어봤다.

자하가 어제 벌인 일이 무결의 연극이었다는 것을 그에게도 말하지 않았기에, 왕진은 율비가 정말로 무결의 남색 상대인 줄로만 알고 있었고, 그렇기에 율비를 보는 왕진의 눈길은 자꾸만 걱정으로 흐려질 수밖에 없었다.

왕진은 무결이 풍 귀비의 양자가 된 열 살 때부터 줄곧 그를 돌봐온 이였고, 그래서 무결을 향한 그의 심정은 손자를 보는 할아버지의 그것과 다르지 않았다. 세월이 흘러 무결은 이미 왜소한 체구의 왕진을 훌쩍 뛰어넘을 정도로 장성했지만, 왕진은 이렇게 준걸하게 자라난 무결이 자랑스러우면서도 한편으로는 그가 올바른 길로만 가주기를, 삿된 바람에 흔들리지 않기를 간절하게 바라게 되는 것이다.

그런 왕진에게 눈앞의 율비란 존재는 완벽하길 바라는 무결의 흠결일 뿐, 그 이상도 이하도 아니었다. 율비를 바라보는 왕진의 주름진 이맛살이 걱정으로 인해 더욱더 험하게 웅그려졌다.

왕진은 잠시간 갈등했지만 갈등이 마침내 하나의 결론으로 귀결되는 것은 그리 오랜 시간이 걸리지 않았다.

'내가 아는 건왕 전하는 그런 그릇된 취향을 가지실 분이 아니다. 아무렴, 화린 마마를 안지 않은 것은 어디까지나 음녀의 기벽을 미리 알고 그를 멀리하신 것뿐이지, 절대로 남색을 선호하기 때문이 아니야. 어쩌다 잠깐 삿된 바람이 들어 이 녀석을 취했지만, 눈에서 멀어지면 자연히 잊으실 게야.'

지금부터라도 그가 철저히 단속을 하면 무결은 곧 원래의 바른 모습으로 돌아올 것이다. 왕진은 그렇게 확신했다.

"크흠흠. 건왕 전하의 귀여움을 받았다 해서 네가 해야 할 본분을 잊어서는 안 될 것이다. 이 건왕전에는 건왕전의 규율이 있는 법이야."

도대체 무슨 말을 하려고 저렇게 잔뜩 뜸을 들이는 걸까? 율비가 눈치를 보며 무작정 고개를 위아래로 끄덕이자 왕진은 짐짓 위엄있는 표정을 가장하며 명령을 내렸다.

"환관은 환관의 소임을 다해야 하는 법이니, 웃전의 고임을 방패 삼아 게으름을 피워서는 안 될 것이다. 마땅히 네게도 직분이 있어야 할 터, 내 특별히 너에겐 마통(馬桶)* 담당의 직분을 맡기겠다."

'헉' 하는 신음성을 율비는 간신히 속으로 삼켰다. 마통 담당이란 결국 변소치기란 뜻이었다. 밀폐된 황궁의 특성상 황궁엔 화장실이 없었다. 그 대신 황족들은 매회(梅灰)틀이라 불리는 이동식 은제 변기를 사용했는데, 아침마다 이를 거둬서 깨끗이 비우고 닦아놓는 것 역시 환관의 소임이었다. 환관의 일 중에서도 가장 비천한 것이라 주인의 시중을 들지 않는 말단 중의 최말단 소환이 이를 담당해야 했는데, 왕진은 율비에게 그와 같은 일을 맡긴 것이다.

'건왕전에 데리고만 있으면 무슨 일을 시켜도 상관없는 거지. 좀 미안하긴 하다만, 건왕 전하가 네게서 관심을 거둘 때까지는 어쩔 수 없다.'

내심 안타까운 바가 없지 않았지만 율비의 처지를 봐주기엔 무결에 대한 왕진의 사랑이 지극히 컸다. 왕진은 얼른 맡은 일을 시행하라며 차마 웃전의 지시에 항명을 할 수는 없어 입술만 달싹대는 율비를 억지로 등 떠밀어 내보냈다.

"무결, 그렇게 밥을 급히 몰아넣으면 안 돼요. 그러다 체하기라도 했다간 큰일 나요. 여기선 약도 구하기 힘들다는 걸 잘 알잖아요."

"하지만 어머니, 지금 먹어두지 않으면 언제 또 밥을 먹게 될지 모

*마통(馬桶):오물통

르잖아요."

"호호호. 이모들의 실력을 너무 우습게 보는군요. 분명히 그 양반들
이 빨랫거리에 또 뭔가를 숨겨서 들어왔을 게 틀림없어요. 이모들이
우리 무결을 위해선 물불을 가리지 않는다는 걸 무결은 알아야 돼요.
호호호호."

고운 웃음소리가 아련히 꼬리를 끌다 가뭇없이 사라졌다. 꿈
일런가 현실일런가. 너무나 깊고도 쓴 잠이 무결의 감각에 혼란
을 일으키고 있었다. 서서히 영혼이 몸에 안착하는 듯한 기분
나쁜 합일감이 다가왔다. 꿈에서 깨려는 것이다. 그와 같은 감
각을 느끼는 것과 동시에 무결은 잠에서 깨어났다.

'여기가 어디지⋯⋯?'

잠시 침상에 누운 채로 무결은 생각했다. 그리고 약간의 시
간 뒤에 이곳이 영궁의 와실(臥室), 즉 자신의 침실이라는 것을
기억해 냈다. 그리고 미혼약을 먹은 뒤, 그 독에 혼절했다는 것
도.

잠시 손을 까닥여 움직여 봤다. 좀 무겁기는 하지만 제대로
움직이고 있다. 시험 삼아 단전에 힘을 모으자 곧 어렵지 않게
내공이 모였다. 몸에는 별 이상이 없다는 뜻인 게다.

"만독은 몰라도 천독(千毒)에는 단련이 됐다 생각했는데, 미혼
약은 생각도 못했구나."

군왕은 독살도 대비해야 한다며 온갖 종류의 독을 조금씩
먹이며 그 양을 늘렸던 풍 귀비였다. 풍 귀비가 죽고 나서도

그와 같은 훈련을 게을리하지 않았는데, 그런 무결도 미혼약만큼은 목록에 넣지 않았다. 무결은 누운 채로 쓴웃음을 지었다.

"밖에 누구 없느냐."

무결이 소리쳐 부르자 당장 대기하고 있던 내관이 달려들어 왔다.

"전하, 일어나셨습니까요. 천행 중의 천행입니다요. 불러온 의원이 미혼약 중독이라고 할 때는 어찌나 놀랐는지……. 아니, 살다 살다 어찌 그런 약을 드셨습니까? 무흠(無欠)하신 전하께서 춘연 자리에서 그런 것을 드셨을 리는 없고, 분명히 누군가 장난으로 그런 약을 들게 하신 게지요?"

"시끄럽구나. 나가서 자하나 불러오거라."

단호하게 지시하자 무안해진 내관이 곧바로 나갔고 얼마 안 있어 자하가 들어왔다.

"전하, 상후(上候)가 어떠하십니까? 의원이 자침으로 중독된 피를 빼내고 약재를 보하게 하긴 했습니다만, 상태가 그리 좋지 않다고……."

"너를 불러온 녀석이 일의 전말을 어디까지 알고 있느냐?"

"네? 아…… 그 아이는 믿을 만한 아이입니다. 왕 태감이 입궁 때부터 명하에 두고 조련한 아이라……."

"내보내거라. 가볍게 입을 놀리는 자는 결코 믿을 수 있는 자라 할 수 없다."

가볍게 자하를 제지한 무결이 이윽고 자신이 혼몽 상태에 빠져 있는 동안 궁에서 어떤 변화가 일어났는지를 물었다. 천웅이 두 사람의 관계를 비밀리에 조사시켰으나 오히려 여러 가지 정황이 드러나 의심을 풀었다는 것, 정말로 황궁의 사람들이 무결을 남색가라 믿으며 이러쿵저러쿵 입방아를 찧고 있다는 것 등등. 그런 것들을 다 듣고 나자 무결이 잠시 시간을 두었다가 다시 물었다.

"그 아이는 어찌 됐느냐?"

율비를 지칭하는 거라는 것을 자하는 직감했다.

"영궁으로 데리고 왔습니다. 전하와 통정하였다 알려진 이상 직전감에 내버려 둘 수도 없고, 무엇보다 혹여 천웅 태자가 그 아이를 통하여 통정이 사실이 아니라는 것을 알게 될까 봐 그리하였습니다. 전하, 어찌하리까. 눈앞에 보이는 것이 꺼림칙하시다면 아예 황궁에서 내보내도록 하겠습니다."

어찌할까. 그것이야말로 무결도 알 수 없는 바다. 무결은 아무런 대답도 하지 않은 채 한동안 생각에 잠겨 있다 이윽고 손을 내저었다.

"일단은 두고 보자꾸나. 몸이 좋지 않아 쉬어야겠으니 나가 보거라."

자하가 나가자 와실 안에는 무결 혼자만 남았다. 지창을 통해 스며들어 온 은은한 햇빛에 부유하는 먼지가 부옇게 보인다. 평화라면 평화. 몸은 고단하고 무거운데 그를 둘러싼 정경은 고요하기 짝이 없다. 이 정적이 마음속에 휘몰아치는 폭풍과는 너무나 비견돼서 무결은 피식 웃고 말았다.

아직도 그의 입술에 닿았던 보드라운 감촉이 남아 있었다. 마치 꽃잎과 같이 부드럽고 나비의 날개처럼 연약한 감촉. 그것이 자꾸만 무결의 심중을 어지럽히고 있었다.

'사내의 것이 그리도 보드라울 수 있단 말인가?'

미혼약에 중독돼 눈앞도 가늠할 수 없을 정도였는데 어째서 코끝으로 스며들어 오던 그 아이의 체향만은 아직도 뇌리 속에 또렷이 남아 있는 걸까. 게다가 그대로 모조리 들이마시고 싶을 정도로 향기로웠던 그 입술까지.

문득 떠오른 그 감촉에 무결은 혀를 내밀어 입술을 핥았다. 아직도 선연한 감촉이 남아 있었다. ……그 입술을, 여리고도 단 그 입술을 다시 한 번 빨아보고 싶다.

"내가 지금 무슨 생각을 하고 있는 거지?"

불현듯 제정신을 차린 무결이 잡념을 날리기 위해 머리를 흔들었다.

미친 게다. 아니, 분명 미약의 기운이 아직도 체내에 남아 있어 정신을 차리지 못하는 게다. 그래야만 한다……!

"수행이 부족하구나, 무결. 기껏 미약에 중독돼 일어난 욕정을 제대로 제어하지 못하다니. 이래서야 풍 귀비 아니라 어머님까지 한심하다며 구천에서 우시겠다."

이마를 짚은 무결이 중얼거리다 결국 침상에 풀썩 드러눕고 말았다.

일단은 쉬어야 한다. 체력을 회복하고, 판단력을 되살려야 무슨 결정이든 내릴 수 있다. 무결은 도로 침상으로 누워 눈을 감아버렸다. 번민으로부터, 아직도 몸 안에 남아 있는 열기로부터 도망치기 위해 무결은 그대로 잠의 세계로 뛰어들어 버렸다.

뭔가 이상하다. 빈둥빈둥 놀 줄 알았던 율비가 조반을 먹자마자 허둥지둥 숙소를 빠져나가자 하사는 이상하다는 생각이 들었다. 황족의 고임을 받는 환관은 아무 일도 시키지 않고 편하게 해주는 게 보통이었다. 그런데 아침 일찍부터 숙소를 나가 어딘가로 향하는 율비의 몸짓은 뭔가 급한 일을 해야 하는 듯 서두르는 기색이 역력했다.

궁금증이 일었지만 하사는 그를 누르고 그가 맡은 왕 태감의 숙소 청소를 해치우기 위해 그리로 향했다. 그런데 막 청소를 마치고 청소 도구를 들고 숙소를 나오던 하사는 얼굴 아래쪽을 천으로 감싼 채 오물통을 들고 뒤뚱뒤뚱 걸어가는 율비를 발견하고 깜짝 놀라고 말았다. 하사는 상대 안 하려던 다짐을 잊어버리고 그녀를 불러 세웠다.

"너, 지금 여기서 뭐하는 게냐?"

깜짝 놀라 홱 몸을 돌린 율비의 손에 들린 것은 나무판자를 엮어 만든 마통이었다. 새지 않도록 바닥에 짚을 깐 마통은 이미 반쯤 내용물이 차 있어서 거기서 코를 찌르는 역겨운 냄새가 올라오고 있었다. 아무리 봐도 건왕이 귀애하고 있다는 자가 들고 있어야 할 것은 아닌 터. 하사는 자기도 모르게 율비를 향해 소리를 지르고 말았다.

"도대체 지금 뭐하는 게냐! 네가 왜 이런 일을 하고 있어?"

"그게, 왕 태감이 내게 마통을 거둬들이는 일을 맡겨서……."

"뭐라고? 그게 도대체 무슨 말이야! 건왕 전하가 총애한다는 네가 어째서 이런 일을 한단 말이야! 왕 태감, 그 늙은이가 치매라도 온 게 아니야?"

"화, 화내지 마, 하사. 나도 일개 소환인데 일을 하는 게 당연하잖아. 마냥 놀라고만 하면 불편할 판이었는데 오히려 잘됐어. 직전감에서 팔 힘은 어지간히 키웠거든. 덕분에 이젠 이런 것쯤 거뜬히 든다."

하며 마통을 번쩍 들어 올리는 순간, 율비의 몸이 무게를 이기지 못하고 휘청거렸다. 찰랑, 국물이 아슬아슬 넘치기 직전 율비가 용케 몸을 가누며 그를 붙잡았다.

"우웨엑!"

짙게 올라온 오물 내에 율비가 견디지 못하고 구역질을 터뜨렸다. 하사에게 그런 모습을 보인 게 창피했는지, 율비가 허둥지둥 인사를 하고는 얼른 마통을 들고는 휑하니 도망을 쳤다.

영궁 중문을 넘어 사라지는 뒤꽁무니를 보며 하사는 참담한 신음성을 토해내고 말았다.

기왕 건왕의 남색 상대까지 됐다면 편하게라도 살아야 될 게 아닌가. 차라리 그랬다면 실컷 비웃어줬을 텐데, 혐오해 버리면 그만일 텐데 예상을 완전히 벗어나 버렸다. 하사는 그 모습에 이유 모를 분노를 느꼈다.

'황족이란 건가? 이곳에 와서 본 건왕, 당신의 모습에 그래도 다른 자들과는 다를 거라 생각했다. 하지만 아니었나? 당신 역시 사람의 목숨을 장난감처럼 가지고 노는 여타의 황족들과 마찬가지였던가?'

사실 하사는 영궁으로 온 뒤, 무결에게 호소해 율비를 직전 감에서 빼내올 생각을 하고 있었다. 그러나 갓 들어온 신입 소환은 선배 환관들의 시중만 들 뿐 감히 황족 앞에 나설 처지가 못 되기에 기회만 보고 있던 차였다. 그 와중 들려온 율비의 소식. 그로 하사는 율비를 위해 애쓰려 했던 생각을 접어버렸다.

그런데 그런 하사의 마음 한구석이 지금 쩍 소리를 내며 무너졌다. 자기 연민, 세상에 대한 분노, 율비에 대한 동정심……. 그런 것들이 한데로 뭉뚱그려져 갈라진 틈 사이로 한꺼번에 쏟아져 나오기 시작했다.

잠시 눈을 감았다 떴다고 생각했는데 벌써 하루가 더 지나 있었다. 무결의 몸 상태는 전날보다 더 나아져 있었고, 그로 가벼운 식사와 약재를 들고는 잠시 원자로 나와 몸을 움직여 보았다. 조금 나른하긴 해도 몸 상태는 이미 정상에 가까울 정도로 쾌유했다. 무결은 걱정하는 자하를 떼어놓고, 잠시 머리를 식히기 위해 산책에 나섰다.

그런데 그가 막 중문을 나가자 마당 한쪽에서 나무에 물을 주고 있던 젊은 소환 하나가 허리를 굽히며 인사를 해왔다. 몇 번 스쳐 지나가면서 익숙해진 얼굴이었다. 하사라고 했던가. 아비가 청류(清流)*로 유명했던 문신이라 들어서 눈여겨봤지만, 언젠가 불러서 따로 이야기를 나눠봐야겠다 생각만 했지 아직까지 독대를 할 기회는 없었다.

무심을 가장한 채 고개를 끄덕여 인사에 답한 무결이 그의 옆을 스쳐 지나가려는데, 갑자기 하사가 말을 걸었다.

"송율목이 변소치기로 보내졌다는 것을 알고 계십니까?"

뜻하지 않은 고변에 막 그를 지나쳐 가려던 무결이 발걸음을 멈췄다. 고개를 돌려 일부러 화가 난 것처럼 하사의 얼굴을 주시하자, 하사는 눈길을 피하지 않고 오연히 고개를 들어 그를 마주 본다. 무결이 속 좁은 필부였다면 분명 대매에 맞아 죽을 죄인 터, 하사의 용기가 가상하기도 하고 가당찮아 보이기도 해서 무결은 내심 웃음을 삼켰다.

"그렇게 됐더냐? 그런데 그걸 왜 내게 고하는 거지?"

---

*청류(清流):명분과 절의를 지키는 깨끗한 사람들을 비유적으로 이르는 말

흥미없다는 듯한 무결의 반응에 하사는 순간 냉정을 잃었지만, 곧 최대한 목소리를 눌러 가다듬으며 말을 이었다.

"그래도 한때 품은 상대가 아닙니까."

"네 말대로 한때였지. 원래 사내는 변덕스러워서 보기 좋은 꽃에는 금세 끌렸다가 금세 싫증을 내는 법이다. 게다가 상대가 비천한 환관이라면야. 귀여워서 잠시 품어주긴 했다만, 안는 맛은 그리 실하지 않더구나. 변소치기가 됐다더냐. 그렇다면 그것도 그 녀석의 팔자인 거겠지. 황족으로 태어난 게 나의 운명인 것처럼, 그런 우리들에게 쥐고 흔들리는 것이 너희들의 운명인 게다."

무심한 말에 하사의 머릿속이 부르르 끓어올랐지만 곧 신기할 정도로 평온한 상태로 돌아왔다. 자칫 감정에 휘말렸다간 녀석을 구하는 것은 고사하고 자신의 목숨까지 잃게 된다. 하사는 필사적으로 날이 선 감정을 가다듬었다.

"천한 목숨이지만 그래도 살아 있는 사람입니다. 생명은 누군가의 장난감이 되기 위해 태어난 것이 아닙니다."

언젠가 왜 사례감 태감의 양생제로 끌려온 아이들을 구해줬느냐고 물었을 때, 녀석이 배시시 웃으며 비슷한 말을 했다. 그때는 부질없는 헛소리라 생각했던 말을 이렇게 무결에게 되풀이하게 될 줄은 몰랐다. 인생이란 참 웃긴 것이다. 구차하게 살아남은 목숨을, 아무 의미 없다 생각했던 '친구'를 위해 쓰게 되다니.

하사는 필사적인 심정을 절도있는 동작 안에 감추며 허리를 굽혔다. 무결이 그가 본 그대로의 사람이길 바란다. 순진해 빠진 '친구'의 말처럼 세상에 아직 희망이 있길 바란다.

"살펴주십시오."

하사가 꽉 눌린 음성으로 머리를 숙이며 말하자 그런 그를 물끄러미 바라보던 무결이 느닷없이 커다란 웃음을 터뜨렸다.

"하하하핫!"

"……전하?"

웃어야 할 상황이 아닌데 느닷없이 터진 희소(喜笑)에 하사는 어안이 벙벙해졌다. 한참 동안 청천을 바라보며 한바탕 웃어 재낀 무결이 별안간 웃음을 멈추고 하사를 돌아봤다.

"잘 알았다. 그럼 인정머리없는 황족이 되지 않기 위해서라도 내가 나서야겠구나."

"……!"

"하사, 너는 내일부터 내 시중을 들거라."

깜짝 놀란 하사가 고개를 들었을 때 무결은 어느새 홍예문을 통과해 성큼성큼 걸어가고 있었다.

"얼랠레? 사람이 바뀌었네? 원래 건왕전 마통 담당은 어디로 갔수?"

"앞으로는 제가 이 일을 맡게 됐어요. 잘 부탁합니……."

말이 채 끝나기도 전에 율비는 똥마차에서 흘러나오는 지독한 악취에 비틀거렸다. 건왕전에서 수거해 온 오물통이 세 통인데, 이것들은 매일 오전에 오물통을 수거하러 오는 마차에 실어다가 황궁 밖에 버리게 된다. 황궁을 한 바퀴 돌고 온 오물 마차가 마침 건왕전에 들렀기에 율비가 마통을 싣기 위해 영궁 측문으로 나온 참이었다. 나타난 마차엔 황궁 곳곳에서 모아온 오물통이 작은 산을 이루고 있으니, 비록 통마다 뚜껑으로 덮었다 해도 그 냄새는 이루 말할 수 없이 지독한 것이었다.

율비가 그만 악취를 이기지 못하고 휘청거렸다. 다리에 힘이 풀리고 눈앞이 노랗게 변하더니 율비는 그대로 비틀비틀 앞으로 쓰러져 버렸다. 그런데 바로 그때, 누군가의 손이 끼어들며 오물통을 향해 쓰러지기 직전인 율비를 받아 안았다.

'누…… 구?'

그녀의 허리를 받아 안은 팔은 굵고도 단단했다. 그 덕분에 간신히 몸을 가눈 율비가 몸을 돌려 바라보니, 그 팔의 주인은 뜻밖에도 무결이었다. 갑자기 눈앞에 다가온 그 준미한 얼굴에 율비의 얼굴엔 확 불길이 일었다.

어째서 그 얼굴에 경칩에 뛰어나온 개구리마냥 심장이 펄떡펄떡 마구 날뛰는 걸까.

"여기서 뭘 하고 있는 게냐."

당신 때문 아닙니까. 당신 때문에 예까지 끌려와 오물이나 만지는 신세가 됐잖아요! 라고 말하고 싶은 것을 율비는 억지로 참았다.

"새로운 직분을 맡게 돼서 그를 수행하고 있…… 우웨엑!"

"비위가 그리 약해서야 어디 새 직분이란 걸 제대로 수행할 수 있겠느냐. 아무리 봐도 이건 네가 할 일이 아닌 것 같다."

뭐라 채 말을 하기도 전에 무결이 그녀의 손을 홱 잡아채더니 어딘가로 저벅저벅 끌고 가기 시작했다. 손목 잡힌 채 끌려가는 율비의 머릿속에서 온갖 생각이 난무했다. 제 몸에서 나는 오물 냄새가 눈물이 날 정도로 창피했다. 왜 이런 모습을 보여야 하는지, 왜 하필 무결은 이런 때 그녀 앞에 나타난 건지. 너무나 수치스러운데 그 와중에도 무결에게 잡힌 팔목이 불에 덴 것처럼 화끈거렸다. 그녀의 허리를 감싸 안던 그 감촉이 생각나 자꾸만 다리에 힘이 풀리는 것이다.

한편 어느새 소식을 듣고 왔는지 율비를 끌고 성큼성큼 영궁 안으로 들어오는 무결 앞에 태감 왕진이 달려왔다.

"전하! 그 아이를 데리고 어디로 가시는 겁니까!"

"잘 만났다, 태감. 그대가 무슨 권리로 이 아이에게 마통 청소를 맡겼는가?"

"그, 그것은……!"

"내가 데리고 온 아이다. 죽이든 살리든 이 아이의 처분은 그대가 아니라 내가 해야 할 일이야. 그렇지 않은가? 태감, 그대는 언제부터 주인의 소유물을 마음대로 빼돌렸는가?"

"전하, 죽여주시옵소서!"

왕진이 노구를 낮추며 그 앞에 무릎을 꿇고 엎드리자 무결은 웃는 얼굴은 평소와 마찬가지이나, 차갑기 그지없는 목소리로 그를 향해 일갈했다.

"또다시 내 것에 손을 댔다간 왕진 그대라도 절대 용서치 않을 것이다. 눈과 손톱을 모조리 뽑고 궁 밖으로 내칠 터야. 알겠나?"

이 순간 율비의 이마 위에 도장이 쾅 찍혔다. 빼도 박도 못하게 무결의 것이 돼버린 것이다.

항상 느긋했던 무결에게 이런 모습도 있었던가? 율비가 얼떨떨하여 평소와 달리 단호하기 짝이 없는 무결을 바라봤지만 그는 뒤도 돌아보지 않은 채 계속해서 그녀를 어디론가 끌고 갔다. 퍼뜩 정신을 차려보니 도착한 곳은 그녀가 머물고 있는 숙소였다. 율비를 그 앞에 세운 무결이 말했다.

"일다경(一茶頃)* 여유를 주겠다. 들어가서 몸을 씻고 깨끗한 옷으로 갈아입고 나오너라."

"옷을 갈아입으라고요? 어째서 그런 명을 내리시는 겁니까?"

웃전의 물음에 토를 다는 것이 극히 불경한 죄라는 것을 그녀는 잠깐 잊고 있었다. 하지만 무결은 굳이 그 점을 지적하는 대신 친절하게 설명해 줬다.

"아무리 상대가 남자라고 해도 오물 냄새가 나는 녀석을 데리

---

*일다경(一茶頃):차 한 잔을 마실 정도의 시간

고 거리를 쏘다닐 순 없다. 기다리고 있을 테니 몸을 씻고 나오
거라."

그 말은 즉 그녀를 데리고 황궁 밖으로 나가겠다는 뜻이었
다. 무결의 태도가 워낙 단호했기에 율비는 더 이상 생각할 사
이도 없이 숙소로 뛰어들었다. 대충 물에 젖은 면건으로 몸을
닦아 냄새만 없앤 뒤 새 옷으로 갈아입고 나오자 그때까지 숙소
앞마당에서 기다리고 있던 무결이 대뜸 그녀의 손목을 잡아끌
었다.

어, 어, 어? 하는 사이에 어느새 율비는 내성의 정문을 빠져
나왔다. 무결이 율비의 손목을 붙잡고 성큼성큼 걸어가는 모습
을 오고 가는 수많은 눈들이 깜짝 놀라 바라보고 있었다. 그것
이 의미하는 바가 당혹스러울 정도로 극명하게 그녀의 온몸으
로 전해졌기에 끌려가는 내내 율비는 고개를 숙이고 있을 수밖
에 없었다.

그러나 그것도 잠시였다. 이미 지시를 해뒀는지 외성 문을 빠
져나가자 그 앞에 말이 준비돼 있었고, 무결은 거기에 율비를
올라타게 하더니 그 자신도 그 뒤에 올라탔다.

'헉!'

말을 타는 것도 처음이었지만 남자가 그 뒤에 앉은 것은 더더
욱 처음이었기에 율비의 온몸이 달군 숯불처럼 달아올랐다.

단단했다. 그녀를 감싸 안은 두 팔도, 든든하게 등을 받친 가
슴팍까지도 마치 바윗돌처럼 단단했다. 그뿐인가. 두 몸이 닿을

정도로 가깝게 붙어 앉자 갑자기 무결에게서 풍겨오는 남자의 체취가 코끝을 물씬 파고들어 왔다. 오라비 율민의 먹향도, 하사의 깨끗한 풀냄새도 아닌. 땀내와 살 내음이 적당히 섞인 야릇한 그것이 율비의 비강을 찌르고 머릿속까지 흘러들어 와 순식간에 그녀의 뇌수를 장악해 버렸다.

'피해야 한다!'

순간 일어난 생각은 그것뿐이다. 두려울 정도로 강렬한 사내의 체취를 피하기 위해 율비는 화닥닥 말 머리에 납작 달라붙었다.

"지금 뭐하는 게냐?"

"내, 내려주십시오. 저처럼 하찮은 소환이 어찌 전하와 같은 말을 탈 수 있겠습니까? 사람들이 전하를 비웃을 것입니다. 제발 내려주십시오!"

"그건 안 되겠다. 너와 나는 이미 인연을 맺은 사이 아니냐. 내가 못난 놈이긴 하지만 나와 연분 맺은 사람을 홀대하는 자라고 소문나고 싶진 않다."

"전하! 꺄, 꺄악!"

무결이 돌연 말 배를 걷어찼다. 그 바람에 말이 히힝 울음을 날리며 출발하자 율비는 비명을 지르며 말 목을 붙들었다.

도망가고 싶고 이대로 달아나고 싶었다. 그러나 말 위에선 도망갈 곳이 없었고, 그렇다고 거기서 뛰어내릴 용기는 더더욱 없었기에 율비는 말 머리에 돋은 사람 모양의 종기인 양 온 힘을 다해 거기 달라붙을 수밖에 없었다.

"전하! 혼자 가시면 위험합니다!"

뒤에서 들려온 숨 가쁜 목소리에 율비는 간신히 고개를 들었다. 말 머리에 달라붙은 채 고개만 살짝 돌려보니 언제 쫓아왔는지 무결의 호위무사인 자하가 말에 올라탄 채 그들 뒤로 달려오고 있었다. 뒤늦게 소식을 듣고 힘겹게 쫓아왔는지 온 얼굴이 땀에 흠뻑 젖어 있었다.

"따라올 것 없다. 오늘은 이 녀석과 단둘만 있고 싶으니."

"전하, 무슨 생각이신지 몰라도 굳이 이러실 필요까진 없습니다! 어째서 수모를 자처하시는 겁니까!"

"네가 뭔가 잘못 생각하고 있는 것 같구나. 내가 기꺼워서 하는 일을 왜 수모라고 하느냐?"

"전하, 그 말씀은 무슨 뜻입니까?"

뭔가 이상하다. 자하는 빙긋이 웃는 무결의 표정에서 어쩐지 불길한 예감을 받았다.

"소문이 소문으로 끝나지 않을 수도 있다는 말이다."

그 말에는 율비도 놀라서 머리를 번쩍 들지 않을 수 없었다. 도대체 무슨 뜻? 자하와 율비 모두 경악한 표정으로 그를 바라봤지만, 무결은 대답없이 씩 웃기만 하더니 이윽고 자하를 내버려 둔 채 성시(城市)를 향해 달려나가 버렸다.

황궁 밖을 나가면 큰 광장이 하나 있고 그 주변으로 미로 같은 골목길이 떠오르는 햇빛 줄기처럼 사방으로 뻗쳐 있다. 귀족들이나 한다하는 대갓집 식솔들은 그중에 비교적 깨끗하고 넓은 동북쪽과 가운뎃길을 이용하되, 서북쪽은 극력 피한다. 길 끝이 빈민가와 연결돼 있어 주로 가난한 하층민들이 이용하기 때문이다.

"어…… 어? 지금 어디로 가시는 겁니까?"

외성 문을 박차고 나온 무결이 귀족들은 질색하는 그 서북쪽 길로 말을 몰자 율비가 당황해서 외쳤다. 하지만 무결은 대답 대신 씩 웃기만 하더니 말 배에 더욱 박차를 가하였다.

서북쪽 길은 심히 추레했다. 그나마 황궁과 가까운 쪽은 제법 번듯한 상가가 서 있고 오가는 사람이 많았지만, 점점 길이 복잡해지면서 길이 잡목림처럼 사방으로 엉키더니 길을 오가는 사람들의 복색도 지저분해졌다. 황궁을 빠져나올 때 이미 노을이 지기 시작할 무렵이었기에 금방 해가 지고 어두워지니, 수상한 무리들은 점점 늘어나고 그들은 말을 타고 길 한복판을 질주하는 무결과 율비를 험궂은 눈빛으로 힐끔거렸다. 무결은 율비를 태운 채로 그 어지러운 길을 이리저리 꺾고, 방향을 비틀며 심지어는 왔던 길을 되돌아가기까지 했다.

"전하, 왜 자꾸 빙글빙글 도십니까? 도대체 어디를 가시려는 거기에……."

"보여줄 건 다 보여줬으니 지금은 혼자 있고 싶어서 그런다."

추격자가 있는 건가? 율비가 달려가는 와중에도 힐끔 뒤를 돌아봤다. 그래 봤자 누가 추격자고 누가 저자의 거지인지 알 수가 있나.

"하지만 어디를 가든 간자가 따라붙지 않나요? 그리 쉽게 간자를 따돌릴 수 있다면 왜 진작 황도를 빠져나가지 않으셨습니까?"

궁금해 견딜 수가 없어 결국 물었더니 무결이 껄껄 웃으며 대답했다.

"황도를 나가려는 것이 아니다. 비록 화하 전체가 나를 감시하고 있긴 하지만, 그래도 이 황도에 내가 편히 숨 쉴 수 있는 곳 한 군데쯤은 있다."

그와 동시에 무결이 갑자기 말 머리를 홱 비틀었다. 길이 넓어지면서 한 떼거리의 사내들이 나타났다. 북문으로 향하는 운구 행렬인 듯, 사내들의 중심에는 거대한 상여가 있고 그 앞뒤로 액을 막는 의미에서 붉은 옷을 입은 상여꾼들이 목도를 메고 있었다.

눈 깜짝할 사이에 말에서 내린 무결과 율비가 그 사이로 숨어들었다. 상여의 앞뒤로 악대들이 서서 피리를 불고 북을 두드리면서 흥겨운 음악을 연주하고 있었는데, 어디서 잡악(雜樂)만 하는 자들을 모아왔는지 좋게 말해 흥겹고 나쁘게 말해서는 정신이 사나웠다. 악대와 상여꾼의 무리만 무려 20여 명에 그 뒤를 따르는 유족들의 무리가 그 배이니 무결과 율비가 그 안으로 섞여들자 당장 그들 무리에 섞여 찾을 수가 없게 됐다. 거의 안기

다시피 그의 품에 달라붙은 율비가 무결을 쳐다보자 그가 빙긋
이 마주 웃었다. '안심하거라'라는 의미. 이상하게도 율비는 이
루 말할 수 없이 든든한 기분이 들었다.

상여가 북문에 가까워질 무렵 무결이 갑작스레 율비의 손을
잡더니 샛길로 빠졌다. 그러고도 한참 동안을 이리저리 길을 돌
자 불현듯 시야가 탁 트이면서 커다란 건물이 나타났다.

"적어도 이곳에 있는 동안만큼은 추적의 눈길을 걱정할 필요
가 없다."

무결의 말에 율비가 저절로 건물 입구에 걸어놓은 현판을 올
려다보았다. 〈세의국(洗衣局)〉. 바로 무결이 열 살까지 머물렀던
곳이다.

"전하, 어인 일이십니까! 실로 몇 년 만이 아니십니까?"

"그 정도는 아니었네. 지난번 다녀간 게 겨우 석 달 전이라는
것을 잊었나?"

"호호호. 늙은 것은 본디 어제 일은 기억 못하고 수십 년 전
의 기억은 막 닦은 거울처럼 반짝인답니다. 죽을 날이 얼마 남
지 않아서 그런가, 어제 다녀가셔도 마치 1년은 지난 것 같군
요."

세의국으로 들어서자마자마자 당장 마당을 쓸고 있던 궁녀가
호들갑을 떨며 난리를 치더니 곧바로 넓은 건물 여기저기서
늙고 젊은 여관들이 몰려나와 무결을 반겼다. 그러더니 곧장
안내된 곳이 세의국에서 가장 웃어른이라는 늙은 여관의 처소

였다.

"이런, 내 정신 좀 봐. 전하가 이곳을 찾을 때는 혼자 있고 싶으시다는 것인데, 이 늙은 것이 생각도 없이 주책을 떨고 있었군요. 어서 후원으로 드시지요. 젊은것들을 불러 주안상을 마련하라 하겠습니다."

그렇게 두 사람이 후원으로 들자 곧 작은 연못가에 마련된 상탁으로 안내됐다. 어째서 무결이 세의국 궁녀들과 이리 친한 걸까? 궁금해하는 율비에게 무결이 슬쩍 대답해 줬다.

"나는 열 살 때까지 이곳에 숨어 살았다. 덕분에 세의국 궁녀들과는 가족보다 더 가깝지."

무심히 흘리듯 지난 이야기가 흘러나오니 무결의 말이 끝날 적에 율비의 얼굴엔 진심으로 감탄의 빛이 흘렀다. 무결이 황족치고는 이상할 정도로 소탈하다 생각했는데 이제 보니 다 연유가 있었던 것이다.

"바람이 좋구나. 오늘은 미동(美童)도 있고 하니 술맛이 더 나겠다. 자하도 잘생기긴 했지만, 미색이라고 하기는 지나치게 사내답지."

짓궂은 농에 율비의 심장이 쿵더쿵, 아래로 떨어졌다 올라왔다. 당황을 감추려 얼른 비워진 술잔에 후닥닥 술을 채웠더니 무결이 마시지 않고 도로 내밀었다.

"마시거라. 혼자 마시는 술은 영 맛이 나지를 않아. 오늘은 술상대가 색다르니 모처럼 함께 마시고 함께 취해보자꾸나."

"전하. 가, 감히 미천한 환관이 전하와 술을 마실 수는 없습니다. 부디 거둬주십시오."

"군왕이 내리는 술을 거절하는 네가 더 무엄하다는 생각은 안 드느냐?"

"하지만……."

"혹시 술이 약한 거냐?"

율비가 잔뜩 주눅이 든 얼굴로 마지못해 고개를 끄덕거렸다. 그것이 화근인 게라. 안 그래도 율비만 보면 놀리고 싶어 온몸이 근질거리는 무결인데 그녀가 스스로 약점을 드러내자 그만 장난기가 발동했다.

"그렇다면 강권할 수는 없지. 그럼 이렇게 하자꾸나. 나랑 내기를 하자. 거기서 내가 이기면 네가 술을 마시고, 네가 이기면 내가 술을 마시마."

"네에?"

뭐라 대꾸할 사이도 없이 무결이 자리에서 일어나더니 허리에 차고 있던 패검을 꺼냈다. 그것은 분명 처음 만났던 날 그녀를 구해줬던 그 검이다. 새삼 그날의 은혜를 잊고 있었구나 싶으니 율비는 더욱 거절할 수가 없어졌다.

달이 무척 밝았다. 둥근 만월의 빛까지 처음 만났던 그날을 생각나게 한다. 어느새 두 계절이 지나 지금은 봄. 후원을 둘러싼 무성한 신록이 달빛을 반사하고 있었고, 피어난 화향은 마치 미약처럼 달콤했다. 문득 무결이 머리를 들더니 그 위로 가지를 늘인 굵은 굴거리나무를 보고는 빙긋 웃으며 말했다.

"이거면 되겠군. 나는 이 나무에서 떨어지는 낙엽을 검으로 베어낼 테니 너는 손으로 잡거라. 베어낸 잎이 네가 잡은 잎보다 많으면 내가 이기는 것이고, 그 반대면 네가 지는 거다."

"너무하십니다. 제가 너무 불리하잖아요. 섬으로 아무렇게나 베기만 해도 수십 개씩 베어질 것 아닙니까."

"이런, 네가 검을 몰라도 너무 모르는구나. 떨어지는 종잇장을 베는 것이 나무를 베는 것보다 더 힘든 법이다. 정 조건이 마음에 들지 않는다면 내가 눈을 가리마. 그럼 어떻겠느냐?"

"좋습니다! 한입으로 두말하기 없기입니다!"

당장 율비가 반색을 하며 달빛 아래 그늘을 만든 굴거리나무 밑에 가서 섰다. 그러자 무결이 궁녀더러 면건을 가져오라 이르고는 그로 눈을 가린 다음, 돌을 집어 나무 꼭대기를 향해 던졌다. 퍼서석! 내공이 실린 돌팔매질에, 애써 돋아난 파릇파릇한 손꼴잎*들이 비처럼 쏟아져 내렸다.

"에잇, 에이잇!"

율비가 낙엽을 잡기 위해 펄쩍펄쩍 뛰었지만 그것이 생각보다 그리 쉽지 않았다. 달빛이 밝긴 했지만 밤이라 낙엽과 어둠을 구별하기 어렵기도 했거니와, 마른 것이 아니라 난 지 얼마 안 된 새 잎을 억지로 떨어뜨린 것이라, 생각보다 떨어지는 속도가 빨랐기 때문이다. 율비가 약이 올라 흘끗 무결을 보니 이

---

*손꼴잎: 손모양 잎

쪽은 웬걸, 무결은 눈을 가린 채로 여전히 여유롭게 서 있다. 마치 낙엽 떨어지는 소리를 즐기려는 것처럼 검을 든 오른손을 옆으로 비껴 세우고 기다리고 있다, 어느 순간 흐르는 물처럼 스르르 움직이기 시작했다.

검무(劍舞), 검무다. 이미 검술이 아니라 춤이 됐다. 검과 몸이 하나가 되어 마치 술처럼, 물처럼 흘렀다. 무결이 떨어지는 낙엽 사이를 춤을 추듯 휘돌아 나가니, 그의 칼 아래로 깨끗하게 두 동강이 난 낙엽들이 우수수 쏟아졌다.

"몇 개나 잡았느냐?"

한바탕 낙엽비가 쏟아지고 난 후, 무결이 면건을 내리고 물었다. 그제야 화드득 양손을 들여다보니 손안에 잡힌 것은 겨우 세 개. 무결이 베어낸 것은 얼핏 봐도 그 세 배는 돼 보인다.

"벌주다. 일배하거라."

에라, 모르겠다. 율비가 무결이 내민 술잔을 받고는 눈을 딱 감고 단숨에 마셔 버렸다.

"크으!"

쓴 술을 입안에 조금 머금었다 억지로 넘긴 율비의 입에서 저절로 신음 소리가 흘러나왔다. 하도 오랜만에 마시는데다가, 원체 익숙지도 않았던 것이라서 당장 머리가 띵하게 어지러웠다. 안 되겠다. 이걸 몇 잔만 더 마셨다가는 대취해서 무슨 실수를 저지를지 모르니 무조건 안 마시는 수밖에 없다. 그리 생각한 율비가 정신을 바짝 차렸다.

"옳거니. 이제 좀 할 마음이 들었나? 그럼 한 번 더 가볼까?"

무결이 다시 한 번 나무 꼭대기로 돌멩이를 집어던지자 곧 또 한 차례 엽우(葉雨)가 내렸다. 눈을 가린 무결이 또 한 번 칼춤을 추었고, 율비는 헐레벌떡 망나니 춤을 췄다. 그 결과는 율비 두 개, 무결은 그 세 배.

"크으으으!"

또다시 눈을 부릅뜨고 나무 아래 섰지만 아무리 봐도 상대가 되지 않는 게 분명했다. 이판사판, 에라, 모르겠다. 술기운까지 오른 까닭에 간이 아예 배 밖으로 나온 율비가 돌연 허리를 굽혀 발아래 깔린 흙을 한 움큼 모아 쥐더니 눈을 가린 무결을 향해 확 뿌려 버렸다.

"어이쿠!"

막 검과 함께 휘돌아가던 무결이 갑작스런 기습에 휘청, 칼춤을 멈추었다.

"이 녀석, 지금 뭐하는 짓이냐!"

면건을 내리고 외치자 율비가 볼멘소리로 되받아쳤다.

"상관하지 마십시오! 방해하지 말라는 규칙은 없었잖습니까!"

어이쿠, 보통내기가 아니로다. 무결이 그만 어이가 없어 껄껄 웃자 율비가 기가 살아 외쳤다.

"벌주입니다! 드십시오!"

"오냐, 먹으마. 내 한입으로 두말하지 않겠다 했으니, 기꺼이 마시마."

"한 잔 갖고 되겠습니까? 제가 한 잔을 마셨으니 전하는 석 잔은 마셔야 됩니다!"

"그건 또 무슨 해괴한 셈이냐?"

"전하는 저보다 키도 크고 덩치도 크잖아요. 게다가 술을 마신 세월도 훨씬 더 기니, 연륜이 다릅니다, 연륜이. 아직 어린 저와 같은 양을 마시는 건 불공평하지 않습니까!"

술이 오른 탓일까. 발개진 얼굴로 종알종알 항의를 하는 율비는 평소의 소심함을 잊었다. 눈앞의 상대가 바라보기도 힘든 상대라는 것도 잊었다. 아이고, 그런데 그 모습이 왜 이리 귀여운 걸까. 무결은 그만 웃음을 참지 못하고 고개를 끄덕이고 말았다.

"오냐, 알았다. 까짓것, 너 하라는 대로 하마."

"잘 생각하셨습니다! 그래야 사내지요. 히끅!"

율비가 두 다리로 딱 버티고 서서 무결이 거푸 석 잔을 마시는 걸 짐짓 무서운 눈으로 지켜보는 척하지만, 이미 그 눈이 반쯤 풀렸다. 더불어 다리도 조금 풀렸다. 억지로 무결의 명대로 다시 나무 밑에 서긴 섰는데 이미 팔다리가 제멋대로 돌기 시작했다.

정신 바짝 차려야 하리라. 율비가 눈을 부릅뜨고 또다시 쏟아지는 낙엽 향해 손을 뻗는데 그 순간 무결이 뒷덜미를 홱 잡아챘다. 얼떨결에 뒤로 나자빠진 율비 위로 무결이 훌쩍 몸을 날리더니 쏟아지는 나뭇잎들을 한칼에 와수수 베어냈다.

"와……. 너무하세요, 전하! 이런 법이 어디 있습니까!"

"너만 방해하란 법 있느냐? 너야말로 한입으로 두말하기 없기다."

"사내답지 못합니다! 안 그래도 저보다 훨씬 많이 베어내시면서, 꼭 이렇게 방해까지 놔야 합니까?"

"먼저 훼방을 놓은 너는 사내다운 거고?"

"전 있을 게 없지 않습니까!"

허, 그러고 보니 그렇네. 무결이 딱 말문이 막히자 율비가 기가 살아 소리를 질렀다.

"벌주입니다! 마시세요!"

사내답지 못한 죄니 아까보다 배는 마셔야 된다, 율비가 우기는 바람에 무결이 한 번에 여섯 잔을 마셔 버렸다. 무결이 술이 세기는 했지만 거의 한 동이에 가까운 술을 단숨에 마시자 그 역시 살짝 취기가 올랐다.

"헤…… 에헤. 마…… 맛있습니까, 전하?"

"오냐, 네 덕에 취하는구나. 하지만 이번엔 나도 안 봐준다. 각오하거라."

그 말과 함께 무결의 몸이 불시에 날아올랐다.

'아…… 저 모습 언젠가 본 적이 있는데…….'

취한 걸까. 만월을 배경으로 춤을 추듯 날아오르는 무결의 모습이 눈물겹게 아름답게 보였다. 그러느라 저는 헤 입을 벌리고 쳐다만 보는 동안, 무결이 떨어지는 나뭇잎들을 죄다 베어냈다는 것을 모른다. 정신을 차리고 보니 이미 가득 채워진 술잔이 율비의 눈앞에 있었다.

"꼭꼭 밟았느니라. 마시거라!"

한 잔, 또 한 잔, 그리고 또 한 잔.

이미 율비는 내기가 아니라 혼자 취몽을 헤매고 있었다. 이상하게도 한없이 기분이 좋고, 한없이 눈물이 날 것도 같았다. 이제는 그녀를 내버려 두고 홀로 수련을 하듯 달빛을 가르며 검무에 취한 무결의 모습이 마치 꿈속의 한 장면처럼 아름다웠다. 율비는 넋이 빠져 그 모습을 바라보았다.

쿵! 느닷없는 소음에 무결이 휘두르던 검을 멈추고 뒤를 돌아보니 언제 자빠진 건지 율비가 요처럼 깔린 낙엽 위에 대자로 뻗어 있었다. 취해서 잠이 든 건가? 무결이 쓰러진 율비에게 다가가 물었다.

"고작 그걸 마시고 뻗어버린 거냐?"

"고, 고작이라니요. 제 평생 마신 술을 다 합해도 오늘 마신 것에 못 미칩니…… 히끅!"

일으켜 주려 손을 내밀던 무결이 불현듯 동작을 멈췄다. 보얀 달빛이 말간 율비의 얼굴을 비추고 있었다. 그 아래 배시시 웃고 있는 율비의 모습이 마치 달빛 아래 피어난 은방울꽃처럼 고왔다.

지지직. 무결의 심중에 뭔가 알 수 없는 것이 붙었다. 작고 뜨거운 불씨. 아직은 작지만 그것이 반딧불처럼 점점이 그의 단전을 떠돌기 시작했다.

이게 뭘까……? 무결은 잠시 그것을 두고 보았다.

"왜 그런 눈으로 저를 보세요?"

누운 채로 율비가 묻자 무결이 물끄러미 그녀를 내려다보다 대답했다.

"그러는 너는 왜 그리 나를 빤히 쳐다보느냐?"

"헤…… 에헤헤. 전하가 잘생겨서요."

바지지직. 불씨가 불꽃으로 붙기 시작했다. 이걸 어찌해야 할까. 후욱 불면 꺼질 줄 알았더니 점점 커진다. 그런데 더 큰 문제는 이 불꽃을 끌 생각도 들지 않는다는 것이다. 마치 손발이 묶인 채로 망연히 제 얼굴을 향해 날아오는 불꽃덩어리를 보는 것 같다. 피할 수 없는 그 무엇, 운명과 같은 것이 말이다.

"……너도 예쁘다. 사내 녀석에게 할 말은 아니지만."

"예뻐요……? 제가 예뻐요?"

별안간 율비의 커다란 눈이 더욱 동그랗게 커지면서 그 눈시울에 눈물이 함빡 괴었다. 그 모습이 끔찍할 정도로 예쁘다. 무결은 갑자기 두려움에 사로잡혔다.

"그럼…… 입 맞춰주세요."

피할 수 없다. 무결은 직감했다. 피할 수 있지만 피할 생각이 없다는 것이 얼마나 무력한 것인가. 이 작고 여린 아이가 가진 힘이란 또 얼마나 가공할 만큼 커다란 것인가.

율비를 너무 얕봤다는 것을 무결은 깨달았다. 아니, 어쩌면 자신을 너무 과대평가했던 것일지도.

"저번처럼, 여인에게 하듯 그렇게 입 맞춰주세요."

율비가 애틋한 눈물을 흘리며 손을 뻗었다. 그 손을 거절할 힘이란 이제 무결에게 없다. 마치 홀린 듯한 기분으로 무결이 그녀 앞에 무릎을 꿇고 그 손을 맞잡자 나긋나긋한 몸이 한 팔 안에 그대로 감겨왔다.

익숙한 체향. 그래, 바로 이것이다. 미혼약에 중독된 몽혼 중에도 그를 해갈시켜 준 그 체향. 그때나 깨어난 뒤에나, 자석처럼 그 체향에로 끌린 것이 약효 때문이라 생각했다. 그런데 그게 아니었다.

'안 된다. 무결, 지금 무얼 하고 있는 거냐. 네가 갈 길이 아니다…… 무결!'

영혼이 둘로 갈라져 하나는 그러지 말라 악다구니를 쓰고, 하나는 하고 싶은 대로 하라고 속삭였다. 아, 그러나 그도 잠시뿐, 사악한 속삭임이 그의 영혼을 한데로 모아 버렸다. 무결은 그 치명적인 유혹에 지고 말았다.

무결의 몸이 아래로 기울었다. 그리고 보드라운 입술에 천천히 그의 입술을 겹쳤다.

투두둑, 투둑. 미처 떨어지지 못한 나뭇잎들이 화풍을 타고 떨어져 내렸다. 달빛은 미치도록 밝았다. 어쩌면 이 순간 진정

미친 것은 무결이 아니라 저 달일지도 모른다. 그러니, 지금 이 시간만큼은 모든 탓을 달에게로 돌리고 하고 싶은 것을 해버리자.

나머지 한 손으로 율비의 몸을 끌어당겨 그의 무릎 위로 올려 앉힌 무결이 이미 사로잡아 버린 그녀의 혀를 휘감으며 힘껏 그의 안으로 빨아들였다. 그리고 꽃잎 같은 입술을, 그 안에 든 꿀물을, 마음껏 탐하기 시작했다.

다음날 아침. 무결은 드물게 숙취에 시달렸다.

일어나자마자 목이 타는 것처럼 말라서 꿀물을 들이라 명했더니, 꿀물보다 자하가 먼저 들어왔다.

"꼭 그 아이를 데리고 나가셔야 했습니까? 아무리 태자와 화린 마마를 속이기 위한 계책이라 해도, 전하의 체모를 그리 땅에 내동댕이치셔야 되겠습니까!"

들어오자마자 무릎을 꿇고 비장한 얼굴로 잔소리를 해대는데 그 소리가 골을 뎅뎅 울리는 바람에 무결이 손을 휘저으며 간청을 했다.

"알았다. 알아들었으니 제발 꿀물이나 다오. 그것만 주면 내 무슨 잔소리를 해도 다 들어주겠다."

자하는 무엇보다 명예를 제일 중시하는 위인이었다. 그런 그의 성정을 아는 무결이기에, 또한 그가 무결을 생각해 하는 잔소리라는 것을 알기에 아랫것의 무례에도 그는 그냥 너그럽게 받아들였다.

'어제 내가 한 행동을 보면 자하의 걱정이 괜한 것도 아니지.'

문득 든 생각에 무결은 들여온 꿀물을 내려놓고 잠시 머리를 짚었다.

미친 짓이었다. 아무리 생각해도 간밤에 벌였던 자신의 행동을 설명할 수가 없었다. 술김에 했다? 그렇게 밀어붙이고 싶지만, 무결은 자신을 잘 안다. 그는 술에 취했다고 해서 사람이 변하는 종류의 인간이 아니다. 게다가 뻔한 사실을 못 본 척 외면하는 성격도 아니었다.

'결론은 하고 싶어서 했다는 거지. 미치겠군.'

무결이 거한 한숨을 토해냈다. 남자라거나, 비천한 환관이거나를 떠나서 율비가 점점 그에게 특별한 존재가 되고 있다는 것이 분명했다. 그리고 그것이 무결을 긴장하게 만들었다.

"어쩌면 자하의 말마따나 그 아이를 멀리하는 게 좋을지도 모르겠군."

무결이 가만히 스스로를 향해 속삭였다. 그런데 결심이 무색하게 그때 방문 밖에서 내관이 다급하게 외치는 알림이 있었다.

"전하, 아뢰옵기 황송하오나 지금 화린 마마께서 영궁에 납시었습니다!"

죽어버리고 싶다.

다음날 아침, 조반을 먹은 하사가 나가 버린 뒤, 율비는 하루 종일 자신의 침상 이불 밑에 고개를 박고 끙끙거리며 자책을 했다.

술에 취해 입을 맞춰달라고 졸랐다. 아무리 술에 취했다고 해도 도대체 무슨 배짱으로 그런 망극한 짓을 저질렀단 말인가.

"으아악, 미쳤어. 미쳤어!"

기어코 율비가 벌떡 일어나 소리를 지르고 말았다. 미쳤다는 것 말고는 달리 어제의 자신을 표현할 말이 없다. 남장을 하고 환관의 길로 들어선 이후로 제법 정신을 바짝 차리고 있었다고 생각했는데, 그놈의 술이 뭔지 어제는 제대로 풀려 버린 거다. 그놈의 술이 원수인 게다.

그런데 이상하다. 차라리 뻔뻔스럽게 다 잊어버리고 모른 체하고 싶은데, 제 안으로 밀려들어 오던 뜨겁고 축축한 혀의 감각은 입속에 그대로 남겨져 있다. 사내다운 굳건한 팔도, 그의 무릎에 앉혀졌을 때 엉덩이로 느껴지던 단단한 허벅지도.

'으아악! 어찌해, 어찌해, 이를 어찌해!'

미칠 것 같다. 부끄러움과 흥분이 하나로 합쳐져서 딱 죽어버릴 것만 같다. 율비가 또다시 속비명을 지르며 침상에 난짝 엎드렸다. 그 바람에 꽝 소리가 나도록 침상에 머리를 부딪쳤지만 율비는 아픈지도 몰랐다.

그런데 그때 벌컥 문이 열리고 하사가 들어왔다.

"건왕비 마마께서 찾으신다."

"누, 누구라고?"

순간 머리가 멍해졌다. 찾는다면 무결이 아닐까 생각했는데 밑도 끝도 없이 건왕비 마마라니?

"나, 나를? 왜, 왜?"

"나도 모른다. 중정에서 기다리고 계시니 얼른 나가 봐."

얼굴을 잔뜩 찌푸리고 선 것이 하사도 이 느닷없는 방문이 마땅치 않기는 마찬가지. 율비는 후다닥 옷매무새를 정돈하고 달려나갔다.

그리고 중정에 도착한 율비는 깜짝 놀랐다.

'하아⋯⋯?'

난생처음 보는 화린의 미모에 압도당한 것이다. 율비를 발견하자 화사한 미소를 떠올리는 화린은 같은 여자가 보기에도 감탄할 수밖에 없을 정도로 더할 수 없이 아름다웠다.

"어머나, 춘연에서 봤을 때도 짐작하긴 했지만, 이렇게 가까이서 보니 정말로 귀여운 아이구나."

율비를 위아래로 훑어보던 화린이 입꼬리를 말아 올리며 눈부시게 웃었다. 그 목소리조차 소름 끼칠 정도로 맑고 아름다워서 율비는 자기도 모르게 온몸에 소름이 쫙 끼쳤다.

사실 춘연의 소동이 있던 날, 그 자리에 화린도 있었지만 워낙 율비가 정신이 없었던 탓에 그녀의 얼굴을 제대로 확인할 경황이 없었다. 너무나 아름다워 화왕(花王)이라 불린다는 화린의 소문은 이미 익히 알고 있는 바였지만, 직접 그 눈으로 본 그녀의 미모는 그 정도의 수식어로는 부족했다.

이 정도면 화왕이 아니라 화신(花神)이라 불려야 맞지 않을까? 검은 폭포수처럼 윤기가 흐르는 머리카락, 잔혹할 정도로 붉은 입술에 작고 화려한 얼굴. 모든 것이 마치 살아서 걸어 다니는 꽃처럼 아름답다.

그에 비하면 자신은 어떤가. 율비는 자기도 모르게 제가 걸친 입성을 내려다봤다. 남복(男服). 그중에서도 비천한 환관의 신분임을 드러내는 망포. 여자임에도 여자일 수 없는 자신의 모습은 화린에 비하면 마치 모란 옆에 피어난 민들레 같다. 아니, 꽃 축에도 못 드는 이끼의 포자 같다. 율비는 말할 수 없는 비참함을 느꼈다.

"입궁하기 전부터 건왕 전하의 아낌을 받았다 했지. 전하처럼 사내다운 분이 어찌 그런 취향에 빠졌을까 이상하게 여겼는데, 너를 보니 그 심정 알 것도 같다. 이리 여자처럼 곱게 생겼는데 어찌 빠지지 않겠니. 딱 전하의 취향이로구나. 전하께서는 원래 나처럼 화려한 여자보다는 귀엽고 아담한 쪽을 더 선호하셨지."

길고 가느다란 손가락으로 율비의 턱 끝을 쳐든 화린이 생글생글 웃으며 속삭이자 율비가 동그랗게 눈을 뜨며 물었다.

"전하께서 남색을 즐기신 게 처음이 아니신 겁니까?"

어라, 이건 또 뭘까? 혹시…… 질투?

'오호라, 이건 또 재밌구나. 지금 무결의 옛 상대를 질투하는 것이냐?'

정말로 무결이 남색을 하는 건지, 그 상대라는 아이를 만나 허점을 캐보자 온 것인데 이것은 또 의외다. 연극의 일원일 줄 알았던 율비가 뜻밖에 질투라는 감정을 보이다니. 어쩌면…… 남색의 상대라는 것이 정말인 걸까?

'아니, 그리 쉽게 속단할 수는 없지. 설령 네 쪽은 진심이라 하더라도, 무결은 살기 위해 가장할 수도 있는 거니까……. 호호, 그리되면 이 아이가 너무 불쌍해지는 건가?'

화린이 피시식 웃었다. 확실히 악의없는 동그란 눈을 가진 이 아이는 귀여운 맛이 있었다. 사내들은 보통 그녀를 보면 겁을 먹거나 홀린 눈길을 보내느라 여념이 없는데, 이 아이는 그녀를 두렵다기보다는 마치 부러워하는 듯한 눈으로 보고 있지 않은 가. 마치 그녀처럼 아름답지 못해서 안타깝다는 듯한 표정. 그 것이 우습기도 하지만, 한편으로는 귀엽기도 해서 화린은 까르르 웃음을 터뜨리고 말았다.

"어머나, 정말 귀엽기도 하지. 너란 아이는 똑똑한 줄로만 알았는데 이제 보니 그 반대로구나. 어쩜, 이리 감정을 숨기지 못할까."

율비가 어리둥절해서 말을 잇지 못하는 동안 화린이 천천히 그녀의 주위를 돌며 중얼거렸다. 그 모습은 마치 먹이를 놀리는 사자 같기도 하고, 아끼는 장난감을 부술 때까지 가지고 놀고 싶어 하는 집착 강한 소녀의 모습 같기도 했다. 어느 쪽이든 확실한 것은 화린이 율비에게 꽤 흥미가 생겼다는 것이다.

"그렇지, 이러면 어떨까? 얘야, 송율목이라고 했니? 건왕 전하 말고 나의 면수(面首)*가 되면 어떻겠느냐?"

"네에?"

"건왕 전하는 끈질기지 못한 사내라 남색도 금방 질리실 터야. 그러기 전에 내 밑으로 들어와서 내 귀여움을 받으면 어떻겠니? 나 화린은 꽤나 너그러운 성격이라, 아끼는 물건은 소중히 다룬단다."

"그건 안 되겠소, 화린. 나야말로 아끼는 것은 그리 쉽게 내주지 않소."

갑자기 들려온 목소리에 화린과 율비가 동시에 뒤를 돌아봤다. 급하게 달려온 걸까, 무결이 씩씩 숨을 몰아쉬며 홍예문을 넘어 중정에 들어와 있었다. 화린을 무심한 척 흘긋 돌아본 무결이 척척 걸어와서는 율비의 손목을 홱 잡아끌었다.

"남편의 소유물을 뺏으려 들다니, 욕심 사나운 마누라구먼, 화린."

"어머나, 전하는 저의 충심을 오해하지 말아주세요. 남편이 부도덕한 길로 들어가는 것을 막는 것이 진정한 아내의 도리 아

---

*면수(面首):귀부인들이 노리개로 삼는 미남

닌가요? 저는 어디까지나 전하를 사도(邪道)로부터 멀어지게 하려는 거랍니다."

"그거야말로 그대가 했던 것 중 가장 재밌는 농담이구려."

화린과 무결, 겉보기엔 너무나 잘 어울리는 부부인 두 사람이었지만 지금 그들이 주고받는 대화는 정다운 것과는 전혀 거리가 멀었다. 혀 대신 칼을 달고 있는 게 아닐까 싶을 정도로 날카로운 말들, 상대의 약점을 캐기 위해 신경을 곤두세운 두 사람의 대화는 부부라는 이름이 무색할 정도였다.

율비가 도대체 어떻게 된 상황인지 판단할 수가 없어 당황해하는데 무결이 그녀를 한 팔로 끌어안더니 화린을 향해 외쳤다.

"그럼 나는 이만 이 아이를 데리고 재미나 봐야겠소. 그대도 이제 돌아가시오, 화린."

"섭섭해라. 저도 그 아이랑 놀고 싶은데요, 전하."

"화린."

별안간 가던 걸음을 딱 멈춘 무결이 몸을 돌려 으르렁댔다.

"이 아이는 내 거요. 나 말고 다른 자가 이 아이를 가질 수는 없소. 그러니 그대는 다른 곳에서 재미를 찾으시오!"

항상 빙글빙글 웃고 남의 말을 흘려듣기나 할 뿐, 무결이 그리 정색을 한 것은 처음이었다. 의외의 모습에 화린마저 놀라, 그만 할 말을 잃어버리고 말았다. 그런 그녀를 내버려 둔 채 무결은 율비를 중정 밖으로 끌고 나갔다.

무결이 향한 곳은 중문 너머에 있는 그의 침전이었다. 그리 크지 않은 궁인 까닭에 열린 문 사이로 화린이 그들의 뒷모습을 바라보고 있는 가운데, 무결은 침전의 문을 열고 율비와 함께 그 안으로 들어갔다.

탁, 문이 닫히고 두 사람의 모습이 사라지자 그제야 화린은 노려보던 시선을 거두어 그때까지 중정 한구석에 서서 이 상황을 모두 지켜보고 있던 자하를 쳐다봤다. 늘 무표정하기만 하던 자하의 얼굴에 당황이 서려 있는 것이 이채롭다. 그러다 언뜻 화린이 저를 쳐다보는 것을 알아챈 자하가 얼른 원래의 무표정으로 돌아와 허리를 숙였다.

'율비라는 아이도 그랬지만, 저 뻣뻣하기 짝이 없는 자하라는 놈 역시 마치 예상치 못했다는 반응이 아닌가. 뭐지, 이건?'

더 믿을 수 없는 건 무결이 '절대 뺏기지 않겠다'고 선언한 것이다. 그리 말할 때의 무결의 눈빛은 연기가 아니라 진심이었다. ……설마 남색가라는 게 진짜?

"확실한 게 하나도 없구나. 내 눈으로 확인하고 나면 명확해질 줄 알았더니 오히려 혼란만 더 커졌어."

"그럼 여기서 탐색을 멈추시려는 겁니까?"

화린이 중정을 나와 영궁의 출구로 나가자 그 앞에서 대기하고 있던 그녀의 시종이 허리를 숙이며 물었다. 나무 그늘 밑, 어둠 속에서 성큼 앞으로 나서며 얼굴을 내민 것은 위금이었다. 본래도 갖고 있었지만 주인의 것을 닮아 더욱더 짙어진 음험한 그늘이 그의 기다란 얼굴을 온통 가리고 있었다. 그 그늘을 바라보며 화린이 빙긋 웃었다.

"설마. 내가 그리 호락호락한 사람으로 보이느냐? 무결이 손쉬운 사람이 아니듯, 나 역시 만만한 여자가 아니다. 나는 그리 쉽게 포기하지 않아. 그가 예상하지 못한 때에 그를 기습할 것이다."

생긋 짓는 웃음이 서늘하다 못해 싸늘했다. 위금이 그에 못지않은 음흉한 미소를 그리는데, 화린이 갑자기 까르르 웃으며 던진 말에 그 미소가 얼어붙어 버렸다.

"그나저나 그 율비란 아이는 참 마음에 들었는데 아깝구나. 춘연 때 보인 그 녀석의 행동을 보고는 맹랑한 한편으로 총명하다 생각했는데, 오늘 보니 그에 비해 순진한 구석도 있어. 그런 점이 참으로 귀엽단 말이야. 그런 아이를 곁에 두면 데리고 노는 맛이 쏠쏠할 텐데 말이다."

한편 얼결에 침전 안으로 끌려 들어온 율비는 등 뒤로 미닫이문이 탁 소리를 내며 닫히자 그제야 빠졌던 얼이 기어들어 왔다.

『재미를 봐야겠소. 재미를 봐야겠소. 재미를 봐야겠소……!』

그 말만이 그녀의 머리를 꽝꽝 때리며 메아리처럼 울려 퍼졌다.

"용서해 주세요!"

율비가 소리를 지르며 그 자리에 엎드렸다. 무결이 무슨 소린

가 싶어 뒤를 돌아보니 율비는 거의 석고대죄의 자세로 납작 엎드려 그를 향해 빌고 있었다.

"저는 불민한 몸이라 전하를 재, 재, 재, 재미있게 해드릴 만한 상대가 못 됩니다. 부디 용서해 주세요!"

무결이 그 모습을 어이없는 얼굴로 쳐다보다가 잠시 갈등했다. 잠시 더 율비를 두고 놀려볼까, 아니면 그저 화린을 속이기 위해 한 말이었다고 털어놓을까. 전자 쪽에 마음이 잠깐 쏠리긴 했지만, 그러기엔 율비의 반응이 너무 처절했기 때문에 결국 무결은 웃음을 터뜨리며 실토하고야 말았다.

"그리 긴장하지 말거라. 화린과 주위의 시선을 돌리기 위해 그리 말한 것뿐이다. 진짜로 널 데리고 단각을 하겠다는 건 아니야."

"정말입니까? 정말 단지 눈속임만 하려는⋯⋯?"

"그럴까 생각했다만, 뭐 지금이라도 네가 원한다면 기꺼이 응해주마."

불현듯 떠오른 어젯밤의 기억에 율비의 얼굴이 뜨거운 불을 끼얹은 것처럼 벌게졌다. 그러나 그건 말을 꺼낸 무결 역시 마찬가지였다. 농으로 꺼낸 말이었는데 갑자기 어젯밤 벌인 일에 그의 진심이 아주 덜 섞이진 않았다는 것이 생각났던 것이다.

우습게도 그건 화린이 율비를 찾아왔다는 말을 들었을 때도 마찬가지였다. 서둘러 그들이 있다는 중정에 도착했을 때, 화린이 율비더러 자신에게 오라는 수작을 벌이는 모습을 발견한 무결은 진심으로 화가 났었다. 믿을 수 없게도, 누구에게도 줄 수 없다는 말은 그 순간만큼은 화린을 속이기 위한 것이 아니라 그의 본심이었다.

'이건 정말로 위험해졌군.'

침상에 걸터앉은 무결이 잠시 고민에 빠져 있자 율비가 방 끝에서 무릎을 꿇은 채로 그의 눈치를 보다 이윽고 조심스럽게 물었다.

"저, 저…… 그럼 건왕비 마마도 돌아가셨을 테니 저는 이만 나가 봐도 되겠습니까?"

"그건 안 된다. 이 영궁에 내 사람만 있는 게 아니다. 화린이 아니라 해도 지켜보는 눈이 많으니, 단각은 안 해도 같이 자는 척이라도 해야 한다. 네게는 안됐다만 오늘 밤은 내 옆에서 자야겠다."

"네에?"

"뭘 그리 놀라느냐. 그럼 재미를 보겠다고 들어와 놓고 남남처럼 떨어져 자야겠느냐? 그야말로 의심을 사기 딱 좋다."

얼결에 손목이 잡혀 침상으로 끌려가는 율비의 마음속에서 저절로 비명이 솟구쳤다. 왜, 왜, 왜! 왜 자꾸 이런 일이 일어나는 건가!

절대로 피하고 싶고 이대로 도망치고 싶다. 하지만 어찌하랴. 그녀는 상전의 명을 거부할 수 없는 몸. 결국 율비는 침상 끄트

머리로 도망쳤고 구석빼기에 거의 몸을 접다시피 밀어 넣었다.

"그러고 자려는 거냐?"

"······네?"

"망포를 입고 그대로 자려고? 너는 잘 때도 그런 차림으로 자느냐?"

"아니, 그건 아니지만······."

마지못해 겨우 안에 받쳐 입은 저고리와 바지만 남겨놓은 채 망포를 벗었다. 잘 개어놓은 망포를 침상 밑에 내려놓고 돌아서는데, 별안간 눈에 들어온 광경에 율비는 혀를 깨물며 놀라고 말았다.

'허억!'

무결이 웃통을 드러내고 있었다. 침의로 갈아입기 위해, 입고 있던 포삼(袍衫) 저고리를 벗어버리고 그 안에 입은 중의(中衣)까지 벗어버린 것이다.

이때까지 남장을 하고 남자들과 같은 방을 써왔지만, 사실 율비는 옷을 갈아입을 일이 있을 때마다 부엌으로 도망가 그곳에서 문을 잠그고 옷을 갈아입었다. 소환들 중에는 제 상한 몸을 보여주기 싫어하는 자들이 종종 있어서 그런 율비를 의심하는 자가 없기에 가능한 일이었는데, 그렇기에 율비는 사내들의 벗은 몸을 본 적이 거의 없었다.

어쩌다 여름철에 동료 소환들이 우물가에서 등목을 할 때 그 날가슴과 웃통을 본 적이 있긴 했지만, 그래 봤자 왜소하거나 아니면 두꺼비처럼 배가 나온 볼품없는 모습들이었을 뿐이다. 지금 그녀 앞에 당당히 그 몸을 드러낸 무결처럼 단단하고 건장한 몸을 가진 자는 단 한 명도 없었던 것이다.

"무엇을 그리 쳐다보느냐? 사내의 벗은 몸을 처음 보느냐?"

무례라는 것도 깨닫지 못하고 온 얼굴이 벌게져 무결의 벗은 몸을 보던 율비가 그 말에 화들짝 놀라 얼른 눈을 가려 버렸다. 그러고는 재빨리 등을 돌려 최대한 웅크리고 누워버린다. 그 모습이 꼭 귀를 감추고 웅크린 토끼 같아 무결은 저도 모르게 웃어버리고 말았다. 좀 더 놀려주고 싶은 생각이 없지 않았지만 그랬다간 저 가엾은 녀석이 심장이 멎어버릴지도 모르겠다. 무결은 더 이상의 희롱을 단념하고 그 역시 침상 끝에 몸을 눕혔다.

그렇게 두 사람은 잠시 서로에게 등을 돌린 채 각각 드러누워 있었다. 율비는 벽 쪽을, 무결은 어두운 허공중을 바라보며 말없이 눈에 들어온 광경을 응시하고 있었다.

그런데 이상하다. 신경줄이 지치고 늘어져 베개에 머리 붙이면 곧바로 잠이 들 것 같았는데 좀처럼 잠이 오지 않는다. 잠을 자려고 애쓰면 애쓸수록 눈은 점점 말똥말똥해졌고, 그와 함께 등 뒤에 누운 상대가 조금씩 신경 쓰이기 시작했다.

무결은 가만히 이 낯선 감각의 정체를 파악해 보려 애를 썼다. 어째서일까. 그의 등판을 어루만지며 부드러운 존재감이 싱그러운 꽃향기처럼 사르르 밀려왔다. 그 온화한 향이 마치 꽃이

불처럼 그를 감싸고 사르륵사르륵 부드럽게 전신을 훑어 내린다.

이상하다, 이런 느낌. 어째선지 등 뒤에 있는 것이 같은 사내가 아니라 여인인 것 같은 기분이 든다. 이와 같은 다사한 존재감을 어째서 저 어린 소환에게서 느낀단 말인가. 무결은 당황한 채로 어둠 속을 들여다봤고, 당황하고 있는 자신이 더 이상해 또 한참을 혼란스러워했다.

문득 한동안 같은 자세로 누워 있는 것이 불편해져서, 무결은 몸을 돌려 눕혔다.

'헉……!'

돌아누운 무결이 다급한 숨을 삼켰다. 어젯밤 굴거리나무 밑에서 입 맞추던 두 사람을 그리도 징그럽게 비추던 달빛이 아직도 덜 사위어져 여전히 환한 빛을 방 안으로 들여보내고 있었다. 그 달빛에 이쪽을 향해 작고 동그란 어깨를 보인 채 등 돌려 누운 율비의 곡선이 고스란히 드러나 있었다.

분명히 율비가 걸친 것은 남복. 몸의 곡선을 온통 가려 버리는 남루하고 헐렁한 옷은 율비의 몸 역시 들어가고 나온 데 없이 가리고 있었다. 그런데 이상하게도 동그마니 돌아누운 몸은 마치 아담한 여체를 연상시킨다. 보고만 있어도 어쩐지 애달파져 버리는 작고 여린 몸……. 멀리 갈 것도 없이, 어젯밤 율비를 안았을 때도 무결은 그 몸의 곡선을 그 팔에 느꼈었다. 그때는 완전히 도취돼서 미처 생각지 못했지만, 잘록하니 들어간 허리도, 그의 허벅지 위로 올라앉던 보드라운 엉덩이도 분명 여인의 몸이었다.

'하지만 여자가 소환으로 들어올 수 있을 리가 없잖은가. 내가 미친 게로구나. 차라리 이 녀석이 여인이었으면 하는 바람에 내가 망상을 하는 게야.'

사춘기가 오기 전, 어린 나이에 거세를 한 소환은 종종 그 몸이 여자처럼 변한다고 했다. 엉덩이는 볼록해지고 허리는 낭창해져서, 종고사에서 그런 아이들만 골라다 여장을 시켜 연극을 공연하기도 한다고 했다. 아마도 이 아이의 몸 역시 그런 경우겠지.

무결은 애써 그리 생각했다. 머리는 분명 그렇게 결론을 내렸지만 몸은 그 반대였다. 어느새 무결은 돌아누운 율비의 등을 향해 손을 뻗고 있었다. 그 어깨를 다시 한 번 만져 보고 싶다. 그에게로 돌려 눕히고 다시 한 번 그 입술을……. 하얀 뺨을……!

퍼뜩, 뭔가가 다가온다는 느낌에 율비는 놀라 뒤를 돌아봤다. 순간 눈에 들어온 것은 이쪽을 향해 돌아누운 무결의 넓고 커다란 등. 아무 일 없다는 듯, 그녀를 외면한 채 편안히 잠들어 있다. 이쪽은 조마조마, 심장이 터져 죽을 것 같은데!

율비는 다시 벽으로 파고들어 갈 것처럼 최대한 몸을 웅크리고 돌아누웠다. 무결은 규칙적인 숨소리를 내고 있는 것이 아마도 깊게 잠든 모양이다. 고른 숨결을 따라 그의 몸에서 나는 게 틀림없는 짙은 체향이 쌔액, 쌕, 코끝으로 스민다.

'이게 남자의 체향인 건가? 직전감 식구들이랑 같은 처소를 썼을 때는 몰랐는데……. 아, 그건 그 사람들이 진짜 남자가 아니라서 그런 건가?'

보윤이나 오강이가 들었다면 화가 나서 펄펄 뛰었을 철없는 생각을 하며 율비는 두근두근 뛰는 가슴을 애써 잠재웠다. 같은 시각, 그녀에게 등 돌린 무결이 뻗어나가려던 자신의 오른팔을 필사적으로 붙잡고 있는지도 모른 채.

忍, 忍, 忍.

무결이 달빛 스며들어 오는 지창 위에 눈으로 수없이 그 글자를 그렸다. 그러나 수십, 수백 번을 그려도 번민도, 열기도 도무지 없어지지를 않는다.

넓지 않은 침상이건만 두 사람 사이의 거리는 마치 삼도천을 사이에 둔 것만 같다. 각자의 방향을 바라보며, 서로를 느끼되 느끼지 못한 채 두 사람은 그렇게 밤을 지새웠다.

✳

천웅이 밤늦게 가 황후의 부름을 받는 것은 드문 일이었다. 아니, 밤늦은 시간에 천웅이 술에 취하지 않고 멀쩡하게 깨어 있거나 화린과 같이 있지 않은 것이 더 드문 일이었다.

그런데 그 드문 일이 한꺼번에 일어났다. 가 황후가 해시(亥

時)*가 넘은 늦은 밤에 천웅을 불렀고, 천웅은 그 시간까지 용케 술에 취하지 않고 여자랑 함께 있지도 않았던 것이다.

가 황후가 천웅을 황후전 내전에 불러다 놓고 대뜸 한 말은 다음과 같았다.

"건왕비와 더 이상 어울리지 말거라."

"뜬금없이 그게 무슨 말입니까? 화린과 제가 뭘 어쨌다고 요?"

"저, 저, 말하는 꼬락서니라니. 어찌 동생과 혼인한 여자의 이름을 그리 무람없이 부르는 게냐! 지금 황실에서 벌어지는 일을 두고 저자에 어떤 소문이 오가는 줄 아느냐!"

"혼인은 무슨, 남편이 남편 노릇을 해야 혼인을 했다 할 게 아닙니까. 화린의 몸에 첫 혈흔을 낸 것이 저인데다가, 남편이란 작자는 아내가 아니라 소년을 안고 뒹구는데 어째서 화린이 무결이 놈이랑 혼인을 했다는 겁니까? 정 혼인을 했다면 무결이 아니라 저랑 했지요."

"뭐라! 네 어찌 그런 말을 하느냐! 하늘이 듣고 땅이 들을까 무섭구나!"

"소자가 아직도 어마마마 훈계에 꼼짝 못하는 어린놈인 줄 아십니까? 제가 화린을 안든, 태자비를 안든 어마마마께서는 상관하지 마십시오!"

가 황후가 기절 직전으로 뒷목을 짚고 넘어갔지만, 천웅은

---

*해시(亥時):밤 아홉 시부터 열한 시경

어머니가 그러든 말든 벌떡 일어나 난폭한 기세로 내전을 빠져 나왔다. 그 자신의 말마따나 천웅은 이미 부모의 지배를 받는 나이도, 그럴 만한 성정도 아니었다. 위압적이었던 아버지 창천제가 멀쩡하다면 모를까, 천웅이 두려워하는 유일한 상대인 창천제가 무력한 지금 천웅을 제어할 수 있는 자는 아무도 없었다.

그 증거로 천웅은 누가 듣건 말건, 황후궁을 빠져나가며 방금 전 그를 훈계한 가 황후를 향해 온갖 상스런 욕을 해대고 있었다. 그의 뒤를 따르는 소태감들이 듣기 민망하여 몸을 움츠리고 귀를 막았지만 천웅은 그들의 반응 따위야 안중에도 없었다. 그런데 그때, 그가 부리는 소태감들 중 나이 든 축에 속하는 녀석 하나가 자인궁 안으로 들어서는 궁문에서 그를 기다리고 있다가 재빨리 아뢰었다.

"전하, 하원국(河原國)에서 사자가 왔다 합니다."

"이 시각에 사자가 와? 그 미개한 것들은 황궁의 법도도 모르는 거냐. 수문지기들은 또 무슨 연유로 인정도 친 이 늦은 시각에 그것들을 안으로 들여보냈단 말이냐?"

황후전의 일은 천웅이 항상 주시를 하고 있는 관계로 무결이 있는 영궁 못지않게 밀정을 붙여 감시하고 있었고, 수시로 그 정황이 천웅에게 보고되고 있었다.

"화급을 다투는 사안인 관계로 그리됐다 합니다. 하원국 국왕이 열흘 전 급서했다며 그 아들인 세자가 시급히 국왕 책봉 교지를 내려달라고 사신을 보내왔답니다."

하원국은 창천국 바로 옆에 위치한 작은 나라였다. 그 크기는 창천국의 한 성(省)에 불과할 정도로 작은데, 창천제가 그 하원국을 병합하지 않은 것은 하원국 국왕이 일찌감치 창천국에 백기를 들고 조공을 바치며 위성국가로 살기를 자처했기 때문이다.

"아하, 하원국은 장자 상속이 아니라 형제 중 능력있는 자가 왕위를 잇는다 하더니, 그래서 세자가 책봉 교지를 어서 내려달라 서두르는구나. 창천의 윤허를 받는 쪽이 왕위 확보에 유리하니 말이야."

"말씀하신 바와 같다 합니다. 해서 이 늦은 시간에 사자가 입궁해 황후 마마를 알현코자 했는데, 마마께서 밤이 늦었다 역정을 내시며 돌아가라 하셨다 합니다."

"노친네, 내가 열받게 한 게 아직도 덜 풀려 그런 거지. 어째 공과 사를 전혀 구별을 할 줄을 몰라. 틀림없이 죽을 날이 점점 가까워져서 그런 게지?"

무례하고 품위도 없는 말을 서슴없이 쏟아낸 천옹이 별안간 좋은 생각이 났다는 듯 눈을 빛내더니 소태감을 향해 일렀다.

"너, 지금 가서 그 하원국에서 왔다는 사자를 불러오거라. 어마마마의 결례를 사과한다 핑계를 대고, 나를 보고 가라고 해."

어째서 국사라고는 통 관심도 없던 천옹이 하원국 사자를 불러오라 그러는 걸까? 궁금하긴 했지만 연유를 물었다간 당장 건방지다 목을 벨 위인이라, 소태감은 두말하지 않고 냅다 외성을 향해 달렸다. 지금쯤 잔뜩 실망해서 사절단을 접견하는 궁전인 자광각(紫光閣)을 빠져나오고 있을 하원국 사신을 따라잡기 위해서였다.

마침내 불려온 하원국의 사자를 마주한 천웅이 예의상 몇 마디 인사를 주고받은 후에 당장 본론으로 들어갔다.

"하원국 왕세자에게 제안할 것이 하나 있소. 아니, 제안이 아니라 명이라 해야겠지."

두려움에 질린 하원국 사자를 가까이 오라 이른 천웅이 귓속말로 뭔가를 소곤거렸다. 그와 함께 안 그래도 시커멓게 변한 하원국 사자의 얼굴에 어둠보다 더 짙은 그늘이 졌다.

*

언제쯤 잠이 들었는지 무결은 정확히 기억하지 못했다. 율비와 같은 침상에 누운 뒤, 계속 그녀 쪽으로 뻗어가는 신경을 잘라내기 위해 안간힘을 쓰다, 새벽 어느 나절쯤에 저도 모르게 잠이 든 것 같다.

창문으로 새어 들어온 돋을볕이 눈을 찌르자 무결은 꿈틀 눈을 떴고, 그 자세 그대로 잠시 자신이 어떤 상태에 처해 있는지를 떠올렸다. 같은 침상에 율비가 누워 있고, 자신이 그녀를 의식하다 긴 밤 내내 거의 잠을 이루지 못했다는 걸 깨닫고 나서야 무결의 의식은 완전히 깨어났다. 잠자는 내내 긴장을 놓지 못했더니 온몸이 뻣뻣하고 쑤시다. 그런 자신이 한심하기도 하고 우습기도 해서 무결은 잠시 깨어날 때의 자세 그대로 누워 있다 이윽고 한숨을 내쉬었다.

'일어나야겠지.'

아직도 침상 한구석에서 은은하게 그를 감싸고 있는 율비의 체향이 무결을 괴롭히고 있지만, 이제 그에 맞서 싸울 각오가 새롭게 다져졌다. 무결은 그렇게 마음을 가라앉히며 몸을 돌려 눕혔다. 그와 동시에 '헉' 소리와 함께 그의 호흡이 멎고 말았다.

언제 온 건지, 바로 그의 등 뒤에 율비가 누워 있었다. 행여나 무결이 건드릴까, 벽을 파고들어 갈 것처럼 들러붙어 있더니, 잠결에 완전히 방심한 나머지 함께 누워 있는 것이 무결이란 것도 잊은 채 온기를 찾아 그의 등 뒤에 찰싹 달라붙어 있었던 것이다.

맙소사.

속으로는 비명을 지르고 있는데 정작 몸은 움직이지를 못했다. 그저 동살을 받아 보드랍게 빛나는 하얀 피부와 어린아이처럼 천진하게 감은 속눈썹을, 밤을 지나는 동안에도 여전히 물기를 잃지 않은 촉촉한 입술을 보느라 완전히 굳어 있을 뿐이었다.

무결은 노력했다. 그대로 율비를 끌어안아 버리지 않기 위해,

무결은 아직 남아 있는 이성을 최대한 그러모아 율비를 천천히 밀어냈다. 그러나 노력한 보람도 없이 주욱 밀려난 율비가 몸을 꿈틀 움직이더니 오히려 밀어내는 손을 꼭 껴안았다. 그러고는 어미를 찾는 강아지처럼 무결의 커다란 품 안으로 꼼지락거리며 파고드는 것이다.

"아앙. 조금만 더 자게 해줘요. 딱 1각만 더 자고 일어날게. 으응?"

누구를 향해 아양을 떠는 걸까. 그것도 이토록 치명적인 애교를.

무결의 단전에 불이 일었다. 고문이다. 그것도 고문 중에서도 가장 지독한 고문이다.

그런데 율비는 그런 줄도 모르고 타는 불에 기름을 붓는다. 율비가 불현듯 부스스 눈을 뜨더니 까만 눈동자로 무결을 바라봤다. 코앞에 무결이 누워 있는 것을 봤지만 아직 그녀는 현실을 인지하지 못했다. 깜박깜박 눈을 감았다 뜨기를 반복하던 율비가 문득 배시시 웃더니 그것도 모자라 이윽고 손을 들어 살금살금 무결의 뺨을 만지작거리기 시작했다. 아직도 여전히 꿈속이라고만 생각하고 있나 보다.

툭, 그 순간 무결의 심중을 지배하던 이성의 끈이 소리를 내며 끊어졌다.

"헉!"

무결이 손을 뻗는 것과 동시에 율비의 가녀린 몸이 순식간에 그 팔 안으로 휘감겨 들어갔다. 그리고 무결의 입술이 그녀의 것을 덮어버렸다.

그 시각, 침전 앞을 지키고 있던 환관 왕진은 갑자기 찾아온 기습적인 방문객에게 놀라고 있었다.

"화린 마마! 어, 어찌 이 시간에……!"

"전하를 뵈어야겠다. 전하께서는 아직 기침하지 않으셨느냐?"

"마마, 아뢰옵기 송구하오나 누군가를 방문하기엔 아직 이른 시간이옵니다. 아직 조반도 들기 전이니 그 연후에 다시 찾아와 주시옵소서."

"무례하기 짝이 없구나. 아내가 남편을 만나는데 정해진 시간이 따로 있다더냐?"

"마마! 하오나!"

"비키거라. 이 이상 나를 막는다면 달리 나를 막는 이유가 있는 걸로 알겠다."

화린이 그렇게 나오니 왕진이 막을 수도, 그렇다고 막지 않을 수도 없는 묘한 상황이 됐다. 어쩔 줄을 모르는 왕진을 밀친 화린이 대동하고 온 위금과 함께 마치 미끄러지듯 자연스럽게 침전 안으로 들어갔다.

아무도 예상하지 못한 시간에 기습을 감행한 것은 무결의 남색이 연극이라는 것을 눈으로 확인하기 위해서였다. 무결이 정말 남색을 하고 있을지도 모른다고 반쯤 믿고는 있었지만, 화린은 그 정도로 호락호락 물러날 사람이 아니었다.

그녀가 아는 무결은 세상의 눈을 속이기 위해 남들은 생각지도 못할 꾀를 낼 수 있는 사람, 그리고 능히 그를 실행에 옮길 수 있는 자였다. 그러나 그런 그도 설마 이 시간에 그녀가 찾아오리라는 것은 예상하지 못할 테니, 분명 방심하고 있을 터다.

사람을 꿰뚫어 보는 화린의 통찰력은 그 속을 알기 힘든 무결의 성정까지 어느 정도는 꿰뚫어 보고 있었으니, 만약 무결이 자신을 속이기 위해 율비를 데리고 들어갔다면 정말로 그녀를 안지는 않았을 거라 생각한 것이다. 이번에야말로 사실의 진위를 확실히 밝혀내리라. 만약 그녀의 예상이 맞는다면 그로써 온 황궁에 의심의 씨앗을 퍼뜨려 주리라.

그리 마음먹은 화린이 위금으로 하여금 무결의 침전 문을 밀어 열게 했다. 그와 동시에 그녀의 눈에 뜻밖의 광경이 들어왔다.

"하아……?"

그가, 화린의 도발적인 유혹에도 목석처럼 반응하지 않던 무결이 율비의 가녀린 몸을 벽 쪽에 밀어붙인 채 미친 듯이 그 입술을 탐하고 있었다.

단단한 팔은 율비의 허리를 강철처럼 휘둘러 안았고, 그 입술은 연신 짓이기듯 율비의 안으로 파고들어 가 꿀꺽꿀꺽 그 안을 파헤치고 그 꿀 즙을 들이마시고 있었다.

무결이란 자가 이토록 욕정을 드러낼 수도 있는 자였단 말인가. 어지간히 담대한 화린조차도 눈앞에 펼쳐진 이 광경에는 그만 놀라고 말았다. 너무나 놀란 나머지 화린이 그 자리에 멈춰서 있는 동안, 그녀를 따라온 위금도 그 장면을 보았고, 화린을 말리려던 왕진 역시 방 안에서 일어나고 있는 사태를 모조리 다 들여다보고 말았다.

그제야 기척을 알아챈 무결이 율비에게서 얼굴을 떼어내고 화린 쪽을 돌아봤다. 아무렇지 않은 듯, 무연한 표정을 짓고 있었지만 찰나간에 스쳐 지나간 당혹감을 화린은 알아봤다.

가짜라고 생각했다. 모두 속임수라고 생각했다. 하지만 어지간한 일에는 끄떡도 않는 무결이 당황한 모습은, 그리고 그 팔 안에서 붉게 달아올라 할딱이고 있는 율비의 모습은 아무리 봐도 계산된 상황이 아니었다. 분명히 그들은 서로를 탐닉한 것이다. 이 시각, 화린이 찾아오리라는 것은 꿈에도 생각하지 못한 채 말이다.

"이제 알고 싶은 것은 다 알았소?"

어느새 차분해진 목소리로 무결이 묻자 화린은 그제야 상념에서 깨어났다. 무결은 더 이상 새빨개질 수 없을 정도로 벌게진 율비의 몸 위로 이불을 덮어주고 침의 깃을 가다듬으며 천천히 일어났다. 숨길 것이 없다는 듯, 더할 수 없이 정연한 눈빛에 화린은 잠시 할 말을 잃었다. 하지만 그도 잠시, 이윽고 생각을 정돈한 그녀가 마침내 웃음을 터뜨렸다.

"호호호홋."

특유의 맑고도 날카로운 목소리로 화린이 웃었다. 한참을 그 자리에 서서 소리 높여 웃은 뒤에야 비로소 웃음을 멈추고 무결을 향해 입을 열었다.

"잘 알았습니다. 남편의 일을 알고 싶은 욕심에 제가 실로 큰 무례를 범했군요. 어쩌겠습니까, 여필종부(女必從夫)라, 해괴하긴 해도 남편의 취향이 그렇다니 아내인 제가 이해할 수밖에요. 이 화린은 이만 물러갈 테니, 계속 좋은 시간 보내세요."

말을 마친 화린이 휙 몸을 돌려 방을 나갔다. 알고 싶은 것은 다 알았으니 이제 더 이상 여기 남아 있을 이유가 없어진 것이다.

향기로운 체향을 남긴 채 바람처럼 빠져나가는 화린을 뒤따라 나가던 위금이 아직도 달아오른 낯을 감추지 못하고 있는 율비를 향해 흘끔 시선을 던졌다.

'제법이군. 너에겐 너만의 출세법이 있다 이거냐? 하지만 하필 목숨이 간당간당한 건왕이라니 상대를 잘못 골랐어. 안됐구나, 송율목. 이번만큼은 네가 살아남기 힘들 것 같다.'

뱃속 깊은 곳에서 들끓는 것은 진한 승리감이었다. 이미 궁을 달리해 서로 다른 길로 들어서긴 했지만 위금은 지나간 날의 감정을 여전히 잊지 않고 있었다. 눈엣가시처럼 주는 것 없이 밉기만 한 송율목이 마침내 막다른 구석까지 몰리는 것이다. 그 사실에 위금은 잔혹한 희열을 느꼈다.

"뭘 그리 히죽거리고 있는 게냐? 건왕의 흠결을 보고 나니 그렇게 통쾌하더냐?"

어느새 영궁을 나와 천웅이 있는 자인궁으로 향하던 화린이 위금을 돌아보며 물었다.

"아니옵니다. 그럴 리가 있겠습니까. 다만 저 사내다워 보이는 건왕 전하가 단각을 즐기는 분이셨다는 게 놀라워서 저도 모르게 웃음이 났습니다. 소인이 비록 훼손된 몸이기는 하지만 사내를 상대로 욕정을 느끼지는 않는답니다. 그런데, 멀쩡하신 건왕 전하가 남자를 탐하시다니 이야말로 우스운 일이 아닙니까."

"흥, 명색뿐이라 하나 내 남편이고 창천국의 황족인 건왕을 우세하다니, 건방지기 짝이 없는 놈이로구나."

"용서하옵소서. 하지만 이로써 마마께서 상처 난 자존심을 회복하지 않으셨습니까. 게다가 이로써 건왕 전하가 마마의 유혹에도 넘어오지 않은 것은 전하의 취향에 문제가 있었을 뿐, 마마의 매력이 모자랐던 탓이 아님이 증명된 것입니다. 저는 그것이 기뻐 웃은 것입니다."

"정말 말 하나는 뻔지르르한 녀석이구나. 흥. 하지만 좋아. 나는 너처럼 주제넘는 녀석이 마음에 든다."

"광영, 또 광영이옵니다."

"훗. 그런데 우습구나. 네 말처럼 내 상처 난 자존심이 회복됐으니 기뻐해야 할 텐데 그게 썩 기껍지만은 않구나."

"무슨 뜻이신지……. 마마, 뭔가 저어하시는 부분이 있습니까?"

"나는 건왕이란 남자가 속을 알 수 없는 사내라 생각했다. 그 깊은 심중에 나와 같은 야망을 가진 남자일 거라고 생각했어. 하지만 사실은 그게 아니었나 보다. 오늘 보니 그란 남자도 욕망을 이기지 못하는 평범한 사내인 것 같다."

"사내란 본디 욕정에 약하지 않습니까. 여인 아닌 같은 남자를 품었다고 해서 야망도 없다 할 수는 없지 않을까요?"

"사내란 본디 그렇다라. 너도 그렇게 생각하느냐?"

화린이 씁쓸하게 웃더니 잠시 그들이 걸어가고 있는 소로(小路) 옆으로 시선을 돌렸다. 소로를 따라 화단이 있고 거기에 자미화가 주욱 심어져 있었다. 화린이 살던 옛집에도 자미화가 한 가득 심어져 있었다. 그래서일까. 오늘따라 번다히 옛 생각이 난다.

"내 고향집 앞마당에도 저 자미화가 심어져 있었지."

"고향이라 하시면, 미인이 많기로 소문난 화양현의 사가를 말씀하시는 건지요?"

"화양현이라. 호호. 미인이 많기는 뭐가 많더냐. 그런 구석진 오지, 가 황후가 조종하기 쉬운 계집을 고르느라 친척들을 뒤지고 뒤지다 그곳까지 내려온 거지. 가까운 친척들 중엔 연치 맞는 계집이 없고, 연치가 맞으면 마음껏 요리하기가 쉽지 않고.

그러다 마침내 같은 가씨 문중에서도 가난하고 지체 낮다 무시당하던 우리 일문을 찾아내고는, 미인이 많은 고장이라 게서 골라왔다 소문을 낸 게다."

조금은 감상적이 된 것은 어쩌면 보고 싶지 않은 모습을 봤기 때문일지도 모른다. 무결이 그렇고 그런 남자라는 것을 알고 경멸해 주고 싶은 건지, 아니면 실망한 것인지 화린 자신도 알 수 없었다. 그저 한없이 복잡한 기분에 씁쓸해질 뿐이다.

"원래는 나 대신 내 동생이 건왕의 비로 내정돼 있었다는 것을 아느냐?"

그는 처음 듣는 소리였다. 위금이 의문 어린 얼굴로 화린을 쳐다보자 그녀가 쓸쓸하게 웃으며 말을 이었다.

"내가 건왕과 혼인할 적에 이미 나이 열여덟이었다. 혼인하기 늦은 나이는 아니었지만, 황족과 혼인하기에는 적당한 나이도 아니었지. 나보다는 두 살 어린 내 여동생 쪽이 적역이었기에 가 황후도 내 동생을 골랐다. 하지만 혼례 직전에 그 아이가 급병이 드는 바람에 부득이하게 내가 대신 건왕과 혼인하게 됐지."

"그런……."

"내 아버지는 아들을 낳으려고 딸만 내리 넷을 낳게 했다. 나는 그중의 셋째였고. 비록 아들을 낳는 데는 실패했지만 어머니의 미모를 이어받아 딸들 모두 어려서부터 미인이라 칭찬받았지. 그러나 빈한한 가문에 도에 넘치는 미모는 유익이 아니라 해악이었다."

그녀의 큰언니는 일찍이 그 미모 덕분에 귀족의 집안에 시집을 갔다. 그러나 미색이란 나이를 먹을수록 지기 마련이어서, 남편은 곧 첩을 몇이나 들였고 수도 없이 바깥에 씨를 부렸다. 나중에는 그도 모자라 나이 어린 기생에게 홀려 아내를 쫓아내기까지에 이르렀으니, 화린의 큰언니는 충격을 받은 나머지 절로 들어가 쓸쓸한 여생을 보내게 됐다.

둘째 언니는 그보다 더욱 가관. 본디 화린보다 아름답다 소문났던 그녀는 그 덕분에 좋은 혼처로 시집을 가기로 정해져 있었지만, 그만 그 미모 때문에 시집가던 길에 마적단에게 납치를 당했다. 그 남편이 몸값을 치러서 결국 돌아오게 되긴 했지만 이미 그녀는 마적들에게 몹쓸 꼴을 당한 뒤였다. 결국 그녀는 목을 매 죽고 말았다. 가문의 체면 때문에 대외적으로는 병사라고 발표하긴 했지만, 비참한 죽음임을 부인할 수 없으니 화린의 말마따나 결국 미모가 독이 됐던 셈이다.

"이 천무에서 여자의 운명은 남자에게 달려 있다. 다들 그게 당연하다며, 그렇게 살라고 하지. 하지만 나는 그를 받아들일 수 없다. 내 운명을 사내가 쥐고 흔들게 하지 않겠어."

황궁의 담벼락 너머 저 먼 하늘을 향한 화린의 눈빛이 오연하고도 당당하다. 독을 품은 꽃, 그러나 그로 인해 더욱 아름다운 꽃. 천웅이 어째서 패륜이란 것을 알면서도 기꺼이 그 독을 마셔 버렸는지 알 것 같다는 생각이 들어, 위금은 그런 화린을 망연히 바라보았다.

"왜 아녀자는 규방에서만 피는 꽃이라 하느냐? 사내를 바라보고만 살며, 그 사내에 의해 인생이 좌우돼야 하느냐? 나는 그리 살지 않겠어. 여자도 세상을 바꿀 수 있다는 것을 내가 증명해 보이겠다. 그를 위해서라면 나는 무슨 일이든 할 수 있다. 내동생에게 비상을 먹여 그 아이 대신 내가 번왕비로 나서고, 아주버님과 통정을 하며 심지어 내 남편을 죽이는 일까지도 서슴지 않을 것이다."

그 누가 망설임없이 이런 대악을 행할까. 그런 죄를 저지르면서도 이리 당당할 수 있을까. 어쩌면 그것이 화린이라는 여자의 진정한 매력일지도 모른다. 천웅 역시 그런 매력에 그만 눈이 멀어 정신없이 빠져 버린 걸지도 모른다.

"황후의 후(后)는 본디 군주를 의미하는 글자였다. 지금은 제왕의 배우자로 전락했다만, 과거에는 황후 역시 지배자였다는 뜻이지. 나는 옛 황후와 같은 그런 지배자가 되겠다. 내 능력으로 이 나라를 바꾸고, 신민들의 어머니가 되겠어. 그로 더 많은 자들을 내가 구할 수 있다면 그 와중에 희생자가 생겨도 세상은 나를 용서할 것이야."

잠시 말을 끊었던 화린이 이내 가만히 속삭였다.

"하지만 그러기 위해선, 그전에 나를 가로막고 있는 가장 큰 돌을 치워야겠지."

문제는 역시나 무결이었다. 그가 있는 한은 그녀는 영원히 번왕비. 황후도 태후도 될 수 없다. 천하는 여전히 저 멍청한 천웅과 가 황후의 것이리라.

'역시…… 안됐지만, 여러 가지 이유에서 무결 당신은 사라져 줘야겠어.'

마침내 자인궁 문 앞에 도착한 화린이 번뜩이는 눈을 들어 화려한 각루를 쳐다보며 다짐했다. 살의를 다지는 그녀의 눈빛은 자인궁을 감싼 붉은 담처럼 핏빛을 띠고 있었다.

한편 화린과 위금이 사라지고 난 뒤, 남겨진 무결은 무거운 침묵 속에서 홀로 고민하고 있었다. 율비가 이불로 몸을 만 채 침상 끝에 몸을 도사리고 앉아 있었지만 전에 없이 무거워 보이는 그의 표정에 일어나 나갈 수도, 그렇다고 어찌 자신을 그리 탐했냐고 따질 수도 없어서 무결의 눈치만 살피고 있었다.

왜 그랬을까? 율비도 묻고 싶었지만, 무결도 사실 그것을 알고 싶었다. 정말로 아까는 아무것도 따질 수 없었다. 율비가 남자든 여자든 그저 손을 뻗어 그녀를 집어삼키는 것 말고는 아무것도 생각할 수 없었다. 이성이 완벽하게 사라졌던 것이다.

'혹시 내게 정말 남색의 기질이 있었던 건가?'

비록 지금은 몸을 낮추고 있어도, 무결은 항상 자신에 대해선 당당했었다. 절대로 흔들리지 않는 자신감. 오만함과는 다른 종류의 믿음을 자신과 그의 사람들에게 갖고 있었기에, 무결은 항상 여유를 갖고 화린과 천웅을, 그리고 세상을 내려다볼 수 있었다. 그 때문에 천웅은 늘 그에게 알게 모르게 열등감을 느꼈고 화린은 불안을 느꼈다. 그런데 지금만은 그런 자신감이 흔들리고 있었다. 처음으로 무결은 스스로를 믿을 수 없게 돼버렸다.

"건왕 전하, 소신 자하입니다. 지금 들어가도 되겠습니까."

불현듯 문밖에서 들려온 목소리에 무결은 정신을 차렸다. 무결이 들어오라 외치자 득달같이 들이닥친 자하가 당장 침상 한 구석에 쪼그리고 앉은 율비를 노려봤다. 안고 어른 것은 그인데 어째서 문책은 이 아이가 당해야 하는가. 무결은 새삼 미안함을 느끼고 장탄식을 토해냈다.

"나가 보거라."

무결의 말에 비로소 율비가 비슬비슬 일어나 침전을 나갔는데 문 쪽으로 향하던 율비가 문득 몸을 돌려 무결을 쳐다보았다. 그 순간 두 사람의 시선이 허공중에서 엉켰다. 그 시선에 담긴 것은 무엇이었을까? 눈빛이 마주치자마자 율비는 황망히 고개를 돌려 버렸지만, 무결의 심중은 마치 태풍을 만난 배처럼 덜컹, 크게 흔들렸다.

"곤란하구나."

율비가 나가자 무결이 침상 기둥에 몸을 기댄 채 가만히 중얼거렸다.

"어찌하시려는 겁니까, 전하. 정말로 그 아이를 취, 취하신 겁니까? 눈속임이 아니라 정말이 돼버리신 겁니까?"

무결은 대답하지 않았다. 몸으로야 취하지 않았지만 마음으로는 취했다. 화린이 들이닥치지 않았으면 그 자리에서 율비를 눕히고 갈증을 해소하고야 말았을 것이다. 그러니 무결은 비록 결과는 그렇지 않았더라도 '취하지 않았다' 고 도저히 대답할 수가 없었다.

그런 무결을 향해 자하는 자못 비장한 자세로 무릎을 꿇고 외쳤다.

"전하, 송율목을 사가로 내치도록 허락해 주십시오. 이 이상 그 아이가 전하의 심경을 어지럽게 해선 안 됩니다!"

"네가 보기에도 내가 그렇게 보이더냐?"

"전하……!"

한 번도 흔들린 적 없던 그의 주인이 정말로 흔들리고 있었다. 자하는 한 번도 본 적 없었던 주인의 모습에 크게 당황했다. 그런 그의 위로 무결이 지친 목소리로 중얼거렸다.

"알겠다."

"전하, 그러시면?"

더 이상은 중심을 잃어선 안 됐다. 정체를 알 수 없는 혼란에 흔들리고, 스스로를 의심하게 되는 것을 더 이상 좌시할 수 없다.

"송율목을 궁에서 내보내거라. 단, 맨몸으로는 말고……. 나 때문에 궁에서 나가게 되는 것이니, 적당히 한 재산 떼어서 보내거라."

＊

　다음날 아침. 부른다는 말에 왕진의 처소로 온 율비는 문을
열자마자 들어온 광경에 뜨악한 표정을 지었다. 방 안에는 자
하도 있었다. 왕진의 처소는 그리 넓지 않아서 침상 앞으로 다
탁 하나가 있고 그 양옆에 등받이 없는 도자기 의자가 놓여 있
을 뿐인데, 그 의자에 왕진과 자하가 나란히 앉아 있었던 것이
다.

　좀처럼 감정을 드러내지 않는 그 얼굴이 율비를 보자마자 불
쾌감을 표시하는 모습에 그녀의 가슴이 덜컥 내려앉았다. 아니
나 다를까, 율비가 그 앞에 무릎을 꿇고 앉자마자 왕진이 몹시
곤혹스러운 듯 이마를 짚더니, 이윽고 조심스럽게 말을 꺼냈다.

　"이만 궁을 나가줘야겠다."

　율비가 번쩍 고개를 들었지만 왕진도 자하도 모두 시선을 피
했다. 어쩔 수 없는 일. 양심이 몸부림을 치며 반항했지만 두 사
람 모두 주인을 위해 그를 외면해 버렸다.

　"이유는 묻지 말고 그냥 나가거라. 건왕 전하께선 그냥 사가
로 내보내라 하셨지만 절차상 환관이 별 이유 없이 궁을 나갈
수는 없는 일, 늙거나 병이 들거나 죄를 지은 게 아니면 환관은
멀쩡한 몸으로 황궁을 나갈 수 없게 돼있다. 그러니 일단은 황

궁 과수원이 있는 원악산(園岳山)으로 가거라. 거기서 일을 하고 있으면 내 기회를 봐서 다시 몸을 뺄 수 있게 해주마."

황궁 과수원은 거세를 했지만 환관이 되지 못한 자들이 일하는 곳이었다. 황궁에서 일하던 환관이 그리로 간다는 것은, 즉 쫓겨나는 것이나 마찬가지. 갑자기 율비의 눈에서 제멋대로 눈물이 솟구쳐 올라왔다.

서러워서 우는 게 아니다. 슬퍼서 우는 것도 아니다. 헤어지는 것이 싫고, 떠나는 것이 싫은 것이다.

그런 자신을 알아차리자 율비의 가슴에 어떤 깨달음이 먹물처럼 번져서 순식간에 그녀를 채워 버렸다.

왕진과 자하가 한층 더 걱정스럽고 노여운 얼굴로 그녀를 노려봤지만 율비는 뚝뚝 흘러내리는 눈물을 북북 문질러 닦을 뿐 그 자리에서 움직이지를 않았다.

"어허, 썩 움직이지 않고 뭘 하느냐. 어서 처소로 가서 짐을 싸거라!"

보다 못한 왕진이 소리를 지르자 율비가 작게 속삭였다.

"······만나고 가게 해주십시오."

"뭐라?"

"가라고 하니 가겠습니다. 하지만 그전에 건왕 전하를 한 번만 만나고 가게 해주십시오."

"허어, 이런 건방진 놈을 봤나! 네가 지금 대매를 맞고 쫓겨나고 싶은 게냐!"

"상관없습니다. 맞고 쫓겨나든 그냥 나가든 쫓겨나는 것은 마찬가지 아닙니까. 전 죽어도 건왕 전하를 뵙고 가야겠습니다!"

왕진이 호통을 쳤지만 그러든 말든 어디서 그런 용기가 솟았는지 율비는 요지부동이었다.

이미 그 안에 무결이 자리 잡아버린 거다. 그것이 철심처럼 그녀 안에 박혀 버려서 율비를 단단하게 붙잡고 있는 것이다.

"설마 건왕 전하를 욕심내고 있는 게냐?"

자하가 묻자 율비의 낯색이 눈에 띄게 흔들렸다.

"잊어라. 건왕 전하는 감히 너 따위 비천한 환관에게 마음을 주실 분이 아니다. 잠깐 그릇된 욕망을 품었을지 몰라도 그것은 스쳐 지나가는 바람일 뿐, 너를 마음에 뒀다는 뜻은 아니란 말이다."

그러기를 바랐다. 오늘 아침 자하가 본 무결의 모습은 그의 말이 허세에 가깝다는 걱정이 들 정도로 흔들리고 있었고, 그를 알기에 자하는 더욱 율비를 무결 곁에 둘 수 없었다. 율비에게 미안하긴 했지만 무결을 위해서는 그녀를 떼어내야 했기에, 그래서 자하는 일부러 율비에게 더욱 모질게 굴기로 결심했다.

"그래도 좋습니다. 마지막으로 한 번만 뵙고 가게 해주십시오. 얼굴만 보고 가겠습니다. 다른 어떤 짓도 하지 않겠습니다."

"정말 시건방진 녀석이구나. 혹시 전하를 뵈면 그분께서 널 다시 붙잡기라도 할 거라 생각하는 거냐? 그렇다면 그건 네가 크게 잘못 생각한 거다. 너를 내보내라 명하신 게 바로 전하란 말이다!"

그랬던가? 버린 건가. 그 무결이, 멋대로 제 입술 탐해놓고 그렇게 짓이겨 놓고 이제는 가라 하는 건가.

"……흑."

마치 집에서 쫓겨나는 강아지처럼 율비가 그 큰 눈에서 눈물을 뚝뚝 흘리며 흐느껴 울기 시작했다. 그 모습은 비록 무결을 위한 일이라 해도 율비를 쫓아내는 게 마음이 편하지는 않았던 왕진과 자하 모두를 괴롭게 만들었다. 그중에 특히 마음이 불편한 것은 자하 쪽이었다. 왕진은 몰라도 자하는 율비가 좋아서 이리로 끌려온 게 아니라는 것을 잘 알고 있지 않은가. 무결을 구해놓고도 단지 그가 욕망을 품게 만들었다는 이유만으로 이리저리 치이다가 마침내는 쫓겨나야 되는 율비의 처지가 불쌍하다면 참으로 불쌍한 것이다.

왕진이 한숨짓고 자하는 율비의 얼굴을 차마 마주할 수가 없어 고개를 돌려 버렸다. 결국 이래저래 사정을 잘 모르는 왕진이 나섰다.

"여봐라. 밖에 누구 없느냐. 들어와서 이 녀석을 끌어내라!"

"대야! 그러지 마십시오. 딱 한 번만, 얼굴만 보면 됩니다. 멀리서라도 보고 가게 해주세요. 제발 그렇게 해주십시오!"

"어허, 기어코 이놈이 미련을 못 버리는구나. 그럴수록 저하는 나쁜 소문에만 시달리게 될 뿐이다. 내 절대로 그 꼴은 못 본다. 뭐하느냐! 어서 이놈을 끌어내지 않고!"

같은 시각, 무결은 드물게 서재에 틀어박혀 책을 읽고 있었다. 사실 책을 읽는 것이 목적이 아니라, 뭔가 생각을 돌릴 거리가 필요했던 것인데 일부러 생각을 가다듬기 위해 잘 안 읽던 제왕학의 강론서를 집어들었는데도 도무지 책장이 넘어가지를 않았다.

'그 아이 때문이군.'

한 글자, 한 글자 거의 눈에 새겨 넣을 것처럼 눈을 부릅뜨고 책을 들여다보던 무결이 결국 포기하고 책을 덮어버렸다. 제 입으로 내보내라고 했다. 은혜를 모르는 잔인한 처결이라는 것을 알면서도 그렇게 명했을 적에는, 이렇게 모질게 굴어서라도 인연을 끊어버리겠다 결심한 것이었는데, 지금 무결의 상태는 그 결심이 무색했다.

차라리 산책이나 하자 싶어 무결은 자리에서 일어났다. 그런데 그가 막 원자로 내려섰을 때 중문 밖에서 소란이 이는 게 들려왔다. 소리를 들어보니 누군가 무결이 있는 침전 쪽으로 막무가내로 뛰어들려 하고 있고, 소태감들 몇몇이 그를 막고 있는 것 같았다.

"무슨 소란이냐?"

무결이 나타나자 당황한 소태감들이 갈라섰고 그러자 그들에게 여태껏 얻어맞고 있던 하사가 나타났다.

"전하!"

무슨 말을 하려는지 알 것 같다. 무결이 낯을 찌푸렸다.

"전하! 버리시는 겁니까? 송율목을 기어코 버리시려는 겁니까?"

"어허, 이 녀석이 감히 뉘 안전이라고 함부로 입을 놀리는 거냐!"

소태감 하나가 하사의 입을 틀어막으려 했지만 하사는 기어코 그를 뿌리치며 악을 썼다.

"우리는 장난감이 아닙니다! 쓰고 버리는 물건이 아닙니다! 송율목을 거둬주십시오. 질렸으면 질린 대로 궁에 머물게라도 해주십시오! 원악산으로 보내지면 그 아이는 죽습니다!"

뜻밖의 말에 중문을 빠져나가려던 무결이 잠시 하사를 돌아봤다.

원악산이라. 자하가 그의 말을 듣지 않고 멋대로 결정한 건가? 하지만 무결은 고개를 저었다. 더 이상 율비에게 끌려다니는 건 사양이다. 나중에 사람을 보내 빼내주는 한이 있더라도 지금은 그 아이를 자신에게서 떼어내야 했다. 무결은 가타부타 말을 하지 않고 소태감들을 향해 명령했다.

"이 녀석을 끌어다 처소에 가둬놔라. 단, 매를 치거나 하지는 말고."

"전하!"

본디 잘 흥분하지 않는 하사였다. 하지만 그런 하사가 몸부림을 치며 한마디라도 더 하려 애를 쓰는 것을 무결은 기어코 외면하며 돌아서 버렸다. 그리고 그 자리를 떠나 후원으로 나가 버렸다.

아랫것들도 휑하니 종적을 감추고 후원에 혼자 남겨진 무결에겐 갑작스런 정적이 찾아왔다.

황족의 궁이건만 그의 정원에는 제대로 된 나무가 없다. 원래는 후원 뒤로 제법 큰 숲이 있었지만 무결이 영궁에 머물게 된 뒤로 혹시 있을 암살자나 밀정을 방지하기 위해 나무를 죄다 없애 버렸다. 원래는 황제의 명령이 없는 이상, 황제 고유의 재산이라 할 수 있는 숲이나 나무 한 그루조차 손댈 수 없었지만 무결은 자신만의 방법으로 그를 감행했다. 실화(失火)를 가장해 불을 놓아 나무를 죄다 태워 버렸던 것이다.

무결의 짓이라는 증좌를 찾을 수 없어서 결국 그 일은 유야무야 넘어갔지만, 불이 난 뒤로도 새로이 떼*를 입히지 않고 그대로 놔둔 까닭에 그 뒤로 영궁의 후원은 까맣게 그을린 채 방치돼 있었다. 무결은 걸음을 멈춰 세우고 그 모습을 바라봤다.

나무 한 그루 자라지 않는 메마른 숲. 새까맣고 공허한…….

어쩌면 그의 심중도 이렇게 황폐해져 버린 것은 아닐까.

'이런 생각을 하다니 한심하군. 쓸데없는 생각이야. 잠시간 스쳐 지나갈 환몽일 뿐, 보이지 않으면 사라질 잡념이다.'

무결은 그렇게 스스로를 설득했다. 설득을 할 지경으로 이미

---

*떼:잔디

돌이킬 수 없이 멀리 왔다는 것도 깨닫지 못한 채, 무결은 그를 사로잡는 온갖 미몽들로부터 벗어나기 위해 걸음을 빨리했다.

그런데 이상하다. 휘적휘적 큰 걸음으로 걸어가는 그의 귀에 어디선가 작은 울음소리가 들려왔다.

'그 아이의 울음소리인가?'

무결이 멈칫 걸음을 멈췄다.

들리지 않는다. 하긴, 이곳은 영궁에서 가장 안쪽에 있는 후원이니 후원에 들어와 있지 않은 이상 그 아이의 울음소리가 들릴 리 없었다. 무결은 다시 걷기 시작했다. 그러자 울음소리가 또다시 들려왔다.

무결이 주변을 돌아봤지만 주위엔 아무도 없었다. 밖이 아니다. 이것은 그의 안에서 들리는 소리다. 귀뚜라미 소리처럼 작던 울림이 점점 커지더니 몸을 쪼갤 것처럼 커졌다.

으아앙, 으아앙. 으아아앙.

몸을 흔들며 크게 울부짖고 있다. 보내기 싫다고, 헤어지고 싶지 않다고.

무결이 무거운 걸음을 멈춰 세웠다. 그리고 마치 제 속을 헤집어보려는 것처럼 자신의 명치께를 들여다보다 이윽고 한숨을 내쉬었다.

"이건…… 나로구나."

율비가 우는 것이 아니다. 그가 울고 있는 것이다.

무결 안에서 조그맣게 웅크리고 있던 어린 날의 그. 갑작스런 어미와의 이별조차 삼키고 숨겨야 했던 작고 연약한 그가 지금 또다시 서럽게 울고 있었다.

"바보 같으니."

무결이 가만히 중얼거리다 길게 장탄식을 토해냈다.

"보낼 수 없는 건 내 쪽이었구나."

그 말과 함께 무결이 홱 몸을 돌렸다. 그리고 서둘러 후원을 빠져나갔다.

날듯이 뛰어 달려간 곳은 왕진의 숙소였다. 그곳 마당에서 소란이 일어나고 있다는 것을 들은 무결이 그리로 향한 것이다. 마당으로 들어가자마자 웅성웅성 모인 소환들의 무리가 보이고 그들 너머로 율비의 울음소리가 들렸다.

"어허! 이 무슨 추태로고! 당장 떨어지지 못하겠느냐!"

"못 갑니다! 못 가요! 전하를 뵙기 전에는 죽어도 못 갑니다!"

엉엉, 서러운 울음소리와 더불어 이번엔 자하의 고함 소리가 들렸다.

"그 손 당장 놓지 않으면 팔을 잘라 버리겠다! 놓아라! 어서 놓지 못하느냐!"

이렇게까지 하고 싶진 않았지만 더 이상 어쩔 수 없었다. 이러다 무결이 보내지 말라 마음을 바꾸면 일이 더욱 힘들어지니 자하가 어쩔 수 없이 악역을 떠맡고 나섰다. 율비가 엉엉 울며 숙소 기둥에 매달리기까지 하자 자하가 기둥을 붙잡은 손가락을 하나하나 떼어내기 시작했다. 그런데 무슨 힘인 걸까, 사내의 힘을 당해낼 리 없건만 율비는 그럴수록 기를 쓰며 기둥에 매달렸고, 마치 풀을 바른 것처럼 그 사지가 기둥에서 떨어지지를 않았다. 마침내는 자하가 지친 나머지 두 손 들기에 이르렀다.

"지독한 녀석……! 전하가 그리 좋더냐!"

아무리 같은 사내에게 품은 연심이라지만 이리도 열심일 수가 있는가. 고지식한 자하였지만 그 진정만은 인정하지 않을 수가 없었다.

그때 그 실랑이를 둘러서서 지켜보고 있던 소환들 중 하나가 무결을 알아보았다.

"전하!"

탄성과 함께 소환들 무리가 일제히 갈라서면서 그 사이로 무결이 나타났다. 소환들이 일제히 엎드리자 그제야 무결을 발견한 자하가 당황하여 율비에게서 손을 떼고 한 걸음 물러났다.

"전하! 어찌 이리 납시었습니까?"

왕진이 달려나와 그 앞에 엎드렸지만, 무결은 그에는 대답하지 않고 눈물이 그렁그렁해서 기둥에 매달려 있는 율비를 물끄러미 바라볼 뿐 대답하지 않았다.

울어서 엉망이 된 눈. 흐트러진 머리채. 통통하니 귀염성있던 볼은 벌겋게 퉁퉁 부어 있고 옷차림 역시 억센 사내들의 손길에 잡아당겨지고 밀쳐져 여기서기 찢어져 있다. 그가 그렇게 만든 거다. 은인이라 할 수 있는 아이인 것을, 저 편하자고 데리고 와서 제가 불편하다고 저리 만들어 버린 것이다.

'못난 놈.'

무결이 속으로 되뇌며 율비에게로 손을 뻗었다. 이제 더 이상 비 온 후의 죽순처럼 걷잡을 수 없이 자라나는 마음을 베어낼 수가 없었다.

"왜 우느냐."

왕진과 자하가 적이 당황스런 얼굴로 그를 쳐다보는 게 느껴졌지만 무결은 그에 아랑곳하지 않고 손을 들어 모두에게 나가라는 손짓을 했다. 무결의 손짓에 앞마당에 몰려와 있던 자들이 다 사라지고 이윽고 율비와 그만 남겨지자 무결이 다시 한 번 조용히 물었다.

"왜 우는 거냐."

하지만 율비는 무결을 외면한 채 고집스럽게 기둥에 매달려 있을 뿐, 그가 짐짓 다정하게 물어도 대답을 하지 않는다. 마치 자신을 내보내려 했던 무결의 무정함에 화가 나버린 듯. 그 모습에 무결도 심화가 난다. 그리도 마음 상하게 한 것에 화가 나고, 그리 마음 상한 이 아이를 보며 속상해하는 자신에게 어이가 없다.

그러나 어찌하랴. 이제는 돌이킬 수 없게 돼버린 것을.

"날 만나고 가겠다 했느냐? 내게 하고 싶은 말이라도 있었던 게야?"

"……흑흑."

"네 말대로 내 여기까지 왔다. 하고자 한 말이 있다면 지금 해야 될 것이 아니냐. 왜 우느냐. 왜 말은 하지 않고 울기만 해."

"가기…… 싫습니다."

"……!"

"가라고 하시니 가겠습니다. 그런데…… 그런데 가기 싫습니다."

골이 난 게 아니었다. 마음속으로 삭이고 또 삭이다 그냥 돌아서려 했던 것을. 안녕히 계시라고, 짧은 동안이나마 아껴주셔서 감사하다고 그리 말하고 조용히 나오려 했는데, 기어코 눈물과 함께 진심이 쏟아져 나오고 말았다.

쩌억, 그 순간 그 어떤 검도 가르지 못했던 무결의 심장이 소리를 내며 갈라져 버렸다.

'아아…….'

이젠 안 된다. 이제는 어쩔 수 없다.

무결은 더 이상 견디지 못하고 율비를 한 아름에 끌어안아 버리고 말았다. 품 안에 들어온 율비가 깜짝 놀라 몸이 굳는 게 느껴졌지만 그는 개의치 않았다. 나중에 후회하게 돼도 좋았다. 지금만큼은 작은 토끼처럼 떨고 있는 이 녀석을 안고 이렇게 말할 수밖에 없다.

"보내지 않겠다. 네가 가지 않겠다 하면 보내지 않겠다."

끌어안긴 율비의 몸이 흠칫 떨렸다. 하지만 그것도 잠시, 자신이 들은 말을 믿을 수 없어 하면서도 율비는 그 말에 안도하고 말았다. 거짓이라 해도 좋고 나중에는 변한다 해도 좋았다. 그저 지금은 잠시만이라도 그가 자신을 배려하고 품어준 것이 좋았다. 슬픔과 긴장이 한데로 녹아 율비는 마침내 울음을 터뜨리고 말았다.

"흐흑. 흐흐흑…… 허어어엉……!"

어찌할꼬. 이 한없이 귀여운 아이를 어찌해야 할꼬.

어린아이처럼 기어코 품 안에서 울음을 터뜨리고 만 율비의 등을 토닥거리며 무결은 쓴웃음을 지었다. 그런 두 사람의 모습을 문틈으로 몰래 훔쳐보던 왕진이 못내 불안한 표정을 하고, 자하는 어쩔 수 없다는 듯 고개를 가로저었지만, 율비는 그도 모른 채 무결이 보내지 않겠다 하니 그저 하염없이 안도의 눈물을 흘릴 뿐이었다.

그러나 그들도 알지 못하는 사이 운명의 흐름은 또다시 그 물길을 바꾸며 크게 용틀임하고 있었다. 두 사람이 그렇게 서로에게서 몸을 떼어내지 못하고 있을 때 영궁의 입구에 가 황후가 보낸 전령이 도착했던 것이다.

전령의 도착은 곧 번을 서는 환관에게 전해졌고, 그 사실은 다시 왕진과 자하에게 알려졌다. 전령이 온 이유를 전해 들은 자하가 문을 박차고 무결과 율비가 서 있는 안마당으로 뛰어들어 왔다.

"무례를 용서하십시오, 전하."

"무슨 일이기에 허락도 없이 들어오는 것이냐?"

자하가 나타나자 무결은 그제야 마지못해 끌어안은 율비를 풀어줬다. 무결이 드물게 불쾌한 반응을 보였지만 사안이 워낙 급박했기에 자하는 용서를 비는 대신 바닥에 한 무릎을 꿇고 앉으며 외쳤다.

"황후 마마께서 전령을 보내왔습니다. 그 전령이 전하기를 하원국의 국왕이 얼마 전 붕어했다고 합니다."

"그래서?"

단지 그 사실을 알리기 위해 자하가 이렇게 긴장하는 것은 아닐 것이다. 무결은 불길한 예감을 느끼며 눈썹을 위로 치켜올렸다.

"황후 마마께서 전하로 하여금 국왕의 장례에 조문 사절로 하원국에 가라 명하셨다고 합니다. 아울러 하원국 세자가 새로이 왕으로 등극하니 그 축하도 함께 겸하라 하였습니다."

전령의 말은 곧 사실로 드러났다. 가 황후의 부름에 영춘궁으로 향한 무결은 곧 우아하면서도 차갑기 짝이 없는 그녀와 마주 앉았다.

목이 부러지지 않을까 걱정이 될 정도로 첩첩이 쌓아 올린 머리에 색색깔의 화려한 포를 겹겹이 겹쳐 입은 가 황후는 단지 분위기를 내기 위해 든 상아 부채를 흔들며 말했다.

"건왕, 전령의 말을 들었겠지요. 하원국 국왕이 졸했다 하니

건왕이 조문단의 정사(正使)로 가는 게 좋겠어요. 건왕의 지위로
보나 현재 위치로 보나 정사로 가기에 가장 적합할 듯해요."

번국에 돌아가지 못한 채 하는 일 없이 놀고 있는 그의 처지
를 비꼬는 말이었지만 무결은 별다른 감정의 변화를 드러내지
않은 채 대답했다.

"하면 되도록 빨리 출발하는 게 좋겠군요. 하원국과 창천국은
운하를 따라 배로 간다 해도 일주야는 걸리지 않습니까. 창천국
의 책봉 교지가 급하다 하니 창천이 하원국 세자를 지지하는 이
상, 서둘러 그에게 힘을 실어줘야 하지 않겠습니까."

일리가 있는 말에 가 황후가 고개를 끄덕이자 무결이 기다렸
다는 듯이 냉큼 말을 받았다.

"그럼 정식 조문단이 꾸려지기를 기다리지 않고 즉시로 출발
하겠습니다. 우두머리가 먼저 도착하면 정식 조문단은 좀 늦게
와도 상관없지 않겠습니까?"

애도의 뜻을 표하는 조서를 작성하고 조문단으로 가기에 적
합한 위치의 인물을 추려내는 데만 적어도 이틀 이상은 걸릴 터
였다. 무결을 비롯한 소수의 인원만 먼저 출발하겠다는 의견이
타당한 바가 있었기에 가 황후는 곧 그를 허락했다.

아마도 가 황후가 명한 '즉시'라는 말의 의미는 빨라야 다음
날 정도였을 것이다. 그러나 무결이 말한 '즉시'는 그녀의 상상
을 뛰어넘은 것이었다. 영궁으로 돌아온 무결은 당장 왕진과 자
하를 불러 그날로 일행을 추려 하원국으로 출발할 것을 명했다.

"빠르게 이동하기 위해선 최소한의 인원만 차출해야 한다. 왕태감은 남아서 이곳의 일을 맡아주게. 그 대신 자하는 나와 함께 간다."

"명을 받들겠습니다."

"호위무사는 믿을 만한 인물로 일곱 명 정도만 추리게. 그리고……."

잠시 말을 멈추고 심사숙고하던 무결이 곧 결심한 듯 말을 이었다.

"송율목도 함께 간다."

"전하!"

왕진과 자하의 목소리가 동시에 울려 퍼졌다.

"아니 됩니다, 전하. 그것만은 거두어주옵소서! 국사로 떠나는 길이옵니다. 아무리 귀여워하는 아이라고 하지만, 어찌 애동을 사절단에 대동하려 하십니까! 창천은 물론이고 하원국의 사람들까지 전하를 우세할 것입니다!"

왕진이 재빨리 노구를 굽히며 엎드려 하소연했지만 무결의 표정은 단단하기만 했다. 신중하지만 한 번 내린 결단은 절대로 되돌리는 법이 없는 무결이었다. 그가 책임지기로 했다면 책임을 져야 하는 것, 무결은 단호하게 고개를 저었다.

"애동을 데려가든 애첩을 데려가든 왕진, 그대가 참견할 일이 아니다. 수치야 이미 황궁에서 널리 사고 있는 몸, 추문이 좀 더 멀리 퍼진다 해도 태산에 티끌 하나 더 없는 것뿐이다."

"전하!"

"내가 그 아이를 두고 가면 그 아이가 무사히 살아남을 것 같은가?"

"……!"

"일단 왕진, 그대부터 내가 창천을 떠나면 때는 이때다 하고 또다시 그 아이를 멀리 보내려 들겠지. 그는 이제 내가 허락 못한다. 그뿐만이 아니야. 화린이 인정하고 물러나겠다 했지만 뒤로는 무슨 수를 꾸밀지 몰라. 일전에 그랬던 것처럼 그 아이를 뺏어가려 들지도 모르고, 최악의 경우엔 상한 자존심과 체면 때문에 녀석을 없애려 들지도 모른다. 그 어느 쪽이든 이 황궁 안에 그 아이의 편은 없어. 그런 곳에 송율목을 두고 갈 수는 없다!"

이미 율비를 거두기로 마음을 먹은 것이다. 그 안에 단단히 박힌 결심, 그것을 뽑기란 이미 불가능한 일. 자하가 안타까운 표정으로 눈을 감았다.

"송율목을 데리고 가겠다. 그러니 그리 알고 당장 오늘 떠날 수 있도록 모든 준비를 갖추거라."

반론을 허락하지 않는 단호한 명령에 왕진과 자하는 결국 무결의 지시를 따를 수밖에 없었다. 그리고 그날로 당장 행장이 꾸려지고 율비를 포함한 조문단 일행이 영궁 앞마당에 모였다.

국무로 운하를 여행하는 경우, 증명서만 있으면 운하에 설치

된 수역(水驛)*에서 숙박과 노자 일체를 조달할 수 있으므로 출발을 위해선 많은 준비가 필요치 않았고, 따라서 모인 일행의 짐은 비교적 단출했다.

일행의 수는 전부해서 열여덟. 무결과 자하, 그리고 자하 수하의 호위무사가 일곱이고 급작스런 출발에 놀란 나머지 가 황후와 천웅이 얼른 그러모아 붙여준 부사(副使) 한 명, 서기관 한 명과 호위단 여섯 명에 마지막으로 율비가 낀 구성이다.

조문단에 마지막으로 끼게 된 율비는 갑작스런 통보에 놀란 나머지 반쯤 어안이 벙벙한 상태였다. 얼떨떨한 표정으로 소환의 청색 망포도 벗지 못한 채 장대처럼 커다란 거한들 사이에 엉거주춤 서 있는 율비의 모습은 보기에 딱할 정도로 연약해 보였다. 그 와중에도 직전감에서부터 가져온 손바닥만 한 귀뚜라미 우리를 소중하게 움켜쥐고 있는데 막 번식기에 들어간 귀뚜리는 심상치 않은 분위기도 모른 채 우리 안에서 귀뚤귀뚤 울어대고 있었다.

일행은 자연스럽게 무결의 수하와 부사를 중심으로 한 천웅의 수하로 갈려 서먹한 분위기를 연출하고 있었는데, 그런 그들 앞에 마침내 무결과 자하가 나타났다. 여행에 알맞게 가벼운 포의(布衣)에 혁화(革靴)를 신은 무결의 모습은 이제껏 율비가 봐왔던 모습과는 또 달랐다. 늠름하다고 해야 할까, 아니면 지나치게 사내 냄새를 풍긴다고 할까. 갑자기 하원국까지 함께 가야

*수역(水驛):물길에 설치된 역참

한다는 말에 경악할 때는 언제고 애먼 가슴을 두근거리고 있다니, 하며 내심 스스로를 한심해하고 있는데, 그때 율비와 무결의 시선이 마주쳤다.

눈길이 부딪치자 율비는 얼른 어마, 뜨거라 고개를 숙여 버렸다. 하지만 그것도 잠시, 결국 호기심을 이기지 못하고 빼꼼 시선을 들어보니 무결은 그때까지도 그녀를 내려다보고 있다가 율비와 시선이 마주치자 빙긋이 웃었다. 덜컹! 율비의 심장이 발바닥까지 떨어졌지만 그를 들을 수 없는 무결은 고개를 돌려 무사들에게 외쳤다.

"모두들 들었겠지만 하원국까지의 여행은 대운하를 이용할 것이다. 인원이 모두 모였으면 당장 출발하도록 한다!"

"전하, 그래도 명색이 국상의 조문단인데 이리 아무 준비도 없이 떠나셔야 합니까? 이건 달랑 국서 한 장만 챙겼다 뿐이지, 마치 보따리장수처럼 초라한 행색이 아닙니까. 하원국에서 이리로 올 때는 일주야가 걸릴지 몰라도, 창천에서 하원으로 갈 때는 강물의 흐름이 반대라 닷새 거리밖에 되지 않습니다. 도대체 이리 서두르는 이유가 뭡니까?"

천웅의 수하인 부사가 무례하게도 눈을 치뜨며 그를 향해 따지자 무결이 빙긋 웃으며 대답했다.

"내가 꼭 이유를 말해야 하는가?"

"네?"

"부사, 이 조문단의 최고 책임자는 나다. 이 천하 어디를 가나

통하는 규칙이 있지. 상명하복. 복명하지 않으면 죽는다!"

"험!"

평소 여유작작, 무슨 시비를 걸어도 다 흘려버리던 무결의 모습이 아니었다. 무결의 박력에 질려 오만하기 짝이 없던 부사는 그만 입을 다물고 말았다.

"물론 물길에는 수적이 있고, 날씨도 여행에 변수가 될 수 있지. 하지만 그런 여러 가지 이유를 굳이 그대에게 일러 변명을 할 필요는 없다고 본다. 그대는 그냥 내 명을 따르면 돼."

말을 마친 무결이 그대로 몸을 돌려 월대 아래로 내려왔다. 사실 무결이 유난히 출발을 서두르는 이유는 자하나 그의 수하들도 궁금한 것이었지만 지금은 그를 묻고 있을 계제가 아니다. 마치 오늘 도성을 빠져나가지 않으면 큰일이라도 나는 양 서두르라고 재촉하는 무결의 다그침에 모두가 걸음을 빨리했고, 이윽고 일행이 황궁 정문을 빠져나오자 미리 준비해 둔 말이 나타났다.

"마, 말을 타고 가야 합니까?"

"당연한 게 아니냐. 도성에서 가장 가까운 수역도 말로 달려 반나절은 걸린다. 걸어서 갔다간 내일도 도착하지 못한단 말이다."

자하의 대답에 율비가 더듬거리며 말을 이었다.

"하지만 저는 말을 타지 못하는데요?"

아차, 잊고 있었다. 자하가 골치 아프다는 표정으로 율비를 쳐다보자 무결이 그를 가로막으며 말했다.

"내 앞에 타거라."

"네에?"

"뭘 그리 놀라느냐. 어차피 나와 함께 말을 탄 적이 한 번 있지 않느냐. 이러고 있을 여유가 없다. 어서 올라타거라."

무결이 먼저 말에 올라타더니 그 앞자리를 가리키며 재촉했다. 어쩌겠는가, 일단은 타는 수밖에. 율비가 울며 겨자 먹기로 그의 앞자리에 올라타자 당장 익숙한 무결의 체온이 그녀를 감쌌다. 사르르, 저절로 얼굴이 붉어지려는 순간, 기다렸다는 듯 무결이 당장 말 배를 걷어차며 폭풍 같은 기세로 말을 달려 나갔다.

"끼야앗!"

율비가 놀란 나머지 말 머리를 붙잡고 납작 엎드렸다. 평소의 무결이라면 그런 율비를 걱정해서라도 속도를 늦췄으련만, 지금의 그는 빨리 이곳을 빠져나가야 한다는 것 말고는 아무것도 머리에 들어오지 않는 것 같다.

이상하게도 흥분으로 달아올라 있는 무결의 눈빛을 모르는 율비는 떨어질까 겁이 나 죽기 살기로 말 머리에 매달릴 뿐이었다.

같은 시간, 화린은 막 처소인 저수궁에 돌아왔다가 무결이 조문단 정사로 임명돼 황궁을 나갔다는 첩보를 들었다. 하필 그날

따라 황궁 안에 있는 야산에 단풍놀이 삼아 올라갔다가 오후에
야 돌아오는 바람에 무결 일행이 하원국으로 출발했다는 소식
을 뒤늦게야 듣게 된 것이다.

　화린이 그를 듣고 당장 달려간 곳은 천웅이 있는 자인궁이다.
그러나 정신없이 달려온 화린에 비해 그녀를 맞아들인 천웅의
반응은 지극히 태평하기 짝이 없었다.

　"그래, 내가 무결을 조문단의 정사로 보내도록 손을 썼다. 그
게 뭐 잘못됐는가?"

　"하지만 전하! 무결은 인질이 아니었습니까? 어째서 갑자기
그를 내보내신 겁니까?"

　"그거야 이제 인질로 잡아둘 필요가 없어졌기 때문이지. 더
이상 무결을 살려둘 필요가 없어졌다 이 말이야."

　"네……? 그게 무슨 말씀이십니까?"

　"화린, 그대는 나를 너무 얕잡아보고 있어. 내가 아무럼 무결
그놈이 예뻐서 조문단으로 보냈을 줄 아나? 내게도 다 생각이
있다. 사실은 하원국의 세자와 이미 이야기가 다 돼 있단 말이
야. 무결, 그놈이 하원국에 도착하면 하원국 세자가 알아서 놈
을 처리해 줄 것이다."

　"그 말은 설마…… 그곳에서 그를 죽이겠다는 말씀입니까?"

　"하하, 뭘 그리 놀라나. 내 이미 황위에 오르면 그대를 황비로
만들어주겠다고 약속하지 않았던가. 무결 그놈이 멀쩡하게 살
아 있어서야 그러고 싶어도 방법이 없지. 그대를 위해서도 그렇

고 나를 위해서도 무결 그놈은 이제 없어져 줘야 해. 그래서 내가 그리 되도록 어마마마를 조종해 손을 쓴 것이다."

"그…… 그러셨군요. 저는 몰랐습니다. 그런데…… 이야기가 이미 다 돼 있다는 것은 이 계획을 미리 하원국 세자에게 알리셨단 말입니까?"

"사실은 이틀 전에 하원국에서 사자가 왔을 때 먼저 그들을 불러 내 계획을 지시했지. 하원국 사자가 처음엔 곤란하다 버텼지만 감히 이 창천국 차대 황제의 명을 거부할 수 있겠는가. 결국은 복명하겠다 따르더군. 시간이 촉박한 까닭에 하원국 세자에게 직접 승낙 의사를 타진하진 못했지만 어차피 놈들에게 거부할 힘은 없다. 놈은 사고를 위장해서 그곳에서 뼈를 묻게 돼 있어. 그리고 그리되면 하원국 역시 감히 창천국의 황자를 죽게한 죄를 물어 이참에 쓸어버리는 거지."

"……!"

간계에 간계를 더한 흉계. 무자비하기로 이름난 천웅의 성정이 유감없이 발휘된 계획이었다.

"허허, 그대의 표정이 어째 그리 굳어 있는 거지? 설마 무결이 죽는다는 말에 새삼 미련이 생긴 것은 아니겠지?"

"설…… 마요. 제가 그럴 리 있겠습니까. 다만 저는 전하의 혜안에 놀란 것뿐입니다. 감히 그와 같은 수를 생각해 내실 줄은 정말 몰랐습니다. 놀랍습니다, 전하."

"흐흠, 그렇지. 내가 생각해도 내 꾀가 놀랍기는 해. 이번에야

말로 무결 그놈을 꼼짝없이 해치울 묘안이 아닌가 말이야. 황궁이 아닌 하원국에서 죽으면 누가 내게 책임을 물을 것인가. 풍귀비의 집안도, 무결의 번국에서도 뭐라 따지지 못할 것이란 말이야. 게다가 이 핑계로 하원국까지 쓸어버리면 이야말로 일석이조가 아닌가. 하하핫!"

"그렇고말고요, 전하. 호호홋!"

화린이 애써 웃음을 지으며 그를 추어올리자 천웅의 어깨가 으쓱으쓱 하늘로 치솟았다. 단순한 성격에 화린이 칭찬을 하자 정말로 저가 잘난 줄로만 알고 좋아라 하는 것이다. 그러나 웃으며 천웅의 비위를 맞춰주던 화린은 처소로 돌아오자마자 웃는 얼굴을 냅다 지우더니 다짜고짜 탁자에 놓여 있던 연적을 방문을 향해 집어던지며 고함을 질렀다.

"그 멍청한 자식! 하나만 알고 둘은 모르는 바보 새끼! 무결을 죽일 거면 궁 안에서 죽였어야지, 어쩌자고 그를 내보냈단 말이야!"

"마마, 어찌 그리 역정을 내십니까. 옥체에 누가 될까 염려스럽습니다."

뒤따라 들어온 태감이 그녀를 말렸지만 화린의 울화는 가라앉지를 않았다. 눈에 보이는 것은 닥치는 대로 집어던지며 화린은 계속해서 소리를 지르고 성질을 부렸다.

"만약 그가 하원국에서 탈출하면 그는 날개를 단 격이란 말이다. 궁을 떠나 세상으로 나갔으니 어떻게 그를 잡을 것이냐. 무결이 번국으로 돌아가고 그를 중심으로 반란이라도 일어난다면 그때 가서 어찌하려는 거야!"

그 말에야 비로소 태감도 사태가 심각하다는 것을 알아차렸다. 그가 말을 잇지 못하고 입만 벌린 채 그녀를 바라보자, 화린은 그 얼굴에 대답하듯 계속해서 말을 이었다.

"그래! 무결은 분명히 좋아라 황궁을 빠져나갔을 것이다. 그동안 도성 안에 갇혀 오도 가도 못하는 신세였는데 정식으로 국서에 여행허가증까지 가지고 도성을 빠져나갈 수 있게 됐으니 그 아니 좋았겠느냐. 이제야말로 묶인 사슬을 풀게 됐다 생각했겠지. 도성만 나가면 어디든 갈 수 있게 됐으니 그야말로 자유가 됐다 생각했을 것이야. 그러니 혹시나 천웅과 가 황후가 생각을 바꿀까 두려워서 명이 떨어진 지 하루도 안 돼 서둘러 조문단을 꾸려 득달같이 떠나 버린 것이야! 가 황후나 천웅이나 둘 다 어리석기 짝이 없는 것들이다!"

"마마, 진정하옵소서. 벽에도 귀가 있다 했습니다. 부디 옥음이 새어나가지 않게 조심, 또 조심하셔야 합니다."

그 말에야 화린이 비로소 진정을 하고 씩씩 몰아쉬던 거친 숨을 가라앉혔다.

"하는 수 없지. 이렇게 되면 계획대로 하원국 세자가 무결을 확실하게 죽여주기를 바라는 수밖에."

그렇게만 돼준다면 얼마나 다행일까. 무결이 이렇게 갑작스럽게 죽게 되는 건 원하지 않는 바였지만, 그래도 그가 살아서 세상으로 도망치는 것보다는 나았다.

건왕 무결, 그녀의 남편. 하지만 그녀의 천하를 위해서는 반드시 없애야 할 적. 어쩌다 부부의 인연으로 만난 두 사람이 이렇게 원수보다 못한 사이가 돼버렸을까. 생각해 보면 참으로 이상한 일이다.

사실 화린은 개인적으로는 무결을 별로 싫어하지 않았다. 무결은 분명 화린이 감히 사랑과 존경을 바칠 수 있을 정도로 잘난 남자였고, 사내로서도 군왕으로서도 훌륭한 재능과 인성을 가진 자였다. 그녀에게 야심이 없었다면 아마도 화린은 그를 사랑했을지도 모른다.

제왕의 명운을 가진 남자. 그것이 비극이라면 비극. 천하를 거머쥐기를 꿈꾸는 화린에게 무결은 넘어야 할 산에 불과했다. 아니, 오히려 태자인 천웅보다 더욱 무서운 상대였다.

화린은 문득 든 상념에 이미 저만치 붉게 물들어 서산으로 넘어가고 있는 태양을 바라보며 쓸쓸한 미소를 지었다.

'내가 가화린이 아니었다면, 그저 평범한 여자였다면 당신과 잘살았을지도 모르지요. 하지만 어쩌겠어요. 나 화린은 일개 번왕의 아내로 만족할 수 없어요. 그러니 잘 가요, 무결. 부디 이번만은 확실하게 죽어서 당신과 나의 악연이 완전히 끊어지길 빌어요.'

그 시각, 무결의 일행은 정신없이 말을 몰아쳐 마침내 황도 화하를 완전히 빠져나갔다. 도성 문에서 잠시 제지를 받았지만 여행허가서와 국서를 갖고 있었기에 곧 성을 빠져나갈 수 있었고, 그렇게 성문을 빠져나간 무결 일행은 계속해서 말을 달려 마침내 멀리 운하가 내려다보이는 언덕길까지 단숨에 올라갔다.

몇 년 만에 보는 도성 밖의 광경인가. 그제야 비로소 말을 멈춘 무결이 가쁜 숨을 몰아쉬며 멀리 보이는 운하의 반짝이는 물비늘을 감개무량한 눈으로 바라보았다.

'나왔다, 이제야 나왔다. 지옥 마굴을 이제야 빠져나왔다!'

도처에 죽음의 덫이 깔린 도성을 빠져나오기 위해 그가 얼마나 절치부심했던가. 천웅의 손아귀에서 벗어나기 위해 조용히 몸을 낮추고 때를 기다린 날이 얼마이던가.

그 마굴 감옥을 어리석게도 천웅이 스스로 열어줬다. 제 손으로 호랑이에게 날개까지 달아준 것이다.

'드디어 작은 조롱을 나왔다. 이제는 큰 조롱을 부수기만 하면 된다.'

굽어본 언덕 아래 창천의 대지가 마치 그림인 듯 펼쳐졌다. 큰 산이 아니라 고작해야 강 너머 펼쳐진 모래톱과 그 너머 논밭이 약간 보였을 뿐이지만 그것만으로도 마치 막혔던 가슴이 뻥 뚫리는 것만 같았다. 고여 있던 그의 운명이 드디어 움직이기 시작했다. 이제 운하를 따라, 강물을 따라 대해로 격랑을 타고 거침없이 흘러가기만 하면 된다.

한참 동안 벅찬 표정으로 운하와 그 위를 오가는 표선들을 바라보던 무결이 마침내 말 배를 걷어차 운하로 향하는 내리막길을 달려 내려가기 시작했다.

　그러나 무결도, 그를 따르는 일행도 이때까지는 몰랐다. 대운하 너머, 새로운 땅. 그곳에 격동하는 음모가 기다리고 있다는 것을.

청홍 2권에 계속…